リビルドワールドⅢ
Rebuild World
下 賞金首討伐の誘い

Author ナフセ
Illustration 吟
Illustration of the world わいっしゅ
Mechanic design cell

The advanced civilization that once dominated the world has crumbled away, and a long time has passed. People rallied the fragments of wisdom and glory scattered all over the world and spent a long time rebuilding human society.

「分かった」
シカラベの指示でアキラの車両に乗り込んだトガミだったが、
その理由は聞かされていない。自分をわざわざ同乗させるのだ。
それだけの意味はあるのだろうと、トガミは自己評価の高さもあって深読みしていた。
しかしその同乗相手はどう見ても強そうに見えない者だった。
The advanced civilization that once dominated
the world has crumbled away, and a long time has passed.
People rallied the fragments of wisdom and glory scattered
all over the world and spent a long time rebuilding human society.
Rebuild World VII

「精々俺の邪魔をしねえように
気を付けるんだな」

>Episode
003
下 賞金首討伐の誘い

Character

>ヤナギサワ YANAGISAWA

クガマヤマ都市の幹部。裏では建国主義者とも通じている謎多き人物。

>トガミ TOGAMI

ドランカムの若手ハンター。反カツヤ派期待の星。ハンターランクは27。

ああそうか！ 覚悟が足りなかったかぁ！

>Author : nahuse >Illustration : gin >Illustration of the world : yish >Mechanic design : cell

リビルドワールド III
Rebuild World
下 賞金首討伐の誘い

The advanced civilization that once dominated the world has crumbled away, and a long time has passed. People rallied the fragments of wisdom and glory scattered all over the world and spent a long time rebuilding human society.

Author ナフセ Illustration 吟
Illustration of the world わいっしゅ Mechanic design cell

Contents

第86話　変異種

　未発見の遺跡を見付けて一攫千金《いっかくせんきん》。アキラはその考えでアルファと一緒に荒野を調査し、地中に埋もれていたヨノズカ駅遺跡を見付け出した。

　遺跡は広く、期待通りに大量の遺物が残っており、しかもモンスターもいない大当たりの状態だった。

　そこをエレナ達と一緒に探索したり、シェリル達と一緒に遺物収集をしたりと、大成果を上げる。

　そこまでは順調だった。だがアキラは未発見の遺跡という存在の価値を甘く見ていた。遺跡を巡る騒動に巻き込まれたのだ。

　遺跡の情報を奪おうとする者達に攫《さら》われたシェリルを助けたり、遺跡の存在が露見した後は、大勢のハンターと大規模なモンスターの群れが引き起こした騒ぎで遺跡の様相が別物になったりと、様々なことが起きる。アキラはそれらに何とか対処した。

　その騒ぎの中、遺跡でユミナと出会い、助けを求められ、流れでカツヤを助けるという、アキラにとってはかなり意外な出来事もあった。わずかな間だがカツヤと共闘して、その実力に驚くということもあった。

　そして今は帰路に就いている。エレナ達の車に乗せてもらい、溜《た》まった疲労に屈して仮眠を取っていた。

　それほどの激戦を遺跡で繰り広げたのだが、新装備とアルファのサポートのおかげで、死線を潜ったと呼ぶほどの苦戦ではなかった。それでも少し前のアキラの実力と装備であれば確実に死んでいた戦闘だった。

　アキラはその実力を、装備も含めて飛躍的に高めている。

　その身を投じる、戦いの難易度と一緒に。

◆

　ヨノズカ駅遺跡からクガマヤマ都市に戻ったアキ

ラは、エレナ達にそのまま自宅まで送ってもらい、そこで今日は解散となった。

本来ならばその前に、都市まで先に運んでもらっていた遺物を回収したり、今回の成果の分配などについて簡単に決めておいたりした方が良《い》い。

アキラとエレナ達は友人とはいえ、どちらもハンターであり、正式なチームでもなく、綿密な契約を交わして組んでいる訳でもないのだ。金の絡む事柄である以上、その辺りをなおざりにすると後々問題になりかねない。

だがアキラはエレナ達への信頼から、或《あ》るいはこれでエレナ達が不義理を働くのであればどうしようもないという諦観から、細かい話は後日とした。何よりも、それだけ疲れていた。

そしてエレナ達は真面《まとも》なハンターでありたいという良識と、友人であり恩人でもあるアキラに不義理はしたくないという思いを持っていた。そのおかげで成果の分配の話を後回しにしても問題は起こらなかった。

お互いに今日はもうゆっくり休もうと、簡単に、それが可能である互いへの信頼を以《もっ》て、アキラ達は軽い別れの挨拶を済ませて解散した。

◆

アキラが自宅の風呂で疲労と意識を湯に溶かし続けていると、いつものように一緒に入っているアルファから軽く注意される。

『アキラ。そのまま寝ると溺れ死ぬわよ』

「……、大丈夫だ」

アキラは軽く頭を振って意識を湯船から取り戻すと、大分崩れていた体勢を立て直した。そして何となくヨノズカ駅遺跡での出来事を思い出す。

「それにしても……、今日はいろいろあったな。あの遺跡、これからどうなるんだろう」

『多くのハンターが立ち入ったことでもう未知の遺跡ではなくなったから、これからは普通に攻略されていくのでしょうね。まあ、もう一波乱ぐらいはあるかもしれないけれど』

「もう一波乱って、例えば？」

『そうね。例えばモンスターの生態系が過度に狂った所為《せい》で変異種が生まれるとか、かしらね』

肉食系の生物系モンスターも別に人間だけを食べて生きている訳ではない。他のモンスターも捕食する。

そして種類ごとの強さなどから生態系が築かれる。その生態系が安定状態になると、地域に棲息《せいそく》するモンスターの種類や数などが大体固定されるのだ。

だがそこから何らかの要因で地域の生態系が狂うと、以前の生態系では繁栄できなかった種類のモンスターが突然増えたり、単なる成長とは一線を画する変異種が生まれたりすることがあった。

現在ヨノズカ駅遺跡やその周辺には、本来その地域には棲息していない多くのモンスターが、トンネルを通って出現している。異なる環境下に適応して変異、繁殖し、突如脅威となる個体や群れが現れても不思議は無い。

更に遺跡にはモンスターの群れとハンター達の戦闘で生まれた大量の餌が存在している。餌さえあれば幾らでも成長してどこまでも強くなれるが、元々の生息地ではそこまで強くなる前に食われてしまう。そのような個体が本来の淘汰《とうた》から逃れて急成長し、変異種となる恐れもあった。

『遺跡の環境が安定すればそういうことは無くなるのでしょうけれど、もうしばらくは注意した方が良いと思うわ』

「へー。そういうこともあるのか。まあ、それならしばらく近付かなければ良いだけだな。ゆっくり休んで、使った弾薬とかを補充して、遺物を売ってと、いろいろやっている間に、そのしばらくは終わってるさ」

アキラはその当面の用事について考えながら、ゆっくり入浴を楽しんだ。そして風呂から上がると、残った疲れをしっかり取る為に思いっきり気を緩めて就寝した。

◆

一日休養を取って心身を整えたアキラは、次は装備を調える為にシズカの店を訪れていた。ようやく修理の終わった車を店の駐車場に運んでおいてもらっており、買った弾薬をシズカと談笑しながら積み込んでいく。

ヨノズカ駅遺跡での出来事をアキラから聞いたシズカは軽い苦笑を浮かべていた。

「それにしても、そんなにたくさんのモンスターと戦ったなんて、アキラも大変だったのね」

「はい。大変でした。新装備が無ければ危なかったです。本当に助かりました」

「その新装備一式を売った側としては、そう言ってもらえて嬉《うれ》しいわ。でも、何度も言っているけれど、無理はしちゃ駄目よ？」

優しく窘《たしな》めるようなシズカの言葉に、アキラも笑って返す。

「分かってます。俺だって好き好んで無理はしたくないですから。モンスターの群れと戦った時も、大変でしたけど物凄《ものすご》く苦戦した訳じゃありません」

「そうなの？　話を聞いた限りだと大変そうに思えるけど」

「そこは出来る限り楽に勝つ為に、ＤＶＴＳミニガンを思いっきりぶっ放しましたから」

そう言ってアキラが軽く苦笑する。

「まあ、そのおかげで結構楽に勝てましたけど、高い拡張弾倉を何個も使い切ってしまって、弾薬費が凄いことになってしまいました。確かにそういう意味では、凄く大変でしたね」

使用した分の補充と追加の予備分に、アキラは更に高価な拡張弾倉を購入して車に積み込んでいる。実際に弾薬費は膨れ上がっており、以前にヨノズカ駅遺跡からエレナ達と一緒に持ち帰った遺物、大量の棚の換金が済んでいなければ危ないところだった。

シズカが冗談っぽく、そして少し楽しげに、丁寧な言葉遣いで意味深に微笑《ほほえ》む。

「アキラ様。山ほどの弾薬をお買い上げ頂き、誠にありがとう御座います」

「いえいえ、どういたしまして」

アキラも合わせて笑って返した。二人で軽く笑い合い、気を切り替えてから、シズカが表情を普段の微笑みに戻す。

「それでアキラはこれからどうするの？　またすぐにヨノズカ駅遺跡に行くつもりなの？」

「その辺は当面の用事を済ませてから考えます。まだ遺物の換金も済んでいませんから」

アキラはそう言って床のリュックサックを指差した。中には前回ヨノズカ駅遺跡で収集して先に都市までの輸送を頼んでいた遺物が入っている。

都市に戻った後エレナ達が、遺物の輸送を頼んだクロサワから受け取り、アキラに渡す為にシズカの店まで運んでおいたのだ。

それらの遺物は各自で金に換えることになっている。チームとして手に入れた物でもあるので、普段ならエレナが全て売り払ってから経費を抜いて均等に分配しても良かった。

だが今回はサラが旧世界製の下着を売らずに自分の物にしたこともあり、遺物の扱いはそれぞれの判断ですることになっていた。

シズカがその遺物の詰まった複数のリュックサックを見て、少し感慨深い様子を見せる。

「つまり、まだこの遺物の換金前なのに、あれだけの弾薬を買えるぐらい余裕があったってことなのね？　アキラも随分と稼ぐハンターになったわね」

そして微笑みながらも軽く注意する。

「上り調子なのは良いことだけど、それで浮かれて調子に乗りすぎると思わぬ怪我《けが》をすることもあるわ。気を付けなさい」

「はい」

自分の身を案じてくれる数少ない人からの気遣いに、アキラは嬉しそうに笑って返した。

◆

アキラは車両に弾薬と遺物を積み込んでシズカの店から一度自宅に戻ると、その一部を降ろしてから再び家を出た。

そしてカツラギに今から遺物を売りに行くと連絡すると、そのまま都市を出て、荒野を進み、見覚えのある場所に辿《たど》り着《つ》く。そこにはカツラギの移動店舗であるトレーラーが停《と》まっていた。

アキラに気付いたカツラギが上機嫌な声を出す。

「待ってたぜ、アキラ。遺物をたっぷり持ってきてくれたようだな」

「まあ、それなりにな。わざわざ遺物を往復して運んだみたいでちょっと微妙な気もしてるけど」

周囲を見渡して少し複雑な顔を浮かべたアキラを、カツラギが笑って宥《なだ》める。

「そう言うなよ。何ならお前も潜ってくれれば良いじゃないか」

「今はそういう気分じゃない。取《と》り敢《あ》えず、わざわざここまで運んできたんだ。査定してくれ」

アキラが車から降りて遺物の詰まったリュックサックをカツラギの前に置く。その膨らんだリュックサックを見て、カツラギは上機嫌に笑った。

「同じ遺跡の遺物でも、今はもう発見された直後っていうボーナスタイムが終わって、持ち込まれる遺物にもしょぼい物が増えてきたからな。手付かずの状態のヨノズカ駅遺跡から手に入れた遺物だ。期待させてもらうぜ」

カツラギのトレーラーが停まっている場所は、ヨノズカ駅遺跡の地上部付近だった。

ヨノズカ駅遺跡の名称は、遺跡にいた旧世界の幽霊の話が広まったことで一般的にもヨノズカ駅遺跡となっていた。

遺跡の存在が広く露見してからまだ1週間も経《た》っていないこともあり、今は腕に覚えのある多くのハンターが遺跡探索を進めている。

カツラギはここに商機を見出《みいだ》し、移動店舗の利点を生かして遺跡のそばで商売をしていた。遺物の買取も積極的に行えるように、知り合いに声を掛けて集団で店舗を出している。

ハンター側としても遺物の売却や弾薬の補充をこの場で出来るのであれば、いちいち都市に戻る必要も無くなる。少々割高でも荒野価格と割り切る客が多いおかげで、カツラギ達の商売は危険を承知で遺跡の側まで来た甲斐《かい》あって繁盛していた。

◆

アキラは遺物の査定が終わるのを待ちながら遺跡の様子を何となく見ていた。情報収集機器で遺跡の出入口付近を拡大表示すると、多くのハンターが車を停めているのが見える。

だが出入口を占拠するような者はいない。出入口が一カ所だけだった時とは異なり、遺跡の外に出たモンスターが内側から掘り起こした他の出入口や、遺跡の一部が崩落して陥没した部分などから幾らでも中に入れるからだ。

そしてそれは、モンスターが遺跡の中から幾らでも外に出られるという意味でもあった。当然危険だ。

「それにしても、カツラギはよくこんなところに店舗を出そうと思ったな。クズスハラ街遺跡の側とは訳が違うんだぞ？」

「危険は承知だ。だがそれだけ稼げる。こういう時にこそ移動店舗の強みを生かしておかないとな」

「……まあ、危険を承知でやってるなら良いけどさ」

カツラギはいつもとは段違いに伸びている売上に上機嫌だった。だがアキラの態度から少し不安になり、軽く探りを入れる。

「なんだなんだ、俺はそんな危険な遺跡から生還したんだって自慢でもしてるのか？　珍しいな」

「そんなんじゃないよ。本当に危なかったんだ」

少しムスッとしたアキラの様子を見て、カツラギはそんなに危険なのかと少々不安を覚えた。それでも表向きは軽い態度で聞き返す。

「へー。どれぐらい危なかったんだ？」

「遺物を売ったらここからとっとと離れようと思うぐらいだな。カツラギがここに店を出していなかったら、この辺りに立ち寄るつもりは当分無かった。それぐらいだ」

「そ、そうか」

アキラはムキになって適当なことを言っているのではない。それを見抜いたカツラギは、アキラの実力を理解していることもあって、上機嫌だった笑顔を少し硬くした。

「ま、まあ、俺だってさっきも言ったが危険は承知の上でここに来たんだ。備えぐらいしてる。知り合いに声を掛けて、この遺跡の初日の騒ぎから生還したハンター達を護衛に雇ってるんだ。大丈夫だ」

そう聞いたアキラはカツラギ達の護衛の実力を、エレナ達やあの騒ぎの中で遺物収集を続けていたチャレス達のような者だと想像した。無意識にそれなら大丈夫だろうと思い、それが態度に出る。

カツラギはそのアキラの様子を見て内心で安堵《あんど》した。そしてちょうどその護衛達が周囲の見回りから戻ってきたので軽く紹介する。

「ほら、あいつらだ。結構金が掛かったんだぞ？」

だがアキラはその者達を見ると微妙な顔を浮かべた。そしてカツラギがそのアキラの態度に、思わず不安の混じった怪訝《けげん》な顔を浮かべる。

「……アキラ。どうかしたのか？」

「いや、何でもない」

「何でもないならそんな顔をするなよ。何だ？」

戻ってきた護衛達のリーダーが、雇い主に状況を報告しようとしてアキラに気付いた。思わず声を出す。

「5班だ。定期報告。巡回から帰還。問題無し。これから休憩を……げぇっ!?」

アキラの様子に加えてそのハンターの反応に、流石《さすが》にカツラギも顔を険しくした。

「……アキラ。知り合いか？」

「まあ、顔は知ってる」

護衛はレビン達だった。確かにヨノズカ駅遺跡の初日の騒ぎから生還したハンターであり、説明は間違ってはいなかった。

◆

カツラギはアキラからレビン達と知り合った経緯を聞くと、商売人の笑顔を大きく崩した。

(あの仲介連中、ふざけやがって！　何が遺跡から生還したハンターだ！　本当にただ生還しただけじゃねえか！)

当然ながらカツラギは遺跡の騒ぎを自力で切り抜けた実力者を求めていた。アキラから得た情報を基に仲介の者達との話を思い返せば、確かに嘘《うそ》は言っていないが、誤解を意図的に解かなかったことぐらいはすぐに分かった。

今からそれを仲介業者に指摘しても白を切るのは確実だ。レビン達の態度から恐らく共犯であり、口を割るとも思えない。

(してやられたか……！　クソが！　虚仮にしやがって！)

下手をすると安くない護衛代を払って素人同然のハンターを雇ったことになる。カツラギのいらだちはその分だけ高かった。

しかしまずはそのいらだちを抑えて遺物の査定を続ける。感情に任せてアキラを怒鳴り付けるような真似《まね》でもしてしまえば、折角の上客との縁が切れる恐れもあるのだ。ムスッとした顔のまま挽回《ばんかい》の策を考えながらも、遺物をしっかりと査定していく。

「アキラ。この遺物、ヨノズカ駅遺跡で初日に荒稼ぎしたやつなんだろ？　それにしてはちょっと少なくないか？」

「カツラギのところに持ち込むのは不正解だって言われた物は省いてるからな」

「そうか。ああ、前にも少し言ったが、俺も新しい販売ルートの構築は続けてるんだ。それでな？　衣類系の遺物なら良い手応えがあったんだ」

カツラギが軽い雑談を装ってそれとなく話を続けていく。

「まあ、俺のところに衣類系の遺物を持ち込むやつなんてほとんどいないから、俺としてはそっち系の買取ルートなんて別にそこまで欲しくはないんだけどな」

そう言っておいてから、その上で、と話を進める。

「ああ、でも、アキラが頼むならそのルートを構築してやっても良いぞ？　俺とお前の仲だからな。俺も頑張ってやろう」

少し恩に着せる形にした上で、大したことでもないように軽く言う。

「まあ、新しい買取ルートの構築にはいろいろ手間が掛かるし、間に絡む問屋が増えるから、その都合で買取額がちょっと下がってしまうんだが、遺物を家で死蔵させるよりは良いんじゃないか？」

そして内心を完全に隠しながら、愛想の良い商売人の笑顔を浮かべた。

「それで、どうだ？」

だがアキラにあっさりと断られる。

「いや、大丈夫だ。衣類系の遺物の売り先なら俺も2カ所ほど作った。そっちに持ってくよ。カツラギにはシェリルのことも頼んでるし、これ以上手間を掛けさせるのも悪いからな」

「……そうか。分かった」

適した買取ルートさえ作れば結構な高値で売れる衣類系の遺物を、アキラに恩を売りつつ安値で手に入れたい。そう考えたカツラギは、以前にアキラに遺物売却の知識を教えた際に、少し小細工をしていた。そして上手《うま》くいったと思っていた。

あとは元々遺物の扱いには疎いところのあるアキラから、自分が教えた知識の所為で偏ったであろう認識に付け込んで、衣類系の遺物の取扱について承諾を得るだけだった。

だがその目論見《もくろみ》も、アキラが別の買取先を自力で見付けた所為で破綻してしまった。カツラギが表向きはどうでも良さそうな顔で、内心で舌打ちする。

（アキラの様子を見る限り、こっちの考えを見抜かれて対策された訳じゃねえ。別の買取先を探すなんて面倒臭いこと、こいつはしないと思ってたんだが……、考えが甘かったか。上手くいかねえな）

レビン達の件《けん》の損失をそちらで取り返そうと期待

していたこともあり、カツラギは少し強めに落胆した。思わず吐いた溜《た》め息《いき》も少し深くなる。

「……アキラ。遺物を売ったらすぐに帰るんだろう？　それなら査定が終わるまで俺の店の商品でも見ていけよ。これから大金が入るんだ。たまには気前良く何か買っていけ。たっぷり買ってくれれば、こっちも買取額を勉強しやすくなるぞ？」

そのどことなく投げ遣《なや》りなカツラギの態度を見て、アキラも疑う気持ちを落とした。回復薬の補充も必要だと思っていたこともあり、まあいいかと考える。

「あー、分かった。買えば買取額を勉強してくれるんだな？」

「ああ。それだけ買ってくれればな。勉強させてくれ。期待してるぜ」

その言葉とは異なり、カツラギは期待の薄い顔を浮かべていた。

◆

カツラギの移動店舗でもあるトレーラーの中には、銃器や弾薬の他にもハンター稼業で使用する小物類など様々な商品が並べられていた。

それらを見ていたアキラが気になる品を見付けて足を止める。前回の遺物収集でサラに勧められた遺物保存袋だ。

『これは買っておこう。えっと……、精密機械用、防水、防弾、帯電防止、耐衝撃……、いろいろ種類があるな。アルファ。どれが良いと思う？』

『全種類買って適宜使い分けるのが一番なのでしょうけれど、それを面倒だと思うのなら汎用の物を買えば良いわ』

『汎用のやつにもいろいろあるんだけど……』

『それぞれの製品の細かい違いは実際に使って確かめるしかないわね。かさ張る物でもないし、適当に選びなさい』

『そうするか』

アキラが汎用遺物保存袋を買物籠に入れていく。使い捨てか再利用可能かで価格にも大分開きがあるが、今のアキラの金銭感覚では誤差の範疇《はんちゅう》だ。値段など大して気にせずに、本当に適当に買っていた。

これはある意味でアキラがハンターとしてそれだけ成り上がった証拠でもある。このような真似が出来るほどに、金に困っていないということだ。

その調子で続けて商品を見ていく。

『防水スプレーか。……お使いの銃器を錆《さび》から守ります。期間限定。今なら耐衝撃剤が添付されていますか……。うーん』

『こういうのは銃の素材との相性もあるから気を付けなさい。買うならシズカの店で銃の整備道具と一緒に買って、使用しても問題無いか聞いた方が良いと思うわ』

『そうだな』

品を棚に戻し、別の商品を手に取る。

『情報収集妨害煙幕《ジャミングスモーク》か。……ユズモ社汎用A28タイプ。お使いの情報収集機器との相性は、下記の成分表を基に情報収集機器の販売メーカーにお問い合わせください。……こういうのは、あれば便利か？』

『アキラの情報収集機器の精度が著しく低下して、私のサポートでも補い切れなくなる恐れがあるわ。その場合、私の素敵にも悪影響が出ることは忘れないでね』

『そうか。じゃあ、やめとこう』

アキラは再び商品を棚に戻した。そしてそのまま買物を続けようとしたところで、カツラギがトレーラーに入ってくる。

「アキラ。こっちは遺物の査定が終わったぞ。それで、そっちも俺が買取額を勉強できるほど買ってくれるのか？」

アキラが買物籠をカツラギに見せると、不満そうな溜め息が返ってきた。

「お前な、たくさん買えば遺物の買取額を勉強してやるって言ってるんだから、そんな安い小物じゃなくてもっと高い物を買えよ。そこに高い銃が並んでるだろう？」

「いや、銃は要らない。悪いな」

カツラギはもう一度溜め息を吐いた。そして駄目で元々と少し投げ遣りに提案する。

「遺物の買取額は1200万オーラムだ。だが俺の店で1000万オーラム以上買うなら、俺も勉強してあと1000万オーラム上乗せしてやる。どうだ？」

そう言われたアキラが買物籠の中を見る。

「これで幾らぐらいだ？」

「さあな。取り敢えず1000万には程遠いのは確かだな」

「じゃあ回復薬を追加で買うか」

「その籠に山ほど詰め込んでも全然足りねえよ」

「違う。そこの棚の安物じゃなくて、前にも買った高いやつが欲しいんだ。あの一箱200万オーラムのやつだよ。棚に置いてなかったけど、在庫は無いのか？」

それを聞いて、どこか不貞腐《ふてくさ》れていたカツラギの態度が一気に変わった。

「ちょっと待て、あれをまた買うのか？　もう？早くないか？」

「ヨノズカ駅遺跡の騒ぎでいろいろあってな。全部使った訳じゃないけど、追加が欲しいぐらいには使ったんだ。在庫があるなら5箱くれ。それで1000万だ。無いなら諦める」

「ま、待て！　今から在庫を確認してくる！　俺のところで切らしてても、知り合いのところにあるかもしれないからな。待ってろよ！」

カツラギが嬉々《きき》として慌ただしく離れていく。アキラはその様子を見ても大して気に留《と》めず、普通に買物の続きに戻った。

◆

カツラギは何とか品を用意してアキラとの取引を済ませた。レビン達の件や衣類系の遺物の買取ルートの件で不機嫌だったカツラギも、遺物の買取に加えて1000万オーラムの商談を無事に成立させたことで、今は機嫌を一気に戻している。

「良い取引だった。これでレビン達の件の帳尻は合ったな。良かった良かった」

それを聞いたアキラは少し不思議そうな顔を浮かべた。

「何かあったのか？」

「何言ってんだ。あいつらは遺跡から自力で生還した訳じゃないんだって、俺に教えたのはお前だろう。俺はそんな雑魚連中を高い金を出して護衛に雇っちまったんだ。不満を覚えて当然だろうが。お前だって微妙な顔をしてただろう？」

そう言って同じく少し不思議そうな顔をしたカツラギに、アキラが普通に答える。

「あれは遺跡から生還した実力者ってのはどうなんだろうって思っただけだ。あいつらも別に雑魚って訳じゃないだろう」

カツラギは予想外の意見を聞いて思わず怪訝な顔を浮かべた。

「そうなのか？」

「ああ。総合的な実力ってことなら、装備がちょっと、とは思うけどさ。でも逆に言えば、強化服も着てないのにあの状況で生き延びてたんだ。それはそれで凄いと思う」

アキラは別にレビン達を擁護している訳ではない。単に思ったままのことを言っているだけだ。それに気付いたカツラギは、だからこそ意外な顔を浮かべた。

「お前がそこまで言うなんてな。そんなに大変な状況だったのか？」

「ああ。少なくとも俺には強化服無しであの状況を生き延びる自信は無いな。この新装備と回復薬、それに弾薬をちょっと採算度外視で使って、やっと何とかなったってぐらいだからな」

カツラギの顔が商売人のものに変わる。

（この情報、恐らく仲介連中は知らない。知っていれば俺にそれを教えて護衛代金を吊り上げる交渉材料にするはずだからな。……付け込めるか？）

アキラはそのカツラギの様子を見て少し勘違いした。自身の予想とは思考の方向性は異なっているものの、真面目に考え込んでいるカツラギに軽く付け足す。

「だから、あいつらを雇うのに高い金を出したって言ってたけど、別に損はしてないと思うぞ？　あとはまあ、ちょっと勝手なことを言えば、カツラギがあいつらに高い金を出すと俺も助かる」

「何でだ？」

「あいつらから緊急依頼の報酬をまだ全額受け取ってないんだ。あんまり催促するつもりは無いけど、それでも支払が滞ると俺もエレナさん達も困るからな」

　アキラ達はヨノズカ駅遺跡の件で掛かった経費を、その時に請け負った緊急依頼の報酬、レビン達の護衛代で精算することになっていた。

　これはエレナ達の意向だ。アキラはユミナ達を助ける為に別行動を取っており、レビン達の護衛はしていない。それを根拠に報酬の受け取りを渋ったのだが、エレナはそれもチームとしての作戦行動の一部であるとしてアキラを説得した。

　アキラもエレナ達に逆らってまで受け取りを拒否するのはどうかと思い、それで良しとした。

　もっともレビン達に5000万オーラムを一括で支払う金など無い。遺物を売り、遺跡の情報を売り、預金を切り崩してもまだ足りず、残りは分割で支払う予定となっていた。

　尚《なお》、その取り立てはアキラ達が自力で行わなければならない。ハンターオフィスを介した緊急依頼であっても、ハンターオフィスが面倒を見るのは契約の妥当性までだ。取り立ての代行まではしてくれない。

　一応ハンターオフィス側に債権を売るという手段もある。しかしかなり安く買《か》い叩《たた》かれる上に、心情的に流石にちょっと、ということもあり、エレナの判断で止めていた。

　それらの話を聞いたカツラギが商売人の笑顔を強める。

「アキラ。その話、もう少し詳しく聞いて良いか？」

「何を企《たくら》んでるんだ？」

　訝《いぶか》しむアキラに、カツラギが心外とでも言わんばかりに大袈裟《おおげさ》な態度を取る。

「なに、あいつらがお前達にその残金をすぐに支払えるように協力してやろうってだけだ。俺とお前の仲だからな。手伝ってやる」

まだ怪訝な顔を浮かべているアキラに向けて、カツラギが意味深に笑う。

「確かに、金が入ったら、その金でいろいろ買ってほしいとは思ってる。だがハンターから借金を取り立てるのは物凄く面倒臭いぞ？　俺は商売柄よく知ってるんだ」

「……まあ、だろうな」

「上手くいけばエレナ達の負担も減る。その手助けの分だけ、お前に俺の店でもっといろいろ買ってほしい。そう期待するぐらいは良いだろう。違うか？」

アキラは少し考えたが、確かに自分にもエレナ達にも利益のある話だと判断した。

「分かった。何を話せば良いんだ？」

「そうだな、まずは……」

カツラギは楽しげな商売人の笑顔でアキラと話を詰めていった。

◆

用事を済ませたアキラはさっさと帰ろうと自分の車に戻ろうとした。そしてカツラギのトレーラーから出たところで、遺跡の出入口付近が随分と騒がしいことに気付く。

「何だ？」

怪訝な顔を浮かべながら情報収集機器の望遠機能でその付近を見ると、多くのハンター達が慌てて遺跡から出てくる様子が見えた。

続けて遺跡からモンスターの群れが湧き出てくる。アキラはそれを見て、ハンター達はそれらから逃げているのだろうと思った。

だがあることに気付いて、また顔を少し怪訝なものに変える。

『アルファ。俺にはモンスターがハンターを襲っているようには見えないんだけど、気の所為か？』

正確には進行方向にいる者を攻撃はしている。だがそれは逃走経路の障害物を退《ど》かす為であり、邪魔でなければ近くにハンター達がいてもそのまま横を通り過ぎていた。

『いいえ、気の所為ではないわ。その証拠にハンターを捕食しようと立ち止まる個体がどこにもいないわ。モンスターの方も何かから逃げるのに忙しくて、ハンター達を襲うどころではないようね』

『逃げるって何から……』

次の瞬間、その答えが遺跡の中から現れた。胴体部の直径が5メートル以上ある巨大な蛇のようなモンスターが、びっしりと歯を生やした大口の中に他のモンスターを山ほど詰め込みながら、遺跡の外に勢い良く飛び出してきたのだ。

その蛇の鱗《うろこ》には多様なモンスターの外見がモザイクのように入り交じっていた。爬虫類《はちゅうるい》の鱗や肉食獣の毛皮、昆虫の甲殻や機械の装甲まで、見境無く食ったものを自身の鱗に映し出し、それだけのモンスターを食えるほどに強いと、その大蛇を見る者に示していた。


アキラが顔を引きつらせる。

『何、あれ』

それに対し、アルファはいつも通りの態度を保っていた。

『暴食ワニと同じ合食再構築類の一種よ。あれだけ大きくなるには相当な量の餌が必要なはずなのだけれど、まあ、あったのでしょうね』

『ワニには見えないんだけど……』

『別に合食再構築類にはワニ型しかいない訳ではないわ。あれの元は蛇型だったのでしょうね』

『そうか……』

地上に出た巨大な蛇は大口に詰め込んでいた餌を呑《の》み込《こ》むと、新たな餌を求めて近くのモンスターやハンターを狙い始めた。

大きな餌から順に狙われているおかげで、走って逃げている比較的小さなハンター達は襲われていない。

だが大きな車両は狙われており、足の遅い大型モンスターが食われた後に自身も食べられないように、タイヤを勢い良く回して必死に逃げていた。

『アキラ。大分遠いからってゆっくりしていないで、私達も早めに逃げましょう』

『あ、そうだな』

アキラは我に返ったように顔を引き締めると、すぐに自分の車に乗り込んだ。そこをカツラギに呼び止められる。

「おい！　アキラ！　お前だけ逃げる気か!?」

アキラはカツラギのトレーラーを見て、これだけ大きな車両ならば、あの巨大な蛇にとっても食い出があるのではないか、と何となく思った。

「カツラギも逃げろよ。あれを見て、まだここで商売を続ける気なのか？」

「そうじゃない！　一緒に逃げるぐらいしても良いだろう!?」

「良いけど、それで俺に護衛をさせるつもりなら、金は取るぞ？」

アキラはそう言って少し厳しい視線をカツラギに向けた。

済《な》し崩《くず》し的に只《ただ》で護衛させようと思っていたカツラギがわずかにたじろぐ。だが報酬についてこの場で細かい交渉をしている暇は無い。加えて交渉が面倒だと思われた時点で、アキラは一人で勝手に逃げるだろうとも考えた。そこで別の方向での報酬を提案する。

「それならお前が働いた分だけ、俺もシェリルに協力する。これでどうだ？」

「……、分かった」

「よし。頼んだぜ」

カツラギは軽く安堵するとすぐに撤退の準備を始めた。商売仲間に連絡を取り、全員で車列を組んで脱出を開始する。

アキラはその車列の最後尾についた。巨大な蛇から逃げているモンスターの群れは人を襲うどころではないが、進行方向にいる者達を避けてくれる訳でもない。車上からそれらを迎撃する。

車の運転を表向きは自動操縦に、実際にはアルファに任せて、車両後部でＤＶＴＳミニガンに通常弾の大型弾倉を取り付ける。そして車列後方のモンスター達に向けて連射した。

無数の弾丸を浴びた個体が負傷して崩れ落ちる。或いは移動速度を落としていく。アキラ達は逃げれば良いだけなのでモンスターを無理に倒す必要は無い。牽制《けんせい》射撃を基本として迎撃を続ける。

そして被弾して激怒し、勢い良く向かってきた個体には、銃弾を念入りに撃ち込んで粉砕する。

強靱《きょうじん》な毛皮と発達した筋肉を身に纏《まと》う獣が、大量の弾丸に毛と肉を少しずつ削り取られて被弾のたびに小さくなっていく。

一発ずつの負傷はわずかでも、DVTSミニガンによる嵐のような弾幕を喰《く》らった獣が、原形を多少失った所為で動けなくなるまですぐだった。

そこで大型の弾倉が空になる。アキラは少し驚きながら急いで弾倉の交換を始めた。

『もう空になった。こんなに大きいのに、普通の弾倉だとすぐに無くなるんだな』

意外そうな顔を浮かべながら空の弾倉を車外に捨てたアキラに向けて、アルファが軽く笑う。

『ミニガンはそういう武器だからね。拡張弾倉でも使わない限り弾切れまですぐよ』

『拡張弾倉は小型でも装弾数の桁が違うからな。道理で高い訳だ。価格の方も桁違いだけど』

『そうは言っても、今後は基本的に拡張弾倉を使うようにしておきたいわ。携帯できる量には限度があるからね』

『そうだな。じゃあ、安い方の弾倉は今の内に使い切っておくか』

アキラが車両に積んでいる通常の弾倉を全部空にする勢いでDVTSミニガンを連射していく。その甲斐あって、アキラ達の車列に近付こうとするモンスターはほぼ一掃された。

余裕の出たアキラが遺跡の方向を見る。巨大な蛇の姿が確認できた。もう随分と離れたことで、その姿は肉眼では既に大分小さくなっている。

そこでアキラは訝しむような表情を浮かべた。そして情報収集機器の望遠機能で蛇の姿をもう一度確認すると、顔を更に怪訝に歪《ゆが》める。

『……アルファ。なんか、あの蛇、デカくなってないか？』

『胴体部の直径が倍になっているわ。遺跡の外に出たことで通路の幅という制限が無くなったから、それに合わせて体型を変えたのでしょうね』

『そんな理由でデカくなれるのか……』

遠方で暴れている巨大な蛇、自身の常識を越えた訳の分からない存在に、アキラは軽い呆《あき》れすら覚えながらクガマヤマ都市へ向けて帰還していった。

◆

都市まで戻ってきたカツラギが、護衛は済んだと帰ろうとするアキラに声を掛ける。

「助かったぜ。アキラ。それにしても、お前はやっぱり強いな」

「そう思ってるのなら、報酬は弾んでくれ」

「分かってるって。シェリルへの協力は割り増しでちゃんとやっとくよ。俺とお前の仲じゃないか。安心しろって」

カツラギはアキラへ随分と親しげな態度を見せていた。アキラはそれを少し不思議に思ったが、客向けの愛想なのだろうと考えて、深くは気にしなかった。

「そうか。頼んだ。じゃあな」

帰っていくアキラを、カツラギは商売人の笑顔で見送った。そしてその笑顔を今度はレビン達に向ける。

「お前達もお疲れさん。いやー、あんな騒ぎがあったのに頑張ってくれて助かった。本当なら追加ボーナスぐらいサービスしたいところなんだが、そこは仲介との契約もあって難しいんだ。悪いな」

自分達を随分と評価するカツラギの態度に、レビンは逆に戸惑い、少したじろいでいた。

「そ、そうか。出来ればそれを仲介にも言ってくれると助かる。依頼主から高い評価を貰《もら》えると、俺達も報酬交渉で仲介に強く出られるからな」

そこでカツラギが意味深に笑う。

「ああ。ちゃんと伝えとくよ。ヨノズカ駅遺跡で緊急依頼を出して護衛付きで帰ってきた割には、頑張ってたってな」

レビンは思わず吹き出した。その反応が様々な証拠になってしまっていたが、それでも一応は取り繕う。

「……俺達は仲介から紹介された仕事をしただけだ。そっちと仲介の取引で何かあったとしても、それを俺達に言われても困るぞ」

嘘は言っていないが、半分加担している自覚もあるので、レビン達の表情は硬い。そのレビン達へ、カツラギは敢《あ》えて親しげな笑顔を向けた。

「分かってるって。別に文句は言ってねえよ。経歴がどうであれ、俺達の護衛をアキラと一緒に頑張ってくれたのは確かなんだからな」

「そ、そうか」

カツラギはそこで意味深な沈黙を挟んだ。レビン達が無駄に気圧《けお》されて焦りを覚える。

そしてカツラギは自身の表情に哀れみを加えた。

「ところで、お前達も大変だな。あのアキラに借金を作るなんて。あいつから聞いたぞ？　緊急依頼の報酬、まだ払ってないんだろう？　殺されないように気を付けろよ？」

「こ、殺されるって……」

「俺はアキラと付き合いがあるからよく知ってるんだが、あいつ、スラム街出身だから殺しに慣れてるんだ。この前もあいつの女に手を出したハンターを3人殺してるんだよ」

レビン達の顔色が悪くなる。

「ああ、殺された連中もそこらのハンター崩れじゃないぞ？　全員、強化服ぐらい当然のように着てたやつらだ。ミニガンの銃撃を弾いた装備のやつもいたらしい。そいつも軽く殺したってさ」

レビン達の顔色が更に悪くなる。

「気を付けろよ？　スラム街出身のやつってそういう過去がある所為か、舐《な》められるのが大嫌いだからな。借金を返さねえ舐め腐ったやつなんて、金なんかもうどうでもいいって後先考えずに殺しかねねえぞ」

「い、いや、待ってくれ。俺達が借金してるのはエレナってハンターで、あいつじゃないぞ？」

レビンは何とかそう答えて不安をごまかそうとした。だがカツラギは首を横に振った。

「関係ねえよ。緊急依頼の報酬はチームで動いたってことでアキラにも支払われるんだ。その支払が滞っていることに違いはねえんだからな」

そしてカツラギが軽く頭を抱えながら語る。

「それにエレナ達も支払には厳しい方だ。甘く見ない方が良いぞ？　実はな、俺もエレナ達に緊急依頼を受けてもらったことがあってな？　それはもう大変だったんだ。下手をすれば俺も破産してたぐらいだ」

カツラギはその時の苦労をしみじみと語った。そして自分の話を聞いて不安と焦りを強めていくレビン達を見て内心でほくそ笑む。

「まあ、そういう訳だ。気を付けな。お前達、装備ははっきり言って微妙だが、実力は悪くないんだ。借金なんて下らない理由で殺されないようにしろよ。じゃあな」

それで話を終えようとするカツラギに、レビンが慌てて口を挟む。

「ちょっと待て！　気を付けろって、それだけか？　それだけ不安を煽《あお》っておいて、それで終わりなんて、そりゃねえだろう⁉」

「そう言われてもな。俺にどうしろって言うんだ？　悪いが、借金返済の為に報酬を増やせと言われても無理だぞ」

「そ、そうは言わねえ。でも、何か、あるだろ？　ほら、あんたはあいつと仲が良いみたいだし、何とかならないか？」

カツラギが内心を隠して顔を険しくする。

「言っておくが、俺だってあいつの機嫌を損ねるのは嫌だ。あいつの強さは分かってるだろう。無理は言わないでくれ」

「そ、そこを何とかさ。頼むよ。ほら、追加ボーナスをつけたいとか言ってただろう？　それに俺達の実力を悪くないと思ってるんだろう？　見込みのあるハンターに恩を売れば、俺達もあんたの店を贔屓《ひいき》にするさ。だから、何とか、頼むよ。な？」

「うーん。そうだなぁ……」

カツラギが考え込む振りをして、既に考え終えていることを話していく。

「……それなら、借金の借り換えをするか？　要は緊急依頼の報酬さえ支払ってしまえば良いんだ。そうすればアキラ達からの借金は無くなるから、そっちの懸念は消えるぞ？」

「借り換えか……」

「借り換えの口は俺が利いてやる。ただし、そっちにもいろいろ条件を呑んでもらう。明日死んでるかもしれねえハンター相手に金を貸すんだ。多少厳しい条件になるのは覚悟してくれ」

険しい顔で悩んでいるレビン達に、カツラギが駄目押しを入れる。

「まあ、今回の仕事の追加ボーナスってことで、俺も紹介する金融業者に出来る限りの交渉はしてやる。嫌なら無理強いもしねえ。でも俺にこれ以上を求められても困る。どうする？」

レビン達に選択の余地は無い。カツラギはそう分かった上で選択を迫った。そして予想通り、レビン達は諦めと一縷《いちる》の希望を抱いて提案に乗った。

「分かった。頼む」

「よし。じゃあすぐに手配する。ちょっと待っててくれ」

カツラギは情報端末を取り出すと、商売仲間に連絡を入れながらレビン達に背を向けて、上手くいったとほくそ笑んだ。

第87話　賞金首討伐の誘い

アキラは当面の用事を消化する為に、今日はシェリル達の拠点を訪れていた。荒野に向かうのと同じ準備を済ませて家を出ると、しっかり武装した荒野仕様車両を拠点の前に停める。そして出迎えたシェリルと一緒に中に入り自室まで通された。

勧められたソファーに座ると、以前のようにシェリルに抱き付かれる。アキラは軽く溜め息を吐いた。

「シェリル。話が先だ。後にしてくれ」

「分かりました。後で、ですね？」

シェリルは残念そうな様子を見せながらも、後の期待を顔に出してアキラの正面に座り直した。

「それで、私達と一緒に手に入れた遺物の話でしたね」

ヨノズカ駅遺跡でシェリル達と一緒に行った遺物収集の成果は、今もアキラの自宅の車庫に積まれたままだ。ごたごたがあって間を開けてしまっていたが、適した分配方法などをそろそろ決めなければならなかった。

「そうだ。シェリルの方で何か希望はあるか？　いろいろ迷惑を掛けたからな。全部寄こせ、とかじゃなければ、俺も多少は考えるつもりだけど」

遺物収集が何事も無く終わったのであれば、アキラもこのようなことは言っていない。

だがシェリルがヨノズカ駅遺跡の情報を得ようとしたギューバ達に攫われたり、その際に徒党の者に死人が出たりと、未発見の遺跡に関わったことでシェリル達に被害が出た。

それらがアキラとは無関係な理由、スラム街でのただの揉《も》め事《ごと》から生まれたものであれば、アキラも、ついてなかったな、で済ませていた。

だがそれらはアキラがシェリル達を遺物収集に誘っていなければ起こらなかったことだ。自分が巻き込んだのだと、アキラにも迷惑を掛けた自覚が一応あった。それにより、その分だけ譲歩する姿勢を見せていた。

しかしシェリルは軽く首を横に振る。

「いえ。私からは何も。アキラの判断にお任せします。こちらの取り分は無しでも構いません」

それは流石に不平等だと思い、そこから疑念を覚えてしまったアキラは少し怪訝な顔を浮かべた。

「えっ？　いや、流石にそれはどうなんだ？　それで俺が本当に、じゃあそっちの取り分は無しで、とか言ったらどうするんだよ」

そこでシェリルは出来る限り誠実な笑顔をアキラに向けた。

「その場合は、アキラに徒党全体で物凄くお世話になっている借りを、これで少しは返せた、ということにさせてください。借りの返済には程遠いですけど」

元々シェリルは遺物の大半をアキラが持っていくものだと考えていた。そしてそこからわずかな残りの比率を交渉してアキラと下手に揉めてしまうよりは、全部渡して借りの返済に充てた方が効果的だと判断していた。

仮に交渉で遺物を全て徒党の物に出来たとしても、それでアキラに見切られてしまえばシェリル達は詰むのだ。ある意味で当然の判断でもあった。

だがアキラにそこまでの理解は無い。そこまで言ってくれるのかと、無意識にわずかだが表情を緩めていた。

そしてシェリルが冗談っぽく笑って続ける。

「まあ、それはそれとして、頂けるのであれば頂きます。徒党の運営にはお金が要りますからね」

アキラも軽く笑って返す。

「まあ、だろうな」

「はい。ですので、本当にアキラの好きに決めてください。勿論《もちろん》、手加減してもらえると嬉しいですけど」

どの程度の分配にすれば良いのか、アキラはかなり真面目に悩んでいたのだが、シェリルの話を聞いて気を楽にすると、ある思い付きを口に出す。

「それならまたちょっと頼みがあるんだけど、シェリルの方で試しに遺物を売ってみてくれないか？」

「私が、ですか？」

「ああ。シェリルに渡す遺物だけじゃなくて、他の遺物も一緒に頼む」

　アキラの自宅には、カツラギのところでは売れなかった遺物が眠ったままになっている。いずれはどうにかしなければならない。そしてアキラも出来ればそれらを金に換えたい。

　しかしカツラギに買取を拒否されたような物をハンターオフィスの買取所に持ち込んでも、真面な値が付くかどうか怪しい。買取用のトレーにアクセサリー類を山ほど載せて結果が１００オーラムでは、売る手間隙《てまひま》だけでも面倒だ。

　だがそれらの適した買取先を自分で探すのも面倒であり、その手の遺物のお手軽な換金方法があれば便利だと思っていたのだ。

「ほら、ホットサンドの販売とか、ヨノズカ駅遺跡に行った時の工作とかで、シェリルはいろいろやってただろう？　その手腕で遺物を高値で売ってくれると助かる。……まあ、だったら良いなって思っただけだ。無理なら無理で良いよ」

　アキラからの頼み事で、シェリルに嫌だという返事は無い。だがこれには即答できなかった。

「アキラの頼みであれば是非引き受けたいのですが、確かアキラは遺物をカツラギに売る約束になっていましたよね？　大丈夫なんですか？」

「その辺も任せるっていうか、シェリルの方でカツラギと交渉してくれると助かる。ちょっと前に、カツラギ達を護衛した報酬としてシェリルに協力するって話をしておいたから、大丈夫だと思う」

　そうカツラギに話が通っているのならばと、シェリルは力強く頷《うなず》いた。

「分かりました。出来る限りやってみます」

「助かる。頼んだ」

　下手をすると、売るに売れない遺物が自宅を埋め尽くすかもしれない。そう思っていたのだが、これでその心配は無くなったと、アキラは機嫌を良くした。

　そしてシェリルは、これでアキラの役に立てればアキラとの繋《つな》がりを更に強められると、内心で気合いを入れていた。

どちらも満足のいく話が出来たと思っていた。だがそこには認識の食い違いが存在していた。遺物を売るということに対して、アキラの認識は換金だったのだが、シェリルの認識は販売だったのだ。

ここで詳細を詰めればその認識の差異はすぐに解けていた。だがシェリルによって後回しとなる。

「細かい話は私の方でも計画をしっかり詰める時間が必要ですので後日にしたいと思います。構いませんか？」

「ああ」

アキラがそう軽く答えると、シェリルが言質は取ったと言わんばかりに笑顔を強める。

「では、今日はその話は終わりということで、良いですよね？」

少し遅れてアキラが気付き、苦笑する。

「好きにしてくれ」

「ありがとうございます」

シェリルは嬉しそうに席を立つと、座っているアキラに抱き付いた。

アキラは妙な関係になったと思いながらも、シェリルの気の済むまで好きにさせていた。

◆

当面の用事を済ませたアキラはハンター稼業を再開して荒野に出ようとしていた。目的は未発見の遺跡の発見だ。

リオンズテイル社の端末設置場所の情報が、未発見の遺跡の手懸かりとして十分な価値があることは、実際にヨノズカ駅遺跡を見付け出せたことで実証済みだ。

そのヨノズカ駅遺跡の騒ぎは大変だったが、それでも大きな稼ぎになったのは確かだ。次はもっと上手くやろうとアキラは意気を高めていた。

そして自宅の車庫から意気揚々と出発しようとした時、助手席のアルファから声を掛けられる。

『アキラ。ハンターオフィスから通知が来たわ』

アキラが情報端末で通知の内容を確認する。そして怪訝な顔を浮かべた。

『賞金首速報。新規賞金首認定モンスターのお知らせ……？』

ハンターオフィスには賞金首という制度が存在している。通常の汎用討伐依頼とは別枠で用意されており、難易度も報酬額も別格の討伐依頼だ。

場違いに強いモンスターが荒野を徘徊《はいかい》し、都市を結ぶ輸送経路を塞いでしまうような事態が発生した場合に、速やかな排除を求める流通業者が合同で高額の賞金を懸けることがある。

賞金首制度は主にそのような状況で利用されており、賞金首に認定されたモンスターはそれだけ強力な個体ばかりだ。

通知はそれらの存在をハンター達に広く知らせる為のものだ。未熟な者が賞金首の出没地域に迂闊《うかつ》に近付いて死ぬのを防ぐ為であり、実力者に討伐を促す為でもある。

そして賞金首討伐はハンターが自身の実力を誇示し名を売る絶好の機会だ。賞金首の討伐情報には討伐者の名前も公表される。ハンターオフィスの個人ページにもしっかり記載される。

賞金首を倒せば大金が得られる上に、ハンターランクが上がり、ハンター稼業の経歴に箔《はく》が付き、名声まで手に入る。

それらの実利と名誉を求めて、新たな賞金首が出現するたびに、腕に覚えのある多くのハンター達が賞金首討伐に乗り出すのだ。

アキラがハンターオフィスに記載されている賞金首情報を確認する。個別名称と賞金額に加えて、大まかな出没地域と、外観の映像が載っていた。

過合成スネーク、5億オーラム。タンクランチュラ、1億オーラム。多連装砲マイマイ、1億オーラム。ビッグウォーカー、4億オーラム。アキラはその内の一体である巨大な蛇の姿に見覚えがあった。

『アルファ。この過合成スネークって、あれだよな？』

『ええ。ヨノズカ駅遺跡で見たあの蛇でしょうね』

『今、あんなのが荒野をうろついてるのか……』

アキラは難しい顔で少し悩んだ後、黙って車を降りた。

『アキラ。今日はやめておくの？』

『ああ。このまま荒野に出て、あれと運悪く遭遇するなんてのは嫌だからな』

遺跡の捜索範囲を、賞金首の出没地域から大幅に離れた場所にすれば良いだけかもしれない。そう思いながらも、アキラは自分の運にそこまで期待は出来なかった。

それを察したアルファが意味深に微笑む。

『そうね。アキラの運の悪さを甘く見ない為にも、今日はやめておきますか』

アキラは少し表情をむくれさせたが、反論はせずに黙って家の中に戻った。そして今日は室内での訓練と勉強に一日を費やした。

◆

自身の運に期待していないアキラは、遺跡を探して荒野を進んでいる途中に賞金首と遭遇するのを恐れて、賞金首が討伐されるまで未発見の遺跡探しを中断することにした。

それでもずっと都市に閉じこもっている訳にはいかない。そこで訓練を兼ねてクガマヤマ都市周辺の巡回依頼を引き受けていた。

自前の車があるので巡回用のトラックに乗る必要は無く、巡回ルートもある程度は自分で決められる。賞金首の出没地域を避けて巡回すれば危険は少ない。

また、運悪く賞金首に遭遇してしまったとしても、都市近郊の巡回依頼の最中であれば都市の防衛隊に救援を頼むことも出来る。賞金首の討伐は防衛隊の仕事ではないが、都市に近付けば追い払うぐらいはするからだ。

しばらく巡回依頼を続けていれば賞金首もその内

に倒されるだろう。アキラはそう思っていた。

巡回中にモンスターを発見し、揺れる車体の上から銃撃する。訓練としてアルファのサポート無しで撃っていることもあり、命中率は芳しくない。撃ち出された弾丸の多くは、標的近くの地面に着弾していた。

それでも強化服の身体能力で射撃体勢を維持し、体感時間を操作して照準を合わせ、足場も標的も揺れ動く中で、繰り返し引き金を引く。その一発が相手の頭部に見事命中し、モンスターを撃ち倒した。

しかしアキラの顔は冴《さ》えない。

『やっと当たった。やっぱり自力だとまだまだだな』

実際には、これでもそこらのハンターの感覚では十分に驚異的な腕前だ。舗装などされていない地面の上を走る車から、遠方の移動目標に狙って当てるなど、普通の基準から明確に逸脱している。

だがアキラはアルファのサポートによる精密射撃を無意識に基準にしており、その基準では十分に不《ふ》甲斐無《がいな》い実力に軽く溜め息を吐いていた。

アルファが笑ってアキラを励ます。

『安心しなさい。アキラの腕前はちゃんと上がっているわ。気長に、着実に腕を上げていきましょう』

『……、そうだな』

アルファがそう言うのであれば、自分の腕前はいちいち項垂《うなだ》れるほど低くはないのだろう。アキラはそう考えて、気を切り替えるように笑って返した。

『ところでアルファ。賞金首の方は何か進展があったか？　そろそろ1体ぐらい倒されても良い頃だと思うんだけど』

アキラが荒野に遠出するのを躊躇《ためら》っているのは、そこに賞金首が4体もうろついているという理由が大きい。

1体ぐらい倒されればその賞金首の出没地域だった場所は比較的安全になるので、調べる場所をそこに絞って未発見の遺跡探しを再開しても良いかもしれないと思っていた。

だがアルファは首を横に振る。

『残念ながら1体も倒されていないわ。賞金首の掲載情報にも大きな変化は無いわね。出没地域の情報が少し細かくなって、賞金額が上がったぐらいよ』

『そうなのか。倒せば最低でも1億オーラムも貰えるんだから、どこかの強いハンターチームとかが無理矢理倒しにいっても良い気がするんだけどな。あ、賞金は上がったんだっけ。アルファ。幾らになったんだ？』

『最低額の賞金首は6億オーラムよ。ちなみに最高額は15億オーラム』

アキラが軽く吹き出す。1割2割上がった程度だろうと思っていたのだ。

『ず、随分増えたな』

『さっきアキラが言った強いハンターチームとかが倒しにいって、返り討ちにあったのでしょうね。だからもっと強いハンターに倒してもらう為に賞金を増額して、また返り討ちにあって、その繰り返しでどんどん上がっていったのだと思うわ』

『そうすると、今の賞金も割に合わない金額かもしれないのか……。そんな強いモンスターがうろついてるのかよ……』

ますます遠出する気が薄れたアキラは、軽く溜め息を吐いた。

『誰でもいいから早く倒してくれないかな。狭い遺跡の奥とかにいるんじゃなくて、広い荒野をうろついてるんだから、戦車持ちのハンターとかならあっさり倒せるんじゃないか？』

『戦車を乗り回すようなハンターは、基本的にもっと東側で活動しているわ。今はここに向かっている最中かもしれないわね』

『お、なるほど。じゃあ、このまま待っていれば大丈夫かな？』

『でもそういう凄いハンターが、もっと東側からわざわざこの辺りまで足を運ぶ可能性がどれだけあるかは微妙だけれどね。移動中に討伐されてしまえば無駄足になるから』

『ああ、そうか』

『それでも長期間誰にも倒されなかったり、もっと賞金が上がったりすれば、気が変わって倒しに来るかもしれないわ』

『……？　そうだな』

『でもそれだけ長期間討伐されないと、何か問題があるのではないか、とも思われるし、そこまで賞金が上がるかどうかも不明よね』

『……アルファ』

『何？』

アルファに期待の上げ下げを繰り返されて、アキラもからかわれていると理解した。だが先程から他人任《ひとまか》せの発言を繰り返していた自分にも気付いて口を噤《つぐ》む。

『……何でもない』

『そう。それなら、巡回を続けましょうか。アキラ。またモンスターよ』

『了解だ』

アキラは再び銃を手に取った。

◆

都市周辺の巡回を続けていたアキラは、他のハンターを見掛ける機会が妙に多いことに気付いた。それをアルファに告げると、考えることは皆同じだと返される。

賞金首と遭遇するのを恐れて、多くのハンターが遠出を控えているのだ。そして都市に籠もり続けても金が減る一方なので、小遣い稼ぎも兼ねて近場の巡回依頼を受けているのもアキラと同じだ。

『俺が言うのも何だけど、そんなに大勢で都市の近くを巡回しても意味無いよな』

『その分だけ報酬を下げられるのでしょうね。アキラは弾薬費を相殺できればそれで良いけれど、普通のハンターがその稼ぎで生活するのは無理になるわ』

『賞金首の影響って、そういうところにも出てるんだな』

日も暮れ始めたので、アキラは巡回依頼を切り上げて都市に戻ろうとする。帰り道でも多くのハンターとすれ違った。

本日の巡回依頼を終えたアキラが都市の側まで来

たところで情報端末に連絡が入る。

『アキラ。通話要求が届いているわ。ドランカムのシカラベからよ』

『……誰だっけ？』

『前にクズスハラ街遺跡の地下街で、エレナ達と一緒にチームを組んだ時のハンターよ。カツヤと凄く揉めていたでしょう？　覚えていない？』

シカラベはカツヤと同じドランカム所属のハンターだ。以前はカツヤ達の引率役をしており、その頃からカツヤとは非常に仲が悪い。

クズスハラ街遺跡の仮設基地建設ではエレナ達と一緒に前線の警備を任されており、高い実力を持っている。アキラも地下街で一緒に行動した時にその実力を直《じか》に見ており、エレナ達と同格の実力者だと思っていた。

『ああ、あいつか。何の用だ？』

アキラはシカラベのことを思い出したが、別に仲の良い相手とは思っておらず、自分に連絡を入れる用件も思い付かなかったので、怪訝な顔を浮かべていた。それでも少し迷ってから情報端末を取り出した。

「アキラだ。何の用だ？」

訝しむアキラのどこか礼儀に欠けている声に、余裕のあるシカラベの機嫌の良い声が返ってくる。

「久し振りだな。シカラベだ。ちょっと話があってな。今から時間を取れないか？　今どこにいるんだ？」

「都市の近くの荒野で、今から帰るところだ。話って何だ？」

「今話題のハンター稼業の話だ。別に変な話じゃないし、聞いて損は無い内容だ。エレナ達にも似たような話は通ってる。だが内容が内容だから直接会って話したい。俺がいる場所を送るから興味が湧いたら来てくれ。じゃあな」

それでシカラベとの通話は切れた。アキラは少し迷ってから、そのままエレナに連絡を入れる。

「アキラです。今、少しよろしいでしょうか？」

情報端末の向こう側から、エレナが普段と変わらない明るい声で答える。

「大丈夫よ。何かあったの？」

「大したことではないんですけど、ちょっと聞きたいことがありまして」

「話が長くなりそうなら、どこかで会って話す？　私達の家でも良いわ。今ならサラもいるしね」

「いえ、多分すぐ済む話ですから、大丈夫です」

アキラはエレナにシカラベとの話を説明した。すると少し間を開けてから、エレナが自身の推察を答える。

「んー、恐らく賞金首討伐でアキラを雇いたいって話だと思うわ。私達にも似たような話が来てるのは確かよ。でも守秘義務で詳しいことは話せないの。ごめんなさい」

「いえいえ、気にしないでください。シカラベから急に連絡が来て、何の話だろうって気になっただけですから。でも、俺なんかにそんな話を持ちかけますかね？」

それに対し、エレナは苦笑を感じさせる沈黙を返した。そしてごまかすように続ける。

「……アキラはクズスハラ街遺跡の地下街でシカラべと一緒に行動したでしょう？　それで十分戦力になると判断されたのだと思うわ。あとはヨノズカ駅遺跡でのアキラの活躍が、カツヤ達からドランカムに伝わったとか、そんなところでしょうね」

「うーん。そういうものですか」

「あと、ちょっと自惚《うぬぼ》れたことを言えば、私達を助けられるほどの実力の持ち主に、俺なんか、なんて言ってほしくないわね」

「す、すみません」

アキラは少し焦りながら思わず謝った。すると苦笑を感じさせる声が返ってくる。

「アキラはちょっと自己評価が低すぎるのかもね。謙遜は良いことかもしれないけど、そのことに反感を覚える人もいるわ。それを嫌みと捉える人もね。気を付けなさい」

アキラは自身の実力を、ある程度は正しく理解していると思っている。もっとも実際に正しいかどうかは別だ。

現在、アキラの評価には、他者からの評価とアキラ自身の評価に著しい差異が生じている。これはアルファのサポートがそれだけ驚異的なものである証明であり、副作用でもある。アキラもそれを自覚していた。

それに加えてアルファのサポートの力を身に染みて理解している分だけ、アキラはそのサポートが無いと格段に弱くなる自身の評価を無意識に下げていた。

「私もサラも、そしてわざわざアキラに連絡を取ったんだから多分シカラベも、アキラの実力をちゃんと認めているわ。だからアキラも、もう少し自信を持ちなさい。ね？」

それは自分の実力ではない。アキラはそう理解しながらも、エレナの気遣いを優先して、敢えて明るい声を出す。

「はい。分かりました」

それでも少し無理をしていることはエレナにも気付かれた。だがエレナはそれを、急に自身の評価を改めろと言われても難しいのだろうと考えて、今はそれで良しとした。

「それで、話を戻すけど、シカラベの件は悪い話ではないと思うわ。でも私達のところに来た仕事と同じ内容とは限らないから、そこはしっかり聞いて判断しなさい」

「分かりました」

「それと、もし悪い話だったら私に言いなさい。私はこれでも今までチームの交渉役として頑張ってきたの。何とかしてあげるわ」

エレナの冗談交じりの言葉に、アキラも笑って答える。

「はい。その時はお願いします。取り敢えず、シカラベから話を聞いてみようと思います。ありがとうございました」

「もし一緒に仕事をすることになったら、その時はよろしくね」

「勿論です。それでは、また」

アキラは通話を切ると、少し満足げに軽く息を吐いた。そして自分をじっと見ているアルファに気付いてわずかに訝しむ。

『何だよ』

『何でもないわ。シカラベの所に行くのなら、一度家に戻ってからにしましょう。指定された場所は下位区画の酒場よ。駐車場が空いている保証は無いわ』

『分かった。……行くって連絡だけしておくか』

アキラは情報端末を操作して、シカラベにその旨のメッセージを送信した。

アルファが思案する。恐らくアキラはシカラベの話を受ける。そしてその理由の大半は、エレナ達にも似たような話が来ていると知り、その話を受けていると判断したからだ。

加えて、仮にエレナ達に止められていれば、アキラはシカラベの所には絶対に行かなかった。

アキラがそれを自覚しているかどうかは分からない。だがそれを確認することで自覚するかもしれない。そう考えたアルファは、アキラの自覚が自身の計画に影響を及ぼすことを考慮して、確認を避けて黙っていた。

◆

エレナが自宅の椅子で伸びをしている。座ったまま安眠できるほどに座り心地が良く、長時間座って作業をしていても疲れない高級品で、奮発して購入したお気に入りの品だ。

そして非常に楽な格好をしている。身に着けているものは頭部装着型の情報端末と下着ぐらいだ。

そこにサラが料理を運んでやってくる。サラも下着の上にシャツを羽織っただけの楽な格好だ。

二人とも危険なハンター稼業では全身をしっかり、或いはぴっちりと覆う戦闘服を着ていることもあって、安全な家の中で過ごす時には楽で開放的な格好をしていた。

当初は日常と戦闘を意識して切り替える為にやっ

ていたことだ。だが最近はもう、楽な格好に慣れてしまったから、という理由の方が強くなっていた。

そのまま一緒に食事をとりながら、サラがふと思い出したように尋ねる。

「エレナ。そういえば話し声がしてたけど、ドランカムから連絡でもあったの？」

「違うわ。アキラからよ。シカラベから話がしたいって連絡を受けたみたいで、その相談だったわ」

エレナはその詳細を、自身の推察を交えてサラに説明した。それを聞いたサラが不思議そうな顔を浮かべる。

「ドランカムの依頼なら、そこの交渉担当から連絡が行くはずよ？　何でシカラベから直接アキラに話が行くの？」

「ドランカム内のごたごたで、何か小細工でもしようとしてるんじゃない？」

「小細工って、例えば？」

「そうね。アキラはあの実力で、歳《とし》はドランカムの若手と大して変わらないでしょう？　賞金首討伐で若手の部隊にこっそり交ぜれば、まだまだ微妙な実力しかない若手の戦力を大幅に増強できるわね。しかも外部からは助《すけ》っ人《と》だなんて分からないわ」

サラは一度納得して軽く頷いてから、首を傾《かし》げた。

「でもそれならドランカムの事務派閥から連絡が行くんじゃない？　シカラベが連絡を入れるのは変だと思うけど」

「それなら逆に、事務派閥にそうさせない為に、しばらくの間、適当な依頼でも頼むつもりかもしれないわね」

興味深そうに頷くサラを見て、エレナが少し楽しげに微笑む。

「まあ、実際のところは分からないわ。一応アキラには変な話だったら私に連絡を入れるように軽く言っておいたし、大丈夫でしょう」

「そう。なら良いか」

サラは自分達の交渉役であるエレナの意見を聞いて納得し、それで良しとした。

クガマヤマ都市の下位区画にある歓楽街には、ハンター向けに特化した場所も多い。

良くも悪くも殺しに慣れたハンター達が、仕事帰りの武装した状態のまま、酒場で機嫌良く金を払い、酒を呑み、理性を酔いで鈍らせるのだ。治安の維持もそれに適したものになる。当然ながら、普通の者が立ち寄るのはお勧めできない場所となる。

そのような歓楽街にはそのハンター達を相手に商売をする娼館《しょうかん》や娼婦《しょうふ》も多い。そして彼女達の後ろ盾となる荒事担当の人間も多い。荒事に自信の無い者は立ち寄るべきではない場所だ。

シカラベ達はその歓楽街にある酒場の中にいた。

店の奥の位置、稼ぐハンターが座る席で、シカラベは仲間達と話していた。テーブルには酒が置かれているが、シカラベは手をつけていない。酒で鈍った頭で交渉をする気にはなれないからだ。

だが二人の仲間、ヤマノベとパルガは遠慮無く呑んでいた。ヤマノベは体内にアルコールの分解装置を埋め込んでおり、泥酔していても10秒で素面《しらふ》に戻ることが出来る。パルガはアルコール除去薬を手元に置いて酒を呑んでいた。

シカラベは仲間達の呑み方に個人的に思うところはあったが、仕事に支障を出さない呑み方ではあるのでごちゃごちゃ言うのはやめていた。

携帯端末に通知が届く。確認するとアキラからで、今から向かうという旨のメッセージだった。

「アキラはここに来るそうだ。交渉は俺がする。余計なことを言って邪魔するなよ？」

少々酔いの回ったヤマノベが笑って返す。

「分かってる。それで、そのアキラってやつは使えるのか？」

「少なくとも俺達の足を引っ張ることは無い。お前らの方の当てはどうなってるんだ？」

「俺の方は、まずは借金持ちが２人と、その監視が１人だ。腕はそこそこ。債権者側との話はついている。借金持ちの方は死なせても構わないが、死体は回収してくれってさ。他にも数名に声を掛けたが、ここに来るかどうかは微妙だな」

「こっちはドランカムに加わるコネを欲しがってい るやつが2人だ。そこそこの腕のやつと、俺らと同じぐらいの腕のやつだ。他の当ては他の仲介からの連絡待ちだな」

シカラベはパルガの方の当ての内容を聞いて、少し怪訝な顔をした。

「俺達と同程度の実力を持ってるなら、別にこの件に絡まなくてもドランカムの窓口と普通に交渉すれば良いだろう。俺達のコネを欲しがるなんて、どんな裏があるんだ？」

「何でもそいつはどこかと揉めていて、後ろ盾が欲しいそうだ。正規の窓口だと不味《まず》いんだろうな。詳しいことは俺も知らねえ。詳細は直接会って聞くことになってる」

「……事情を聞くだけ聞いて、相応の活躍をしろと焚《た》き付《つ》けるか」

信頼の置ける仲間の伝であり、シカラベは多少裏があろうとそれで良しとした。

シカラベ達の目的は賞金首の討伐で、ここはその為の人員集めの席だ。アキラを呼んだのもその為だ。ただしドランカムの通常の交渉窓口を通さないだけあって、エレナの予想通り、小細工有りの席だった。

◆

アキラがシカラベに指定された酒場を目指して歓楽街を進んでいる。

華やかな歓楽街はスラム街とは別の意味で治安が悪い。ハンター達が命を賭けて稼いできた金を吸い上げて作られた街並みは、自身の血を対価にして得た金を存分に浪費させるに足る環境を維持する為に、今日も特有の華やかさを振りまいている。

それはハンターが今日を生きる活力の原動力になり、明日を失う堕落の原因にもなっていた。

普段は縁も無く、立ち寄る理由も無い場所ということもあって、アキラはその光景を興味深そうに見ていた。酒と女を自分に勧める客引きの声を意外に思いながら、それらの声を無視して進んでいく。

そこでアキラは、並んで歩いているアルファがすれ違う相手とぶつからないように避けていることに気付いた。アルファは実体を持たないのだから、そんなことをしても意味は無いだろうと、ふと不思議に思う。

『アルファ。何でわざわざ人を避けてるんだ？　別にぶつかっても問題無いだろう？』

『気分の問題よ』

『誰かとぶつかると、アルファの気分が悪くなるのか？』

『アキラの気分が悪くなるのよ。私がそこらの誰かと融合しているような姿を見て、アキラが顔をしかめないのなら問題無いけれどね』

アルファはそう言うと、その辺を歩いていたハンターに近付いて姿を意図的に重ねた。するとハンターとアルファの顔の部品を中途半端に奇怪に混ぜた頭部を持つ、4本腕の得体の知れない人型の物体が出来上がった。

アキラが思わず顔をしかめる。確かに見ていて気分の良いものではなかった。

『……悪かった。これからも避けてくれ』

『でしょう？』

アルファはアキラの側に戻って得意げに微笑んだ。

目的地の酒場は各階が高い3階建てのビルだった。その店の前に到着したアキラが周囲の者達、店の客層のハンター達を見る。遺跡から戻ってきたその足で直接ここに来たのか、目立つ武装をしている者も多い。遺物らしき物を持っている者もいた。

アキラの装備は強化服、そしてAAH突撃銃とA2D突撃銃だ。CWH対物突撃銃とDVTSミニガンは車と一緒に置いてきた。予備の弾薬を詰めているリュックサックも今は背負っていない。

遺跡に行くような武装だと入店を断られるかもし

れないと考えて重装備を避けたのだが、これなら余り気にする必要は無かった。アキラがそう思うほどに、店の雰囲気はそれなりに物騒だった。

それでも遺跡やクガマビルの上階の高級店であるシュテリアーナに比べればどうということはないと、アキラは酒場の中にあっさり入った。

広い店内では多くのハンターが思い思いに酒を呑んでいた。出入口に近いカウンターから、酒場の主人がアキラに険しい顔を向ける。

「ここはお前みたいなガキが来る場所じゃねえぞ。帰んな」

ハンター達に酒を出し、時にはその酔っ払い達に凄んで騒ぎを鎮めるのも店主の仕事だ。その威圧には迫力があった。

だがアキラは平然としていた。

「それはこんなガキをここに呼び付けたやつに言ってくれ。シカラベってやつがいるはずなんだ。知らないか？」

そのアキラの態度を見て、店主も場違いな場所に迷い込んだ子供を叩《たた》き出《だ》す気遣いは不要だと判断した。一見弱そうに見えるが、身に着けている装備に見合う実力は持っているのだろうと思い、面倒そうに告げる。

「知らん。適当に探せ。……全く、こんなガキをこんな場所に呼び付けるなんてどこの馬鹿だ」

文句は言われたが許可は取れたので、アキラは店内を見渡してシカラベを探した。しかし見える範囲には見付からない。

『シカラベはどこにいるんだ？　……連絡して聞くか』

『2階の奥にいたわ。行きましょう』

情報端末を取り出そうとしていたアキラが動きを止める。1階にすらいなかったシカラベをどうやって見付けたのか。その疑問が湧いて出てきたが、今更だと自身に言い聞かせて、その問いを心の奥底に仕舞い込む。

『2階か。行こう』

読み書きすら出来なかったアキラも、アルファの授業のおかげで今では様々な知識を身に付けている。ネットを介していろいろな情報も得ている。まだまだ常識に欠けているところはあるものの、もうスラム街の路地裏が世界の全てだった子供ではない。

だがその常識的な知識を得るたびに、アキラはアルファがどれだけ得体の知れない存在であるのかを、改めて思い知らされるのだ。

もっともアルファの正体など、アキラにはさほど重要ではない。アキラにとって重要なのは、たとえ依頼の契約上の関係とはいえ、アルファが自分の味方であることだ。

だからアキラは疑問と好奇心に蓋をする。より重要で、より大切なことを重石《おもし》にして、開ける必要の無い蓋を開けてしまわないように、あの日から続いている幸運が消えて無くならないように、アルファとの日々を失ってしまわないように、しっかりと押さえ込んだ。

アルファの言葉通り、シカラベは2階の奥にいた。

「来たな。アキラ。ここだ」

シカラベは軽く手を振ってアキラを呼んだ。大きなテーブルと、接客用の女性を側に大勢侍《はべ》らせる為に作られた大型のソファーの席には、今はシカラベ達しか座っていない。

「この二人は俺の同僚で、ヤマノベとパルガだ。ヤマノベ。パルガ。こいつがアキラだ。まあ、座ってくれ」

アキラはヤマノベとパルガから興味と懐疑の視線を向けられながらも、気にせずにシカラベの向かいに座った。

「それで、話って何だ?」

「ああ、その前に何か頼むか？　ここは酒場だが、つまみ以外の料理も結構揃《そろ》ってるぞ」

「要らない。料理は食いながら聞く話かどうか確認してからだ。値段も分からないしな」

軽く警戒を示すアキラに向けて、シカラベが不敵に笑う。

「そうか。それなら早速本題に入ろう。俺達は賞金首討伐を計画している。一応聞いとくが、あの4体

の賞金首のことは知ってるよな？」

「ああ」

「単に倒すだけなら俺達だけでも可能なんだが、迅速に確実に倒すとなると流石に戦力が足りない。そこで不足分を補う為に追加の人員を雇うことにした。それでアキラに声を掛けた訳だ。報酬は弾む。雇われないか？」

エレナの推察通りの内容だったことで、アキラは警戒を下げた。

「具体的な契約内容次第だな。でもその程度の話なら、俺を呼び出した時に概要ぐらい教えてくれても良かったんじゃないか？」

アキラのその軽い疑問に、シカラベが真面目な表情を返す。

「今から話す条件を聞かずに、中途半端に考えられると困るんだ。この依頼にはハンターオフィスは介在させない。純粋にハンター同士の依頼だ。この条件を呑んでもらいたい」

アキラはシカラベ達の態度から、かなり重要なことを言われたのだと理解した。しかしそれが、なぜ、どの程度、重要なのかは分からない。そこで真剣な表情で聞き返す。

「それを受けた場合、具体的にどういう不利益が生じるんだ？　可能な限り説明してくれ」

パルガが怪訝そうに口を挟む。

「お互い素人じゃねえんだ。そんなことをいちいち説明させる気か？」

ハンターの常識面としては、アキラはまだまだ素人の範疇だ。それをごまかすように、軽く警戒の視線を向けて答える。

「俺は基本的に一人で行動しているから、ハンター同士の取り決めの慣例とか、暗黙の事柄には疎いんだ。それに、俺はドランカムのハンターじゃないし、ドランカムとの付き合いも無い。ドランカムを相手にした交渉の、暗黙の譲歩を期待されても、困る」

ヤマノベはアキラのその言葉を、ドランカム相手に引く気は無いという意味に解釈して、納得したように軽く笑った。

「ああ、そういう意味か」

「そういう意味だ。いちいち説明しなくても分かるだろう。そういう暗黙の了解は揉め事の元になる。聞かなかったから言わなかった。そういうのは無しにしてくれ。あとで揉めたくないからな」

シカラベは長年の経験から恐らく単なる知識不足だと判断したが、それを指摘して交渉を台無しにする意味は無いと考えて、話を進めることにする。

「良いだろう。説明が曖昧だと思ったら、その都度聞き返してくれ」

シカラベはアキラの要求通り、普通なら省く内容も含めて依頼の詳細を話していった。


依頼にハンターオフィスを介在させない場合、当然ながらハンターオフィスはその依頼の存在を認識せず、関与もしない。

今回の依頼でシカラベに雇われても、ハンターオフィスのアキラの個人ページに、ハンター稼業の経歴として残ることは無い。

そしてこの依頼を保証するものは何も無い。そもそも公的には存在しない依頼となる。

ハンターオフィスを介した契約ならば、依頼内容の不備や報酬の未払いなどが発生した場合、その記録が残る。それは契約したハンターに、契約を守らせようとする強制力となる。

それが一切無い以上、契約を守らせるものは、それを締結したハンター自身のみとなる。つまり、未払いの報酬を力尽くで取り立てようとして、強盗扱いされて殺されたとしても、自業自得で済まされる。

防壁の内側ならともかく、荒野という倫理に欠けた環境下で、約束事が無意味になる危険性は余りにも大きい。

ハンターオフィスを介在させない依頼は全て詐欺だと思え。下手をするとそう言われるほどに、依頼の信用度に雲泥の差があった。

シカラベは歴戦のハンターとして、それを十分に分かった上で今回の依頼にハンターオフィスを介在させないと言っている。そのハイリスクに見合ったハイリターンとして、シカラベがアキラに提示した報酬は高額だ。

賞金首の討伐後、その賞金から経費を引いた残りを参加者の活躍に応じて分割する。しかし分割する数にシカラベ達は含めない。

最終的なチームの人数は調整中だが、仮にアキラを含めたここにいる4人で賞金首を倒した場合、賞金から経費を引いた残り全額がアキラのものとなる。

支払方法はシカラベ達が一度賞金をハンターオフィスから受け取り、そこから経費を抜いてアキラの口座に振り込む形になる。

また賞金首の討伐に失敗したとしても、500万オーラムがシカラベからアキラに支払われる。ただしその場合は、経費は込みとなる。

シカラベから話を聞き終えたアキラが、内容を反《はん》芻《すう》しながら疑問点を洗い出していく。

「確認したいことが幾つかある。1つ目。経費って、具体的にはどこまで有りなんだ？」

「細かく決める気は無い。だから認めないものを説明する。まず、借金の返済は駄目だ。借金を返済しないと作戦に参加できないから、その分を経費と認めてくれってのも駄目だ。それは各自の報酬から支払ってもらう」

「そんなものを経費にするやつがいるのか」

「いるんだよ。次に、装備代も駄目だ。5億オーラムの賞金首を倒す為に、5億オーラムの新装備を買った。それを経費として認めると、事実上そいつが全額持っていくことになるからな」

「それはまあ、そうだろうな」

「ただし、その場合でも弾薬等を含めた消耗品の代金や、装備のレンタル代は経費として認める。あとは……」

そう言ってシカラベは少し考えるような様子を見せると、面倒臭そうな態度を取った。

「……抜け道探しは面倒だ。俺達3人は賞金首の討伐に成功しても、その賞金から1オーラムも受け取らない。これは約束する」

アキラも取り敢えずそれで納得した。

「2つ目。チームの人数は何人だ？」

「アキラを含めて最低4人。最終的に何人になるかはこの後の交渉の結果次第だが、恐らく15か、20か、それぐらいだ。なるべく集めるつもりだが、最大でも30人ぐらいだろう」

「3つ目。報酬が支払われる保証は？」

「無い」

シカラベはそう簡潔に断言した。アキラが表情を険しくして鋭い視線を向けると、シカラベもそれに合わせてくる。そして互いに威圧するように黙って視線をぶつけ合った。

ハンターオフィスを介さない依頼という意味を相互に確認し合う無言を済ませた後、シカラベが補足する。

「……強いて言えば、報酬を踏み倒されて怒り狂ったお前と殺し合うより、素直に報酬を支払った方が良い。そう俺が思っていることだ」

アキラの沈黙が相手への威圧から、内容の真偽を訝しむものに変わった。そこにシカラベが更に付け加える。

「お前の実力は、俺が支払を楽に踏み倒せる程度だ。だから踏み倒そう。もし俺がそう考えているのなら、そもそもお前を雇ったりはしない。役に立たねえからな」

アキラが難しい顔で思案する。好意的に解釈すれば、シカラベはアキラの実力を認めていると言っている。だが捻《ひね》くれた解釈をすれば、見込み違いなら報酬を踏み倒すと言っていた。

そしてシカラベの本心がどうであれ、実力さえあれば前者の解釈をシカラベに押し付けることが出来る。そうしてみろと、軽い挑発込みの返答だということに、アキラも何となく気付いた。

その気付きで、アキラは返答としては一応満足した。残りの疑問に移る。

「4つ目。ハンターオフィスを介在させない理由は？　今聞いた内容なら、別に普通に契約しても良いんじゃないか？」

アキラにとっては軽い疑問だった。だがシカラベはその表情を再び険しいものに変えた。

「……その質問に答えないと、アキラはこの話を断るのか？」

「断る。少なくとも変な揉め事に知らない内に巻き込まれるのは御免だ」

話すかどうかを自分だけで決めるのはどうかと、シカラベは仲間の様子を窺《うかが》った。するとまずはパルガが苦笑いを返す。

「良いんじゃねえの？　どうせその内に知れ渡る話だ。まあ、言いたくない気持ちは分かるけどな」

続けてヤマノベも賛同する。

「吹聴しないのなら問題無いだろう。シカラベが勧める戦力だ。その程度の理由で断られるのは避けたい」

シカラベが溜め息を吐いた後、アキラに念を押す。

「言い触らすなよ？　一応、ドランカム内部の話だ。本来外部の人間に話すことじゃねえんだ」

「分かった」

しっかりと頷いたアキラの態度を見て、シカラベが仕方無いと溜め息を吐く。

「……要は、まあ、ドランカム内部の勢力争いの一環、その都合だ」

身内の失態でもある内容の所為で、それを話すシカラベの口調は少し不機嫌なものになっていた。

第88話　殺しすぎで自滅するタイプ

ドランカムはクガマヤマ都市に無数に存在するハンター徒党の一つだ。ハンター稼業を主業務とする民間軍事会社でもある。

ただしその規模は頭一つ抜けている。都市との繋がりを強めて勢力を増し、所属しているハンターの数も発足当初の小規模な頃とは桁違いに増えていた。

人が増えると派閥が出来る。管理側とそれ以外の軋轢《あつれき》も増え始める。派閥間の軋轢で組織の運営に支障を来《きた》すこともある。

そして現在ドランカムは、その派閥抗争の真っ最中だった。

徒党結成当初のハンターを多く抱える古参派閥。若手ハンターを中心とする若手派閥。徒党の裏方職員が組織運営に口を出して力を付けた事務派閥。主にそれらの大きな派閥が、時に協力し、時に反目して争っていた。

そしてそれらの派閥も一枚岩ではない。大まかには同じ派閥でも、内部で細かく分かれている。

古参の多くは事務派閥の者を嫌っている。安全な都市の中から1歩も外に出ずに、弾薬や回復薬等などの消耗品の使用量にしたり顔で文句をつけてくるからだ。だが一部の者は、都市との繋がりで稼ぎの良い依頼を回してくれる事務派閥にすり寄っていた。

若手の多くは自分達を未熟者と見下している古参のことを嫌っている。しかし古参との明確な実力差や、自分達の装備代の出元がその古参の稼ぎだと知ったことで、それなりに態度を改めた者もいる。

加えて事務派閥は若手の中でも比較的真っ当な出身の者を集めたA班を贔屓しており、同じ若手でもスラム街などを出身としたB班の扱いは悪く、A班とB班の対立を生み出していた。

また事務派閥はハンター歴の無い純粋な事務要員が大半だが、元ハンターの者もそれなりにいる。そして純粋な事務要員にもハンター稼業の苦労に理解を示す者もいる。更に事務側での出世争いもあった。

現在ドランカムは、そのような大小様々な派閥が組織内での影響力を求めて争う状態になっていた。そして派閥争いに勝つ為に賞金首討伐の功績に目をつけたのだ。

アキラはシカラベからその派閥争いの話を聞いた。だが理解が追い付かない。

「それは分かったけど、それが今回の依頼にハンターオフィスを介在させない理由と、どう関わってくるんだ？」

「ハンターオフィスを介在させると、ドランカムの手続き上、外部交渉担当を必ず通すことになる。あいつらは派閥争いから一歩引いて中立を気取ってるが、要は全派閥に情報を流すってことだからな。その防止だ」

「あー、いろいろ面倒臭いんだな」

アキラの軽い感想に、シカラベが深い溜め息を吐く。

「ああ、本当に面倒臭い」

その心情の籠もったシカラベの吐き捨てるような言葉に、アキラは思わず苦笑いを浮かべた。

「分かった。俺からの質問はこれぐらいだ」

シカラベが息を吐いて意識を切り替える。

「そうか。それなら依頼を受けるかどうか、返答を聞こう」

「受けても良いけど、条件がある。大まかな作戦には従うけど、部隊行動の細かい連携とかは期待しないでくれ。あと、勝ち目が無いと思ったら、俺は俺の判断で撤退する。その前に一声掛けるけど、残って戦ったりはしない。この条件で良いなら受ける」

「随分都合の良い条件だな」

「それはお互い様だ。ハンターオフィスを介さない依頼で捨て駒にされるのは御免だ。で、どうする？」

「……、良いだろう」

これで契約は成立。かなり変則的ではあるが、アキラは賞金首討伐に関わることになった。

アルファがそれとなく尋ねる。

『アキラ。良かったの？　賞金首との遭遇を避ける為に都市に籠っていたのでしょう？』

『最低限、俺の判断で勝手に逃げる約束は取り付けた。……俺の実力だと、それでも危険か？』

『アキラ一人で戦う訳ではないし、私もサポートするし、止めるつもりは無いわ。ただ、急に積極的になったように感じたから、少し気になっただけよ。

結局、エレナ達とは関係無い話だったでしょう？』

『そういえばそうだな。その辺はドランカムから似たような依頼がエレナさん達にも行ってるってことなんだろうけど』

シカラベがエレナ達の関与を臭わせたのは、そう言っておけばアキラの興味を引けると考えたからだ。そして実際にそうだった。

『まあ、良いじゃないか。エレナさん達のことを話に出されてのこのこ来ちゃったのかもしれないけど、これで賞金首が早めに倒されれば俺にとっても好都合だ。早く誰か倒してくれないかなって、全部人任せにするよりは良いだろう』

『そうね。そう考えておきましょうか』

アルファが思案する。アキラがシカラベの話に興味を持ってここに来たのには、確かにエレナ達の影響が大きい。だが最終的な決定には関わっていない。

今のところは許容範囲。しかし今後は分からない。必要ならば対策を練る。アルファはそう判断した。


シカラベから依頼を引き受けたアキラは、シカラベの頼みでその場に残っていた。これから他の追加人員との交渉を進めるのだが、参加者として同席してほしいと頼まれたのだ。

次に交渉に来る者の邪魔にならないようにシカラベの向かいの席から移動して、テーブルに備え付けられている注文用の端末で簡単な料理を注文する。この代金は経費で良いと言われたので遠慮無く多めに頼んだ。

シカラベから賞金首討伐の計画について聞きながらしばらく待っていると、飲食店というより異性への接客用に着飾った女性店員が料理を運んでくる。

女性はアキラのような子供がいることに少々驚いていた。アキラの前に料理を置きながらシカラベへ意外そうな顔を向ける。

「随分子供の新顔ね。しかも2階にいるなんて。シカラベ、あんたの連れ？」

「そうだ。こいつは忙しい。だから営業には来るな。他のやつにもそう言っておけ」

「流石に子供を相手にはしないわよ。あんた達の方は？」

女性が慣れた笑顔でシカラベ達に営業を仕掛けた。だがシカラベに軽くあしらわれる。

「俺達も忙しいってマスターに言ってあるだろう。聞いてないのか？　この席の客は全員対象外にしておけ」

「つれないわね。何の為に2階にいるのよ」

「こっちにもいろいろあるんだ。仕事が終わって祝杯を挙げる時には俺達の気前も良くなってるさ。それまで待ってろ」

「その言葉、忘れないでよ？」

女性は挑発的に笑って帰っていった。

アキラはシカラベと女性の遣《や》り取《と》りの意味が分からず不思議そうな顔を浮かべている。

「シカラベ。2階に何か意味があるのか？」

「ああ。ここの3階は娼館だ。そこのやつが2階でウェイトレスをするついでに、そっちの方の注文も受け付けてるんだよ。純粋に酒を呑みに来るやつは1階で呑むのがここの慣例だ」

アキラは納得しながらも、シカラベに少々不満げな視線を向けた。

「……子供を呼び出す場所じゃないだろう」

「ハンター稼業に歳は関係無いだろう。別にアキラへの嫌がらせでここを指定した訳じゃない」

シカラベがアキラの非難を笑って流し、補足する。

「まあ、お前を呼んでおいてこう言うのも何だが、ハンターオフィスを介在させない依頼を受けるやつなんて訳有りのやつが大半でな？　そういう相手との交渉には2階の方が都合が良いんだよ。気にするな」

アキラが軽く溜め息を吐く。そしてもう深く気にするのはやめて料理を食べ始めた。

アキラの次にこの場に来たのは、ヤマノベが呼んだ追加人員とその関係者だった。

借金持ちが2名と、その監視役が1名。そして債権者の代理人であり、シカラベ達との交渉役でもある男が1名。計4名だ。

ヤマノベがシカラベと席を替わり、彼らを手招きする。交渉役のトメジマは勧められるままにヤマノベの向かいに座った。

「待たせたかな？」

「ああ。俺達を待たせるだけのやつを連れてきたんだろうな？」

「勿論だ。案山子《かかし》でも良いなら幾らでも連れてくるが、そっちの条件を満たす人間を連れてくるのは大変なんだ。少し遅れるぐらいは見逃してくれ。賞金首討伐に首を突っ込むぐらいの実力があって、ハンターオフィスの介在無しの条件を呑むやつを探すのは大変なんだぞ？」

「その為にお前達に高い手数料を支払ったんだ。これで後ろのやつが役立たずなら、こっちもそれなりの対応を取るからな」

「分かってる。では、交渉を始めようか」

ヤマノベとトメジマが交渉を続ける横で、アキラが食事の手を止めて監視役の男に少し険しい顔を向けていた。

男が苦笑してアキラの隣に座る。

「久し振りだな」

「……そうだな」

監視役の男は、シェリルと一緒にヨノズカ駅遺跡に遺物収集をした時に会ったコルベだった。そのコルベと一緒にいたギューバがシェリルを襲ったこともあり、アキラの顔には警戒が浮かんでいた。

「そんな顔するなよ。別に俺がお前に何かした訳じゃないだろう？」

「お前の連れにシェリルを襲われたんだ。警戒ぐらいする。……待て、何でそれを知ってるんだ？」

「借金持ちが金を返す前にくたばったんだ。そりゃ調査ぐらいするさ」

怪訝な顔を浮かべるアキラに、コルベは自分の立場を説明した。

借金持ちのハンターで構成された集団遺物収集作業の監視役をしていること。シェリルを襲った者達は多額の借金を抱えていたこと。消息を絶った彼らが逃げ出したと思い、行方を調べたこと。その調査の過程でいろいろ知ったのだと、コルベは軽い弁明を交えて説明した。

辻褄《つじつま》は合っている。アキラはそう思いながらも、疑わしい視線をコルベに向けていた。

「本当に関係無いのか？」

「監督不行き届きだと言われれば、ごめんなさいとしか言えねえが、あいつらにそうしろと指示なんて出してないし、間接的にそそのかすようなこともしていない。その件とは無関係だ」

『アルファ』

『少なくとも嘘は言っていないわ』

交渉事に秀でている訳でもないと自覚していることもあり、アキラにとって真偽の判定でアルファの判断に勝るものは無い。一応信じることにする。

「分かったよ。疑って悪かった」

アキラはそう言ってコルベへの警戒を解いた。

「気にするな。誤解が解けて何よりだ」

そそのかしたやつに心当たりは無いか。そう問われる前に、コルベが軽く笑って話を流す。

「それにしても、お前が何でこんな場所に？　別にデカい借金を抱えてる訳でもないんだろう？」

「借金は無い。前にシカラベとチームを組んだ縁があって、それで賞金首討伐の戦力として雇われただけだ」

「ハンターオフィスを介さない依頼をそんな理由で引き受けたのか？　借金も無いのに？」

「別に借金は関係無いだろ？」

アキラとコルベが認識の差異の所為で互いに怪訝な顔を向け合っていると、シカラベに口を挟まれる。

「おい、そこ、俺達とアキラの契約に横から口を出すな。黙ってろ。アキラも気にするな。契約内容を余所《よそ》に漏らすな」

アキラ達はそれで話を止めた。だが更に別の者から口を出される。

「おい！　そのガキもメンバーって、どういうことだ!?」

声を上げたのは、トメジマの背後に立っていたカドルというハンターだった。

「勝手に口を挟むな。黙って待ってろ」

そうトメジマに強めの口調で注意されても、カドルは更に声を荒らげる。

「……こっちは命賭けで賞金首と戦うんだぞ!?　なのにそんなガキをチームに加えるのか!?　チームの頭数だけ水増しして、分配する報酬を減らすつもりじゃねえだろうな！」

「良いから黙ってろ！　交渉に口を挟むな！　……コルベ、見張ってろ」

トメジマはコルベをカドルの横に立たせて騒ぎを抑えると、良い口実が出来たと内心でほくそ笑みながら、ヤマノベとの交渉を再開する。

「騒がして悪かった。でも、何だ、そいつの言い分も分かるだろう？　借金返済の為に命を賭けて、報酬がそこのガキと同じじゃ文句も言いたくなるさ。何とかならないか？」

「何とかって、具体的には？　お前も交渉役なら具体的な内容はそっちから出せよ」

「そのガキをチームから外せとは言わないが、報酬の分配比率を実力相応に下げてほしいね」

トメジマはアキラを意味深に見ながらそう提案した。

ドランカムの若手ハンターには、装備だけ高性能な虚仮威《こけおど》しという悪評が流れている。全く強そうに見えないアキラを見て、トメジマはアキラもその類いの者であり、頭数の水増し要員だと考えていた。

カドルの考えもトメジマと大体同じだが、より悪く疑っていた。若手ハンターどころか、スラム街の子供に見た目だけ高そうな安物を装備させているだけだと思っていた。更にトメジマがシカラベ達と結託して自分の報酬を減らし、差分を懐に入れようとしているのではないかと疑っていた。

ヤマノベとパルガも、シカラベがわざわざ呼んだ人物という点から口には出さなかったが、大して強そうに見えないアキラの実力を内心で結構疑っていた。

場の視線がアキラに集まる。だがアキラは気にせずに食事を続けている。

その視線が次にシカラベに集まる。シカラベは面倒そうに息を吐いた後、その顔を少し厳しいものに変えてトメジマに向けた。

「駄目だ。もうアキラとの交渉は済んだんだ。今更お前らの都合で契約内容を変える気は無い」

そして今度は軽く馬鹿にした顔をカドルに向ける。

「第一、実力相応、実力不足ってことでアキラの報酬を減らしたら、お前らに支払う報酬なんて端数切り捨てで消えちまうよ」

「何だと!?　てめえ！　俺がこのガキより弱いって言うのか!?」

馬鹿にされたと捉えたカドルは憤慨して思わず叫んだ。だがそれでもそれ以上のことはしない理性がまだ辛《かろ》うじて残っていた。

しかし、その大声で自分の方へ視線を向けたアキラに、非常に面倒そうな表情を向けられた上に溜め息を吐かれ、些事《さじ》のように食事に戻った態度を見て、残っていた理性は消えてしまった。

カドルにはアキラの行動の全てが自分を馬鹿にする為のものに思えてしまった。

「ガキがぁ！」

カドルが激情に身を任せて銃を抜き、銃口をアキラに突き付けようとする。

相手を殺したいのか、ただの脅しなのか、怯《おび》える姿を引き出して気に障る余裕の態度を消したいのか、それはカドル自身にも分かっていない。ただ激情に後押しされて暴挙に出る。

次の瞬間、カドルは床に叩き付けられていた。銃を弾《はじ》き飛《と》ばされ、叫んで大きく開いた口の中に銃口を勢い良く捩《ね》じ込《こ》まれ、喉の奥を強打した勢いで倒されていた。

銃を咥《くわ》えたまま横たわり、驚きで自身の状況も理解できないほどに混乱しているカドルの視界には、相手の口内に銃口を捩じ込んだまま引き金に指を掛けているアキラの姿があった。

そこでカドルは反射的に銃を向けようとして、自分の銃を既に弾き飛ばされていたことにようやく気付いた。

アキラが銃をカドルの喉の奥に更に強く押し付ける。その苦痛と、これ以上暴れれば殺すという視線による警告で、カドルは苦悶《くもん》と恐怖の混ざった小さな声を吐き、怯えた表情のまま大人しくなった。

結果から過程を把握した者は驚愕《きょうがく》を、初めから過程を把握できていた者は軽い驚きを顔に浮かべていた。前者はトメジマ達であり、後者はシカラベ達だ。

アキラに銃を向けようとしたカドルの動きは、アキラの視界の外で行われていた。

アキラはそれにもかかわらずカドルの動きに反応し、素早く立ち上がって距離を詰め、相手の銃を左手で弾き飛ばし、右手で銃を抜いてカドルの口の中に捩じ込んでいた。

コルベもカドルを止めようとしたのだが、アキラの方が速かった。相手の動きを認識するのが限界で、今は啞然《あぜん》としながらアキラを見ている。

シカラベは大して驚いた様子も無かった。だがそれは表面上のもので、実際には内心の驚きや疑問を顔に出すのを何とか抑えているだけだった。

(視界の外にいた相手の動きに対してこの反応。アキラは地下街でも離れた場所にいるモンスターの位置を正確に把握していたが、同じ技術か？　情報収集機器を常時作動させて、常に周囲を監視しているのか？　……違う気がするな)

その勘を含めた推測は部分的には正しい。常に周囲を監視しているのはアキラではなくアルファだ。

(動きの方は強化服の性能だとしても、今アキラが着ている強化服は地下街の時とは別の製品だ。強化服の身体能力を把握して十全に動く為には相応の訓練が必要なはず。この短期間で新しい強化服をそこまで使いこなしているのか？　それとも強化服の制御装置が高性能なだけか？　……違う気がするな)

この勘と推察も部分的には正しい。強化服の高度な操作はアルファのサポートのおかげだ。

（……分からん。どうもアキラが相手だと、こういう勘が鈍るんだよな）

勘と推測で近い答えに辿り着き、それは間違いだと気付ける高い実力の所為で、シカラベはアキラのことがまた分からなくなっていた。

一方ヤマノベとパルガは半信半疑だったアキラの実力を確認して、シカラベがわざわざ呼び出すだけはあると評価を改めていた。

もっとも戦闘能力だけでハンターの評価が決まる訳ではない。他の部分はどうかと思っていると、アキラに動きが出る。

無言、無表情で銃を相手の口の中に押し付けているアキラが、何でもないことのように尋ねる。

「シカラベ。こいつを殺すと、賞金首討伐にどの程度影響が出る？」

アキラがカドルを殺していないのは、一応既にシカラベに雇われている状態だからだ。賞金首討伐の為の追加戦力を消すのは、雇われの身としては不味いかもしれない、という考えが引き金に掛かっている指を止めていた。

シカラベの返答次第で自分は死ぬ。それを理解したカドルの震えが強くなる。

そして返答が告げられる。

「好きにしろ。だが後始末も自分でしろよ？」

「後始末？」

「ここは荒野じゃねえんだ。店から死体の処理代や血で汚れた床の掃除代、穴の開いた床の修繕費用ぐらいは請求される。それは自分で払え」

敵を無表情で見ていたアキラの顔に、面倒だという感情が加わった。

「……経費になったりしない？」

「駄目だ。銃声を聞いて怒鳴り込んでくる店主の対応も自分でやれ。俺は面倒だから手伝わない」

アキラは溜め息を吐いて銃を戻した。十分に一方的に対処できたこともあり、カドルへの殺意はその後の面倒事を許容するほど強くなかった。

ここが荒野なら殺していた。荒野ならば死体は適当に捨てれば済む。似たような考えの者はそれなりにいて、荒野の治安を悪化させていた。

都市と荒野の違い、その差がカドルの命をギリギリのところで救っていた。

アキラがシカラベの方へ振り返る。

「俺は帰る。このままここにいると面倒事が増えそうだ」

「分かった。後で連絡する。それまでに賞金首討伐の準備を済ませておけ」

「ああ。じゃあな」

アキラはそれだけ言って階段の方へ向かおうとした。しかし一度止まって付け加える。

「シカラベ。そいつを雇うのはそっちの勝手だけど、生かして返す約束はしない方が良いぞ」

シカラベが笑って答える。

「だろうな」

釘《くぎ》は刺したと軽く息を吐き、アキラはそのまま帰っていった。


ヤマノベが去っていくアキラを見ながら言う。

「短気だねぇ。あれは殺しすぎで自滅するタイプだな」

アキラの行動を、ヤマノベはどちらかといえば否定的に捉えていた。しかしパルガはどちらかといえば肯定的に捉えており、軽く反論する。

「相手が気長な保証は無いし、一応防衛だ。その辺の区切りをしっかり付けておけば良いんじゃないか？」

「その辺の区切りは次第に甘くなっていくんだよ。今まさに、その末路がそこに転がっているだろう？」

ヤマノベはそう言って軽く嗤《わら》いながらカドルを指差した。

区切りが過度に甘くなり、人に気安く銃を向けるようになってしまった者の分かりやすい実例を見て、パルガは反論を思い付けずに唸《うな》った。

カドルが身を起こして銃を拾おうとする。だがその銃をコルベに先に拾われてしまう。更にコルベに蹴飛ばされ、苦悶の声を上げて俯《うつぶ》せに床に転がった。

コルベがカドルをもう一度踏み付けるように蹴ってから命令する。

「寝てろ」

それでカドルは自身の意志とは無関係に起き上がれなくなった。

コルベがカドルを踏み付けたまま、もう一人の借金持ちの男に警告する。

「お前も妙な真似はするな」

男は恐怖で顔を歪めながら激しく頷いた。

ヤマノベがトメジマを軽く威圧しながら笑う。

「さて、交渉の途中だったな。確かに、俺がお前に伝えた追加要員の条件に、味方に銃を向ける馬鹿ではないこと、とは明示していなかった。その程度のことはいちいち伝えるまでもない暗黙の条件だと思っていたんだが、トメジマ、ちゃんと伝えた方が良かったか？」

トメジマが冷や汗をかきながら焦りを強くする。

「い、いや、そういう訳じゃ……」

「まあ、まだ契約は成立していないんだ。解釈によっては、お前らは俺達の味方ではないとも言えるが、その辺りの齟齬《そご》の確認も含めて、じっくり話そうじゃないか」

トメジマの非常に苦しい交渉は、始まったばかりだった。

◆

賞金首討伐の為にシカラベに雇われることになったアキラだったが、当面の予定は自宅待機となっていた。

シカラベ達にも準備と計画がある。そして賞金首討伐は早い者勝ちとはいえ、どの賞金首をどのタイミングで倒すかという見極めは重要であり、単に早く倒せば良いというものでもない。

当初1億オーラムだったタンクランチュラの賞金は、現在8億オーラムまで上がっていた。先走った者が返り討ちに遭い、実力不足の者達が割に合わないと手を引き、賞金を懸けた輸送業者達がもっと強力なハンターに倒してもらう為に賞金額を上げ続けた結果だ。

そして8倍に増えた賞金も、適正な額である保証は無い。これでも割に合わない額である確率は十分にあるのだ。

その辺りを考慮して適切なタイミングで動く。行動に移る前に余裕を持って連絡を入れるつもりだが、状況次第ではすぐに動くので、いつでも行動可能な状態を出来る限り保っておくこと。シカラベからそう指示されたアキラは、自宅で呼び出しが掛かるのを待っていた。

「それにしてもタンクランチュラは8億オーラムか。初めは1億オーラムだったたってのに随分上がったな。これでも割に合わないかもしれないって、どれだけ強いんだよ」

最新の賞金首情報を見て顔をしかめているアキラに、アルファが笑って説明する。

『モンスターの正確な強さなんて、そう簡単には分からないからね。実際に戦って調べるしかないのよ』

「まあそうだろうけどさ。1億オーラムの時に倒しにいったやつは散々だっただろうな」

『それを見極めるのもハンターの実力なのでしょうね。念の為にしばらく荒野に出るのをやめたアキラの判断も、間違ってはいなかったということよ』

意味深に笑うアルファを見て、アキラが苦笑を返す。

「そうだな。俺一人でそんな強い賞金首と遭遇しないで済んだんだ。良い判断だったとしておこう」

適切な判断で不運を避けたのだと、アキラは自虐的に自画自賛して軽く笑った。

◆

カツヤはミズハに呼び出されてドランカムの拠点の会議室に来ていた。

ミズハはドランカムの事務派閥の幹部であり、立場的にはカツヤ達の上司であり、後ろ盾でもある。本来ならばカツヤも愛想良くしたかった。

だがそのカツヤの表情は少し硬い。ミズハの指示でヨノズカ駅遺跡に派遣された作戦で、仲間に死人が出たからだ。

「それで、話って何でしょうか？」

ミズハは余り愛想の良いとは言えないカツヤの態度からいろいろ推察したが、まずは機嫌を取りにいく。

「話の前に、以前に頼まれていた回復薬を調達したから先に渡しておくわね」

ミズハはそう言ってカツヤの前に回復薬の箱を置いた。ヨノズカ駅遺跡でアキラに渡された物と同じ製品だ。

「最近は他の派閥の目もあって、こういう高級品を人目につく所で渡すと不味いのよ」

「そんなに高いんですか？」

「ええ。これ、２００万オーラムぐらいしても不思議の無い品なのよ？」

ミズハは恩に着せようと、敢えて高めの金額を口にした。実際にはドランカムの消耗品調達交渉に混ぜ込んで手に入れたので、実売価格はどうであれ、調達費はそこまで高くない。

だがカツヤにとっては、回復薬の値段を２００万オーラムと言ったアキラの言葉が正しかった証拠となった。

つまりそれはアキラが自分のように徒党に属している訳でもないのに、それだけの高級品を手に入れられるほど稼いでいる証拠でもある。カツヤは手に取った回復薬を少し複雑な気持ちで見ていた。それでも何とか礼を言う。

「……、ありがとうございます」

そのカツヤの反応に、ミズハは内心で不満を覚えていた。それなりに苦労して手に入れた品を渡しても、カツヤの機嫌が余り変わらなかったからだ。だがそれをしっかりと隠して微笑む。

「どういたしまして。実を言うとそれを手に入れるのは大変だったのだけど、カツヤの頼みだからね。私も頑張ったわ」

「……、はい。お手数をお掛けしました」

微妙に重苦しい空気が続く。だがそこでミズハは気を切り替えてその雰囲気を払拭するように真面目な態度を取った。

「さて、本題に入りましょう。最近賞金首が出たことは知っているわね？　ドランカムはその討伐に出ることを決めたわ。私もその部隊編成をすることになったの。隊長は、カツヤ、あなたよ」

カツヤが驚き、次に怪訝な顔になる。

「俺、ですか？　いや、流石に俺達だけで賞金首を倒すのは無理です。ヨノズカ駅遺跡の時だって、撤退するのが精一杯だったんですよ？」

「そこは安心して。大規模な部隊を編制して、しっかり準備を整えるわ。人員はまだ調整中だけど、出来る限り人数を増やすつもりよ。カツヤには十分な戦力を用意した上で、賞金首を確実に叩き潰してもらうだけ。大丈夫よ。準備の方は任せておいて」

カツヤが強い迷いを示すように一度ミズハから目を逸《そ》らす。そして顔を険しくして視線を戻した。

「そ、そう言われても……」

強い難色を示すカツヤの態度に、ミズハが深読みする。内心の不満を隠して哀《かな》しげな表情を浮かべると、申し訳無さそうに頭を下げた。

「ヨノズカ駅遺跡の件で私を信じられないのね。ごめんなさい。でもあれは、信じてはもらえないかもしれないけど、私もみんなの為に最善を尽くしたつもりだったのよ」

ミズハは他の派閥の者がカツヤに自分の評価を下げるようなことを吹き込んだのだろうと判断していた。それを払拭する為に言葉を選んでいく。

「確かに、初めからシカラベ達に情報を流していれば被害は減ったかもしれないわ。でもそれではカツヤ達は結局古参の使いっ走りにしかならない。いつまでも見下されるだけ。それでは駄目だったのよ」

嘘ではない言葉をミズハが重ねていく。

「若手を古参からも侮られない存在にする為には、少なくとも若手だけで遺跡を発掘して、その出入口を占拠して、その後に古参を呼ぶ必要があったわ。そうすれば、装備が良いだけの素人なんて扱いは出来なくなる。そのはずだったのよ」

ミズハもカツヤ達によるヨノズカ駅遺跡の攻略は失敗だったと、非常に残念に思っている。その本心、悲しく残念だと思っている部分だけを顔に出して言葉を続ける。

「勿論、これは後からどうとでも言えること。あんな事態は予想できなかったと言い訳するつもりは無いわ。私もカツヤの信頼を損なってしまったと真摯に受け止めている。だからこそ、その信頼を取り戻す為にも、部隊の編制には全力を尽くすわ」

実際にミズハは全力を尽くすつもりだ。賞金首討伐は、ある意味でミズハの所為でもあるヨノズカ駅遺跡の失態を挽回する絶好の機会なのだ。それにも失敗してしまえば、ミズハにも後が無くなってくる。

「それだけは、出来れば信じてちょうだい。……いえ、それは結果を以て示すべきね。今は信じなくて構わないわ」

そしてミズハは哀しげな、決意を込めた顔を見せた。

カツヤも確かにヨノズカ駅遺跡のことでミズハに疑念は持っていた。だがそれはミズハの態度から感じた誠実さと決意で拭い取られた。

しかしそれでもカツヤの顔は冴えない。

「いえ、ミズハさんが俺達のことを考えてくれているのは分かります。ただ、そういうことではなくて、その、俺にそんな大部隊の隊長なんて出来るとは思えなくて……」

以前のカツヤならば、仲間の為にも全力を尽くすと即答できた。何かあれば自分が皆を守ると答えられた。

だが今は、ヨノズカ駅遺跡で救えなかった仲間の姿がカツヤの口を重くしていた。

ミズハが一転して明るく笑う。カツヤの態度の原因が自分への不信ではないのであればと、説得の方向性を称賛に切り替える。

「そんなことはないわ。カツヤなら大丈夫よ。こういう言い方は良くないかもしれないけれど、あの状況でわずかな犠牲しか出さずにチームを生還させたのよ？　十分な成果だわ」

個々の実力は別にしても、大勢のハンターがモンスターの群れに呑み込まれて死んだのは確かであり、ミズハは本心でカツヤを称賛していた。

「勿論、カツヤは全員助けたかった。それは分かるわ。たった一人の犠牲者も出したくなかった。でもあの騒ぎで死んだハンターの人数を考えれば、それだけ過酷な状況からチームを救えたことは、十分に誇って良いわ」

更に称賛の根拠を補足し、受け入れやすくする言葉を続ける。

「私も事態を確認する為に、戻ってきた人達から話を聞いたわ。みんなカツヤに感謝してた。カツヤのおかげで助かった。流石カツヤだって褒めていたわ。チームのリーダーとして、みんなの為にも、その称賛は受け入れなさい」

カツヤがわずかな揺らぎを見せた。だがすぐにそれを消し、仲間の為にと、何とか笑顔を浮かべる。

「……、分かりました。やってみます」

「ありがとう。進展があったら連絡を入れるわね。それまでは怪我とかをしないように、賞金首討伐まではハンター稼業を控えていて」

満足げなミズハに見送られて、カツヤは会議室から退出した。

廊下でカツヤの顔が再び険しく哀しげに歪む。ヨノズカ駅遺跡で死んだはずの仲間が、助けられなかった友人が、何かを責めるような表情でカツヤをじっと見ていた。

カツヤが一度強くしっかりと目を閉じる。そして目を開ける。仲間の姿は消えていた。軽く息を吐く。

（……幻覚だってのは分かってるけど、きついな）

救えなかった仲間が自分を非難する悪夢は今まで何度も見てきた。だが最近は、正確にはヨノズカ駅遺跡から戻った後は、起きている時にも見るようになっていた。

そこでユミナから声を掛けられる。廊下でカツヤを待っていたのだ。

「カツヤ。終わったの？　何の話だったの？」

カツヤはすぐに取り繕い、何でもないことのように笑った。

「ん？　ミズハさんから賞金首討伐部隊の隊長に任命された」

「本当？　凄いわね」

「あとこれ、回復薬だ。見せびらかすと不味いって、わざわざ中で渡されたんだ。これを何とかしてあいつに渡さないといけないんだけど、どうしようか？」

「そうね。その内にまた会う機会もあるかもしれないし、しばらくは持っておきましょう。……その間に使わずに済むように、無理はしちゃ駄目よ？」

軽くからかうように笑ったユミナに、カツヤは少し苦笑っぽく笑って返した。

「はいはい。分かってるよ」

「よろしい。アイリが食堂で席を取ってるわ。行きましょう」

ユミナは笑ってカツヤの手を引いた。カツヤの笑顔の陰には気付いていたが、指摘はせずに連れていく。

仲間の死を気にするなとは言えない。だがその死にカツヤを連れていかれないように、しっかりと手を握った。

第89話　足枷と認識

シェリルはアキラから頼まれた遺物販売の件でクガマビルを訪れていた。エリオとカツラギ達も一緒だ。

カツラギはその件をシェリルから伝えられた時に、アキラからカツラギには以前に護衛の報酬として協力を頼んでいると言われてしまい、協力せざるを得なかった。

加えてホットサンドの販売でシェリルの意外な商才を見たことで、それならばと少々本格的に協力を申し出た。具体的にはシェリルに公的に起業してもらい、カツラギの店の子会社にすることを提案した。

これによりシェリルは、開店時にハンターオフィスの口座やハンター証を利用した支払などが正式に可能になる。ホットサンドの販売ではカツラギの店の会計処理を間借りして済ませていたが、多額の金が動く遺物売買では流石に難しい。必要なことだった。

ビルの1階にあるハンターオフィス受付前で、シェリルが荒野向けのコートを脱ぐ。その下の一張羅が露《あら》わになると、周囲の視線が軽く集まった。

旧世界製の服を何着も素材にした上で150万オーラムの仕立代を支払い、セレンという仕立職人が持てる技術を存分に揮《ふる》った上で自分でも奇跡の出来と言うだけあって、その服はこの場にいるそこらの格下とは稼ぎの桁が違うハンター達の目さえ引き付けていた。

更にシェリルもその服に相応《ふさわ》しい者を全力で装っている。服に着られることも場の雰囲気に呑まれる様子も無く自然体だ。その装いと佇《たたず》まいからは軽い気品すら感じられた。持ち前の容姿の高さも相俟《ま》って、どこぞのお嬢様のようにも見える。

所用で壁外に出ていたお嬢様が護衛と一緒に防壁内に戻ってきた。誰もがそう誤解する光景がそこにあった。少なくともシェリルをスラム街の住人だと見抜いた者はいない。

それでも違和感の元はある。それは護衛役として同行しているエリオだった。

エリオは場の雰囲気に呑まれていた。以前にクガマビルの側まで来たことはあったが、ビルの中は外とは別物だった。

カツラギの協力で、エリオも格好だけは偽アキラとギリギリ呼んで差し支えの無い姿となっている。だが装備だけで中身が追い付いていない。

スラム街で見掛けるハンター崩れとは別格のハンター達の雰囲気に緊張を隠し切れず、落ち着き無く周囲を見渡して、冷や汗までかいていた。

エリオがシェリルにコートを渡されながら小声で注意される。

「エリオ。落ち着きなさい。ここは別に危険な場所ではないわ。スラム街の裏路地より遥《はる》かに安全よ。怖がる必要は無いわ」

「そ、そう言われても……」

「ゆっくり、静かに、深呼吸を繰り返しなさい。それだけでも落ち着くものよ」

エリオが言われた通りに深呼吸を繰り返す。それで少しずつ落ち着きながら、当然のように平然としているシェリルの様子を見て、軽い尊敬と畏怖に近い感情を覚えていた。

(全く、どういう度胸をしてるんだよ。前に攫われて戻ってきた時も、凄く疲れてたってだけで落ち着いてたし、幾らアキラに助けてもらったからって、普通、そこまで平然としていられるか？)

その疑念でエリオは緊張を少しの間忘れた。周囲の雰囲気に呑まれていた自分も一緒に忘れて思考を緩めていく。

(……まあ、普通のやつは、自分の徒党が襲ったハンターに、自分から交渉に行ったりはしないか。それでアキラと取引をして徒党のボスになったんだ。その辺の度胸は並外れてるんだろうな。やっぱりそこらのやつらとは違うってことか)

そして緩んだ頭で今日はアキラがいないことに気付く。クガマビルの中に用事があるなど、アキラに付き添いを頼む絶好の口実だ。どうして呼ばなかったのだろうと不思議に思う。

「そういえば、今日はどうしてアキラさんを呼ばなかったんだ？」

「……呼んだわ。でも忙しいようで断られたの。仕方無いわ」

シェリルにとっては運悪く、その時のアキラはシカラベの依頼を受けて待機中だった。その所為でその程度の用事ならば駄目だと断られていた。

少し前に攫われた時に助けに来てもらったり、ハンターには重要な遺物売却を頼まれたりと、シェリルはアキラとの仲をかなり深めることが出来たと思っていたところだった。

それなのに自分としては些細《ささい》な内容だと思っていた頼み事をあっさりと断られたことで、シェリルは軽い困惑と不安を覚えていた。

シカラベの依頼は非公開のもの。それを他者に話すのはどうだろう。そう考えたアキラは忙しいの一言でシェリルへの説明を済ませていた。日付をずらせば駄目かという提案も全く受け入れなかった。

それがシェリルの不安を後押ししていた。その程度のことを断るなんて、もしかして自分と一緒にいたくないのだろうか。そう悪く深読みしてしまった。

そのような背景もあり、シェリルはその話題を続けたくなかった。

だがシェリルとの雑談で気を紛らわせようと思ったエリオは、余り考えずに話を続けてしまう。

「へー。用事って何だったんだ？」

「……エリオ。それを聞いてどうするの？」

「いや、俺だったら簡単な用事ならアリシアと一緒にいる方を優先するから、どんな用事なんだろうってちょっと思っただけ……」

自分がアキラにシェリルが攫われたことを伝えた時、アキラの態度は平然とした随分薄情とも思えるものだった。だがそれでもすぐにシェリルを助けに向かい、しっかりと助けた上で攫った者達を皆殺しにしていた。

そこまでシェリルを想《おも》っている者が、そのシェリルを後回しにするほどの用事とは一体何だろう。エリオとしては自分と恋人を当《あ》て嵌《は》めて少し不自然さを覚えただけの、軽い疑問のつもりだった。

だがそれでシェリルの限度を超えてしまう。クガマビルの中にいるのだから、いつも以上にしっかりと装わなければならない。そう思って浮かべていた笑顔を消して、シェリルが静かな声を出す。

「エリオ。もしかして、私とアキラの仲を、疑ってるの？」

その声には冷たい怒気が籠もっていた。瞳からは異性を魅了する輝きが消えている。そして相手の奥底を覗《のぞ》き込《こ》む目で、暗く、深く、エリオを見ていた。

ヤバい。そう思ったエリオが慌てて否定する。

「いや、違う！　誤解だ！　逆だ！　アキラさんはシェリルとあんなに仲が良いのに、デートの機会を捨て……、見送ったのが意外だっただけだ！　そうだよな！　アキラさんはあんなに稼いでるんだ！　いちいちシェリルの相手なんかしてられな……、忙しいよな！」

余計なことを口走って慌てて言い換えるほどに焦りながらエリオは何とか弁明した。

少し沈黙を挟んでから、シェリルが笑顔を戻す。そして微笑みながら釘を刺す。

「……、それなら良いの。要らぬ誤解を招く言動は不幸の元よ？」

エリオも何とか笑って返した。

「そ、そうだな。気を付けるよ」

「あと、声が大きいわ。余計な注目を集めるからやめて」

「わ、分かった」

危なかったと思いながら、エリオが安堵の息を吐く。この場の雰囲気に対する気後れや尻込みは、既に完全に消《き》え失《う》せていた。

シェリルも内心で大きく息を吐き、平静をしっかりと取り戻そうとしていた。

（落ち着きなさい。この程度で機嫌を損ねていては、アキラとの仲に不安要素があると言っているようなものでしょう？　大丈夫。私はアキラとの仲を疑われてちょっと不機嫌になっただけ。エリオを落ち着

かせる為にちょっと演技をしただけ。それだけよ)

エリオに、カツラギ達に、そして何よりも自分自身にそれが事実だと言い聞かせる為に、シェリルは余裕の笑顔を浮かべた。

「カツラギさん。エリオもそろそろ落ち着いたようです。お待たせしました。行きましょう」

「分かった。こっちだ」

シェリルを中心とする偽お嬢様御一行は、カツラギの先導で当然のようにビルの奥へ進んでいく。

この遺物販売を成功させれば、アキラも自分をそう簡単には切り捨てられなくなるはずだ。成功の程度によっては、更なる利益を求めて自分と積極的に関わるようになる可能性もある。その為にも失敗は出来ない。シェリルは自身にそう言い聞かせて、気合いを入れ直した。

◆

ビルの2階で事務手続きを済ませたシェリル達はカツラギの希望で1階の喫茶店に寄っていた。シェリルがカツラギと遺物売却の計画を練る横で、エリオとダリスは雑談をしている。

「それでだな、シェリル。遺物売却をするとしても、売り物にならない物もあるだろう。その辺の見極めには知識が要る。協力する以上、そこは俺がやろうと思うんだが、どうかな?」

「勿論です。一定の期間買い手のつかなかった遺物は、基本的には今まで通りカツラギさんに売る形式で問題無いと思います。カツラギさんも衣類系の遺物の買取ではアキラの為に手間を掛けたと聞きました。その辺りは、その手間隙《てまひま》の内容を私からアキラに伝えて了承を取りますよ」

「いや、それは良いって。いちいち言わなくてもアキラも分かってくれるさ。そんなことより、遺物を扱う以上、警備をしっかりした方が良いと思うぞ?」

「はい。その辺はカツラギさんに是非協力していただきたいと思います」

アキラから持ち込まれる遺物の中で、高値で売れそうな物は販売ではなく自分に売れと迫るカツラギに、シェリルはカツラギがアキラから衣類系の遺物を安く買い叩こうとしたことをアキラに話すと脅した。

　カツラギはそれで一度退き、それならば売った利益で自分の店の装備を買えと迫った。シェリルはそれを受けた。

　その後も似たような談笑が続いていく。ダリスはカツラギとの付き合いが長いこともあり、二人の話の裏ぐらいは理解できる。その駆け引き、探り合いを楽しげに聞いていた。

　エリオもそこまでは分からずとも、裏で何らかの駆け引きが行われていることぐらいは何となく察していた。そしてそのシェリルに頼もしさを覚えながらも、いつの間にそんな真似が出来るようになったのかと、少し怖くなっていた。

　その時、シェリル達の側を通った者が足を止めた。

「……シェリル？」

　声の方向へ顔を向けたシェリルが、相手を認識した上で愛想良く微笑む。

「お久し振りです。カツヤさん」

　その笑顔に、カツヤが再び見惚《みほ》れていた。

◆

　ミズハはドランカム事務派閥の幹部として、カツヤを連れてクガマビルまで来ていた。その目的は自分達の支援者にカツヤを紹介して更なる支援を得ることだ。

　支援者の多くは都市富裕層の、いわゆる善良な者達だ。遺物は欲しいが、平然と殺しを行うような倫理に欠けた犯罪者紛《まが》いの者達に金を支払うのは拒否感を覚える。そのような良識に溢《あふ》れた者達だ。

　事務派閥が用意したA班の者達、保護者の死亡等による経済的困窮の所為でハンターとなったが、盗まず、騙《だま》さず、殺さないという防壁内の倫理を備えた子供達は、その善良な者達が支援をするに足る条件を十分に満たしていた。

　自分達の支援のおかげで悪事に手を染めること無

しにハンターとして成長した少年少女が、遂《つい》に賞金首討伐に名乗りを上げた。それを成功させ、不遇な子供達への支援が正しかったと証明する為にも、更なる御支援を。ミズハ達は事前に支援者達にそう伝えて立食会を用意していた。

カツヤはその立食会の主役であり、広告塔だ。

ハンターランクは32。それは若手ハンターの中で飛び抜けているどころか、都市内のハンターでも上位層に迫りつつある数字だ。

それだけの才能の持ち主で更なる飛躍を期待できる上に、仲間思いで仲間からの信頼も厚く、容姿まで特段に優れている。

その説明だけならば、支援者達からも少し誇張がすぎるのではないかと疑われるほどであり、それだけにミズハはカツヤを支援し、カツヤの躍進に賭けていた。

だが意気込んでクガマビルに着いたミズハは顔を少々険しくしていた。

「カツヤ。大丈夫？」

「……、はい」

その返事とは裏腹に、或いは力の無い返事の通りに、カツヤは元気を無くしていた。その顔に覇気は無い。放っておけば項垂れたままの顔を無理矢理上げているような状態だった。

ミズハが出来る限りカツヤを気遣う。

「最近元気が無いってユミナ達も心配しているわ。何かあったのなら言ってちょうだい。ユミナ達には言い難《にく》いことでも、私になら話せない？」

「……大丈夫です」

「……、そう」

ミズハは内心で頭を抱えた。この状態のカツヤを支援者達に紹介しても逆効果だ。しかし立食会の予定は変更できない。

(立食会までまだ時間はある……。今の内に何とかしないと……)

焦ったミズハは取り敢えずカツヤを近くの喫茶店に誘うと、そこで制限時間一杯までカツヤを励ますことにした。

カツヤがミズハの後についていく。その視界には死んだ仲間の姿が映っていた。

それは実在のものではない。だがカツヤの心を抉《えぐ》るには十分だった。

◆

シェリルは自分に見惚れているカツヤへ微笑みながら対処方法を軽く思案した。そしてカツラギへ目配せする。

それを受けたカツラギは商売人の機転を利かし、シェリルとカツヤへ少々へりくだるように愛想良く笑った。

「シェリルさん。御友人の方ですか？」

シェリルはそれで対処の方向性をカツラギと共有すると、カツヤへ楽しげに笑いかけた。

「はい。もっともカツヤさんが私のことをそう思ってくれていれば、ですけれど。どうでしょうね？」

カツヤが我に返って慌てて答える。

「えっ？　あ、うん！　友人です！　はい！」

そこに足を止めたカツヤに気付かずに先に進んでいたミズハが戻ってきた。そしてカツヤの様子を見て驚く。

「カツヤ。どうかしたの……、えっ？」

カツヤは少し慌てていたが、その顔に先程までの暗い陰は無かった。一体何があったのかと、ミズハは軽く困惑していた。

そこでカツラギは分かっているように頷いた。

「シェリルさんの御友人の方々ですか。では、私達は席を譲りましょう。いえ、お気になさらず。我々との商談など、そちらとの歓談の後で十分ですよ」

「お気遣い、ありがとうございます」

そう言って軽く頭を下げたシェリルに、カツラギが愛想を返して立ち上がる。続いてダリスも席を立ち、エリオの肩を叩いて一緒に立たせた。そしてそのまま三人で隣のテーブルに移った。

シェリルが空いた席をカツヤ達に勧める。

「よろしければどうぞ。空きましたので」

カツヤが迷い無く正面の席に着く。ミズハはわずかに訝しんだが、カツヤの変化の原因は目の前の少女であると推測して、カツヤの隣に座った。

シェリルが席に着いた二人を見て意味深に微笑む。

「改めまして、また会えて嬉しいです。カツヤさん」

「お、俺も……」

「ところで、またお連れの女性を放って私に声を掛けましたね？　以前とは別の方で、今度は年齢も少し離れている御様子。その辺り、幅広く揃えている最中ですか？」

「ち、違うって……！」

慌てふためくカツヤの姿は年相応の元気な子供だ。店の外で見せていた暗い雰囲気はどこにも無い。その余りの変わりようにミズハは驚いていた。

◆

シェリル、カツヤ、ミズハの三人となったテーブルで、シェリル達は軽い自己紹介を済ませて歓談に入った。

話題の中心はドランカムでのカツヤの活躍だ。徒党加入当初の苦労。訓練と実戦の中で類い稀《まれ》な才能を見出されたこと。ハンター稼業での活躍。多くの仲間達から慕われていること。遺跡での奮闘。徒党の幹部からも認められたこと。才能溢れる若手ハンターの輝かしい成功の軌跡が続いていく。

ミズハはシェリルがカツヤを褒めやすいように話の内容を意図的に偏らせていた。カツヤを出来る限り機嫌の良い状態で会場に連れていき、立食会を成功させる為だ。

シェリルもそれに合わせてカツヤを称賛していた。カツヤの境遇を介して徒党の内情を知る為だ。加えて可能であれば遺物販売で役に立つ情報を得られないものかと、出来る限り探りを入れていた。

その結果、目的は異なるが手段を同じくした二人によってカツヤはひたすらに褒められていた。

そしてシェリルが先に異変に気付いた。愛想良く笑っていた態度を改め、表情に戸惑いと不安を乗せて心配そうに尋ねる。

「……カツヤさん。私は何かカツヤさんの気分を損ねるようなことを、知《し》らず識《し》らずの内に口にしてしまいましたでしょうか？　もしそうでしたら謝罪いたします」

　わずかに上の空だったカツヤは、我に返って慌て出した。

「え!?　いや、そんなことはないって！」

「そうでしょうか……。その、私には先程から私が何かを話すたびに、カツヤさんの気分を随分と損ねているように見えました……」

　シェリルは声の調子を落としながらそう答えると、少し気落ちした表情で項垂れた。

　カツヤの顔が硬くなる。

「そ、そんなことは……」

　そんなことはないと、カツヤは答えられなかった。自覚はあったのだ。

　実際にカツヤは褒められるたびに意気を落としていた。初めの内は純粋に喜んでおり少し照れながら笑っていた。だが称賛を繰り返されるたびに、その笑顔に徐々に陰が混ざっていく。

　防壁内の支援者からも高い評価を得て、今では賞金首討伐部隊の隊長にまで任命された。カツヤならばきっと成功させるだろう。ミズハがそう言い出した頃には、カツヤはもう、ぎこちなく笑うことすら難しくなっていた。

　シェリルは、戸惑いながらもカツヤを気遣うような表情を浮かべながら、落ち着いて思案する。

　少々露骨に褒めすぎて逆に気分を害したか。違う。では褒め方を間違えたか。違う。相手は褒められたことを喜んだ上で、それ以上に気落ちしているだけだ。そう判断した。

　内心と表情を切り離し、憂いを帯びた顔で冷静にミズハの様子を窺う。カツヤを心配し、頭を抱えているが、困惑や驚きは感じられない。つまりミズハにとって予想外の事態ではない。また、こちらを非難する様子も無いので自分の不手際でもない。

　そこまで判断した時点で、シェリルは原因の追及を一度打ち切った。そして別の判断に移る。話を続けるか、切り上げるかだ。

(前にアキラと揉めたらしいし、ここで話を切り上げたことで縁が切れても良いんだけど……)

シェリルはカツラギをチラッと見て、すぐに視線をカツヤ達に戻した。

(この状況での対処を試されてるんだろうし、切り捨てる交渉だと評価も下がるか……)

自分だけで場を治めてみろ。進んで席を外したカツラギの意図をシェリルはそう解釈した。

(ここでカツラギからの評価が下がると遺物売却にも悪影響が出るわね。仕方無いわ)

続行。そう判断したシェリルはすぐに対処に移った。カツヤを励まし気遣う微笑みに、自分の不手際で相手を傷付けてしまったという悲しみの陰を自然に混ぜて、その身を案じる口調で優しく話しかける。

「カツヤさん。本当に私の所為ではないのであれば、いいえ、私の所為であっても、良ければ理由を話してもらえませんか?」

カツヤがシェリルと目を合わせる。しかし口は開かない。

「無理に聞こうとは思いません。でも、私で良ければ聞きます。悩みの解決は出来ないかもしれませんが、誰かに話すだけでも気が楽になることはあるそうです。それに、悩みや愚痴を聞き流すぐらいのことなら私でも出来ます。気軽に話してください」

敢えて明るく笑ったような少し陰のあるシェリルの笑顔にカツヤが引き込まれる。しかし口は開けない。

「……分かりました。諦めます。無理を言ってすみませんでした。私を友人だと言ってくれた人を傷付けてしまった理由を知りたかったのですが、それで更に傷付けてしまっては、友人は名乗れませんからね。……もう、手遅れでしょうけれど」

微笑みが陰り、哀しみが強くなる。シェリルの笑顔を自分がそこまで歪めてしまったことに、カツヤは思わず口を開いた。

「違うんだ! 本当にシェリルは悪くなくて……、その、えっと……、何て言えば良いんだか……、確かに俺には悩みがあって……、自分でも上手く言えないんだけど……」

カツヤが話をする態度を取ったことで、シェリルは項垂れていた顔を上げて表情に優しさを込めた。

二人の目が合う。それでカツヤは覚悟を決めた。大きく息を吐き、真面目な顔で尋ねる。

「……シェリルは俺のことを、凄いハンターだと思うか？」

シェリルは意外そうな顔を浮かべてから、しっかりと笑って頷いた。

「はい。思います」

「……本当に？」

「はい。そういう基準は人それぞれでしょうが、少なくとも私は、先程の話が全部嘘や出任せなどでない限り、十分凄いハンターだと思います」

「……そうか」

カツヤは少しだけ嬉しそうに笑った。

「ありがとう。嬉しい。でも……」

そして内心を吐き出すように大きな溜め息を吐くと、顔を曇らせる。

「……俺はそうは思えない」

意外そうな顔を浮かべたシェリルとミズハの前で、カツヤが再び息を吐き、続ける。

「……俺には、その凄いハンターってやつがよく分からなくなってきたんだ」

そして誰にも言えなかった悩みをようやく口に出せたことで少し気が楽になったカツヤは、そのままゆっくりと話し続けた。

◆

カツヤは昔からハンターに憧れていた。ハンターが活躍するいろいろな話を見聞きして、その光景を想像して心を躍らせていた。

研鑽《けんさん》を積み重ねて自身の技量を高め、危険でそれ以上に魅力的な遺跡に、信頼し合う仲間と共に向かう。

身の丈を超えるモンスターの群れと戦い、遺跡の未知の領域を当ても無く進み、様々な苦難を仲間と一緒に乗り越えて、貴重な遺物を手に入れて帰還する。莫大《ばくだい》な報酬を仲間と一緒に派手に使って騒いだりもする。より一層の躍進の為に報酬の使い道を相談したりもする。

それらは東部に幾らでも転がっている冒険譚《たん》だ。いずれは自分もその冒険譚で語られるような凄いハンターになってみせる。夢を叶《かな》えた自分の姿を想像しながら、カツヤはかつてそう決意した。

「こう言っちゃ何だけど、多分、その夢はもう叶ったんだと思う。ドランカムの若手ハンターでは俺が一番の実力者らしいし、仲間もたくさん出来たし、自惚れかもしれないけど、そこらの格下には負ける気はしないしな」

事実、既にカツヤはそこらの有象無象とは一線を画するハンターとなっている。ドランカムの若手のトップである時点で、ハンター歴だけは長いうだつの上がらない者とは別格であり、成り上がりであり、成功者だ。

「だから、まあ、凄いハンターにはなったのかもしれない」

そして望んだ通りに凄いハンターとなったカツヤは、かつて心を躍らせていた冒険譚の陰と向き合わなくてはならなくなった。

「……初めは、いや、それが初めてって訳じゃないけど、自覚っていうか、それをはっきり理解したのは、クガマヤマ都市防衛の緊急依頼だった。……仲間が死んだんだ。俺は仲間を助けられなかった」

同じ食堂で一緒に食事をして、辛《つら》い訓練を共に頑張って、遺跡探索で、モンスター討伐で、助け合った仲間が死んだ。

敵の砲撃を食らって木《こ》っ端微塵《ぱみじん》になって死んだ。モンスターに食われながら半狂乱になって死んだ。致命傷ではなかったのに手持ちの回復薬が尽きて死んだ。

輝かしい冒険譚は成功者、生き延びた者の話だ。死んだ者については語られない。

「その時は、俺がもっと強くなれば良い、全員助けられるぐらい凄いハンターになれば良いだけだ。そう考えていたんだ。でも駄目だった。また仲間が死んで、……俺はまた助けられなかったんだ」

仲間を失ったことでハンター稼業から足を洗う者は多い。その中には仲間を死なせてしまった悔恨を理由とする者もいる。ハンターを辞めるとまではいかなくとも、再び仲間を失うのを恐れて以降は一人で活動する者もいる。

「シェリルに凄いハンターだって言われて嬉しかったのは本当だ。でも仲間を助けられなかった俺のことを凄いって言われると……、その、いろいろ考えちゃって、幾ら凄いって言われても、また助けられないんじゃないかって……、それだけだ」

ヨノズカ駅遺跡での出来事はカツヤの心に深い傷を残していた。それは単純に仲間を助けられなかったのではなく、自分は仲間を見捨ててしまったと思ったからだった。

加えて、それから視界に映るようになった死んだ仲間の姿からは、お前には仲間など助けられない、だから一人で動くのがお似合いだ、と言わんばかりの意志を感じられた。

だが今更ハンターを辞めても、これからは一人で動くことにしても、それは他の仲間達を見捨てるのと同じだ。自分には出来ない。その考えと、自分を責めるように見詰め続ける死んだ仲間の姿が、カツヤを追い詰めていた。

◆

シェリルは表向きカツヤの苦悩に共感するような表情を浮かべながら、裏ではカツヤの話を解釈し、要約し、対応を思案していた。そして内心軽く呆れていた。

(ああ、つまり、基本的に自分が頑張れば全て上手くいくと思っていて、それにもかかわらず駄目だったことが続いた所為で凹《へこ》んでるのね。自信過剰にも程があるわ)

才能も成果も、それで強い自信を持てるほどに本物なのだろう。だがそれを更に積み上げて、その成果を無意識に当然のものと思うようになった時点で、過剰なほどに強くなった自信が本人に害を及ぼし始めた。シェリルはそう推察した。

(仲間に慕われてるってのも、その辺が理由なのでしょうね。慕われているっていうより、もう依存されているのでしょうけど)

危険なハンター稼業、度重なる窮地の中で、自身と仲間を鼓舞する為に大言を吐き、類い稀な才能でその大言を実現させた。

助け、喜ばれ、救い、頼られ、応えて、求められる。恐怖を忘れる為に、希望を見出す為に、願われる。彼がいれば大丈夫だと。

(これも才能が有りすぎるが故の苦悩ってやつかしらね)

自信も責任感も強すぎて、それに応えられる才能もある。結果を出し、更に期待され、より多くの者からより多くの成果を求められる。

そして遂に要求が才能を超えてしまった。彼の実力では救い切れないほどに、求める者が増えてしまった。シェリルはそう推察した。

(仲間の死を本当に悲しんでいるけど、それ以上に助けられなかったことを深く悔やんでる。でもそれって、自分なら助けられたはずだって思ってるってことなのよね)

死力と最善を尽くしても駄目だった、ではなく、本来助けられた人をほんのわずかな不注意で死なせてしまった。そう思っているからこそ、本人の責任感もあって悔恨は深い。シェリルはそう考えた。

そして軽く思案して対応方法を決めた。カツヤに真剣な顔を向けて少し強めの口調で告げる。

「カツヤさん。今から私がカツヤさんの話を聞いて思ったことを言います。見当違いなことや的外れなことを口にするかもしれません。その時は聞き流したり鼻で笑ったりしてください」

カツヤが項垂れていた頭を上げる。自分をじっと見詰めるシェリルに少々気圧されたものの、しっかりと話を聞く態度を取った。

そのまま互いに真剣な顔で黙って見詰め合う。そして続く沈黙にカツヤがわずかに緊張を覚えた時、シェリルは表情を緩ませて微笑むと、深々と頭を下げた。

「都市を護《まも》っていただき、ありがとう御座いました。カツヤさんとその仲間の方々に、そして都市を護る為に戦って亡くなられた方々に、厚くお礼申し上げます。本当にありがとう御座いました」

カツヤは急に礼を言われて呆気《あっけ》に取られていた。顔を上げたシェリルがカツヤを正面から見据えて続ける。

「あのモンスターの群れを撃退できなければ、都市に大きな被害が出ていました。そこには高額の報酬の為に、名声を高める為に、ただのハンター稼業の一環で、経済的困窮でやむを得《え》ずなど、都市を護る為ではない理由で戦った方々もいると思います」

自分の為に戦ったのだから感謝する必要など無い。その言葉を事前に潰す意味を込めて、シェリルがもう一度頭を下げる。

「それでも、死ぬほどの危険を冒して、実際に命を落としてまで戦ってくれたことに違いはありません。深く感謝致します」

カツヤは酷《ひど》く動揺している自分に気付いた。しかしその理由は分からなかった。

「ハンター稼業を続ける限り、死ぬ危険は付《つ》き纏《まと》います。それも含めて自己責任と言えばそれまでです。ハンターにはその覚悟が必要なのかもしれません」

そう前提して、否定する。

「しかし皆が皆、その覚悟でハンターをしているとは思いません。やむを得ない事情でハンターとなって、実力も覚悟も足りないままに亡くなられた方もいると思います」

状況への共感を示した上で、続ける。

「そして実力と覚悟を持ち合わせた方であっても、運悪く死ぬことはあります。その不運には、カツヤさんの助けが間に合わなかったことも含まれると思います」

カツヤは少し気が楽になった自分に気が付いた。しかしその理由は分からなかった。

「亡くなられた仲間のことをカツヤさんがどう思っているのかは、私には分かりません。でも、一緒に命懸けで戦った人達のことを誇りに思っているのでしたら、その人達のことをいつまでも覚えていてください」

シェリルはそこまで話を、敬意を込めた微笑みで語っていた。だがここで再び真剣な顔に変える。

「ですが、もし、そうではなく、その人達の死がカツヤさんの足枷になるのでしたら、彼らのことは、今すぐに、全て忘れてください」

死んだ仲間のことを忘れろ。そう言われたのだと、カツヤが思わず怒りを露わにする。

「死んだやつのことなんか、さっさと忘れろって言いたいのか？」

その怒気の籠もった威圧は、死んだ仲間を侮辱されたと思った所為で過剰なほどに強くなっていた。普段のカツヤならば決してしないことだった。

だがシェリルはたじろがなかった。それどころかカツヤに真剣な強い視線を向けて逆にたじろがせ、カツヤの怒りを鎮めて落ち着きを取り戻させた。

そして真剣な声で、言い聞かせるように続ける。

「亡くなられた方を誇りに思っているのでしたら問題ありません。それはきっとカツヤさんの助けになります。困難な状況でも前に足を踏み出す力になります。絶望的な状況に立ち向かう意志を後押しします」

そして真剣な表情の中に哀しみを見せた。

「ですが、その方を助けられなかった嘆きと後悔がカツヤさんの足枷になるのでしたら、それはカツヤさんを殺します。忘れてください」

その表情で、相手を見詰めて、強く訴える。

「進むべき時に足を竦《すく》ませてカツヤさんを殺します。引き下がるべき時に足を縛り付けてカツヤさんを殺します。ですから、忘れてください。私を思いっきり怒鳴り付けて、思い付く限りの罵詈《ばり》雑言を浴びせて、それで、忘れてください」

カツヤは黙って話を聞いていた。仲間を失った悲しみは今も心に残っている。ただ、その悲しみから

生み出されるものは、カツヤを非難する類いのものではなくなっていた。

シェリルはそこで少しだけ表情を緩めた。

「……死んだ誰かの為に生きるなとは言いません。ですが、生きている誰かの為にも生きてください。先程から、二人ともずっと心配していますよ？」

そう言ってシェリルはカツヤの背後を指差した。振り返ったカツヤが驚きを露わにする。そこにはユミナとアイリが立っていた。

「あー、その、実はさっきからいたんだけど、声を掛ける切っ掛けが、無かったのよ」

ユミナはそう言ってごまかすように硬い笑顔を浮かべた。アイリは普段の表情で強く頷いた。

カツヤはその二人を随分と久し振りに見たような感覚を覚えていた。そして自分がそれだけ後悔と自己嫌悪の殻に籠もっていて、それだけユミナ達を心配させていたことに、ようやく気が付いた。

視界の片隅に死んだ仲間の姿が映る。だがカツヤはもう怯えなかった。

◆

助けられなかったのだ。きっと酷く恨んでいるだろう。その思い込みが、死んだ仲間の顔を恨めしいものにしていた。

助けられなかった悔恨が無意識に責め立てられることを望み、死んだ仲間の姿を幻視させ、望んだままに責め立てた。

これ以上仲間を失いたくない思いが、それ以上仲間を作らせない為に、自分を孤立させようとした。

視界に映る仲間の幻覚は、全て自分の思い込みと望みを反映したもの。自分の弱さが、死んだ仲間を自分で悪霊に変えていた。

カツヤはそう認識した上で、認識を改めた。

死んだ仲間が自分の死を望む訳が無い。望んでいたとしても、生きている仲間を置いてそちらにはいけない。ごめん。すまない。

そう思えば、視界に映る仲間は笑顔を浮かべていた。それで良いと頷き、ゆっくりと消えていった。

カツヤが吹っ切れたように笑う。それはユミナ達が見惚れる久々の笑顔だった。そして再びシェリルにしっかりと宣言する。

「忘れない。いつまでも覚えておく」

そこには哀しみと後悔を受け入れて、その上で笑って前を見る者がいた。

立ち直った笑顔を浮かべるカツヤに、シェリルもしっかりと笑って返す。

「優しいんですね。正直に言いますと、部外者が知ったような口で適当なことを言うな、と思いっきり怒鳴られると思っていました」

「えっ？　じゃあ……、何であんなことを言ったんだ？」

「カツヤさんが一度思いっきり怒って内に抱えているものを発散させれば、それだけでも随分楽になると思ったからです。要らぬ心配でしたね」

シェリルは笑ってあっさりそう答えた。

カツヤは強い衝撃を受けていた。仲間を失った時からずっと抱えていた苦痛を取り払ってくれた少女は、普通の人間など容易《たやす》く殺せるハンターを怒らせてでも、自分の心配を、苦しみを取り除くことを優先してくれた。そのことに軽い感動すら覚えていた。

その感情のままに思わずシェリルを見詰めると、シェリルも微笑んで見詰め返してくれる。それで気恥ずかしさを感じたカツヤは、ごまかすように笑っていた。

◆

真っ白な世界で少女が顔を不機嫌そうに歪めている。

実在のものであっても、それを見る者の認識次第で、情報が補完されて別のものに見えることはある。実在していないものならば尚更《なおさら》だ。そうである、と認識すれば、そう見えるのだ。

「余計なことを」

認識は、書き換えられた。

第90話　啓示

　カツヤがシェリルとの話で意気を取り戻した後、そのテーブルにはミズハの代わりにユミナとアイリが席に着いていた。

　立食会の開始、正確にはカツヤの紹介時刻までにはまだ時間があるので、それまで皆での歓談をミズハに勧められたのだ。

　いつも以上に覇気に溢れ、明るく元気なカツヤ。気品すら感じられる微笑みを浮かべているシェリル。少々感情の起伏に欠けたいつも通りの表情のアイリ。その三人に比べて、ユミナは少し落ち着かない様子を見せていた。

　そのユミナの様子をカツヤが不思議に思う。

「ユミナ。どうかしたのか？」

「えっ？　何でもないわ」

　ユミナは軽く笑って取り繕うと、シェリルに頭を下げた。

「カツヤの悩みを聞いてくれてありがとう。助かったわ」

　ユミナもカツヤの悩みの原因に気付いてはいた。しかしだからといって、気にするな、忘れろとは言えなかった。しっかり言葉を選んで伝えなければ、悪化させるだけだと分かっていたからだ。

　そして、カツヤがあっさりと気を切り替えて死んだ仲間のことを忘れるのが最善であったとしても、いつか自分が死んだ時に同じように忘れられてしまうと思うと、躊躇《ちゅうちょ》した。

　死んでからも重荷になりたいとは思わない。だが、そんな者もいた、程度の扱いでカツヤから忘れ去られるのは嫌だった。

　アイリも合わせてシェリルに頭を下げる。

「助かった」

　アイリもカツヤの悩みをある程度察していたが、慣れの問題だと考えて何も言わなかった。

　アイリはカツヤ達ほど仲間の死を悲しんではいない。人間死ぬ時は死ぬ。それは当たり前のこと。それが昨日笑い合った相手であったとしても、結局は慣れる。それを当然とする感覚で生きてきたからだ。

そう思いながらも、自分が死んだらカツヤに悲しんでもらいたいと思う願望も持っていた。自分が死んだ時に、最近見掛けないけど死んだのか、と軽く扱われるのは嫌だった。

仲間の死に憔悴《しょうすい》するカツヤの姿は、ある意味で、自分が死んだ時にもそうなってほしいという、アイリの望みでもあった。だからこそ、カツヤに仲間の死に慣れろとは言えなかった。

シェリルとの話で、カツヤが仲間の死を受け入れる強さを得た。ユミナ達はカツヤが元気を取り戻したことを本心で喜びつつ、これならば自分達が死んでも忘れられることはないだろうと、無意識に軽く安堵していた。

「どういたしまして。お役に立てて良かったです」

そう言って品良く微笑むシェリルの姿を見て、ユミナは複雑な思いを抱いていた。

カツヤの悩みを解決してもらったことには感謝している。そのカツヤがシェリルに強い好感を向けるのも理解できる。

しかしカツヤとは長い付き合いのある自分が出来なかったことを、たった2度しか会っていない少女があっさり成し遂げたことを思うと、自分とカツヤの月日は何だったのかと、嫉妬混じりの自己嫌悪を覚えてしまう。

（あー、駄目、こういう考えは良くないわ。カツヤが元気になった。それで良いじゃない）

少なくともシェリルはカツヤのことを恋愛対象として見ていないはずだ。だからきっと大丈夫だ。ユミナは自身にそう強く言い聞かせた。

シェリル達のテーブルに、注文した料理が運ばれてきた。

カツヤはこの後に立食会に出る予定だが、食事を目的とした集まりでもないので、空腹にならない程度の料理を頼んでいた。ユミナとアイリは立食会には参加しないので遠慮無く注文している。支払はミズハが徒党の経費で落とす。

そしてシェリルの前には小さなカップのコーヒーだけが置かれた。支払は自費だ。ミズハからそちらの分も支払うと言われたのだが、断った。

カツヤが少し不思議そうな顔を浮かべる。

「シェリルは本当にそれだけで良いのか？　コーヒーだけ？」

「はい。お気になさらずに」

笑ってそう答えたシェリルだったが、本音を言えば、しっかりと奢《おご》ってもらい、高い料理を存分に堪能《たんのう》したかった。

だが今はお嬢様を装っている最中だ。本物のお嬢様ならば選ぶであろう料理も、上流階級の食事の作法も分からない状態で、下手な真似をして実はスラム街の住人だと露見する訳にはいかない。我慢するしかなかった。

ミズハ達の奢りを受け入れる時点で、育ちを疑われる恐れすらある。それで、支払も自費にした。

しかし何も頼まないのも不自然だ。作法に不自然な点があろうとも、コーヒーを飲むぐらいなら、ギリギリごまかせるだろう。そう考えての決断だった。

カツヤ達の前には料理が並んでいる。どうしても視界に入ってしまう。それを美味《おい》しそうだと覗き込むような真似は、裕福な生活を送る者として流石に不自然だ。

だから料理に視線を向けてもいけないし、下手に反応してもいけない。シェリルは自身にそう言い聞かせて、微笑みながら必死に耐えていた。

それをカツヤが勘ぐる。

「あー、この店は手頃な値段の割に結構美味《うま》いと思うんだけど、シェリルの口には合わないのか？」

シェリルの服装を落ち着いて改めて見れば、そこらの既製品とは明らかに格の違う雰囲気を漂わせている。やはり防壁内の住人で、この程度の店の料理では満足できないのだろうかと考えていた。

一方、予想外の言葉を聞いたシェリルは、それに反応しないように装うのが限界だった。

（手頃な値段⁉　このコーヒーだけでも１５００オ

ーラムもするんだけど!?　どういう金銭感覚してるの!?)

やはり実力のあるハンターの稼ぎは違う。道理でアキラも一箱200万オーラムの回復薬を平然と買う訳だと、シェリルは納得しつつも驚いていた。

そしてその内心を隠しながら、少し照れたような仕草で軽く首を横に振った。

「いえ、そのようなことは。その、料理の質が不服ということではなく、私の体型の改善を優先させた選択でして……」

シェリルの発言内容の意図を読み取れず、カツヤは不思議そうに首を傾げた。

「体型？　シェリルの？」

そこでユミナとアイリから叱責が飛ぶ。

「カツヤ。黙って」

「カツヤ。もう少し考えて話した方が良い」

ユミナ達から非難の視線を浴びたことで、カツヤは少し遅れて事態を把握した。慌てながら釈明のようなものを口にする。

「いや、俺にはシェリルが太っているようには見えないし、それに少しふくよかなぐらいの方が健康にも良いと思《おも》……」

「カツヤ。本当にもっと考えて話した方が良い」

より強い叱責を受けて情勢の悪化を察知したカツヤは、更なる悪化を防止する為に口を閉ざした。

ユミナが苦笑いを浮かべてシェリルに謝る。

「ごめんね。今更かもしれないけど、カツヤはこういうやつなの。言い訳に聞こえるかもしれないけど、これでも悪気がある訳じゃないのよ。ただちょっと一言多いというか……、いえ、やっぱり駄目ね。もう前の反省の効果が落ち始めてるのかしら？」

「わ、悪かった。シェリルもごめんな」

「気にしないでください。折角の機会です。お互い気にせずに楽しく話しましょう」

何とかごまかし切った。シェリルはそう思って安堵すると、小さなコーヒーカップに砂糖とミルクを入れ始めた。

それを見るカツヤ達の表情が少し怪訝なものに変わる。そして徐々に困惑を強めていく。

小柄なシェリルの手でも隠せるほどに小さなコーヒーカップには、容量の7割ほどまでコーヒーが注がれていた。そこに砂糖とミルクが次々に入れられ、8割、9割と、水面を押し上げていく。

最終的に人によってはコーヒーへの冒瀆《ぼうとく》とすら思える量の砂糖とミルクが投入された。既にコーヒーと呼ぶには疑問を覚える一応液状の物体をシェリルが口に含んでいく。

そして美味しそうに微笑んだ。この状況でなければカツヤも見蕩《みと》れるほどの微笑みだ。だが今はカツヤも別の衝撃を覚えて見蕩れるどころではなかった。

シェリルがカツヤ達の視線に気付く。

「……あの、何か？」

「あー、その、甘くないの？」

恐る恐るそう尋ねたユミナに、シェリルは不思議そうな顔を返した。

「甘いですよ？」

「いや、そうじゃなくて、……ごめん。何でもないわ」

甘過ぎはしないのか。その問いの答えは聞くまでもなく、ユミナは質問を取り下げた。

カツヤが少し慌てながら似たようなことを尋ねる。

「えっと、シェリルは甘いものが好きなのか？」

「はい。大好きです」

シェリルは嘘偽り無く笑って答えた。それも見惚れるような笑顔だったが、カツヤは急に口の中が酷く甘くなったような錯覚を覚えて、それどころではなかった。何かをごまかすように話を続ける。

「そ、そうか。そうだよな。俺の仲間には女性も多いんだけど、やっぱり皆甘いものが好きなんだよ。ハンター稼業は動き回ることが多いし、体内のエネルギーを消費して傷や体力の回復効率を上げる回復薬とかもあるんだ。だからカロリーとか気にせずに好きなだけ食べられるって、物凄い量を食べるやつがいて……」

自分達の舌まで移ってきそうな甘さを忘れる為に、カツヤ達は全てを見なかったことにして、シェリルが持つカップから目を逸らした。

◆

別のテーブルからシェリル達の様子を窺っていたカツラギは戦々恐々としていた。

お手並み拝見、どころではない。ドランカムの幹部相手に素性を装って富裕層の人間だと騙し切った上に、その幹部が強く推すハンターから信頼を勝ち取っていた。

旧世界製の服を数着も素材にして仕立てた服の効果もあるのだろうが、それだけではあそこまで見事に騙せるとはとても思えない。シェリルの正体を知っていなければ自分でも騙されていただろうと、カツラギは軽い戦慄まで覚えていた。

(しかし、怖えなぁー。本心ゼロであれが出来るのか。徒党のボスをやってる姿を知ってなけりゃ、あれが演技とはとても思えねえよ)

ダリスとエリオの様子を窺えばどちらも似たような表情を浮かべていた。恐らく自分もそうなのだろうと思い、苦笑いに近い硬い顔に商売人の笑顔を戻そうとした。そこでユミナ達に席を譲ったミズハから声を掛けられる。

「ここ、よろしいですか?」

「ああ! どうぞどうぞ!」

カツラギは立ち上がってミズハに席を勧めた。そしてダリスに視線で、余計なことを言うな、エリオにも言わせるな、と指示を出しておく。ダリスは苦笑しながらわずかに頷いた。

向かいに座ったミズハに、カツラギが意図的に媚《こ》びた顔を向ける。

「初めまして。私はカツラギと申します。シェリルさんの御友人の方ですね。是非お見知りおきを。その、シェリルさんとの御関係を伺っても宜《よろ》しいでしょうか? いえ、他意は御座いません。これも何かの御縁ということで……」

本来会えるはずのない要人と邂逅《かいこう》した縁を、何とか繫ごうと必死になる零細の商売人。ミズハはカツラギの態度からそう判断した。その程度の者に纏《まと》わり付かれては面倒だと、言葉を選ぶ。

「ええ、まあ。ああ、申し遅れました。私はミズハと申します。ドランカムでは主に事務処理を担当しております」

ミズハはシェリルの友人であることを否定せず、だが明確に肯定もせずに自己紹介をして話を流した。

カツラギが大袈裟に反応する。

「ドランカムの！　その、事務処理ということは、装備類の調達にも関わっておいでで？　実は私、その手の品の手配もしておりまして……」

「その、申し訳無いのですが、この場でそういう話はちょっと……。それにそちらの御厚意とはいえ、シェリルさんとの商談の最中に割り込んだ者としては、そこでそのような話をしてしまうとシェリルさんに失礼になりますので……」

「そ、そうですね。失礼いたしました」

カツラギとミズハが愛想良く笑いながら探り合い、虚構を重ね合う。

「ところで、カツラギさん。シェリルさんとはどのような商談を？　失礼ながら、彼女がハンター向けの装備調達に関わるとは少々意外でして。それに、商談としては場所も適さないかと」

本当に商談なのか。何らかの詐欺ではないか。ミズハは案にそう疑いを掛けた。それは既にシェリルがそれらの詐欺の対象になるほど裕福な者だと考えている証拠でもある。

カツラギが敢えて焦った態度を見せる。

「あー、その、いえ、まあ、そう、遺物の売買を含む取扱について少々。それで御足労いただいたのです。ここならば私共でもギリギリ立ち入れますから」

カツラギはごまかすようにそう答えて、暗にシェリルが壁の内側の者だと示唆した。

ミズハはそこに疑問を抱かなかった。誤った認識を植え付けられながら別の部分を疑う。

「遺物の取扱ですか。例えばどのような？」

「そうですね。いろいろありますが、一例を挙げるならば……、では、彼女の服を御覧ください」

ミズハがカツラギに促されてシェリルの服を改めて見る。高級感に溢れており間違いなく高価な装いだが、全体のデザインは現代風寄りであり、旧世界製の服とみなすのは難しい。何の関係があるのかと少し怪訝な顔を浮かべる。

「素晴らしいお召し物ですね。それが何か？」

そこでカツラギはあからさまに意外そうな顔を浮かべた。

「それだけ……、ですか？」

「それだけ、と申しますと？」

怪訝な顔を返したミズハに、カツラギが表情で懐疑を示す。

「あの服は素材として複数の旧世界製の服を用いた仕立服です。仕立代だけでも１５０万オーラム掛かったそうです。素材の値段を含めれば一体幾らになるのか。私では想像もつきませんね」

ミズハが慌ててもう一度シェリルの服を確認する。その説明を聞いた上で改めて見れば、確かにそれほどの品だと見抜くことが出来た。しまった、と内心で思いながら立て直しに掛かる。

「……そのような真似をしてしまうと、遺物としての価値は消えてしまうのでは？」

「ええ、当然消えます。彼女はそれを分かった上で、そのような真似が出来る方だということです。シェリルさんの御友人……なのですよね？」

本当にシェリルの友人であるのならば、その程度のことがなぜ分からない。暗にそう疑念を示すカツラギに、ミズハは今更友人ではないと答える訳にもいかず、切り返す。

「いえ、そのような真似は、売却目的の遺物の取扱としてはどうなのか、と思いまして。あの、遺物売買についての相談を、受けたのですよね？」

「えっ？　あ、ああ、そういうことですか。勿論、私もそれはどうかとお答えしました。そのようなお金の使い方が可能な方々ばかりではありませんからね。当然ですよ」

「ですよね」

「はい」

切り返した、騙し切ったと、互いに安堵しながら虚構を積み上げ続ける。その中でシェリルの立場はどこまでも上がっていった。

◆

談笑を続けていたシェリル達だったが、そろそろ立食会の時間が迫ってきた。

そろそろ切り上げるように告げたミズハが、カツヤから非常に好意的な視線を向けられているシェリルを見て一計を案じる。

「シェリルさん。この後の立食会、宜しければ参加しませんか？　折角仲を深めたのです。カツヤも喜ぶと思います」

シェリルと一緒ならばカツヤも俄然《がぜん》やる気を出すだろう。そう考えたミズハの予想通り、カツヤは軽く身を乗り出すほどに期待を示した。

しかしシェリルは首を横に振る。

「申し訳御座いません。お誘いは嬉しいのですが、商談の途中ですのでお断りいたします」

「そうですか。残念です」

カツヤはあからさまにがっかりした。その様子を見てシェリルが苦笑する。

「カツヤさん。既に両手に花なのですから、それ以上は自重をお勧めしますよ。立食会から追加の花を持ち帰るのも我慢した方が良いと思います。そういうキャラクターで売るのであれば、止めませんが」

カツヤが慌て出す。

「そんな真似はしないって！　第一、ユミナ達は立食会には参加しな……、あれ？　参加するんだっけ？」

ミズハからユミナ達は参加しないと伝えられていたが、それならどうしてここに来たのかと、カツヤが今更不思議に思う。

ユミナはどう見ても元気の無いカツヤをミズハが強引に連れ出したと聞いて、心配になってアイリと一緒に探しに来ただけだ。

また、カツヤがここにいるとは知らなかったが、アイリの先導でここまで来ていた。アイリは知っていたのだろうと思い、ユミナはそこに疑問を持たなかった。

ミズハもユミナ達がここに来ることが出来たのは、何らかの方法で自分達の居場所を調べただけだろうと判断して気にしなかった。

実際にはアイリも知らなかった。カツヤの位置が何となく分かったのでここに来ただけだ。なぜそれが分ったのか、ということは、アイリ自身が気にしなかったことと、誰からも聞かれなかったことで有耶無耶《うやむや》になった。

更にミズハが話に割り込む。

「カツヤはその強化服姿で良いけれど、ユミナ達は着替えた方が良いわね」

本当はユミナ達を立食会に参加させるつもりは無かった。スラム街出身のアイリを参加させると支援者達から不興を買うと判断していたからだ。ユミナ達は言われずとも気付いており、その上で立場を弁《わきま》えて黙っていた。

だがミズハは、それを自分で気付けないカツヤに本当の事情を伝えると間違いなく機嫌を損ねると考えて、カツヤには部隊の代表だからという名目でカツヤだけを連れていくと告げていた。

しかしミズハはここでその判断を変えた。シェリルの前でそのようなスラム街出身者への差別とも取れる真似をするのはもっと不味いと思ったのだ。

都市防衛戦の礼を言った態度から考えて、シェリルはスラム街の者だと蔑視する価値観は持っていない。それどころかそれを理由にアイリを不参加としたことに気付かれると怒り出す恐れすらある。

その所為でシェリルの機嫌を損ねるのは良くない。都市の富裕層にどのような影響力を持つ者なのか分からないからだ。そこにカツヤが同調すると更に不味い。

それならばユミナ達を参加させてカツヤを褒めさせた方が良い。ミズハは一瞬でそこまで判断した。

そしてユミナ達が余計なことを言い出す前にその場から連れ出すことにした。二人の背を押しながら、カツヤに軽く告げる。

「カツヤ。私達は立食会用の服に着替えるから先に行くわ。まだ時間はあるけれど遅れないでね」

「あ、はい。分かりました」

カツヤは少し不思議に思ったが、それ以上は特に思うことも無く、そのままミズハ達を見送った。


シェリルが残ったカツヤを見て思う。

（えー。そこは一緒に行くところじゃない？）

あれだけカツヤを慕っているユミナ達に対してその扱いはどうなのだろうと、シェリルはカツヤへの評価を少々下げながら、ふと、アキラならどうしていただろうかと思う。

そして即座にその推察を打ち切った。アキラが自分に同じ態度を取ったとして、単に気の利かない性格なのか、自分のことをどうでも良いと思っているからなのか、という二択を選びたくないからだ。

それはどちらかといえば後者だと、シェリル自身も分かっている証拠だった。

シェリルが自分からわずかだが無駄に不機嫌になっていると、少し迷っているような様子を見せていたカツヤから、真面目な態度で尋ねられる。

「俺もそろそろ出るけど、その前に、一つ聞いても良いかな？」

「何ですか？」

カツヤは一瞬躊躇った。だが気合いを入れ直して口を開く。

「実は俺、少し前からハンター稼業の調子に随分差が出てるんだ。それで、変な意味に捉えてほしくないんだけど、何ていうか、必ずって訳じゃないんだけど、訓練でも実戦でも俺一人で動いた方が凄く調子が良いんだ。何でだと思う？」

そんなことを言われても、という感情を顔に出さないように注意しながら、シェリルが考える振りをする。

「気の所為とか、考えすぎでは？」

「いや、違う。自分でもはっきり分かるぐらいに調子に差があるんだ」

「でも、カツヤさん一人だと必ず調子が良くなる訳でも、誰かと一緒だと必ず調子が悪くなる訳でもないのですよね？」

「そうなんだけど……、でも違うんだ。絶対に気の所為じゃない」

カツヤは真面目にそう断言した。

シェリルは内心で面倒臭いと思いながら、何らかの辻褄合わせをしないと納得しないだろうと判断した。何か無いかと適当に考える。

「雑な推測でも構いませんか？　あと、これを聞いたらカツヤさんは怒るかもしれません」

「構わない。あと、絶対に怒らない。約束する」

カツヤは真剣に誠意を示してそう答えた。

解決してもらった方の悩みほど酷くはないが、こちらの悩みもかなり気になっており、解決の糸口も見付からない状態で困っていた。

加えて仲間に相談できない内容であることも同じだ。ユミナ達に、一緒にいると俺の調子が悪くなる、など、言える訳が無かった。

眠れば悪夢にうなされ、起きれば幻覚に苛《さいな》まれるほどの悩みを立ち所に解決してくれたシェリルに、カツヤはある種の信仰に近い想いを抱いていた。

そのシェリルならば、こっちの方の悩みも解決してくれるのではないか。そう期待していた。祈り、願うほどに。

そしてシェリルから啓示が下される。

「それ、多分、カツヤさんが仲間を護ろうとしているからですよ」

「…………えっ？」

だがその啓示の内容は余りにも予想外で、カツヤは怒るよりも呆気に取られてしまった。

そこにシェリルの説明が続いていく。

カツヤの実力を10として、一人で行動する場合はその10を全て自分の為に使用できる。

しかし仲間と一緒に行動した場合、カツヤは仲間を護る為に10の内7か8、下手をすれば9を使ってしまい、残りを自分の為に使う。

そしてカツヤ達はチームでの行動を基本としているので、仲間を気遣いすぎる所為で実力をほとんど出せない状態が基準となってしまっている。

加えて、カツヤは仲間と助け合っていると思っているが、実際には助け合うどころか自分以外の全員を護衛している。それでは全力など出せない。

だから仲間の護衛をする必要の無い一人の時は、その負担が無い分だけ非常に調子が良いように感じられる。

仲間を助けられなかったことをあれほど悔いているのだ。恐らく常日頃から仲間を護る為に全力を尽くしている。それこそ、大丈夫かと気を配るだけで実力を使い切ってしまうほどに。

一人でも調子が悪い時は、別の場所にいる仲間の安全が気になって仕方が無いから。仲間と一緒でも調子が良い時は、何らかの理由で仲間の護衛は不要だと無意識に判断したか、仲間の護衛どころではない状況だったから。

シェリルはそこまで話して、一度カツヤの反応を窺った。怒った様子は無かった。

カツヤは半ば愕然《がくぜん》としていた。仲間を護ろうとするとその所為で弱くなり仲間を護れなくなるなど、本末転倒で受け入れ難い部分もあった。

しかしシェリルに言われたことで、そうかもしれない、と一度考えてしまえば、疑う余地は消えていた。加えて部分的に辻褄が合うところも、心当たりもあるのだ。

以前ヨノズカ駅遺跡の地上部で崩落に巻き込まれた時、ユミナ達と一緒だったが間違いなく全力を出せていた。その時は、俺が護る、などと言える状況ではなかった。

その後、アキラと一緒に戦っていた時も全力を出せていた。流れで共闘していたが、相手を護ろうという意識は無かった。

説明の辻褄も合う。その実例もある。そうなると最早《もはや》そうとしか考えられなくなっていた。

そこでシェリルから更に言われる。

「賞金首討伐部隊の隊長に任命された方にこういうことを言うのは良くないのかもしれませんが、多分カツヤさんは、そういう大部隊の隊長とか、指揮官には向いていないと思います」

仮にカツヤが100人の大部隊の隊長になると、その各隊員を個別に認識した上で全員を確実に護ろうとして、各部隊員の状況を常に確認するだけで限界になり、全体の指揮など執れなくなってしまう。

更に1人を見捨てれば他の99人が助かる状況でも、恐らくカツヤにはその1人を見捨てることなど出来ない。どうしようもない状況であってもほんのわずかな可能性に賭けて全員で助けに行き、恐らく被害を増やしてしまう。

そう説明されたカツヤは自分でもその状況を想像してみた。そして同じ結果になり、思わず顔を険しく歪めた。

「ど、どうしたら良いかな？」

その答えに救いを求めて、カツヤは更に尋ねた。

そんなことを言われても、と再び思いながらシェリルが口を開く。

「そうですね……、例えばですが……」

チーム行動での認識を変える。仲間を一方的に助けるのではなく、しっかりと助け合う。無理ならば全員自分だと考える。カツヤならば強くとも弱くともその結果を含めて最善を尽くすはず。

部隊の指揮ではその内容よりも部隊員が指示通りに動けるかどうかが重要なこともある。確実な作戦であっても、隊員が指示内容を信じられずに勝手に動けば台無しになる。凡庸な指揮でも完全に統率された部隊であれば、それ以上の成果を出すこともある。

隊長として慕われているのであれば、失敗したら俺が責任を取るから絶対に指示通りに動け、とでも言ってみるのも良いかもしれない。

どうしても仲間を見捨てられないのであれば、凄いハンター程度ではなく更に上を目指す。他の99人を救う為の囮《おとり》に進んで志願し、その上で自身も実力で生き延びることが出来るほどの、物凄いハンターになる。

「……こんなところでしょうか。所詮は素人の考えです。鼻で笑って気を切り替えてください」

シェリルは自分でも無茶苦茶なことを言っていると思い、最後にそう逃げ道を作った上で笑った。

しかしカツヤの反応は不思議なほどに良いものだった。納得したように強く頷く。

「そうか……。それで良いのか……」

そして笑顔を輝かせた。

「ありがとう。助かった」

「ど、どういたしまして」

シェリルは自分でも不自然に思えるほどに動揺しており、それを隠し切れなかった。

端正な顔に自信に満ちた笑顔を浮かべ、覇気に溢れた態度で礼を言うカツヤからは、奇妙なまでの存在感を感じられた。一度認識してしまえば無視など出来ない何かがそこにあった。

(何……これ……。カツヤって、こんなだったたっけ?)

同一人物か疑わしい。シェリルがそう思うほどにカツヤは変わっていた。

「相談に乗ってくれてありがとう。それじゃあ、俺はもう行くよ」

カツヤは改めて礼を言った。そしてそこでどこか気恥ずかしそうに笑ってシェリルを見詰める。

「最後に、本当にもう一つだけ。……その、また会えるかな?」

シェリルは調子を取り戻そうと、からかうように意味深に微笑んだ。

「ナンパですか?」

「そ、そうじゃないけど……、その、出来ればまた会って、何かあったら相談に乗ってくれると嬉しいなって思ってさ」

「冗談です。縁があればまたお会いしましょう。賞金首との戦い、頑張ってください」

「ああ。じゃあな、シェリル」

カツヤが去っていく。シェリルはその後ろ姿を微笑んで見送っていたが、カツヤの姿が完全に消えるのと同時に顔を怪訝に歪めた。

「……何だったの？」

その問いに答える者はいなかった。

その後に行われた立食会は大成功で終わった。覇気に溢れたカツヤを誰もが称賛していた。

そのカツヤの余りの変わりように、ユミナだけが喜びながらも不思議そうにしていた。

◆

拠点に戻ったシェリルは自室で一息《ひといき》吐いていた。そこにエリオが少し難しい顔で現れる。

「エリオ。どうしたの？」

「いや、ちょっと聞きたいことがあってさ」

エリオは自分からそう言いながらも、躊躇い、戸惑い、一度口を閉ざした。それをシェリルが訝しむ。

「何？　疲れてるんだから、聞きたいことがあるなら早く言って」

「あー、えっとな、その、シェリルはカツヤってやつと話してた時、いろいろ言ってただろ？　……あれ、どこまで本心なんだ？」

「本心？」

シェリルはエリオの質問の意味をすぐには理解できず、軽い困惑を顔に出していた。

「エリオ、ごめん。それ、何の話？」

「いや、ほら、仲間が死んで大変だって言ってたあいつに、忘れろとか、気にするなとか、そんなことを熱心に言ってたじゃないか」

「ああ、あれ？　仲間が死んだことをうだうだ言ってたから、いつまでもぐだぐだぐちぐち言ってないで、もう少し前向きに考えたら？　ってことを軽く脚色したやつ？」

「か、軽く脚色って……」

驚き戸惑っているエリオに、シェリルが少し呆れたような顔を向ける。

「ちょっとエリオ。私があれを本気で言ってたと思ってたの？　しっかりしてよ」

「いや、でもさ、都市を護ってくれてありがとうとか言ってたじゃん。それにモンスターの群れが都市まで来てたら俺達も危なかったのは本当だろう？」

「彼らが護った都市にスラム街が含まれてるとでも思ってたの？　そんな訳無いでしょう。その時は時間稼ぎに肉盾にされるか一緒に消し飛ばされるだけよ。礼を言う要素がどこにあるのよ」

「確かに他のハンターはそうかもしれないけど……、あいつは、スラム街も含めて護ろうとしたんじゃないか？」

シェリルはそこでエリオの様子に違和感を覚えた。探りを入れる為に軽く肯定する。

「まあ、そうかもしれないわね」

すると、わずかだがシェリルを非難するような視線を向けていたエリオが態度を大きく変えた。

「そうだろう？　仲間を助けられなかったことをあれだけ悔やむやつなんだ。きっと俺達だって護ってくれる……」

話が少し飛躍した上に、わずかだがどことなく心酔や傾倒の様子を見せ始めたエリオの雰囲気に、シェリルが思わず訝しむ。そして眉間に皺《しわ》を寄せて軽く釘を刺す。

「エリオ。先に言っておくけれど、カツヤにもアキラみたいに私達の後ろ盾になってもらおうと思っているのなら、絶対に無理だからね」

強い口調でそう断言されたことで、エリオは我に返ったように軽くたじろいだ。

「えっ？　だ、駄目かな」

「駄目よ。むしろどこに駄目じゃない要素があるっていうのよ」

「いや、ほら、シェリルと物凄く仲が良いように見えたし、頑張って頼めば何とか……」

「あんなもの、私をどこかのお嬢様と勘違いしてたからに決まってるでしょう？　ドランカム所属のハンターがスラム街のガキなんて真面に相手にするとでも思ってるの？」

「普通ならそうだけど、カツヤならそうと決まった訳じゃ……」

妙に食い下がるエリオの様子に、シェリルは内心で懸念を高めていた。相手の反応を確かめながら、駄目な根拠を続けて話していく。

「第一、仮にカツヤが私達の後ろ盾になったとして、その見返りはどうするのよ」

「その辺はアキラも何とかなってるんだし……」

「それは私がアキラの恋人だからでしょう。それとも、それを含めて、何とかしろって、言いたいの？」

シェリルは無意識に冷たい怒気を声に滲《にじ》ませていた。

「そ、そういう意味じゃないって」

そうだ、と答えた時点で自分は終わることぐらいエリオも分かっていた。その何とかが、体で籠絡する、二股を掛ける、本気で乗り換える、のいずれの意味であっても、シェリルを激怒させる内容であることに違いは無いからだ。

冷や汗をかいたエリオは、それで自分の中にあった妙な高揚が冷めていくのを感じていた。落ち着きを取り戻し、自分でも少し変なことを言っていたと思いながら軽く息を吐く。

「……そうだな。確かに無理だな。悪かった」

「分かれば良いわ。それで、何で急にそんなことを言い出したの？」

「何でって、そうなったら良いかなって何となく思ったからだけど」

「そう」

その程度の理由にしては随分と食い下がっていた。シェリルはそう内心で訝しんでいたが、今のエリオからは嘘も裏も感じ取れなかった。

それはそれで不自然だとも思ったが、何らかの理由があったとしても恐らく本人すら分かっていない何かであり、問い詰めるだけ無駄だと判断する。そして一応もう少し付け足す。

「まあ、仮にカツヤを私達の後ろ盾にしたら、エリオはアリシアに振られるでしょうけどね」

当然のことのようにあっさりとそう言われたことで、エリオは思わず軽く吹き出した。

「な、何でだよ」

「何でって、アリシアは幹部だからね。カツヤが徒党の後ろ盾になったら接触する機会も多くなるわ。

何かの契機で惚《ほ》れても不思議は無いと思わない？」

「い、いや、それだけで……」

「あの時も二人ほど侍らせていたし、女性の扱いにも慣れているのでしょうね。あと、カツヤには異性を勘違いさせる言動が多いらしいわ」

「だ、だからって……」

「美形で強くて才能があって、稼ぎも良くて優しくて、自分達の後ろ盾として護ってくれて、上手くいけば養ってくれそうな人。そんな人から勘違いするような言葉を言われて、脈があると思ってしまえば、本気になるまであっという間でしょうね」

エリオがその光景を想像して顔色を悪くする。シェリルはその様子を真面目に観察していた。

「それでエリオ。結局話って何？　私も疲れてるの。大した話じゃないなら後にしてほしいんだけど」

「あ、ああ。悪かった。後にするよ」

エリオはどこかふらついた足取りで部屋から出ていった。


一人になったシェリルがエリオの言動を振り返る。雑に推測すれば、エリオは何らかの勘違いで、或いは思慮に欠けた思考で、カツヤを徒党の支援者に出来るのではないかと考えたのだろう、とは思う。

しかしどう考えても演技にすぎないことについて本心を尋ねてきたり、カツヤを後ろ盾にするというどう考えても無理があることに食い下がってきたりと、普段のエリオの言動から逸脱している部分が多く違和感だらけだった。

「本当に、何だったのかしら……？」

その後もしばらく考えていたが、よく分からないという結論しか出ない。それでシェリルはその思考を打ち切った。考えなければならないことは他にもいろいろあるからだ。

本心の件と後ろ盾の件に関連性は無い。しかし関連付けて考えてしまったシェリルはそのことに気付けず、その所為で、カツヤへの演技について思わず本心を聞きたくなるほどに怖がられていたことにも気付けなかった。

第91話　反カツヤ派の期待の星

　深夜か早朝か判断に迷う時刻に、アキラは荒野を車で進んでいた。目的地はシカラベ達との合流地点。目的は賞金首討伐だ。

　自宅待機を続けていたアキラにシカラベから連絡が入ったのは前日で、日の沈んだ後だった。早めに就寝したがそれでも睡眠時間は足りていない。アキラは軽い眠気を堪《こら》えながら車を運転していた。

　助手席のアルファがアキラを気遣う。

『アキラ。私が運転するから今の内に仮眠を取っておきなさい。寝不足だと作戦に差し支えるわ』

「そうだな。じゃあ頼んだ」

　目を閉じたアキラは眠気もあってすぐに眠りに就いた。

　既に運転を代わっていたアルファが、車の揺れでアキラを起こさないように、舗装などされていない荒野を精密な運転技術で進んでいく。そのおかげでアキラの眠りは車上にしては上質なものになった。

　それなりに仮眠を取った後で、アキラはアルファに起こされた。

『おはよう。アキラ。眠気は取れた？』

「……まあ、何とかな」

　アキラが目覚め切れていない頭で辺りを見渡す。日はまだ昇っていなかった。

『今の内に朝食にしておきなさい。シカラベ達と合流した後に、その時間がある保証は無いわ』

「そうだな」

　車に積み込んだ荷物の大半は弾薬等だが、一応食料なども積んでいる。アキラはその荷物からハンター用の携帯食を取り出した。

　ハンター向けに販売されている携帯食には、通常の携帯食とは異なる部分をセールスポイントにしている商品も多い。

　一見普通の食料で味も食感も普通だが、体内でほぼ完全に消化、吸収され、体外に排出される量が極めて少なく、更に尿意や便意を抑える効果がある物。

回復薬の代用品としても使用できる物。戦闘中に胃を破壊され、消化中のものが体内に飛び散ってしまっても、悪影響の出ない物。異常なまでに消化吸収が速い物。意識の覚醒を促し集中力を高める物。

都市の中で普通に生活している限り、全く必要としない機能や効果、安全性を売りにしている商品の数々だ。

アキラはそれらの品を試しにいろいろ購入していた。今、手にしているハンター用の携帯食は、見た目はただのサンドイッチとコーヒーだ。

強いて言えば、サンドイッチはしっかり柔らかく、コーヒーはちゃんと温かい。そしてトイレの心配は不要な品だ。

アキラが訝しみながらそれらを口に含む。

「うーん。普通だ。これはこれで凄いことなんだろうけど」

『普通の味に不満があるのなら、次は味も考慮して選んでみたらどう？　戦意高揚の為にも、温かくて美味しい食事は重要だからね』

「そうだな。少しは生活に余裕も出てきたんだし、それぐらいの贅沢《ぜいたく》はしても良いはずだ。多分」

ある意味で非常に質素なアキラの発言に、アルファは楽しげな苦笑を浮かべた。

『装備代に8000万オーラムを躊躇無く支払い、200万オーラムの回復薬の使用を全く躊躇わないハンターの発言とは思えないわね。普段からもう少し良い物を食べても良いのよ？』

「うーん。そう言われても普段はあれぐらいで特に文句は無いしな」

アキラの普段の食事は、スラム街の頃と比べれば十分豪勢な内容だ。加えて一度であってもシュテリアーナの美味すぎる料理を口にしたことで舌が肥えてしまい、無意識に少しずつ食費を上げていた。

それでも現在のアキラの稼ぎと比較すれば、その食費はとても慎《つつ》ましい額だ。しかもアキラはその食事に概《おおむ》ね満足していた。

勿論アキラにも、より美味しい料理を食べたい欲はある。しかしその為に自腹で高額の代金を支払うのは、長年の路地裏暮らしもあって、どうしてもまだまだ躊躇してしまっていた。

『無理に勧めたりはしないわ。でも、もう少し贅沢をしても問題無いことは覚えておいて。少なくともハンター用の携帯食を、気兼ねなく選べる程度にはね』

「そうだな。それならもう少し食べるか。ちょっと足りなかった」

アキラが追加の携帯食を手に取る。その程度のことで少し機嫌を良くした様子を見て、アルファは苦笑していた。

◆

アキラがシカラベ達との合流場所に到着する。そこには既に装甲兵員輸送車を中心にして数台の車両が停まっていた。

そこで仲間達と賞金首討伐の相談をしていたシカラベが、近くに車を停めたアキラに気付く。

「アキラか。調子は？」

「大丈夫だ」

「そうか。時間になったらすぐに出発する。それまでにあそこであいつに聞いて準備を済ませろ。準備が終わったら待機だ。適当に暇を潰しておけ」

シカラベはそう言って装甲兵員輸送車を指差した。車両後部の扉が開いており、雇われハンターが参加者に賞金首討伐用の物資を取り出して配っていた。

指示通りそこに行ったアキラは、軽い説明を受けて様々な物を受け取った。

対大型モンスター用のロケットランチャーとその弾。使用する情報収集妨害煙幕《ジャミングスモーク》の成分表と情報収集機器用の調整データ。通信機と通信コード。それらを持って自分の車両に戻る。

アキラは装甲兵員輸送車に積まれていた大量のロケット弾を見て、自分が火力担当として雇われたことを改めて自覚すると共に、撃破にこれだけの火力を必要とする賞金首の強力さを理解した。

作戦の開始時刻まではもうしばらく時間がある。シカラベ達が雇った追加要員もまだ揃っていない。

運転席に座って作戦開始を待っていたアキラは、再び軽い眠気に襲われた。だがまた仮眠もどうかと思い、アルファと雑談しながら眠気に耐えていた。

その様子を見て、アルファが提案する。

『アキラ。眠いのなら、眠気覚ましに柔軟体操でもしていたら？』

『柔軟？　こんな場所でか？　荒野だぞ？』

『周囲の警戒は私がしておくから大丈夫よ。それにこれから賞金首と戦うのよ？　今の内に体をしっかりほぐしておくのも良いと思うわ』

アキラは少し怪訝に思いはしたが、アルファがそう言うのであればと勧めに従った。

少々場違いなことをしていると思いながらも、これで自分の動きが良くなるのならばと、アキラがアルファと一緒に柔軟体操を続けている。

アルファはアキラの前で動きの手本を見せている。手本として相手が自分の四肢の動きをしっかりと確認できるように、という口実で大胆に肌を露出させた水着姿に着替えていた。

その姿で手足を大きく広げ、四肢をくねらせ、腰を捻り、爪先から手先まで伸ばし、片足を上げて器用に立つ。色気を目的としない柔軟体操ではあるが、芸術的な肢体に機能美としての優美が加わり、その魅力を高めていた。

もっともアキラはその姿に見惚れるどころではなかった。体の伸ばしが足りていないところを、アルファによる強化服の操作で、身体を痛めないギリギリまで伸ばされているからだ。

『アルファ。痛い。ちょっと痛い』

『少し体が硬いのね。怪我の予防の為にも、動作の効率化の為にも、体の柔軟性は大切なのよ。強化服の訓練と調整も兼ねて、これからも続けた方が良いわね』

『お、お手柔らかに頼む。い、痛い。いや、待て、ちょっと、本当に痛いんだって！』

『大丈夫よ。ちょっとぐらい千切れても回復薬があるわ』

『それは、大丈夫だっていう根拠として、絶対間違ってる！』

楽しげに微笑むアルファに、アキラは文句は言いながらも、やめろとは言わなかった。

開脚前屈の手本を見せるアルファが、両脚を一直線に大きく開き、胸を地面に押し付けて、余裕の笑顔を浮かべている。同じ体勢を取るアキラは苦悶の表情を浮かべていた。

そこにシカラベがやって来る。

「……何やってるんだ？」

「見れば分かるだろう。柔軟体操だ」

「……、そうか」

シカラベが尋ねたかったことは、今、なぜ、そんなことをしているのか、だったのだが、当たり前のように答えたアキラの態度に、それ以上追及する気は失せてしまった。代わりに、アキラの苦悶の顔を見て別の質問が湧く。

「興味本位で聞くんだが、その強化服、追従式か？それとも読み取り式か？」

「えーっと……」

『読み取り式よ』

「読み取り式だ」

「……そうか。アキラは大丈夫だろうが、注意してやれよ？」

顔をわずかに険しくして意味深なことを言うシカラベの態度に、アキラが不思議そうに聞き返す。

「注意って、何をだ？」

「自分で四肢を捩《ね》じ切《き》らないようにだよ」

怪訝な顔になったアキラを見て、シカラベが補足する。

本来ならば類い稀な素質を必要とする身体能力を、高額ではあるが金を出せば手に入れられるということもあって、強化服は稼ぐハンターの基本装備と言われるほどに人気がある。

当然ながら企業もその市場を争い、宣伝にも力を入れる。着用するだけで誰でも超人になれると、過剰な宣伝文句を謳《うた》うこともある。

そして氾濫する誇大広告に惑わされ、誇張とは分かっていながらも、その程度を見誤り、勘違いする者も出る。誰でも、着るだけで、すぐに、それだけの力が手に入ると、幻想にも似た誤解をするのだ。

そしてシカラベの知人にも、その程度を見誤った者がいた。その者は高性能な強化服を安く手に入れようと裏ルートに手を出して、再販処理も済んでいない横流し品を入手した。

更に着用者に合わせた調整など自動でやってくれると思い込み、他人のデータが残ったままの強化服をそのまま着てしまった。

「それで、俺はそいつと一緒に遺物収集に行ったんだ。そいつも移動中は問題無かった。そこまでは、歩く、座る、ぐらいの普通の動作しかしてなかったからだろうな。だがその後が問題だった」

気の毒に、という表情を浮かべたシカラベを見て、アキラの顔に嫌な汗がわずかに滲む。

「……何があったんだ？」

「そいつは待ち時間に暇潰しと強化服の動作確認を兼ねて軽い柔軟体操を始めた。そして大きく体を動かした途端、強化服が生身の可動域を超えて関節を曲げて、そいつの手足を力任せに折ったんだ。腕も脚も、酷いことになってたよ」

アキラが思わず顔を強張《こわば》らせる。シカラベもその時の光景を思い出して顔を歪めていた。

「そいつの強化服は読み取り式で、しかも前の使用者が生身じゃ不可能な可動域を持つサイボーグだったらしい。そのデータで関節を曲げようとしたんだよ。追従式の強化服なら本人の動きを超えることはないから、そういう事故は起こり難いんだがな」

神経伝達を読み取るタイプの強化服は、反応速度を上げる為に本人よりも早く動くこともある。痛いと思った時には手遅れだ。

アキラはその光景を想像して、嫌そうな、痛そうな顔を浮かべていた。

「……安全装置とか、付いてなかったのか？」

「前の使用者が無効化していたらしい。そういうやつ、意外に多いぞ？　生身用の設定だと自由に動けないサイボーグも多いし、生身のやつでも骨が折れる覚悟で動かないと生き残れない状況ってのはあるからな。そういう場合は安全装置が逆に足枷になる」

そこでシカラベが軽く苦笑する。

「もっとも安全装置が機能していても、サイボーグだった前の使用者なら安全だった基準で動くだけだから、結果は同じだっただろうな」

「……そいつは、その後どうなったんだ？」

「回復薬を山ほど飲んでその場は何とか凌《しの》いでたよ。ただ、そいつはそれで強化服がトラウマになって、以降は身体強化拡張処理と防護服の組み合わせに変えたけどな。まあ、気持ちは分かる」

アキラが何となく、正確にはある懸念から目を逸らしながらアルファを見る。アルファは和やかに微笑んでいた。

回復薬の話は冗談だ。アキラはそう思い込むことにした。

気を取り直して余計な懸念を頭から追い出そうと、アキラが柔軟体操をやめて立ち上がる。

「それでシカラベ、何の用だ？　そろそろ出発か？」

「おっと。そうだった。そろそろ出発するが、そのことじゃない。ちょっと頼みがあってな。アキラの車にこいつを乗せてほしいんだ」

シカラベはそう言って背後の少年をアキラの前に出した。

ドランカム所属の若手ハンターは、アキラを無意識に値踏みするように見た後、どこか険しく怪訝な顔を浮かべた。それでも外部のハンターに一応は礼儀を見せる。

「トガミだ。よろしく」

「……アキラだ。よろしく」

アキラも怪訝な顔を浮かべていた。だがその対象はトガミではなくシカラベだ。

「シカラベ。乗せろと言われれば乗せるけど、それ、一緒に戦えって意味なのか？　護衛までやってくれって意味じゃないよな？」

「大丈夫だ。俺はお前を追加戦力として雇ったんだ。

そんな面倒臭えことは頼まねえよ。協力して戦う必要は無い。各自で好きに戦ってくれ」

「好きにして良いのなら、俺の邪魔になったら車外に投げ飛ばしても良いのか？」

アキラも依頼として引き受けた以上は出来るだけ指示に従うつもりだ。だが出来れば一人で戦いたかったこともあり、気分的には断りたかった。

そこで自分なりに依頼に対する姿勢に反しない範囲で、指示の撤回を期待して試しにそう言ってみた。

しかしシカラベに軽く笑って返される。

「その時は、可能なら俺の車へ投げ込んでくれ。拾うのが面倒だからな」

そう言われてしまっては、アキラとしては従うしかなかった。

「……分かった。乗せるよ」

「悪いな。すぐに出発する。遅れるなよ」

シカラベがトガミを置いて戻っていく。足手纏《あしでまと》い扱いされたトガミが顔を不機嫌そうに歪めていたが、アキラもシカラベも気にしていなかった。

トガミの分の物資をアキラの車両に積み込んで準備を済ませると、程無くしてシカラベから出発の指示が出た。アキラが気合いを入れ直す。

『よし。行くか』

『ええ。張り切っていきましょう』

トガミを助手席に乗せた都合で逆側の空中に座っているアルファに励まされながら、アキラの賞金首討伐が始まった。

◆

日の出前の暗い荒野をアキラ達が集団で進んでいく。シカラベ達が乗る指揮車である装甲兵員輸送車を先頭にして、追加要員を乗せた複数の車両が後に続いていた。

トガミは出発前からずっと不機嫌なままだ。しかも移動中に更に機嫌を悪くしていた。それは助手席から運転席のアキラを改めて見て、やはりどうしても強そうに見えないのが原因だった。

高まったいらだちに後押しされ、無意識にアキラを見下しながら忌ま忌ましげに声を掛ける。

「おい。出発前に護衛がどうとか言ってたが、あれはどういう意味だ？」

「どういう意味って、何が？」

「何が、だと？　ふざけやがって。どう考えても俺を足手纏い扱いしてたじゃねえか。邪魔になったら車外に投げ飛ばすだと？　逆に俺がお前を投げ飛ばしてやるよ。そうならねえように、精々俺の邪魔をしねえように気を付けるんだな」

「分かった」

どこまでもどうでも良さそうなアキラの態度に、トガミはますます不機嫌になった。

（シカラベの野郎……。俺をこんなやつと一緒にさせて、何を考えてやがる）

シカラベの指示でアキラの車両に乗り込んだトガミだったが、その理由は聞かされていない。黙って乗れと、高圧的に命令されただけだった。

そのシカラベの態度に少々腹は立ったが、実力も装備も戦歴もハンターランクも上のハンターからの指示ということもあり、大人しく従った。

自分の実力に自信を持っているが、それでも古参の実力者から見ればまだまだ若輩者だと理解しており、そこは退く程度のことは弁えていた。

だが指示の理由は気になる。自分をわざわざ同乗させるのだ。それだけの意味はあるのだろうと、トガミは自己評価の高さもあって深読みしていた。

しかしその同乗相手はどう見ても強そうに見えない子供だった。装備だけ調えた未熟者という、ドランカムの若手ハンターに被《かぶ》せられた悪評そのものの者だったのだ。

（こいつを見て、少しは自分の身を振り返れとでも言いたいのか？　一緒にするんじゃねえ！）

自分は違う。そう確認するようにトガミが口を開く。

「おい。お前のハンターランクは幾つだ？　言ってみろ」

「21だ」

それを聞いたトガミの顔に、自身の実力を根拠とする自信に溢れた嘲笑が浮かんだ。

「21？　その程度のハンターランクで俺にそんな態度を取ってるのか？　俺は27だ！」

装備は徒党から借りれば良いので、金よりもハンターランクを上げた方が良い。その事務派閥の計略により、ドランカムの若手ハンターにはハンターランクを特に重視する傾向が強まっている。

トガミも徒党から装備を借りる立場だ。その影響からは逃れられず、アキラのハンターランクを聞いて無意識に立場の上下を付けてしまった。

その所為もあり、アキラの反応が自分をチラッと見ただけで終わってしまい、すぐにどうでも良さそうに視線を前に戻した態度に、トガミは再び機嫌を悪化させた。

「おい！　聞いてるのか!?」

何度呼びかけてもアキラからそれ以上の反応は無い。完全に無視されていた。それでトガミは吐き捨てるように舌打ちすると、不機嫌な顔を荒野に向けている。そしてわずかに笑った。

自分にそんな態度を取るのであれば、実力の違いを見せ付けて分からせてやろう。そう考えて意気を高めていた。

運転席側では、面倒になってトガミを無視していたアキラに向けて、アルファが空中に腰掛けながら笑いかけていた。

『放っておいて良いの？』

『騒音以外の邪魔をしてきたら、シカラベの車に投げ込もう』

アキラはあっさりとそう答えた。

シカラベから許可は取っている。本当にやるつもりだった。

◆

アキラ達を先導する装甲兵員輸送車には、シカラベ、ヤマノベ、パルガの三人が乗車していた。

車両の定員は10名。重武装したハンターが定員分余裕で乗れる広さがある。7名分の余剰空間には賞金首討伐用の物資が積み込まれていたが、アキラを含めた追加要員達にその大半を配り終えたので、今は十分な空きがあった。

つまりトガミは車内の広さとは無関係に追い出されていた。

運転席のヤマノベがその点を少し不思議に思う。

「シカラベ。わざわざ追い出すぐらいなら、何でトガミを連れてきたんだ？　そもそもお前、若手連中は嫌いなんだろ？」

シカラベが偵察班から送られてくる賞金首の位置情報を確認しながら答える。

「嫌いだ。でもまあB班の連中は、A班の連中と比べれば比較的ましだと思ってる。事務連中に贔屓されて武装も依頼も充実してるA班の連中とは違って、多少は自力で頑張ってるやつらだからな」

「でも目障りだから俺達の車から追い出すぐらいには嫌いなんだろ？」

「違う。トガミを連れてきたのは、B班の勢力を増やしておきたいやつらとの取引だ。トガミをアキラに同行させたのも、その都合でちょっと小細工をしただけだよ」

ドランカムの古参は、事務派閥の運営方針で徒党から手厚い支援を受けている若手が基本的には嫌いだ。

だがB班に対しては、スラム街のような酷い境遇にいた者が大半で、しかも曲がりなりにも命懸けの試験を突破した者達なのだと、理解を示す者もそれなりにいた。

シカラベに取引を持ちかけたのはその者達だ。B班の実力者を賞金首討伐に参加させて、討伐成功の箔を付けさせる。そしてその者を中心にA班に対抗できる勢力を維持させるのが目的だった。

最近A班がヨノズカ駅遺跡攻略を失敗したことで事務派閥にも影響が出ている。上手くいけばA班とB班の勢いを拮抗《きっこう》させるぐらいのことは出来るだろう。そう考えての動きだった。

それはシカラベが嫌う派閥争い、その揉め事の範疇ではある。しかしA班と事務派閥はそれ以上に嫌いだったので、シカラベは取引に応じてトガミの同行を受け入れた。そして代わりに賞金首討伐の資金を得ていた。

それらの話を聞いたパルガが軽い興味を顔に出す。

「へー。それでその箔付け対象にあいつが選ばれたってことか。で、シカラベ。実力の方はどうなんだ？　俺には調子に乗ってるガキにしか見えなかったんだが」

「さあな。箔付け先に選ばれたんだ。調子に乗るだけの実力はあるんじゃないか？」

「ふーん。そうするとあいつはB班の、いや、反A班の、いや、反カツヤ派の期待の星ってところか」

A班B班の区分けは若手ハンター内での分類だ。カツヤ派と言う場合は、ドランカム全体での派閥となる。カツヤを中心としたA班の者、そのカツヤ達の後ろ盾になっているミズハ達の派閥、及び今後を見据えてそちらに協力する者達のことだ。

若手に留まらない勢力として、カツヤ派はドランカム全体でも無視できない派閥に成長していた。

カツヤの名前が出たことでシカラベの顔があからさまに不機嫌なものになった。パルガがそれを見て笑う。

「お前、本当にあいつが嫌いだよな」

「ああ、嫌いだね」

嫌そうな顔ではっきりそう答えたシカラベの態度に、ヤマノベも苦笑を浮かべた。そこで索敵機器の反応に気付いて楽しげに笑う。

「それじゃあシカラベの機嫌を直す為にも、ここで反カツヤ派の期待の星の実力を見せてもらおうか」

そして通信機越しにトガミへ指示を出す。

「8番！　進行方向にモンスターだ！　先行して蹴散らしてこい！」

「8番！　了解！　すぐに終わらせる！」

気合いの入った返事を聞いて、ヤマノベとパルガが楽しげに笑う。

シカラベは軽く溜め息を吐いた。

アキラはチラッとトガミを見て、視線を前に戻した。

アキラとしては、すぐに、急げ、という指示通りに動いただけだった。しかし、無意識にアルファのサポート有りの状態を基準にしてしまっている所為で、トガミにとっては嫌がらせにしか思えないものとなっていた。

トガミが憤りを露わにしてアキラを睨《にら》む。

「てめえ……」

アキラは睨まれても全く気にしなかった。それでも一応、車の加速を落とした。

装甲兵員輸送車を追い越して先を急ぐと、前方に巨大な肉食獣を中心にしたモンスターの群れが出現する。車両並みに大きな獣はアキラ達に気付くと激しい咆哮《ほうこう》を上げた。そして集団で獲物へ向けて駆け出した。

それにより相手との距離が急速に縮まる中、アキラがトガミの方を見ずに尋ねる。

「それで、どこまで近付けば良いんだ？」

◆

パルガから指示を受けたトガミは、アキラに自分の実力を見せ付ける機会が早速来たと思って不敵に笑った。

「8番！　了解！　すぐに終わらせる！」

そして自信に満ちた顔をアキラに向けて指示を出す。

「おい！　すぐにモンスターの近くまで車を移動させろ！　急げ！」

アキラは黙って車を急加速させた。更に前方の装甲兵員輸送車を追い越す為に進路を大きく変える。その勢いで車体が激しく揺れた。

その所為でトガミが体勢を崩す。危なく助手席から転げ落ちるところだった。慌てて体勢を立て直すと声を荒らげる。

「おい！　もっとちゃんと運転しろ！　何考えてんだ!?」

「……適当にその辺で停めろ！」

トガミは吐き捨てるように答えた。アキラは黙って車をゆっくりと停めた。

車を降りたトガミは銃を握ると、一転してアキラに笑顔を向けた。嘲笑に近く、相手を見下したものではあったが、そこには確かな自信が溢れていた。

「指示されたのは俺だけだ。つまり、俺一人で十分だってことだ。お前は大人しくそこで黙って見てろ。実力の違いってやつを見せてやる」

トガミは今回の賞金首討伐で、真面な戦力は自分を含めたドランカム所属の者だけだと思っている。

その認識は大体正しい。シカラベ達が集めた追加要員の大半は借金持ちのハンター崩れなどであり、その実力はシカラベ達と比べれば著しく乏しく、トガミにとっても一山幾らの格下ばかりだ。

そして自分が今回の賞金首討伐に参加できたのも、古参が自分の実力をようやく認めたからだと思っていた。それも間違ってはいないのだが、トガミの認識と古参達の認識には大分隔たりがあった。

自分も認める実力者であるシカラベ達に、格下である追加要員達に、そしてアキラに、トガミは自分の実力を見せ付けてやると意気を上げた。

まずは周囲を見渡し、狙撃に適した位置を素早く見付け出す。すぐにそこに移動すると、今回の為に用意した大型の銃を構える。そして敵集団の先頭を狙い、引き金を引いた。

発砲の反動でトガミの体を後方へずらすほどに強力な弾丸が宙を穿《うが》ち、そのまま標的の胴体側面を削り取る。裂傷と呼ぶには抉られすぎた負傷部分から肉片交じりの鮮血が飛び散った。

それでも巨大な獣は意気を落とさず、逆に怒りで猛進する。トガミはその迫力のある姿を照準器越しに見ても、余裕の笑みで次弾を放った。

大型の銃から間を置いて撃ち出される弾丸が、モンスターの異常とも思える生命力を強引に削り取っていく。

太い8脚が被弾で5脚まで減り、胴体に穴が開こうとも前進していた獣も、その穴を更に増やされれば動きも鈍る。そこに止めの一発を頭部に喰らい、遂に息絶えた。

その間にもモンスターの群れはトガミに迫っていた。もう大分近付かれている。しかしトガミは焦らずに銃を持ち替えると、敵集団に向けて乱射した。

照準の多少の狂いなど十分に補えるだけの弾丸が連続して撃ち出される。そのそれぞれがモンスターの皮と肉と血と骨を穿っていく。

巨大な獣の取り巻きだった中型の個体も、荒野を徘徊するだけあって強靭だ。被弾の一発一発は弱点部位でもない限り大した負傷にはならない。

しかしそれを全身に喰らえば十分致命傷だ。拡張弾倉という十分な供給源を得ている銃が、そこそこ大きな取り巻き達を次々に撃破していく。

トガミがそれらを倒し終えた時、大きく迂回《うかい》して弾幕から逃れていた小型の個体が、トガミに飛び掛かれる距離まで近付いていた。群れの残党が食欲よりも怒りに突き動かされて仇敵《きゅうてき》に襲いかかる。

だが既にその接近に気付いていたトガミは、敵の突撃をあっさりと躱《かわ》した。更に合わせてカウンターを入れる。強化服の身体能力で小型の獣を蹴り飛ばした。肉の塊が骨を砕かれながら宙を舞い、地面に激突した。

トガミはそのまま同様に飛び掛かってきた数匹に同様の一撃を喰らわせると、既にろくに動けない相手を銃撃してしっかりと止めを刺した。

そこらの駆け出しハンターでは逃げるのが精一杯なモンスターの群れを、トガミは宣言通り一人で打ち倒した。

「よーし。こんなもんだろ。楽勝だ」

十分に誇れる活躍だったとトガミは満足していた。そして自分の戦い振りを見ていたであろうアキラの反応を楽しみにして車に戻る。

しかしその期待は裏切られた。アキラは運転席に座ったまま、暇そうに前を見ていた。シカラベ達の車がその横を通り過ぎていく。

そのアキラの態度にトガミがわずかに驚き、次に怪訝な顔を浮かべる。

(……見てなかったのか？　いや、見てたはずだ。戻る時にこっちを見てたんだ。間違いない)

そして不機嫌を隠さずにアキラに声を掛ける。

「……おい、俺に何か言うことがあるんじゃないか？」

「早く乗ってくれ。追い付けなくなる」

アキラの反応は、それだけだった。

トガミの機嫌が一気に悪化する。

何であれ、自分の戦い振りに対する反応があればトガミは満足していた。それが称賛ならばそのまま受け取り、中傷ならば負け惜しみとして受け取り、どちらにしろ自尊心を満足させていた。

しかしアキラの反応はほぼ皆無だ。単に無視しているのですらなかった。先程の戦闘内容に、特記すべきことは何も無かった。アキラの態度は、まるでトガミにそう告げているようだった。

トガミが思わず声を荒らげようとする。だがそれを通信機からのパルガの声が止めた。

「8番。9番。大分離されているぞ。何をやってる。さっきの戦闘で車にトラブルでも出たのか？」

アキラが軽く息を吐く。

「こちら9番。車体に損傷無し。理由は不明だが8番が車に乗ろうとしない。置いていって良いか？」

「8番は近くにいるのか？　8番。何があった？　負傷で動けないのか？」

「い、いや、そういう訳じゃ……」

「だったらとっとと乗れ！」

そのパルガの叱咤《しった》で通信は切れた。

トガミは身を震わせ、歯を食い縛って内心の激情を何とか抑えると、非常に不機嫌なまま車に乗り込んだ。アキラがすぐに車を動かす。

その後、車内に会話は無かった。

◆

車両の機器でトガミの戦い振りを見ていたシカラベ達が軽く感想を言い合っている。

パルガは良い評価を出していた。

「悪くねえんじゃねえの？　歳と装備を考えれば十分及第点だろう」

一方ヤマノベの評価は微妙だ。

「そうか？　チーム行動中に、勝てるからって一人で突っ込むのはどうなんだよ」

「それは俺があいつに指示したからだろう」

「それでもだ。指示を理由にリーダーやって、アキラをサポート役につければ良いだけだろう。一人で勝てる実力は認めるが、あれは余裕じゃなくて油断だ。荒野なんだ。無意味な危険を冒す必要は無い」

「厳しいねぇ。シカラベ。お前はどう思う？」

シカラベが軽く答える。

「保留だ。まあ現時点での評価を出せって言うなら、あの程度の雑魚を倒したぐらいで調子に乗るやつは要らん、だな」

パルガがヤマノベと一緒に笑う。

「お前も厳しいねぇ。あいつは反カツヤ派の期待の星だってのにな。カツヤが嫌いなら、その分あいつの評価を上げてやっても良いんじゃねえの？」

「俺は私情で評価を曲げる気は無い。賞金首戦で活躍すれば、相応に評価してやるさ」

ヤマノベが少し不思議そうにする。

「賞金首戦であいつを前に出すのか？　あいつに箔を付けるって取引したんだろう？　死んだらどうするんだ？」

「そん時はそん時だよ。その程度のやつなら箔を付けてもすぐに剝がれるだけだ。そもそも取引内容にあいつの護衛は入ってねえ」

ヤマノベとパルガはシカラベのその厳しい言葉に、それはそうだと笑って返した。

第92話　億超えのハンター達

　アキラ達は賞金首の出没地域を目指して日の出前の荒野を進んでいた。

　アキラとトガミの間に会話は無い。アキラは表向きは無言だがアルファと雑談しており、トガミはアキラへの不満で口を閉ざしている。どちらも相手に話しかける必要性を感じておらず、ある意味でその部分だけは協調性が取れていた。

　やがて日が昇り、夜明けの光が荒野を照らし始めた。

　アキラが無意識に朝日の方に視線を向ける。そこには助手席をトガミに取られている都合で、車と並行して宙を飛んでいるアルファの姿があった。

　夜と朝が切り替わるわずかな時間の光景。日の光が差し込んだ場所は朝に変わり、光の届いていない影の下は夜のままの、朝と夜が同時に存在している刹那の景色。

　その景色の中、朝日を浴びたアルファが髪や肌に幻想的な輝きを纏わせながら、アキラに微笑んでいる。

『アキラ。朝日よ』

『……、そうだな』

　アキラが返した言葉は、その光景を見た者が口に出す感想としては余りにも欠けていた。

　アルファが少しからかうように笑う。

『相変わらず反応が鈍いわね。もっとこう、何か感想は無いの？』

『そんなこと言われてもな……』

　実際には、アキラはその光景にある種の感動すら覚えていた。だが内心に湧き上がったものを適切に表現できるほど語彙に優れてはいなかった。

　それでも一応素直な気持ちを口に出す。

『まあ、スラム街で見る日の出よりは、記憶に残る光景だな』

　アキラが言ったのはそれだけだ。だがたったそれだけの言葉を口にする為に必要なものを、かつてのアキラは何一つ持っていなかった。

例えば日の出が見える場所だ。スラム街の路地裏で過ごしていた頃には、眠っている間に殺されないように、寝床は注意して選ぶ必要があった。そのような場所には日の出の光など届かない。

次に日の出を眺めていられる余裕だ。誰かに襲われないように常に警戒しなければならない。視線を向けるべき方向は日の当たる所ではなく、暗がりや路地の曲がり角の先など、奇襲を受ける恐れの高い場所だった。日の出に意識を向ける余裕など無い。

その他にも様々な要因が、ゆっくり日の出を眺める贅沢など、かつてのアキラには許さなかった。

そして今、この場所にも、アキラにその贅沢を続けさせない要因が存在していた。

アルファが荒野の先を指差す。

『アキラ。モンスターよ。少し遠い位置だけれど、既にこちらを捕捉しているわ。突進してくるわよ』

『……、了解だ』

アキラは自分でもよく分からない不快感を覚えると、その心に従って車両後部に向かった。そしてそこに設置してあるＣＷＨ対物突撃銃を銃座から外し、不機嫌な顔で構えた。

アルファのサポートで拡張された視界が、不快感の原因となった存在の姿を拡大表示する。巨大な生物系モンスターが、その巨体の重量を物ともせずに勢い良く駆けている。

胴体部の大きさはシカラベ達が乗っている装甲兵員輸送車の倍はあり、全身に装甲のような鱗を纏っている。サメとワニが混ざったような外観をしているが、そのどちらにも一致しない多関節の太い多脚を生やしていた。

そして頭部に扇状に配置された十数の目でアキラ達をしっかりと捕捉しながら、でこぼこした荒野を器用に、かつ強引に走っていた。それは見るだけで地響きが聞こえてきそうな光景だった。

その姿を直視しながら、アキラが不機嫌ながらも真剣な顔で引き金を引く。轟音《ごうおん》と共に撃ち出された銃弾が一瞬で宙を駆け、遠方の標的に一切の狂い無く着弾した。

それは単に遠くの敵に当たったという意味ではなく、敵の弱点であるごく小さな部位に、正確に精密に命中したことを意味していた。

CWH対物突撃銃の専用弾が着弾位置から敵の体内に侵入して衝撃を内部に撒《ま》き散《ち》らす。並の戦車にすら通用する威力を以て、標的の強靱な肉体を内側から粉砕する。

弾丸は目標を貫通しなかった。それはその生物系モンスターがそれだけ強靱な証拠だ。

だが専用弾の威力を全身で受け止めて無事で済むほど強靱ではなかった。硬い外装のおかげで全体の形状は維持しながらも、弾丸から伝播《でんぱ》した衝撃で内部をぐちゃぐちゃにされて息絶える。意識を失った巨体がそのまま派手に転倒した。

少し遅れて、通信機からアキラにパルガの指示が届く。

「9番。3時の方向に大型モンスターの反応だ。移動速度から考えて放っておくと追い付かれる。可能ならお前達で対処してくれ。無理なら俺達でやる。まずは目標を確認してくれ」

「こちら9番。終わった」

「そうか。いけそうか？」

「違う。もう倒した」

「……は？」

その短い言葉は、アキラの返事がそれだけ予想外のものだったことを示していた。少し間を開けて、装甲兵員輸送車の索敵機器で目標の撃破を確認したパルガの声が返ってくる。

「……あー、こちらでも確認した。次もその調子で頼む」

「9番。了解」

アキラはそれだけ答えて運転席に戻った。敵を倒しても、まだ少し不機嫌なままだ。

そして自分を見て楽しげに笑っているアルファの様子に気付くと、気恥ずかしさをごまかすように無愛想な態度を取る。

『何だよ』

アルファが意味深に微笑む。

『何でもないわ。アキラも邪魔されて怒る程度には、日の出の光景を楽しんでいたようね』

『……。まあな』

戦闘中に日の出は終わっていた。日の出の光景だけを楽しんでいた訳ではないが、アキラはそれだけ答えた。

それだけではないことに気付かれているのは分かっていたが、進んでからかわれるつもりも無いので、それ以上は答えなかった。

人は慣れる。だが朝日を浴びたアルファのどこまでも美しい姿には、アキラはまだ慣れていなかった。運転席に戻ったアキラの横では、トガミが唖然とし続けていた。

◆

アキラにモンスターの撃退を指示したら、既に倒していた。その事態にパルガも流石に驚く。標的が小物ではなく、手に余るようなら自分達が代わろうと判断したほどの大物だったこともあり、パルガの興味を強く引いていた。

「シカラベ。あんなやつをどこから見付けてきたんだ？」

「クズスハラ街遺跡の地下街で一緒に行動したことがあった。切っ掛けはその時だ」

「ああ、あれか。ヤラタサソリの巣があったやつだよな。やたらデカい巣が見付かって、大規模な掃討作戦もやったんだっけ。そこで活躍してたから誘ったって訳か」

「いや、違う。同行してたのは地下街探索の時だ。その時もまあ……、大した活躍はしていない。足手纏いにはならなかった。その程度だな」

パルガが怪訝な顔を浮かべる。

「じゃあ何でアキラを誘ったんだ？　あれか？　シカラベの勘か？　お前はハンター稼業には勘が良くないと駄目だって言っているしな」

シカラベが軽く笑う。

「否定はしねえが、流石に俺の勘にお前らまで付き合わせねえよ。別の情報を考慮した上での勧誘だ」

そして情報端末を操作し、その根拠となるデータをパルガ達に送った。

ヤマノベがその中身を見て不思議そうな顔をする。

「これ、ハンターオフィスのアキラの個人ページのコピーか？　俺も酒場の騒ぎであいつに興味が湧いたからちょっと見たけど……、大したものは載ってなかったぞ？」

パルガも同意するように頷いた。ヤマノベと同じように興味本位で閲覧したのだが、アキラの戦歴はほぼ非公開で、閲覧できた地下街での戦歴も負傷で途中離脱という凡庸な内容であり、面白そうなものは何も無かった。だからこそ、シカラベが勘を働かせたのではないかと考えたのだ。

シカラベが補足を入れる。

「わざわざローカルコピーを渡したところから察しろよ。それは情報屋から買ったデータだ。普通は閲覧できない部分も入ってる。地下街の履歴のところを見てみろ」

言われた通りにそこを見たパルガが面白そうに笑う。

「履歴の内容が変わってるな。クガマヤマ都市営業部社外秘関連依頼。詳細は……見れねえのかよ！」

ヤマノベも同じ部分を興味深そうに確認する。

「そこまで権限は高くない職員からコピーしたのか。閲覧可能なのは……場所とか、依頼内容の概要ぐらいだな」

「ああ。だが大まかな報酬額なら閲覧可能だ。見てみろ」

言われた通りに報酬額を確認した途端、ヤマノベ達の顔が大きく変わった。パルガが思わず声を出す。

「1億6000万オーラム!?　あいつ、億超えだったのか！」

億超えとは、依頼の報酬額が企業通貨で1億を超えるハンターのことだ。それだけ稼げるほどの実力者という意味であり、証拠であり、ハンターの格付けの一つでもある。

当然ながら有象無象のハンターが辿り着ける領域ではない。よって億超えとなれば周囲からの扱いも大きく変わってくる。ヤマノベとパルガもアキラの認識を大きく改めた。

パルガが納得したように頷き、同時に気付く。

「道理で強い訳だ。……あ、そういうことか。だからトガミをアキラと一緒にさせてるんだな？」

賞金首討伐に成功するとハンターオフィスの賞金首情報に討伐者が記載される。しかし今回の場合、そこに載るのはドランカム所属の4名だけだ。アキラを含めた追加要員達の名前は載らない。公的には賞金首討伐の参加者ではないからだ。

賞金首の討伐成功がハンターにとって箔になるといっても、ドランカムの古参100人掛かりで叩き潰しましたでは、その箔は余りにも薄っぺらくなり、箔として意味をなさなくなる。

箔の価値を保つ為には、賞金首を少ない人数で撃破したという状況が必要だ。だからこそシカラベ達は、表向きはドランカム所属の4名、トガミを除けば3人で賞金首討伐に挑んでいることにしているのだ。

シカラベ達がハンターオフィスを介さない依頼でアキラ達を雇ったのは、表向きはドランカム所属のハンターだけで倒したことにする為に、公的には存在しない追加要員が必要だったからでもあった。

そしてパルガはその前提から、シカラベがトガミとアキラを一緒にさせる理由を、他者にトガミとアキラの実力を混同させる為だと判断した。

賞金首討伐にトガミを同行させて箔付けを試みても、余りに実力が足りなければ無理が出る。足手纏いの子供が目立っていましたでは、借金持ちの追加要員達に口止めしても限度がある。そもそも徹底的に秘匿している訳でもないのだ。多少調べればそれなりに情報は漏れる。

だがそこで同じぐらいの子供なのにもかかわらず億超えの実力者であるアキラと一緒にさせれば、どちらが活躍し、どちらが足手纏いだったのか、外部の者には分からなくなる。

トガミもアキラも外に顔までは売れていない。公開情報だけで判断すれば、ハンターランクが上の方が活躍したと考えるのが普通だ。加えてアキラは表向きは同行していないことになっている。他の追加要員と同様の者と誤認する可能性は十分に高い。

もっともそれもしっかり調べれば分かることだ。だがそこまでいちいち調べる者は少ない。シカラベもそれを理解しており、何となく勘違いしてくれればそれで良い、という程度に考えている。パルガはシカラベが小細工と言った理由をそう判断した。

得意げなパルガに、シカラベも調子良く笑って返した。

「そういうことだ。黙ってろよ？」

「分かってるよ」

ヤマノベが納得しながらも訝しむ。

「このローカルデータから判断すると、単なる戦歴の非公開だけではなく、表向きの情報の改竄《かいざん》もやってるな。そこまでいくと、都市とアキラの間で何らかの取引が必要になるはずだ。何があった？」

「さあな。だが少なくとも報酬額に間違いは無いはずだ。内部情報だからな。わざわざ改竄する必要は無い。つまり、その件を表には出せないにしろ、それだけの金を得られる仕事はしたんだろう。それだけの実力があると分かれば十分だ」

「それもそうだな」

ヤマノベも本音を言えば詳細が気になるが、都市の機密情報を無駄に探って目をつけられたいとは思わなかった。

「だがシカラベ。億超えってことは、ある意味で俺達と同格ってことだ。そんなやつの支払を踏み倒したら大変だぞ？　大丈夫か？　殺されても知らないぞ？」

そう言ってからかうように笑うヤマノベに、シカラベも調子良く笑って返す。

「なに、賞金首を1体でも倒せば十分黒字なんだ。その支払の為にも、アキラにも頑張ってもらおうじゃないか」

「だな」

命を賭けた皮算用。それもまたハンター達の日常だ。程度の差はあれど荒野に出ている以上、ハンター稼業は常に命賭け。相手が遺跡でも賞金首でも、勝てば栄光が、負ければ破滅が待っていることに違いは無い。

それでも勝てば問題無い。その前提を当然のものとして、シカラベ達は笑い合った。

ヤマノベ達には話していないが、シカラベが今回の賞金首討伐にアキラを加えた理由には、もう少し続きがあった。安くない金を出して情報屋から秘匿情報を買った理由もそこにある。

クズスハラ街遺跡の地下街でアキラの実力を見たシカラベは、そのアキラが負傷で途中退場したことに疑念を覚えた。その疑念は自身の勘への信頼にも及んでいた。

やはりその程度の者だったのか。それとも何らかの裏事情があったのか。アキラの実力を見極められないシカラベは迷い、独自に調べていたのだ。

結果は、何かがあった、と出たが、その詳細は分からない。同時期にあった遺物強奪犯の騒ぎとの関連も考えたが、推察の域を出なかった。

そこでアキラを賞金首討伐に加えたのだ。もう一度アキラの実力を確かめる為に。

信頼の置ける仲間達にアキラを見せてその反応を確認する。賞金首との戦いでアキラの実力を客観的に判断する。その結果から、自身の勘をどこまで信じて良いか見極める。その為だ。

シカラベがやりたくもない派閥争いに少し積極的だった裏には、そういう事情もあった。

◆

助手席で顔を荒野に向けていたトガミが、どこか硬い表情でアキラをチラッと見る。反応は無い。トガミはアキラに、見られていると分かった上で無視されていた。

アキラが巨大なモンスターを一人で倒した後も、

アキラとトガミの間に会話は無かった。

だが変化はあった。今のトガミにはあれほど不機嫌だった様子は欠片《かけら》も無い。代わりに得体の知れない者へ向ける疑念と警戒、加えて不安と焦りが浮かんでいた。アキラの狙撃はトガミにそれだけの影響を与えていた。

遠距離のモンスターの存在に逸早《いちはや》く気付き、移動中の揺れる車上から銃撃して一発で撃破する。同じことを出来るかとトガミが自身に問えば、無理だと即答できるほどの芸当だった。

それをシカラベ達がやったのであれば、それほどの実力を持っていたのかと驚くだけで済んでいた。だがそれを格下として見下していた者があっさりと成し遂げた。それだけにトガミの驚きは大きく、混乱の域に達していた。

混乱した頭が事態の整合性を求める。無意識にアキラを何度も見ながら推察を続けていく。

そしてトガミは、その辻褄が合ってしまう理由を思い付いてしまった。


その途端、トガミの顔が大きく歪んだ。それを認めたくない気持ちがその表情に強く表れていた。

自分の隣にいる者よりも、ハンターランクも自分より低いどうしても強そうに見えない者よりも、装備だけ調えた未熟者という悪評そのものの者よりも、自身がより未熟であれば辻褄は合う。そう、考えてしまった。

（……違う！　そんな訳があるか！）

思わず否定する。揺らいでしまった自信を叱咤して立て直す。だが揺れは収まらない。

（俺は強い！　今回特別に賞金首討伐に参加できたのも、俺がそれだけ強いからだ！）

実際にトガミには自身にそう言えるだけの実力があった。ハンターランクもドランカムの若手の中ではカツヤの次に高い。反カツヤ派の纏め役として期待されるほどに評価されている。良く言えばそれを誇れるほどの、悪く言えば調子に乗れるだけの力を持っていた。

そしてその自信を根拠に別の辻褄合わせを試みる。

虚勢を張るように不機嫌な顔を作り、アキラにしっかりと告げる。

「……おい、あんなまぐれ当たりで調子に乗るんじゃねえぞ。俺はあれがお前の実力だなんて認めねえからな」

アキラが顔をトガミに向けた。どうでも良さそうな普通の視線だったが、それでもトガミは軽い緊張を覚えて、思わずわずかに身を退いた。

少し間を開けてアキラが答える。

「そうだな。自力で当てる自信は無いな」

それだけ言ってアキラは視線を前に戻した。

短い沈黙の後、トガミが硬い笑顔で笑い出す。

「……は、ははっ！　やっぱりただの偶然か！　脅かしやがって！　そうだ！　たかがランク21程度のやつに、あんな真似、出来る訳がねえんだ！」

トガミは自身で誇れるほどの実力と、それを支える高い才能を持っている。若いが積極的に荒野に出てハンター稼業の経験を数多く積み、ハンターとしての勘も磨いている。

その全てが、偶然ではないとトガミに告げていた。その所為で、笑うトガミの顔は引きつっていた。

アルファが不思議そうな顔をアキラに向ける。

『アキラ。あんなことを言って良かったの？』

『ん？　別に嘘は吐いてないだろう。まぐれではないけど、自力でもない。アルファにサポートしてもらって当てたんだからな』

『それはそうだけれど、エレナからも前に言われたでしょう？　下手に謙遜すると、それを嫌みと捉える人もいるって』

アキラはわずかに顔をしかめた。だがそこから逆に考える。

『じゃあ、あれは嫌みだったってことにしておく』

『あら、そう来る？』

『いちいち突っ掛かってくるやつに愛想良くする必要も無いだろう』

言い返したと、アキラはしかめていた顔を緩めた。だがアルファにあっさり指摘される。

『彼がアキラに突っ掛かってくるのは、アキラが初めに彼を車外に投げ飛ばすなんて言ったからだと思うのだけれど？』

アキラは言葉に詰まった。

『揉め事製造機の調子は相変わらず良いようだけれど、そろそろ出力を落としても良いと思うわよ？』

『……、すいませんでした』

楽しげに笑うアルファに向けて、アキラは謝罪の言葉を頑張って捻《ひね》り出《だ》した。まだまだ捻くれたままのアキラだったが、そのような言葉を出せる程度には、一応、わずかに、捻りが緩んでいた。

◆

アキラに倒された巨大なモンスターの近くを、蜘《く》蛛《も》のような別のモンスターがうろついていた。

体長は1メートルほどで、サイボーグのように部分的に機械化されており、頭部の目はカメラになっていた。

その蜘蛛は、そのカメラでアキラの狙撃を見ていた。倒した者と、倒されたものを、しっかりと認識していた。

第93話　タンクランチュラ

アキラの車両が相変わらず無言のまま荒野を進んでいる。アキラはトガミを無視している。落ち着きを取り戻したトガミは、時折怪訝な表情でアキラに視線を向けていたが、それだけだ。モンスターの襲撃も無く平穏な時間が流れていた。

だがその平穏も通信機から出たシカラベの声で終わりを告げる。ようやく始まったのだ。

「そろそろ討伐目標の賞金首との想定遭遇区域に入る。相手はタンクランチュラ。賞金は8億オーラムだ。気合いを入れろよ」

アキラとトガミもすぐに意識を切り替えて真面目な顔になる。特にトガミは過剰に意気を高めていた。

シカラベが通信で全員に作戦を伝える。

接敵前から散開して目標を効果的に包囲する。各自の初期の配置位置は、渡した通信機のディスプレイに表示されている。

その後、ヤマノベとパルガが動くので、残りの者はタンクランチュラの攻撃を引き付ける囮と牽制に徹する。

ヤマノベ達の仕事が終わり次第全面攻撃に移る。ロケットランチャーはその時に使うので、指示が出るまで勝手に使用しないこと。

アキラ達に伝えられた作戦は、その程度のかなり大雑把な内容だった。

「以上だ。何か質問があるやつはいるか？」

トガミが怪訝な顔で質問を出す。

「8番だ。作戦の内容が大雑把すぎる。それぞれの移動ルートや配置位置、攻撃のタイミングや指示などは無いのか？」

「撤退の判断以外は各自臨機応変に判断しろ」

「臨機応変にって、好き勝手にやれってことか？」

「各自最善手を取れ。必要に応じてこちらからも指示を出す」

「……幾ら何でも好《い》い加減《かげん》だろう。部隊の指揮はそっちの仕事じゃないのか？」

トガミの意見はある意味で正しい。シカラベの指示では、追加要員達を烏合《うごう》の衆よりは少しましな集団にするぐらいしか出来ない。部隊行動の利点を大分捨てていた。

だがシカラベもそれを分かった上で指示を出していた。追加要員の大半は借金がかさんだ所為で今回の賞金首討伐に参加する羽目になった者達であり、精密な連携を必要とする効率的な部隊運用など初めから無理だと判断しているのだ。

トガミがそこに思い至らないのは、事務派閥から冷遇されているとはいえ、ドランカムの若手ハンターとして集団戦闘の訓練を受けているからだ。その経験から、追加要員達でもそれぐらいは出来るだろうと考えてしまっていた。

同じハンターであっても抱えている常識は異なっている。そこから生まれる判断基準の差異も、古参と若手の軋轢の原因だった。

そして今のシカラベには議論の時間も意志も無い。少し強めの口調で答える。

「お前は細かな指示が無いと何も出来ないのか？　それなら俺達の邪魔だけはするな。あとは好きにしてろ。他に質問のあるやつは？」

追加の質問は誰からも出なかった。アキラは各自の判断で動いて良いという指示に文句は無く、借金返済目的で参加している者達は頭割りの報酬を貰えればそれで良く積極性に欠けていた。

「質問が無ければ以上だ。各自報酬分ぐらいは働け」

それで通信は切れた。活躍に応じて報酬が上がる契約になっているアキラが、出来る限り報酬を上げようと気合いを入れる。

その横で、トガミは通信機を睨み続けていた。

◆

シカラベが装甲兵員輸送車の中でヤマノベとパルガに声を掛ける。

「そっちの準備は終わったか？」

二人は車内で荒野仕様のバイクに跨《また》がっていた。

どちらも余裕の笑みに、程良い緊張から生まれる軽い高揚を見せている。

「ああ。いつでも行ける」

「こっちもだ」

ヤマノベは無反動砲と狙撃銃を混ぜたような大型の銃を握っており、パルガは大型の自動擲《てき》弾《だん》銃を持っている。それらの銃はそれぞれのバイクに装着されている自動装填装置付きの弾薬庫と繋がっていた。

準備万端の二人の様子に、シカラベも笑って頷く。

「よし。どうする？　もう外に出ておくか？　他の連中がどこまで真面目に囮をやるか分からん。状況次第で俺が囮をやるが、その時にお前らが車に乗ったままだと意味が無いからな」

ヤマノベが首を横に振る。

「いや、不意を衝かれてバイクで直撃を喰らうと不味い。出るのは最低でも敵の位置を把握してからだ。この車両は装甲をしっかり固めてあるよな？」

「ああ。集中攻撃を受けてもしばらくは持つだろう。この車の耐久力がヤバくなったら撤退だ。お前らも無理はするなよ」

パルガが調子良く笑う。

「分かってるって。生きて帰ってこそハンターだ。欲張って死ぬ気はねえよ」

常に危険と報酬を天秤《てんびん》に掛けて、正確な判断を選び続ける。欲が報酬の重さを増やし、危険を相対的に軽視するようになった時、ハンターは荒野に呑まれて死んでいく。

シカラベ達は今日も、そしてこれからも死ぬ気は無かった。

そこで車両の索敵機器が大きな反応を捉えた。シカラベがすぐに反応の元を確認する。そして不敵に笑うと、通信機へ向けて気合いの入った声を出す。

「タンクランチュラを発見した！　戦闘開始だ！」

その号令で、8億オーラムの賞金首との戦いが遂に始まった。

◆

アキラはシカラベ達よりも早くタンクランチュラを発見していた。

散開指示を受けた時に通信機で自身の配置を確認すると、部隊の前方、装甲兵員輸送車の大分前になっていた。その位置でアルファが索敵した結果だ。

『アキラ。賞金首を発見したわ』

アルファが荒野を指差し、アキラがその先を注視する。するとアルファのサポートにより格段に性能を上げた情報収集機器が、肉眼では豆粒にしか見えない敵の姿を望遠機能で捉えて、アキラの拡張視界に拡大表示した。

その姿を見たアキラは、思わず警戒よりも興味を多分に含んだ驚きを顔に出した。

『あれがタンクランチュラか……。デカいな』

タンクランチュラは巨大な蜘蛛型のモンスターだ。その大きさは3階建ての家ほどもある。全身は装甲板のような外骨格で覆われており、16本もある足が頭胸部からだけでなく腹部からも生えている。

頭胸部と腹部の上部には戦車の砲塔のような部位があり、そのそれぞれが2門の大砲を備えている。体の下部には人の背丈より大きな複数のタイヤと無限軌道が付いている。

そこらのハンターが偶然遭遇したのなら逃走一択。場違いなまでに強力なモンスターがそこにいた。

アキラの視線の先で、焼け焦げて半壊した車をタンクランチュラが足で突き刺し口元に運んで咀嚼《そしゃく》する。車の残骸が強靭な歯のような粉砕器に千切られ潰されて巨体の中に取り込まれていく。

『車を食べてる……。食事中か』

『そのようね。車両は返り討ちにしたハンターのものでしょう』

『雑食にも程があるだろう……』

アキラは自分の車を食べられてしまう光景を想像して嫌そうに顔を歪めていた。その間にタンクランチュラが車両を食べ終わる。

そこらの小型車とは異なる荒野仕様車両だ。あの巨体であっても食い出はあるだろう。食べ終わるまでしばらく掛かるはずだ。アキラはそう思っていたのだが、旺盛な食欲ですぐに完食してしまった。

『もう食べ終わったのか。なんてやつだ』

『あそこまで巨大化しただけあって、雑食性も食欲も相応に高くなっているようね』

『……前に聞いた変異種ってやつか？』

『ええ。変異したのは恐らくヨノズカ駅遺跡の中よ。そこで大量の餌を得て成長したのでしょう。そして遺跡の中に住めなくなるほど巨大化したので外に出てきたのよ』

『まあ、あれだけデカければ遺跡の中にいるのは無理だよな。遺跡にあった餌をたっぷり食べて、あんなにデカくなった訳か』

アキラはそう考えて納得した。だがアルファからもう少し付け加えられる。

『遺跡から出た直後は、あそこまで大きくなかったと思うわ。ここまで巨大化した原因はその後でしょうね』

『えっ？　でも荒野にそんなに大量の餌は無いだろう。餌って、あの遺跡にいたモンスターの群れのことだろう？』

不思議そうな顔を浮かべたアキラへ、アルファが意味深に微笑む。

『その代わりに、別の群れが殺到しているでしょう？　まあ、その所為で餌が金属類に偏ってしまって、そういう餌も食べられるように更に変異したようだけれどね』

アキラもそれで気付き、顔を更に嫌そうに歪めた。餌は賞金首討伐に挑んだハンター達だ。返り討ちにした者達を装備や車両ごと食べて強く大きくなったのだ。

『賞金がどんどん上がっていく訳だ……』

そこで通信機からシカラベの声が響く。

「タンクランチュラを発見した！　戦闘開始だ！　作戦通りタンクランチュラの攻撃をしっかり引き付けろ！　始めろ！」

アキラが意識を切り替えて気を引き締める。そして先頭に配置されている以上、まずは自分が突っ込むことを期待されているのだろうと、車を加速させた。

その所為で体勢を崩したトガミが慌て出す。

「おい!?　何やってる!?」

「何って、近付いて囮になるんだよ。そういう作戦だろう？」

作戦だからと迷いもせずにタンクランチュラへ突っ込もうとするアキラの言動に、トガミは驚きでわずかに固まった。

「降りるならシカラベの車両に寄るから言ってくれ。悪いけど、俺にもそっちの面倒まで見る余裕は無い」

だが続いた言葉を聞いて、声を荒らげる。

「ふざけるな!!　俺を足手纏い扱いするんじゃねえ！」

「そうか」

アキラはそれで言質は取ったとした。

『アルファ。大丈夫だってさ。だから気にせずに存分にやってくれ』

『了解したわ。彼が車外に放り出されたら、投げ飛ばす手間が省けたとしましょう』

『……余裕があったら、拾ってシカラベの車に投げ込むぐらいはするよ』

意味深に笑うアルファに向けて、アキラは苦笑を返した。

アキラの車の運転が急に荒くなる。車体が進行方向を強引に変えながら加速する。タンクランチュラの射線から装甲兵員輸送車を逸らす為だが、それを知らされていなかったトガミは大きく体勢を崩し、助手席から転げ落ちそうになった。

「おい！　今度は何だ……!?」

驚いたトガミが別の驚きで思わず言葉を止める。激しく揺れる車体の上で、アキラが運転席から平然と立ち上がり、全く体勢を崩さずに車両後部に向かっていた。

そして前回の射撃の時と同じようにＣＷＨ対物突撃銃を構えるアキラの姿を見て、トガミはたじろいでしまった。

(……まさか、当たるのか？)

車両の揺れは前回の比ではない。標的が前より大きいからといっても無理がある。そう思いながらも、しっかりと銃を構えるアキラの姿を見ると、そのまさかを否定できなかった。

（……おい、冗談だろ⁉　俺は立ち上がるのも難しいんだぞ⁉）

引き金が引かれる。荒野の先にいる標的へ、轟音と共に銃弾が放たれる。トガミは車体の縁に手を掛けて結果を凝視した。


アルファの運転が非常に荒っぽいのは、既にタンクランチュラに気付かれている恐れを考慮して、敵の射線からアキラを逸らそうとしているからだ。

真面な舗装などされていない荒野でそのような運転をすれば、当然車体は激しく揺れる。そこで立ち上がりなどすれば、普通はすぐに車から投げ出される。

だがアキラは平然と銃を構えている。これはアルファが強化服を介して精密な重心制御を行っているおかげだ。情報収集機器で車両とその周囲の状況を認識し、運転による車体の揺れを計算した上で、アキラの動きに微細な補正を掛けているのだ。

加えてアキラは集中して体感時間を操作し、ゆっくりと濃密に流れる世界の中に自身の意識を置くことで、車両の揺れを相対的に緩やかにしていた。

その上で、銃口から伸びる弾道予測の青線をタンクランチュラに合わせる。そして更に集中し、一瞬の密度を可能な限り濃縮し、車体の揺れが完全に消えたような錯覚を覚えた瞬間、引き金を引いた。

ＣＷＨ対物突撃銃から撃ち出された専用弾が宙を穿つ。反動で車体を揺らすほどの威力を以て、目標との間にある空気の層を強引に貫き、その威力を減衰させながらも標的に命中した。

着弾した弾丸は、タンクランチュラの強固な外骨格にあっさり弾《はじ》き返《かえ》された。

『当たった……かな？』

アルファのサポートもあって外したとは思えないのだが、相手から被弾の影響が全く見られないことにアキラは怪訝な顔を浮かべていた。

『命中したけれど、弾き返されたわ』

『専用弾を喰らって無傷かよ……』

『でも相手の意識を引き付けるのには成功したわ。砲撃が来るわよ。回避する為に車の運転を更に荒くするから注意して』

『了解だ』

アキラは銃を下ろし、片手で車体を摑《つか》んだ。

タンクランチュラは被弾の前からアキラ達に気付いていた。しかし相手との距離や、他に食い出のありそうな大型車両を見付けたことから無視していた。だが攻撃を受けたことで、無傷であろうとも対処の優先順位を繰り上げて反撃に移る。砲塔を回し、照準を合わせ、轟音と共に砲撃を開始した。

砲弾がアキラの車両を吹き飛ばそうと高速で次々に降り注ぐ。それをアルファが巧みな運転で回避していく。

タンクランチュラの大砲の角度から弾道を予測し、発砲後の砲弾を認識して弾道を再計算し、着弾位置を正確に算出して砲撃の隙間を縫っていく。

その運転は乗員の命を十分に考慮したものだったが、激しい砲撃から逃れられるのと引き替えに、乗り心地が度外視されていた。急激な加速、減速、方向転換が行われるたびに、痛烈な慣性がアキラとトガミを襲う。

それをアキラは強化服の身体能力で耐えていた。片手で車体を摑んで振り落とされるのを防ぎながら、もう片方の手でＣＷＨ対物突撃銃を撃っている。タンクランチュラの攻撃を引き付ける為にも銃撃は止められない。

地面に着弾し、地中で爆発した砲弾が爆煙と土砂と瓦礫《がれき》を巻き上げる。その衝撃と爆風で車体が一瞬浮き、アキラ達に浮遊感を与えてから着地した。

流石にアキラが顔を引きつらせる。両脚がわずかな間だが車から離れており、車体を片手で摑んでいなければ危なかった。

それでもアルファは余裕の笑顔を浮かべている。

『相手の照準の精度は結構悪いみたいね。これならもっと近付けるわ』

『それならもっと着弾点から離れてくれ！　さっきの、ちょっと危なかったんじゃないか⁉』

『大丈夫よ。あの程度の威力なら直撃を受けても1発ぐらいは耐えられるわ』

『それは車のことだよな⁉　直撃を喰らったら俺は死ぬよな⁉』

『流石にアキラの強化服であれを防ぐのは無理よ。もっと高性能なやつを買わないとね』

話がずれ始めていたが、アキラはそれどころではなく、アルファは気にしていなかった。

『無茶言うな！　そんなの一体幾らするんだよ！』

『アキラが一人でタンクランチュラを倒せば、多分その賞金で買えると思うわ』

『そんな金は無ぃ！』

『それならもっと稼がないといけないわね。頑張って稼ぎましょう』

『ああ、そうだな！』

当たり前のように微笑むアルファへ、アキラは少し自棄《やけ》気味に答えていた。

◆

シカラベ達は車両の機器を介してアキラの戦闘の様子を見ていた。その無謀とも思える戦い振りに、パルガが不敵に笑う。

「やるねえ。流石は億超え。良い度胸だ」

ヤマノベも感心した顔を見せている。

「囮としては十分だ。少し早いが、俺達も出るか。シカラベ。開けてくれ」

シカラベの操作で車両後部の扉がゆっくりと開いていく。装甲兵員輸送車もかなりの速度で移動中であり、そこから見える地面は高速で動いていた。

「無理はするな。仕事を済ませたらすぐに距離を取れ」

「分かってるって。確かにあれを見て俺も少しは焚き付けられたけどよ、俺も良いところを見せ付けてやろうなんて気はねえよ」

「拍手喝采の中で死ぬ気は無い。そういうのは別のやつらがやれば良い。俺達はいつも通りやるさ」

　シカラベはその仲間達の様子を見て、安心したように少し表情を崩した。

「よし！　じゃあ行ってこい！」

「2番。作戦開始だ」

「3番。作戦開始ぃ！」

　ヤマノベとパルガがバイクで車外に勢い良く飛び出していく。そして走行中の車両から出た慣性で着地後に地面の上を滑るが、見事な運転技術でバイクの体勢をしっかりと維持し、そのまま加速して装甲兵員輸送車を追い越すと、二手に分かれてタンクランチュラへ向かっていった。

◆

　アキラは砲撃を掻《か》い潜《くぐ》ってタンクランチュラとの距離を更に縮めていた。囮役として敵の意識を引き付ける為に、加えて可能であれば多少の負傷を与える為に、より近付いて銃撃の効果を上げていく。

　CWH対物突撃銃の専用弾がタンクランチュラに再び着弾した。接近して威力を上げた甲斐はあり、弾き返されて無傷という結果にはならない。着弾の衝撃で歪んだ装甲が剥がれ落ちる。

　だがそれも表層が剥がれただけだ。その下には無傷の新しい装甲があり、せり上がって元に戻る。今のところタンクランチュラに損傷らしい損傷は与えられていない。

　アキラは敵の頑丈さに顔をしかめた。

『これだけ近付いて撃っても全然効いてる気がしない……。アルファ。これ、もう銃口を押し当てて撃つぐらいはしないと駄目なのか？』

『そこまですればそれなりに効果はあるのでしょうけれど、流石にそこまで近付くのは危険すぎるわ。囮としての役割は十分に果たしているのだから、あとはシカラベ達の作戦に期待しましょう』

『そうだな。了解だ』

その時、車が進行方向を大きく強引に変えて車体を激しく揺らす。少し遅れて水平に飛んできた砲弾が近くを通り過ぎた。通過時に掻き乱された大気の風圧がアキラの髪を乱し、頬を揺らし、冷や汗を吹き飛ばす。

アキラは砲弾の着弾地点が吹き飛んだのを見て、額に冷や汗を補充した。

『危ねえ！　アルファ！　引き続き安全運転で頼む！　……自分で言って何だが、安全運転の意味が問われるな』

そう言って苦笑を浮かべたアキラに、アルファは悪戯《いたずら》っぽい笑顔を向けた。

『あら、私はちゃんと安全に運転しているわ。その証拠にこれだけの砲撃を受けても乗員は無事でしょう？』

『……、そうだな』

アキラとしては無事の定義の意味も問いたいところだったが、自身も自分のことで手一杯であり、もう一人の乗員にそこまで気を使う余裕は無かった。

◆

アキラの狙撃を見て自らの支えとしている自身の実力への自信を揺らがせてしまったトガミは、無意識に意気を過度に上げていた。

自らが誇る実力を発揮して賞金首討伐で大活躍し、揺らいだ自信を取り戻す。その為ならば多少の危険は覚悟の上だった。

その覚悟は今もある。だが現在の状況は、その覚悟でどうにか出来るものではなかった。

車はタンクランチュラの砲撃を躱す為に蛇行を続けており、更に急停止、急加速、急旋回を繰り返している。その慣性に加えて、砲弾の爆風や衝撃がトガミを激しく揺さぶっていた。一瞬でも気を抜けば車外に放り出されそうだった。

トガミが自身の実力を車から振り落とされない為だけに使いながら、同じ状況にいるはずの者を見る。そこには流石に片手で車体を掴んで支えているが、それでもう片方の手で銃を握り、タンクランチュラへの銃撃を続けているアキラの姿があった。

(何なんだこいつは!? ハンターランクは21だと? ふざけるな! こんなハンターランク21がいて堪《たま》るか!)

トガミには狙撃の腕を度外視してもアキラの実力を異常としか思えなかった。

敵の砲撃を自動運転で躱すのは無理がある。そしてこの車がアキラのものである以上、アキラが遠隔操作で運転しているとしか考えられない。

遠隔操作自体は、情報端末などの通信機器を介して車両の制御装置を操作すれば良いだけであり、技術的には可能なことだ。

だがそれを激しく揺れる車の上で敵を銃撃しながら行うなど、トガミには常軌を逸しているとしか思えない。その上で狙撃を成功させるなど、偶然が入り込む余地など欠片すら存在しない神業だった。

その事実に驚愕しながら、トガミが別の理由で顔を歪ませる。

自分もタンクランチュラを銃撃して相手の意識を引き付けなければならない。車にへばり付く為に同乗している訳ではない。そう自身を叱咤しても、立てば車外に投げ出されると分かってしまい、立ち上がれない。

(俺が、俺が足手纏いだと!? ちくしょう!)

口を開けば舌を噛《か》みそうで、トガミは激情を声にも出せなかった。それがトガミの心を更に痛め付けていた。

◆

バイクでタンクランチュラとの距離を詰めていたヤマノベが自身の仕事の配置についた。

「シカラベの心配は杞憂《きゆう》だったたな。囮はしっかり働いた」

ヤマノベは囮達の奮闘のおかげで想定より楽が出来たことを好意的に捉えていた。だが軽い疑問も覚える。

「……しかし、あそこまでやるやつが2組も出るとは思わなかった。アキラはシカラベが連れてきたやつで億超えだ。分からんでもない。だがあっちの4番……、確か、ネルゴだったか？　あいつはあの実力で何で追加要員なんて受けたんだ？」

　ネルゴは今回の賞金首討伐にパルガの伝で加わったハンターだ。4本腕のサイボーグで、義体とは異なる分かりやすく機械的な体をしている。アキラと同じように自前の車でタンクランチュラにかなり接近し、大型の銃を巧みに操って銃撃を繰り返していた。

　この賞金首討伐に金を求めて参加している他の追加要員とは異なり、ネルゴは報酬としてドランカムへの加入を求めている。そしてシカラベから十分な活躍を条件に口添えを約束されていた。

「正規の窓口は不味いから俺達の伝でドランカムに加入したいらしいが、あの実力で正規の窓口は不味いって、どこでどれだけ揉めてきたんだか……」

　そう疑問を覚えたヤマノベだったが、今は仕事中だと気を切り替える。

「……まあいいか。そうやって囮役を頑張ってくれたおかげで俺は楽が出来たんだ。俺は俺の仕事を済ませよう」

　表情を引き締めて、バイクに跨がったまま大型の銃を構える。そして銃というより砲に近い大口径の銃口をタンクランチュラに向けると、囮役へ砲撃を続ける巨体に照準を合わせ、引き金を引いた。

　撃ち出されたのは小型の機械だ。強い粘着性を持つ物質に包まれており、着弾後はそのまま標的に貼り付く。

　タンクランチュラはヤマノベからの狙撃に気付いていた。だがそれが自分の損傷を目的としたものではなかった所為で、強力な弾丸を自分に撃ってくるアキラやネルゴへの攻撃を優先していた。

　そのおかげでヤマノベは楽に銃撃を続けることが出来た。小型の機械が巨体の至る所に貼り付いていく。

　仕事を終えたヤマノベが、次の仕事の担当であるパルガに連絡を入れる。

「こちら2番。マーキングは済んだ」

「こちら3番。了解だ。先に戻ってろ」

「一応残っておくよ。お前がやらかしたら大変だからな」

「言ってろ」

軽口を返し合い、まずはヤマノベの作業が終わった。


パルガは既にタンクランチュラとの距離を詰めており、囮のおかげで自分から攻撃さえしなければ攻撃対象にならない境界のギリギリの位置にいた。

そしてヤマノベから連絡を受けると、軽く笑ってその境界を踏み越えた。

それを察知したタンクランチュラは、すぐにパルガを攻撃対象に加えた。砲撃で対象を粉砕しようと砲塔を回す。アキラとネルゴが銃撃して相手の照準を自分達に戻そうとしたが、パルガが更に距離を詰めたことで無視された。

加速するパルガを砲塔の大砲の照準が追う。パルガはその照準が自身に完全に合う前に大型自動擲弾銃を構えると、不敵に笑い、引き金を引いた。

無数の擲弾が宙を飛び、着弾と同時に大量の煙を撒き散らす。一部の擲弾は着弾しても爆発せずにタンクランチュラに貼り付き、発煙筒のように煙を広げていく。

パルガがそのまま自動擲弾銃を連射する。バイクに取り付けた弾倉から大量に供給される擲弾を銃口から吐き出していく。それによりタンクランチュラの周囲はわずかな時間で濃い煙に包まれた。

その煙の中から巨大な砲弾がパルガを狙って放たれた。しかしその弾は明後日《あさって》の方向に飛んでいく。砲撃は何度か繰り返されたが、照準が全て大幅に狂っていた。パルガはそれを見届けるとその場から悠々と離脱した。

それが単純な煙幕ならばタンクランチュラはパルガを問題無く狙っていた。しかし可視光のみならず赤外線や超音波など相手を捕捉する為のあらゆる情報が遮断された状態では、賞金首になるほどのモンスターでも正確な砲撃は流石に無理だった。

パルガが撃ち出したのは、情報収集妨害煙幕《ジャミングスモーク》の発生装置だった。

シカラベはヤマノベとパルガから仕込みの完了が済んだ報告を受けると、二人にすぐに目標から離れるように指示を出した。そして通信先を全体に切り替える。

「こちら1番！　配布したロケットランチャーの使用を許可する！　全員タンクランチュラをロック可能な距離まで接近しろ！　まずはこちらの合図で一斉に発射する！　絶対に遅れるな！」

上手くいけばこれで勝ちだと、シカラベは笑みを深めた。

◆

煙に包まれていくタンクランチュラを見てアキラが顔を険しくする。敵は巨大で当てやすいが、その巨体を包み込む煙の範囲は更に大きい。これでは真面に当てられないと警戒を高めた。

『煙幕か……。面倒だな。アルファ。どうする？　何とかなるか？』

『大丈夫よ。あと、あの煙幕は情報収集妨害煙幕《ジャミングスモーク》で、シカラベ達の仕業よ。タンクランチュラが出している訳ではないわ』

情報収集妨害煙幕《ジャミングスモーク》の発生装置を撃ち出してタンクランチュラに取り付けたのだ。アルファはそう補足した上でアキラの視界を拡張した。

すると煙幕に隠れていたタンクランチュラの姿がはっきりと映し出される。情報収集妨害煙幕《ジャミングスモーク》の成分表を基にして表示に補正を掛けたのだ。

『おお。凄いな。これで向こうからはこっちが見えない上に、こっちからは向こうが丸見えなのか。便利だな。……こんなに便利なら、あの時に買っておけば良かったんじゃないか？』

『残念だけれど、カツラギのトレーラーで売っていた安物ではこういう真似は無理なのよ』

成分表を基に補正を加えるとノイズが複合されて情報収集可能になる特殊な情報収集妨害煙幕《ジャミングスモーク》は、製造が難しいだけあって高価だ。

シカラベ達はその高価な製品を大量に使用して、敵側の索敵を出来る限り阻害した上で、味方の情報収集の阻害を抑えていた。

アキラがその説明を聞いて感心したような表情を浮かべていると、アルファに意味深な微笑みを向けられる。

『これだけ高性能な高級品をこれほど大量に使うと、費用も相当高くなるわ。賞金首と戦う為に随分奮発したようね。……賞金からその経費を抜くと、残りは幾らかしら』

参加者への報酬はその残りから支払われる。アキラの顔が少し硬くなった。

『賞金、残っていると良いわね?』

『……だ、大丈夫だろう』

そこでシカラベからロケットランチャー使用の指示が来る。湧いた不安をごまかすように、アキラはすぐに準備を始めた。

タンクランチュラは情報収集妨害煙幕《ジャミングスモーク》の影響で的外れな方向にしか砲撃できない。移動して煙から逃れようとしても、その発生源は自身に貼り付いたままだ。すぐに煙に塗れてしまう。

被弾の恐れが劇的に下がったことでアルファは荒い運転を抑えた。そのおかげでトガミもようやく立ち上がれるようになる。かなり疲労していたが、体勢を何とかよろよろと立て直していた。

「……お、おい」

トガミは無意識にアキラにそう呼びかけた。だがその意図は自分でもよく分かっていなかった。

荒い運転への文句。なぜそれほどの実力を持っているのかという質問。足手纏いになっている自分をごまかす為の言い訳。それらが口から出る前に衝突し、言葉にならずに無言へ変わる。

アキラはそのトガミの態度を、俺にもロケットランチャーを寄こせ、という意味だと勝手に解釈すると、ロケットランチャーとその弾をトガミに投げて渡した。

そして軽く困惑しているトガミを放置して準備を続ける。ロケットランチャーの照準器には、既に目標の捕捉を終えており、自動追尾も有効になっていることを示す内容が表示されていた。

通信機からシカラベの指示が聞こえる。

「15秒後に攻撃する！　この為に連れてきたんだ！　攻撃に参加しなかったやつは報酬を減らすからな！」

トガミが慌てて準備を始める。

「5！　4！　3！　2！　1！」

アキラは既にロケットランチャーを構えている。トガミも辛うじて間に合った。

「ゼロ！」

シカラベの号令で、アキラを含めた追加要員達がロケット弾を一斉に撃ち出した。

ロケット弾が次々にタンクランチュラに向けて飛んでいく。そしてそのまま目標にある程度まで近付くと弾道を変えて上昇、各自の飛距離と発射タイミングによるずれを空中で補正して集まり、ほぼ同時にタンクランチュラに着弾した。

次の瞬間、無数のロケット弾の爆発が複合した大爆発が起こる。閃光《せんこう》が荒野を駆け、タンクランチュラを一瞬で呑み込んだ爆炎が周囲に広がり辺りを焼き焦がす。吹き荒れた爆風はアキラの所まで届いた上に、その強風で車両を揺らしていた。

アキラは半ば唖然としながら爆発地点を見続けていた。

『……凄いな。賞金首を倒す為には、ここまでしないと駄目なのか』

激しい攻撃に驚きながらも、それ故にこれで勝ったと思ったアキラは、無意識に警戒を緩めてしまっていた。

それをアルファから注意される。

『アキラ。気を緩めるのは早いわよ。まだ倒したと決まった訳ではないわ』

『えっ!?』

予想外のことを言われたアキラが、思わずアルファを見てしまう。誰もいない方向へ急に顔を向ける不審者の行動であり、それほどに驚いていた。

『いや、アルファ。幾ら何でも倒しただろう。仮にまだ生きていたとしてもあれを喰らったんだ。もう瀕死《ひんし》だよ。あとは全員でロケット弾の雨でも降らしてゆっくり止めを刺せば……』

『アキラ。見なさい』

タンクランチュラは周囲の情報収集妨害煙幕《ジャミングスモーク》が爆風で吹き飛んだことで、肉眼でも見えるようになっていた。

足を数本失っている。砲塔らしき金属部位も吹き飛んでいる。巨大な腹が大きく歪んで破れている。下部のタイヤと無限軌道も破壊されている。

それでも、あの爆発を喰らったのにもかかわらず、タンクランチュラは原形を保っていた。しかも動こうとしている。残った足でその巨体を無理矢理支えようと足掻《あが》いていた。

だが残りの足の損傷も酷く、減った足では負荷も多い。巨体を支え切れずに足を更に数本を折ってしまい、轟音を立てて崩れ落ちた。

『あ、あれを喰らってまだ動けるのか⁉　いや、でもほら、もう動けないみたいだし、大丈夫だろう？』

アキラはタンクランチュラの余りの頑丈さに驚きながらも、その死に体の動きを見て安堵していた。

その時、通信機を通してシカラベから指示が出る。

「もう一度だ。誘導装置の取り付けが終わり次第、同じように攻撃する。各自ロケットランチャーの準備をしておけ」

「こちら2番。了解だ。すぐに済ませる」

「こちら3番。俺はどうする？　情報収集妨害煙幕《ジャミングスモーク》を一応付け直すか？」

「相手の状態を確認するからちょっと待て。……敵は遠距離攻撃能力を消失しているし、大丈夫だろう。次の賞金首との戦闘でも使うんだ。残しておけ。状況が変わって必要だと思ったら使え」

「分かった。まあ確かに敵の主砲は破壊したんだ。情報収集妨害煙幕《ジャミングスモーク》は要らないか……ん？　なんだありゃ⁉」

パルガの慌てた声が通信機を通して全員に伝わった。

この場にいる者達の認識は様々だ。勝利を確信して完全に気を緩めてしまっている者もいる。一応まだ生きているのだからと、一定の警戒を残している者もいる。

しかし程度の差はあれど、自分達が圧倒的に優勢であり、残りは後片付けのようなものだと考えていたことに違いは無かった。

その全員の予想を覆す光景がアキラ達の前に現れる。既に一部が裂けていたタンクランチュラの腹部が更に大きく割れると、その裂け目から大量の小型タンクランチュラが湧き出てきたのだ。

無数の子蜘蛛が周囲に広がっていく。小型といっても親蜘蛛との比較での話だ。大きさにばらつきはあるものの、体長2メートルほどの個体も大量に混ざっていた。

その小型タンクランチュラの群れが、タイヤと無限軌道を勢い良く動かしてアキラ達に向かってきた。

子蜘蛛の一体が小型の砲塔をアキラの車に向ける。砲弾が発射され、車の近くに着弾して爆発した。その威力は親蜘蛛の大砲と比べて格段に低いが、何度も喰らわせれば荒野仕様の車両でも大破させる破壊力を持っていた。

アルファが車を勢い良く発進させる。無数の子蜘蛛達が一斉に砲撃し、無数の砲弾が車の後方に次々に着弾していく。車両の急発進と敵の砲撃の両方に、慌てたトガミが叫び声を上げていた。

激しく揺れる車体の上でアキラが装備を持ち替える。右手にCWH対物突撃銃を、左手にDVTSミニガンを持ち、その火力を子蜘蛛の群れへ叩き付けた。

拡張弾倉から供給される弾丸が、DVTSミニガンの連射速度を得て敵の群れに襲いかかる。群れの中でも比較的小型の個体は、その弾幕を浴びて木っ端微塵になった。

その掃射に耐えた大型の個体には、CWH対物突撃銃から撃ち出された専用弾が突き刺さる。狙われた個体が着弾と同時に大破して吹き飛んだ。

それでもアキラは険しい表情を浮かべていた。

『親よりは脆《もろ》いか！　でも数が多すぎるぞ！』

『それでも倒せば減っていくわ。とにかく数を減らしなさい』

『分かったよ！』

群れの一部を倒しても、その残りが同種の残骸を踏み潰して迫ってくる。タンクランチュラの腹部からは大量の子蜘蛛が親の体積を無視したかのように今も湧き続けている。それらの群れからの砲撃により、大量の砲弾が弾幕となって一帯に降り注いだ。

アルファはその砲弾を高度な運転技術で回避していたが、流石に砲撃が激しすぎて全ては避けられなかった。

大粒の弾雨の一滴が車両の前部に着弾し、その衝撃が車体を揺らす。その威力を肌で感じたアキラは、車から放り出されないように歯を食い縛って何とか耐えていた。

『アルファ！　頼むからちゃんと避けてくれよ!?』

『大丈夫よ。あの程度の威力なら多少喰らっても支障は無いわ』

『だから！　それは！　車の話だよな!?　俺は!?』

『良いからアキラは敵の数を減らしなさい。砲撃元を減らせば、被弾する確率がそれだけ確実に下がるのよ？』

『分かったよ！　やれば良いんだろう！　やれば！』

アキラは少し自棄になって答えた。ＣＷＨ対物突撃銃とＤＶＴＳミニガンの火力を敵の群れに浴びせ続ける。アルファのサポートもあって最大効率の火力であり、無数の子蜘蛛達が為《な》す術《すべ》も無く粉砕されていく。

それでも状況の改善には届いていない。小型であっても賞金首から湧いて出てきた個体だけはあり、その一体一体がそこらのモンスターより強力なのだ。それが群れで襲ってくる以上、苦戦は免れない。

ロケットランチャーによる一斉攻撃の前よりも、状況は悪化していた。

第94話　賞金首撃破

　シカラベ達はタンクランチュラから湧き出した子蜘蛛の対処に追われていた。アキラや他の追加要員達も各自の車で逃げ回りながら戦っているが、状況は思わしくない。

　通信機からシカラベの指示が飛ぶ。

「逃げる個体は無視しろ！　そいつらを倒しても賞金が出る訳じゃねえ！　親の防衛をしているのなら親を撃破すれば周囲に散る可能性もある！　親の撃破を主目的に考えろ！　2番！　マーキングはどうなってる！」

「こちら2番！　親個体に誘導装置を設置しても子の個体がそれを破壊している！　……ちょっと待て!?　親から誘導装置を剝がして離脱していく個体がいた！　誘導装置を持ったまま1番の車両の方に向かっている！　誘導設定を変えないとロケット弾がそっちに飛んでいくぞ！」

「クソが！　親個体は移動不可能だな！　多少威力が下がるが仕方無い！　誘導設定を親個体の座標に変更する！　2番は作業を子の撃破に切り替えろ！　ロケットランチャー持ちの連中は1分間隔で攻撃だ！　発射のタイミングを通信機からのカウントに合わせろ！」

　通信機から機械音声が繰り返される。

「59、58、57……」

　全員の通信機から同一の音声が流れている。指示は届いていたが、大半の者はそれどころではなかった。

◆

　アキラは非常に険しい顔で応戦を続けていた。その顔がそこまで歪む理由には、子蜘蛛の群れに取り囲まれているという状況以上の訳があった。

『アルファ！　何で俺だけこんなに襲われてるんだ!?』

子蜘蛛達はアキラの車を明確に優先して襲っている。その次に狙われているのはシカラベ達の装甲兵員輸送車で、他の追加要員達は大分後回しにされていた。

ある意味そのおかげで、戦闘能力の劣る他の追加要員達がいきなり全滅するような事態は免れていた。だがアキラにとっては自分だけ理不尽に襲われているとしか思えなかった。

『敵の群れを倒しすぎた所為で、向こうの交戦アルゴリズムから強敵として優先撃破対象にでも設定されたのかもしれないわね。運が悪かったとでも思いましょう』

自分の不運の所為にされたアキラが苦笑する。

『これも俺の運が悪いからか？　そうか！　それなら――』

そして敢えて力強く笑った。

『――いつも通り叩き潰せば良いだけだな！』

アルファも笑ってアキラの意気を高める。

『そういうことよ。いつものように、蹴散らしましょう！』

アルファが車の制御装置を介して四輪のそれぞれを精密に動かし、タイヤの回転方向を個別に制御して車体そのものを横滑りするように回転させる。

アキラはその慣性を強化服の操作で受け流す。重心移動をわずかでも誤ればすぐにでも車外に放り出される不安定な状況で、弾切れなど気にせずに両手の銃を撃ち続ける。

その結果、アキラが構えるＤＶＴＳミニガンは敵の群れを薙《な》ぎ払《はら》うどころか、車ごと2回転して全方向に銃弾をばらまいた。

掃射の範囲を広げた分だけ薄くなった弾幕は、拡張弾倉の恩恵を存分に受けたことで十分な濃度を保っていた。濃密な銃弾の嵐が子蜘蛛達を念入りに粉砕し、肉片と金属片の混合物に変えていく。

アキラの視界には敵の位置が俯瞰《ふかん》視点で赤く表示されている。その赤がアキラを中心にして次々に消えていき、つい先程まで赤く染まっていた領域に色の無い円形の箇所を生み出した。

それでも円は再び徐々に狭くなっていく。それだけの数がまだ残っていた。

既に辺りには破壊された小型タンクランチュラの残骸が至る所に散らばっている。しかし敵の砲撃が弱まる気配は全く無い。アキラも流石にげんなりした。

『アルファ。これ、幾ら何でも多くないか？　これだけ倒したんだ。タンクランチュラのデカい腹から湧いたやつは流石に倒し切ったはずだぞ？』

群れを相手にしているのは自分だけではない。シカラベ達も、他の追加要員達も、程度の差はあれど相当数の個体を撃破している。それにもかかわらずにこの状況は流石に変だと、アキラは疑問を持ち始めていた。

『アキラ。その件に関しては残念なお知らせがあるわ』

『……何だよ。まさか分裂して増えてるとか言わないよな？』

『違うわ。他の場所から増援が今も続々と集まってきているの。だから近くの個体を全滅させた程度では大して減らないのよ』

恐らくタンクランチュラは交戦前にも大量の子蜘蛛を生んでおり、それらを荒野に放っていた。そして成長した個体を呼び寄せて自身を守らせようとしている。アルファはそう付け加えた。

アキラが嫌そうな顔を浮かべる。

『道理で減らない訳だ。……まあ、分裂されるよりはましか』

通信機からはロケットランチャーでの攻撃タイミングを合わせる為の機械音声が続いている。

「……5、4、3、2、1、0」

子蜘蛛の相手が精一杯のアキラにロケットランチャーを撃つ余裕は無い。だがトガミが代わりに撃っていた。

他の追加要員達が撃った分も含めて計10発のロケット弾が上空に飛んでいく。そして空中で大きく軌道を変えてタンクランチュラへ向かった。

しかし親蜘蛛の周囲にいる子蜘蛛達が撃ち出した

砲弾によって迎撃され、着弾したのは6発だけだった。威力が足りず、タンクランチュラに止めを刺すには至らない。

軽く首を横に振ったアルファを見て、アキラが思わず溜め息を吐く。

『本当に頑丈だな。もう一度初めの攻撃が出来れば流石に倒せるんだろうけど……』

『その為には子蜘蛛を排除する必要があるわ。少なくとも追加要員の半分は攻撃に参加できるぐらいにはね』

追加要員の大半は子蜘蛛の対処で精一杯だ。一応シカラベも車両の機銃で敵の群れを一時的にでも追い払って攻撃の隙を何とか作ろうとしているのだが、敵の物量を押し止《おとど》めるのが限界だった。

『……とにかく、やるだけやるしかないか』

『そういうことよ。私もサポートするから頑張りなさい』

アキラがアルファの励ましを受けながら子蜘蛛の群れを銃撃する。高価な拡張弾倉を途中で何度も交換して、この経費は絶対に払ってもらうと、少しずれた覚悟を決めていた。

◆

通信機から続く自動音声を聞きながら、トガミが険しい顔でロケットランチャーの準備をする。

「……20、19、18……」

車両から落ちないように気を付けながら、両手にそれぞれ握り、構える。狙う必要は無い。撃ちさえすればあとは自動誘導で飛んでいく。タイミングを合わせて引き金を引く。

「……2、1、0。59、58、57……」

そして次の攻撃に備える。子蜘蛛の対処で手一杯な所為でロケットランチャーでの攻撃に参加できないアキラの代わりに、装弾済みのロケットランチャーを両手にそれぞれ持って、二人分を確実に撃つ態勢を整える。

この繰り返しが、トガミに出来る精一杯だった。

車の運転は前より大分ましになっている。子蜘蛛の撃退に参加することも可能ではある。だが自分が群れを銃撃したところでどれほどの意味があるかと考えると、そちらは選べなかった。

それならばと、ロケットランチャーでの攻撃に専念する。そうやって、同じ車に乗っている意味を補強する。言い訳がましい行為だと自覚しながらも、自身を完全な足手纏いにしない為に全力を尽くしていた。

それでもトガミは、不甲斐無い自身への怒りで震えていた。

◆

子蜘蛛の殲滅《せんめつ》に専念していたアキラの前に、群れの中では大型の個体が出現する。全身を強固な装甲で包み込み、足では出せない速度をタイヤと無限軌道で出して突撃してきた。

アキラがＤＶＴＳミニガンで他の子蜘蛛と一緒に掃射しても、その個体は装甲に弾を減《め》り込《こ》ませながら猛進する。

その頑丈さに少々驚きながらも、アキラは慌てずにＣＷＨ対物突撃銃を向けた。撃ち出された専用弾は敵の強固な装甲をあっさりと貫き、頭胸部を破壊して個体を即死させた。頭胸部から千切れた腹部が慣性で宙を飛ぶ。

次の瞬間、その腹部が弾け飛び、中身を撒き散らした。アキラが思わず顔を引きつらせる。

辺りに撒き散らされたのは、アキラの掌《てのひら》ほどの大きさの、大量の蜘蛛だった。

反射的に迎撃したが、その全てを撃ち落とすのは無理だった。子蜘蛛から生まれた孫蜘蛛がアキラの車両に降り掛かる。

『何だこれ!?』

『アキラ！　車に貼り付いた個体をすぐに処理して！　車を食べようとしているわ！』

『うおっ!?』

アキラは近くの孫蜘蛛を慌てて蹴り飛ばした。続けて拡張視界で強調表示されている他の個体の駆除に移る。

装甲タイルや座席などならば許容範囲だが、車両の制御装置やタイヤなどを齧《かじ》られると致命的だ。急いで排除する。倒す必要は無い。車体から引き剥がすのが最優先だ。

孫蜘蛛の処理をしている間にも子蜘蛛が襲ってくるので、両手の銃は手放せない。誤って車を撃ってしまわないように気を付けながら、車体表面に貼り付いているのを撃ったり、座席の上のを銃身で弾き飛ばしたり、床の上のを蹴り飛ばしたりしていく。

そこで別の銃声が響く。アキラが反射的に視線を向けると、トガミが慌てながら拳銃で蜘蛛を撃っていた。思わず声を荒らげる。

「おいっ!?　気を付けて撃てよ!?　いや、車内のやつは撃たずに片付けろ！」

「拳銃弾で撃つぐらいは良いだろう！　荒野仕様車両なんだ！　その程度で壊れるか！」

「俺の車だぞ!?」

その無駄な言い争いの間にも車は孫蜘蛛に齧られている。更に再び大型の子蜘蛛が突進してきた。

嫌な予感を覚えながらも、アキラも無視は出来ない。放置して車に激突され、この状況で横転でもしたら致命的だ。ＣＷＨ対物突撃銃を向けて引き金を引く。専用弾が頭胸部を吹き飛ばし、相手の腹部を再び宙に飛ばした。

透かさずＤＶＴＳミニガンをその腹部に向けて連射する。今の内に中身ごと粉砕できれば良し。銃弾で弾き飛ばせればそれでも良し。そう考えてのことだった。

だが腹部表面の装甲はその弾幕に中途半端に抵抗した。銃弾から中身を守りながらも、耐え切れずに弾け飛ぶ。その結果、中身の孫蜘蛛は再び辺りに飛び散った。その一部がアキラの車両にも降り注ぐ。

『またかよ！』

『アキラ。勢いを付けて引き剥がしてみるから、振り落とされないように彼に伝えて』

「振り落とされないように掴まれ！」

それを聞いたトガミが車にしっかりと摑まろうとする。だがその時、孫蜘蛛の一体がトガミの腕に貼り付いた。思わずそれを振り払おうと車から手を離した瞬間、非常に強い慣性がトガミを襲った。

アルファは車を激しく回転させながら急激にUターンさせていた。車両に貼り付いていた孫蜘蛛達がその慣性と遠心力で飛び散っていく。そしてトガミも一緒に車外に投げ出された。

アキラは宙に浮いたトガミに手を伸ばしたが、届かなかった。

◆

車から投げ出されたトガミが地面に叩き付けられる。強化服のおかげで無傷だが、状況は致命的だ。車外に放り出された時に銃を手放してしまった上に、周囲には子蜘蛛の群れがいて、しかも車は遠ざかっていた。

「クソッ！　不味い！」

状況への罵倒を済ませたトガミが反射的に横へ飛ぶ。一瞬遅れて大型の子蜘蛛がトガミの側を駆け抜けた。

攻撃を避けられた子蜘蛛はタイヤと無限軌道を横滑りさせて急旋回すると、再び標的に襲いかかろうとする。

反射的に銃を構えようとしたトガミが動きを止める。銃は無い。

「クソが！」

こんなところでは終われない。その意気を拳に込めて、トガミは自身に向かってくる子蜘蛛へ渾身《こんしん》の一撃を放った。

強化服の身体能力を十全に乗せた拳が敵の顔面に撃ち込まれる。反動を支える両脚の足下に亀裂が走るどころか陥没するほどの一撃は、相手の頭胸部を凹ませて巨体の慣性を相殺した。

衝突時の慣性で蜘蛛の腹部が持ち上がり、それが地面に落ちて大きな音を立てる。タイヤと無限軌道も動きを止めた。

だが、それでも子蜘蛛を倒すには至らなかった。タイヤと無限軌道が再び動き出し、トガミを押し倒そうと力を増していく。

トガミはすぐに相手を両手で押さえた。状況は好転していない。下手に動けば一気に押し倒される。だがこのままでもいずれは押し負ける。

詰んだ。その自覚が、トガミの顔に噛み殺せない恐怖を映し出した。

死の認識が意識を加速させ、世界の歩みを遅くする。だがそれもその濃密な時間の中で恐怖を熟成させる以外の効果は生まなかった。

「俺が……、こんなところで……、ちくしょう……」

口から漏れた小さな諦めの声と共に、トガミは折れてしまった。

次の瞬間、トガミの眼前の蜘蛛が、アキラに踏み潰された。

◆

トガミが車から振り落とされた後、アキラは面倒そうな顔をしながらも車外に飛び出した。そして強化服の身体能力で跳躍すると、トガミを襲っていた子蜘蛛を思いっきり踏み付けた。

それは両手の銃器の重さもあって相当な威力だったのだが、子蜘蛛を殺し切るには足りていなかった。しかし敵の動きを止めるには十分だった。反動で再度軽く跳躍しながら、足の下の蜘蛛を銃撃する。

CWH対物突撃銃の専用弾の直撃を受けた頭胸部が弾け飛び、DVTSミニガンの連射を至近距離で浴びた腹部が今度こそ中身ごと粉砕され、個体は一瞬で絶命、無力化された。

そのままアキラは唖然としているトガミの前に着地すると、更に周囲に牽制目的で弾幕をばらまいた後、トガミの側まで近付いて蹴り飛ばした。

正確には足の甲を一度付けてから足で投げ飛ばすようにして放ったのだが、それを素早く行った所為でトガミには蹴られたようにしか思えなかった。

空中で悲鳴を上げるトガミを、再度Uターンして戻ってきた車の後部座席が受け止める。アキラも車に飛び乗った。

車両に取り付いていた孫蜘蛛の除去は2度の高速Uターンで済んでいた。

トガミは半ば呆然《ぼうぜん》としていたが、車に飛び乗ってきたアキラを見ると、混乱気味の頭で口を開く。

「な……、何しやがる……」

「悪いな。両手が塞がってたんだ」

それだけ告げたアキラを見て、アルファは軽く苦笑した。

『手間を掛けさせてくれたわね。それで、彼はどうするの？　こう言っては何だけれど、このまま乗せていても、もう役には立たないと思うわ』

『……そうだな』

アキラが軽く考えて頷く。

『よし。俺の邪魔になったってことで、シカラベの要望通り、シカラベの車に投げ込もう』

『了解よ』

アルファは笑って車の進行方向を変えた。

◆

シカラベが乗る装甲兵員輸送車も無数の孫蜘蛛に襲われていた。子蜘蛛を車載の機銃で粉砕した時にばらまかれたのだ。

車両は十分に頑丈だが、機銃を集中的に齧られるといずれは支障も出てくる。しかし車体に貼り付いた小さな蜘蛛を車載の機銃で破壊するのは無理だ。

シカラベは外にいる追加要員達に退治させようかとも考えたが、彼らでは車両を闇雲に銃撃して無駄に被害を増やすだけだと判断した。

「仕方ねえ。自力で何とかするか」

舌打ちして、車を自動運転に切り替える。そして外に出ようと車両後部の扉を開いた。そこで外を見たシカラベは、思わず怪訝な顔を浮かべた。

アキラが車でシカラベの方へ向かってきており、しかも車の上でトガミを無理矢理抱えて、振りかぶっていた。

「おいおい、本当に投げ込む気かよ」

シカラベが思わず苦笑を零《こぼ》すと、トガミが本当に投げられた。悲鳴を上げながら宙を舞い、装甲兵員輸送車の車内に向けて飛んでくる。

シカラベはトガミを器用に掴み、車内に激突するのだけは防いだ。だがそのまま床に捨てるように落とす。

「ちょうど良い時に来たな。トガミ。車の運転は出来るな？」

トガミは有無を言わせずに投げ飛ばされた混乱であたふたしており、返事が出来る状態ではなかった。

シカラベが舌打ちしてトガミを軽く蹴る。

「おい！　トガミ！　聞いてんのか！　車の運転だ！　出来るな？」

「えっ？　あ、ああ、出来る」

「俺の代わりに運転しろ。自動運転だと限度があるからな。何かあれば連絡しろ」

シカラベはそう指示を出すと、後部扉の天井の部分を掴み器用に車両の上に登っていった。そして車に貼り付いている孫蜘蛛を次々に銃撃していく。

被弾の衝撃で車体から剝がれ落ちた孫蜘蛛が、地面に落下した瞬間に轢《ひ》かれて粉々になった。

取り残されていたトガミは、我に返ると慌てて運転席に向かった。

◆

トガミを投げ終えたアキラは、装甲兵員輸送車の上で孫蜘蛛の処理を続けるシカラベを見て軽く感嘆していた。

『凄いな。俺とは違ってアルファのサポートなんて無いのによくあんな真似が出来るもんだ。落ちたらどうするんだよ』

『賞金首討伐に乗り出すだけあって、それだけの実力は持っているのでしょうね。いつまでも感心していないで、アキラも自分の仕事に戻りなさい』

『分かった。やろう』

アキラがトガミを投げ飛ばす為に置いていたＣＷ

Ｈ対物突撃銃とＤＶＴＳミニガンを再び手に取る。

するとアルファが少し不敵に笑った。

『これで彼を振り落としてしまう心配は無くなったから、これからはいつもの調子を出せるわね』

『そうだな。……ちょっと待て、車の運転、あれでも手加減してたのか？』

『ええ。行くわよ』

車が急加速する。アキラは崩れた体勢を慌てて直した。

◆

アキラ達の必死の応戦により戦況は少しずつ好転していた。敵の増援も随分少なくなった上に、アキラ、シカラベ達、ネルゴという実力者が群れの数をごっそりと減らしたおかげだ。

車の制御装置の故障を疑わせるほどに荒い運転を続けるアルファに、回復薬を飲みながら愚痴に近い自棄の言葉を何度も吐いて戦った甲斐があったと、アキラは軽く笑う余裕すら見せていた。

だがそこでアルファから戦況について聞かされ、その顔を曇らせる。このままだと勝てないと言われたのだ。

『えっ？　でも敵の群れもそろそろ倒し終える状況だぞ？　負ける要素なんて無いと思うんだけど、何が不味いんだ？』

『負けるというよりも、勝てないってところね』

本来ならば初めの一斉攻撃で勝負はついていた。だがそこから混戦に持ち込まれた所為で再度の一斉攻撃を封じられ、用意していたロケット弾を効果的に使用できない状況で大量に消費してしまった。

加えてタンクランチュラは子蜘蛛に自身を守らせるだけではなく、倒された子蜘蛛を運ばせて食べていた。十分な餌と時間を得れば破壊された部位の完全回復は可能だと考えられる。

そこまで回復しなくともタイヤと無限軌道の自己回復を済ませれば移動ぐらいは出来るようになる。既に群れとの戦闘でかなりの時間を稼がれてしまっている。下手をするとそのまま逃げられてしまう恐れがあった。

アキラが思わずタンクランチュラに視線を向ける。拡張視界の中で拡大表示された巨大な蜘蛛型モンスターは、心做《こころな》しか各部位の回復を随分と終えているように見えた。

『えー。どうするんだよ。これだけ戦って逃げられるなんて流石に勘弁してほしいぞ』

『多分、それをどうするかも含めて、シカラベからそろそろ指示が出ると思うわ』

アルファの予想は正しく、通信機からシカラベの指示が出る。

「全員に通達！　次の一斉攻撃で決める！　ロケット弾の誘導設定を変更して、空中待機時間を限界まで延ばして攻撃する！　次の合図で、渡したロケットランチャーを撃ち尽くせ！」

シカラベはタンクランチュラにこれ以上回復の時間を与えるのは不味いと判断して勝負に出た。

「ロケット弾を撃ち終わったやつはタンクランチュラの周囲をとにかく銃撃しろ！　それで敵の迎撃を可能な限り抑えろ！　次で最後だ！　そのつもりで死ぬ気でやれよ！　倒し損なったら賞金は無しだ！　お前らへの報酬も出ねえぞ！」

アキラは軽く笑った後で大きく息を吐き、真剣な表情に変えて気を引き締めた。

『よし。出来れば勝って終わらせる。頑張ろう』

『ここが正念場ね。頑張りましょう。その前に、アキラ、誰か近付いてくるわ』

『ん？　誰だ？』

近付いてきたのはネルゴの車だった。そのままアキラの車に横付けして愛想良く声を掛けてくる。

「やあ。私はネルゴという者だ。御一緒しても良いかな？　実は支給されたロケット弾をもうほとんど消費してしまっていてね」

「……まあ、良いけど」

「感謝する」

ネルゴはそう答えるとアキラの車に飛び乗ってきた。無人となった車が自動運転でアキラの車の後に続く。

アキラが少し驚く。移動中の車両間を、残りのロケット弾を抱えて跳躍したのにもかかわらず、ネルゴの動きは実に自然なものだった。着地した時もアキラの車両に揺れをほとんど与えておらず、着地音も聞こえないほどだ。

「どうかしたかな？」

「あ、いや、走行中なのに随分あっさり乗り込んできたから少し驚いただけだ」

「それなりに金を掛けている機体なのでね。高性能なんだ」

「あ、そうですか……」

「ところで、君の名前を聞いても良いかな？」

「アキラ、だけど……」

「アキラか。良い名前だ。大切にすると良い」

「ど、どうも」

アキラはネルゴから妙な雰囲気を感じ取り、訳も分からずに少したじろいでいた。

ネルゴが4本の腕それぞれに銃を握り、周囲の子蜘蛛達を銃撃する。

それは対モンスター用の銃とはいえ随分小型の銃だった。だがそこから撃ち出される弾丸は十分な威力を持っていた。しかもその照準は四挺全てが別の標的を個別に正確に狙っていた。

威力と精密さを兼ね備えた銃撃を受けて、子蜘蛛が次々に粉砕されていく。

アキラも慌てて銃撃に加わる。CWH対物突撃銃とDVTSミニガンを構えて、既に残り少ない群れを撃破していく。

ネルゴが銃撃を続けながらアキラに声を掛ける。

「素晴らしい実力だ。実は戦闘が始まってから君の戦い振りを何度か見ていたのだが、どれも申し分の無いものだった。私は見ての通りサイボーグだが、もしかして君も義体だったりするのかな？」

「いや、俺は生身だ。強化服は着ているけど」

「ふむ。君は強化服使いか」

ネルゴは周囲の敵を問題無く対処しながらアキラをじっと見ている。アキラは少し気圧されていた。

「な、何だよ」

「いや、失礼。職業柄、私は君のような強者に興味があってね。強化服を着用しているとしても生身でその動きは大したものだ。何らかの身体拡張処理を受けているのかな？　或いは厳しい訓練の賜《たまもの》かな？」

「訓練と実戦だ。身体強化とかはしてない」

「そうか。それは素晴らしい」

アキラは調子を狂わされており、褒められても怪訝な顔まで浮かべていた。

それは、アルファのサポートを受けた上での実力を称賛されても全く嬉しくない、という理由ではなく、得体の知れない者から強い興味を持たれているということへの、胸騒ぎに近い感情だった。

『な、何だこいつ……。アルファ。何か分かるか？』

『見た目通りのサイボーグで、先程の動きを見る限り機体の性能を十全に発揮できる実力者。分かるのはそれぐらいね。興味を持たれているのは、アキラがそれだけの活躍をしていたから、だとは思うけれど、正確なことは分からないわ』

『そ、そうか』

そこで通信機から続いている機械音声のカウントに混じって、シカラベの声が響く。

「そろそろだ！　合図と同時に、俺が撤退を指示するまでひたすら撃ち続けろ！　この最後の攻撃に参加できなかったやつは役立たずだと判断する！　生き残っても報酬を受け取れると思うなよ！」

「……10、9、8……」

アキラ達がロケットランチャーを構える。両手で握っているアキラとは異なり、ネルゴは4本の腕のそれぞれで持っていた。

「……7、6、5……」

タンクランチュラの近くではヤマノベ達が誘導装置と情報収集妨害煙幕《ジャミングスモーク》を撃ち続けていた。子蜘蛛の数が減ったおかげで近付けるようになり、再度の一斉攻撃の為に出来る限りのことをしている。

「……4、3」

シカラベはロケット弾の誘導設定を変更して、目標の位置から大きく外れた誘導装置を無視するように調整していた。加えてトガミに車載の機銃で子蜘蛛を撃たせていた。

「2、1……」

他の追加要員達もロケットランチャーを構えている。この機を逃すと本当に報酬を貰えないと思って必死だった。

「0」

機械音声のカウントに合わせて、アキラ達が一斉にロケット弾を放つ。無数のロケット弾が次々に宙に飛んでいく。

アキラはシカラベの指示通りすぐに次のロケット弾を撃とうとした。それをネルゴに止められる。

「ロケット弾の発射は私が請け負おう。腕は私の方が多いからな。君は迎撃の阻止に回ってくれ」

「わ、分かった」

タンクランチュラの周辺にいる子蜘蛛は非常に濃い情報収集妨害煙幕《ジャミングスモーク》の所為でロケット弾を迎撃できない。だがその他の場所にいる子蜘蛛達は、滞空時間を限界まで延ばして誘導中のロケット弾を狙うことが出来る。

それらの子蜘蛛達をアキラが優先的に撃破していく。アルファのサポートのおかげもあって、最大効率で敵の迎撃を阻止していた。

ネルゴは4本の腕でロケット弾を器用に次々と撃ちながら、アキラの背後で、その実力を注意深く観察していた。

宙を舞う無数のロケット弾が空中を軽く旋回しながら滞空時間を延ばし、後続と合流して群れとなる。そして十分な数になった瞬間、タンクランチュラへ一斉に襲いかかった。

軌道と着弾タイミングを各自で自動修正し、全方位から目標にほぼ同時に着弾、起爆したロケット弾の群れは、初回の攻撃よりも更に痛烈な爆発を生み出した。

爆風で激しく揺れる車体の上で、アキラはその威力に驚いていた。

『これで倒せなかったら、もう本当にどうしようもないぞ！』

『大丈夫よ。アキラ。あれを見て』

アルファが笑って指差した先には、派手に吹き飛ばされてバラバラになったタンクランチュラの姿があった。

加えて周囲にいる子蜘蛛達も動きを止めている。何体かは高速で移動していた最中に止まった所為で、その勢いのままに他の個体と衝突して横転していた。

『恐らく親の制御下にあった状態でその親が破壊されたことで、子の方も同時に制御装置ごと停止したようね。もう大丈夫よ』

『勝ったんだな？』

『ええ。勝ったわ』

アキラが大きく息を吐く。勝利の実感は、歓喜よりも安堵の方を強くもたらしていた。

ネルゴが落ち着いた態度でアキラに声を掛ける。

「無事に倒せたようだな。何よりだ。では、私はこれでお暇《いとま》するとしよう。縁があれば、いずれ、また」

ネルゴはそう言い残して自分の車に飛び乗ると、そのまま去っていった。

アキラが不思議そうな微妙な顔を浮かべる。

『結局……、あいつは何だったんだ？』

『さあね。まあ、私達が気にすることではないわ』

『それもそうだな。……ああ、疲れた』

アキラは心底疲れた表情で運転席に座ると、全身の力を抜いた。そして8億オーラムの賞金首を倒した心地《ここち》好《よ》い疲労にそのまま身を任せた。

アルファがいつもと変わらない美しい笑顔でアキラを労《ねぎら》う。

『アキラ。お疲れ様』

それは本当にいつも通りの笑顔であり、8億オーラムの賞金首も、そこらのモンスターも、アルファにとってはさほど違いなど無いことを示していた。

予想外の事態は発生したものの、アキラはシカラベ達と一緒にタンクランチュラの撃破に成功した。

第95話　下らない小細工

　賞金首討伐は標的を倒して終わりではない。討伐者として名を馳《は》せ賞金を受け取る為には諸手続きを済ませる必要がある。

　ハンター側としては高額な賞金や討伐成功の箔を確実に手に入れる為だ。賞金首を倒したのは自分達だと他のハンターに虚言を吐かれて成果を奪われては堪らない。荒野から対象の姿は消えたが、当事者が倒したことは確認できなかったと、賞金の支払を拒否されるのも困る。

　支払側としては高額の賞金を支払う以上、対象が確実に討伐された保証が必要だ。意図的な虚言は論外。あれなら倒しただろうという憶測でも、生きている恐れがあるのであれば、そう易々《やすやす》と大金は支払えない。

　そこでハンターオフィスが賞金首の撃破をしっかりと検証する。その検証後に何らかの誤りが見付かったとしても、それはハンターオフィスですら予想外の事態だった証拠であり、その後の揉め事を穏便に済ませることが出来るのだ。

　仮に戦闘で賞金首が完全に塵《ちり》と化し、死体の有無では対象の撃破を確認できない状態だったとしても、情報収集機器等による討伐データなどから、標的は確かに倒されたとハンターオフィスが認定すれば、公的に討伐成功となる。

　協力関係にない複数のハンターチームが混戦の中で賞金首を倒した場合にも、どのチームが倒したかという裁定をハンターオフィスに任せることで余計ないざこざを回避できる。

　それらの為にもハンターオフィスによる討伐確認は非常に重要だった。

　また、賞金首認定を受けるほどに強力なモンスターは、そこまで強くなるほど変異や自己改造が進んでいる特別な個体であることが多く、生物系、機械系を問わず企業の研究対象として撃破後も高い価値がある。

そしてその死体や残骸などは撃破判定の調査という名目でハンターオフィスが所有権を得る。

ただし賞金首の死体等が明確に残っていて、ハンターが引き渡しを拒否した場合は要交渉となる。金に不自由しないハンターが賞金は不要だと趣味と名誉を理由に賞金首を倒し、剝製にして自宅に飾るなどということもたまにあった。


シカラベはハンターオフィスとの手続きを進めながら、追加要員達にタンクランチュラの残骸を拾い集めるように指示を出していた。

もっともシカラベにタンクランチュラの剝製を作るつもりなど無い。それらを先に集めておき、ハンターオフィスにすぐに引き渡せるようにして、賞金首撃破の手続きを速やかに済ませる為だ。

その程度の理由だったこともあり、アキラやネルゴなど追加要員達でも十分に活躍した者には休憩が指示されている。

大規模な戦闘の痕跡を色濃く残す荒野で、生き残った者達はそれぞれの時間を過ごしていた。

◆

アキラは遅めの昼食を始めようとしていた。持ってきた携帯食を地面に並べて、どれを食べようかと思案する。そして幾つか種類がある中から選んだサンドイッチを口に頰張った。

一仕事終えた後ということもあってちょうど良い感じに空腹だ。食べ応えのある具をしっかりと嚙みながら、食事の有り難さを主に胃で堪能して顔を緩めていく。

そのアキラの前でアルファも微笑みながら同じようにサンドイッチを口にしていた。

もっともアルファには食事など不要であり、サンドイッチも映像だけの存在で、一緒に食事をとっている光景を装っているにすぎない。

それでも、そこにはアキラが食事の手を思わず止めてしまうほどのものがあった。

『……何か、そっちのは随分美味そうだな』

『アキラも食べてみる？　はい。あーん』

アルファが笑って自分のサンドイッチをアキラの口元近くに持ってくる。ふっくらとしたパン。新鮮な野菜。ソースの滴る肉。それらで構成された非常に美味しそうなサンドイッチには、アルファの歯形が付いていた。

アキラが顔をしかめる。

『そういう嫌がらせはやめようじゃないか……』

視覚情報だけでこれは美味いと思わせる見事な出来のサンドイッチだが、実在していない。アキラの両目を介して口内の唾液を増やし胃を強く刺激しているが、食べられない。ある種の拷問がそこにあった。

『あら、ごめんなさい』

アルファは楽しげに笑いながらサンドイッチを自分の口元に戻し、美味しそうに口に含んだ。

アキラは不服そうに表情を歪めながら、食べられる方のサンドイッチを食べ終えた。朝食でも同じ物を食べたのだが物足りなさは段違いだ。

『よし。決めた。帰ったらもっと美味い物を食べる。値段を気にせずに美味そうなやつを買う』

アキラの決意の籠もった宣言を聞いて、アルファが少し大袈裟に頷く。

『それで良いのよ。アキラもそれぐらいの贅沢は覚えないとね。私もこんな真似をした甲斐があったわ』

『嘘だ。絶対からかっただけだ』

『あら。私はアキラに嘘なんか吐かないわ。信じてくれないの？』

信じると答えれば、からかっていないと認めたことになる。だが信じられないとは答えたくない。アキラは不貞腐れたように沈黙を返した。そしてアルファのサンドイッチの所為で無駄に活性化した胃を強引に宥める為に、暴食気味に食事を再開した。

アルファはその様子を見て楽しげに笑っていた。

◆

シカラベ達は装甲兵員輸送車の中でハンターオフィスの職員達の到着を待っていた。休憩しながら雑談でタンクランチュラとの戦いを振り返る。

ヤマノベとパルガは賞金首の撃破を評価して機嫌良く笑っていたが、シカラベは少し浮かない顔で溜め息を吐いていた。

「失敗したなー。あれを倒して8億オーラムは割に合わねえ。見誤ったか」

その手厳しい評価にヤマノベが軽く笑う。

「まあ確かに強かった。あれなら12億は欲しいところだ」

パルガは調子良く笑いながら首を横に振った。

「いや、14億は欲しいね。賞金目的であれを狩るなら、それぐらいは貰っておかねえと割に合わねえよ。なあ、シカラベ」

「だから失敗したって言ったんだろうが。……割に合わねえ仕事に付き合わせて悪かったよ」

シカラベが溜め息を吐いた。ヤマノベが苦笑してパルガを宥める。

「そう言うなよ。そもそも今回は賞金首の討伐そのものが目的で、初めから採算は度外視だったんだ。それでも黒字は保ってる。その辺を考えれば十分な内容だろう」

シカラベ達がタンクランチュラと戦ったのは、賞金首討伐成功の功績でドランカム内の派閥争いを優位に進める為だ。その所為で他の派閥やドランカム以外のハンター達に先を越されない為に討伐を急ぐ必要があった。

もっと待てば割に合う賞金まで増額される可能性は十分あった。だが先を越されてしまう恐れも増える。そして本当に割に合う賞金なのかどうかは、実際に戦うまで分からない。

シカラベもその辺りを考えてタイミングを判断したのだが、今回は少し急ぎすぎたと軽く悔やんでいた。その分だけ溜め息も深い。

「14億まで待つのは無理でも、せめて10億までは待っとくべきだった。あー、ちょっとヤバいな」

そう言って軽く頭を抱えたシカラベの様子を見て、

ヤマノベが少し不思議に思う。

「ん？　何か違いがあるのか？　割に合わないとは言っても、赤字にさえならなければ俺達には大して違いは無いだろう。俺達は賞金から金を取らない契約だからな」

賞金首討伐に成功しても自分達は1オーラムも受け取らない。シカラベ達は追加要員達を雇う際にそう取引していた。

だがシカラベはそれを分かった上で頭を抱えていた。

「そこだ。あれ、基本は賞金額から経費を引いて俺達を抜いて頭割りだろ？　加えて活躍に応じて比率を変えると焚き付けてある」

「そうだな。それで？」

「……アキラとネルゴがあそこまで活躍するとは俺もちょっと予想外だった。賞金から経費を引いて単純に割ると、どう考えても見合った報酬にならねえ。だが活躍に見合った報酬を渡すと、他の連中に渡す報酬が消えるんだよ」

「ああ、なるほど。大変だな」

「ネルゴの方はドランカムへの口利きが目的だから何とかなるが、アキラの方は、なぁ……」

ハンターオフィスを介さない非正規の危険な依頼である以上、報酬も相応に高額であることを期待される。

ハンターオフィスを介した正規の依頼であればその権威もあって、報酬が予想外に安くなったとしても契約上そうなった、である程度は通る。

だが非正規の依頼でそれをすれば、ふざけるな、となる。ハイリスクハイリターンの前提で、命を賭けて荒野に出ているのだ。その対価である金を、自身の命を軽んじられれば、普通に殺し合いになる。

シカラベもハンターとして、その対価の支払を惜しむ気は無い。加えてアキラと殺し合いたいとも思わない。だがそれで他の追加要員達への報酬を下げてそちらとの殺し合いになると、余裕で勝てるが、以降の取引に著しい悪影響が出る。

シカラベは何とかしてどちらも穏便に解決しなけ

ればならなかった。

パルガが調子良く笑ってシカラベをからかう。

「アキラと交渉したのはシカラベなんだ。だからお前の担当だ。交渉、頑張れよ？」

「分かってるよ」

派閥の揉め事など無ければこんなことにはならなかった。シカラベはその胸中を吐き出すように溜め息を吐いた。

◆

トガミはシカラベ達と一緒に装甲兵員輸送車に乗っていたが、談笑に加わる間柄でもないので少し距離を取っていた。

長椅子に座りながら、複雑な、どこか追い詰められた表情で情報端末を操作する。ハンターオフィスのサイトに繋ぎ、アキラの個人ページを閲覧する。

そして祈るような思いでハンターランクを確認した。

願いは届かなかった。

「21……か……」

アキラの実力はもう認めるしかない。ならば、自分をからかう為に嘘を吐いていたのではないか。実際よりもかなり低いハンターランクを言っていたのではないか。それならばあの強さでも辻褄は合うと、最後の期待を込めていたのだが、無駄だった。

ハンターランクを非公開には出来ても虚偽の数値に変更など出来ない。仮に出来たとしても低く偽る訳が無い。低いままにする意味も無い。トガミはそれらの根拠から、嘘ではなかったと認めざるを得なかった。

「あいつは21……、俺は27……、どうなってるんだよ……」

トガミはわずかに憔悴した顔で立ち上がった。そしてそのままシカラベの前まで行く。

シカラベが怪訝な顔を浮かべる。

「何だ？」

「あのアキラってやつは、……一体何なんだ？」

「俺が雇った外部のハンターだ」

「そんなことを聞いてるんじゃない！」

突然声を荒らげたトガミにシカラベ達が驚く。普段のシカラベ達ならば機嫌を損ねて威圧を返すぐらいはしていたが、どこか追い詰められているようにも見えるトガミの雰囲気もあって、意外そうな顔を浮かべる程度の反応だった。

「あの実力でハンターランク21の訳がねえだろう！　何なんだあいつは!?」

ハンターランクはハンターとしての実力の目安であり、戦闘能力の目安ではない。交戦は苦手だが索敵と隠密《おんみつ》に長《た》けており、遺跡からモンスターに見付からずに大量の遺物を持ち出す高ランクハンターも存在している。

逆に、戦闘能力には長けているが遺物収集の能力が壊滅的で、しかも遺跡から遺物を持ち帰ってこそハンターだと拘《こだわ》った所為で成果もままならず、ハンターランクは低いがとても強いハンターもいるにはいる。

だがどちらも極端な例だ。索敵や隠密に長けていても戦闘は発生する。遺物収集を苦手としていても、強力なモンスターを撃破可能な実力があれば、未踏の区域で遺物を荒稼ぎできる。それらの理由でハンターの戦闘能力は大抵そのハンターランクに比例するのだ。

トガミもそれは分かっている。だが例外が存在するとも知っている。アキラがその例外であり、シカラベはそれを知っていたからこそアキラを雇ったのかもしれない。それを無意識に望んで声を荒らげる。

「あんたが雇った!?　それなら何か知ってるだろ！　教えろ！　あいつは、一体、何なんだ!?」

胸中を吐き出したトガミは荒い息を続けていた。すると、呆気にとられていたシカラベ達が笑い出した。

「何がって言われても……、なあ？」

パルガはそう言って意味深に笑いながらシカラベに視線を向けた。ヤマノベもそれに合わせる。

「ああ。俺達にそんなことを言われてもな。シカラべ。何か知ってるのか？」

「知らん。まあ確かに、俺はアキラとクズスハラ街遺跡の地下街でちょっと一緒だったことがあって、あいつがそこらの雑魚連中とは違うってことは知ってたよ。だから賞金首討伐に誘ったんだ」

トガミがわずかに表情を緩ませる。

「そ、そうだろ？　あ、あいつは、そういうやつのはず……」

「でもまあ、アキラは地下街の依頼を途中退場してたから、その程度と言えばその程度だ。ヤマノベとパルガからも、何でそんな雑魚を加えるんだって文句を言われたしな」

パルガが分かった上で話に乗る。

「でもハンターオフィスの情報だぜ？　それを信じれば雑魚じゃん。普通は疑えねえよ」

ヤマノベも悪乗りに加わる。

「パルガ。それはお前が自分の実力を過信してるからだろう。ハンターランクの数字だけ見て、俺より低いって見下すからだ」

「えぇー？　そうかー？」

「本当に実力のあるやつなら、そういう見下しも自然としなくなる。ハンターランクに惑わされずに、相手の実力をちゃんと見抜けるようになるからな。それが本物の実力者ってやつだ。お前は調子に乗ってるからなー」

「何言ってんだ。俺は大丈夫だって。今回の賞金首討伐でもちゃんと活躍してただろう？」

軽口を叩き合うヤマノベ達の横でトガミが顔色を悪くしていく。そしてシカラベに止めを刺される。

「まあ、自分よりハンターランクの低いやつに活躍の場を取られて不機嫌なのは分かるが、その文句を俺に言うより、お前が自分のハンターランクに見合った活躍を俺達に見せ付ければ良かったんじゃないか？」

それを出来なかったと知っている者から、お前の実力はそのハンターランクに見合っていないと暗に言われて、トガミは声を荒らげる気力を失った。

「……ちょっと風に当たってきます」

項垂れながら少しふらふらとした足取りでトガミが車外に出ていく。そして車の扉が閉まった途端、シカラベ達が吹き出した。

流れの元となったパルガが自分を棚に上げて笑う。

「シカラベ。お前、性格悪いな。B班の連中は比較的ましだとか言ってたくせに、酷《ひで》えやつだな」

「話に乗せたお前がそう言うのかよ。それに比較的ましなだけだ。俺達が稼いだ金で装備を調えた連中には違いねえ」

「まあ、そうだけどよ」

「それにあいつは調子に乗ってる。そういうやつは大抵調子に乗ったまま自分の実力を過信して死ぬんだ。ここで身の程を知っておくのも悪くねえだろう。親切心だよ」

「物は言いようだな」

シカラベがそこで表向きは軽く続ける。

「……それに、お前もトガミを馬鹿には出来ねえんじゃねえか？　酒場でアキラと初めて会った時、大して強そうに見えねえと思ってただろう？」

パルガがあからさまに目を逸らす。ヤマノベは苦笑で肯定した。

「いや、シカラベ。確かに、あいつが初見で弱そうに見えたのは認める。でもあの場であいつを億超えだって見抜けってのは、流石に無理があるだろう」

パルガもその話に乗る。

「だよな！　あんなハンターランク21は普通いねえって！　お前の勘は凄《すげ》え！　流石だ！　シカラベ。これで良いだろう？」

「全く、調子の良いこと言いやがって」

シカラベは仲間達の軽口交じりの称賛に笑って返した。その裏で思案する。

(ヤマノベもパルガも、恐らくトガミも、アキラの実力を初見では見誤ったか。やっぱりあいつには何かあるのか？)

実戦で確認したアキラの実力と、自身の勘が告げるアキラの実力は、今も大きく食い違っている。シカラベはその差異に頭を悩ませていた。

◆

現場にハンターオフィスの人員が到着する。シカラベ達は集めておいたタンクランチュラの残骸、破壊された砲塔、千切れた足、飛び散った装甲などを、戦闘データと一緒にハンターオフィスに引き渡して現場での手続きを終えると、あとはドランカムの事務に処理を引き継がせた。

表向きの討伐者はシカラベ、ヤマノベ、パルガ、トガミの四人となる。他の追加要員達が近くにいるが、その辺りはドランカムの問題なのでハンターオフィスは関与しない。

大型のトラックにタンクランチュラだった物が積み込まれていく。そこには子蜘蛛も交ざっていた。

「それでシカラベ、これからどうするんだ？　俺達も引き上げか？　それとも続行か？」

そうヤマノベから問われたシカラベは難しい顔を浮かべていた。

当初の予定ではタンクランチュラを倒した後に他の賞金首を威力偵察、可能であればそちらも倒す計画だった。その為に弾薬も大量に用意していた。

しかしタンクランチュラ戦で予想外の量の弾薬を消費した所為で、シカラベはこの状態からの連戦は難しいと判断していた。

残った弾薬で威力偵察だけやっても大して意味は無い。それで得た情報を基にすぐに動ける部隊が無いのだ。

賞金首討伐に乗り出したドランカムの古参はシカラベ達以外にもいたのだが、戦力の見極めを誤って撤退していた。部隊の再編成には数日掛かる。すぐには動けない。

残りの弾薬を注《つ》ぎ込《こ》んで威力偵察のついでに負傷を与えても、次にその賞金首と戦う別のハンターチームの利益になるだけだった。

シカラベが少し悩んでから思い付く。

「ヤマノベ。パルガ。追加要員扱いでも許容できるか？　最悪非公式扱いだ。公式扱いでも賞金首討伐者の公開リストに名は載らない」

「非公式なら金次第。公式なら個人ページの履歴ぐらいには載せたいが、そこも金次第だ」

「プラス、揉めたらシカラベの責任。それなら良いぜ？」

「分かったよ」

シカラベは苦笑しながらも、了承は取ったとして、情報端末を取り出して連絡を入れた。

◆

ハンターオフィスの車両に続いて追加要員達も都市へ帰っていく。アキラがその様子を見てようやく撤退だと思っていると、シカラベに声を掛けられる。

「アキラ。もう一戦いけるか？」

アキラは思わずかなり怪訝な顔を向けた。シカラベがすぐに補足する。

「ああ、お前の思ってるようなことじゃない。ちょうど他の賞金首と戦ってるやつらがいてな。そこに追加要員として参加しようと思ってるんだ」

アキラにタンクランチュラ戦での活躍をもう一度期待しているのではなく、今度は自分達も含めてサポート役に回る。張り切りたいなら止めないが、基本的には無難に火力増し要員をやっていれば良い。

そう説明されたアキラが、軽く唸って考える。

「それ、断ったらどうなるんだ？」

「無理強いはしない。帰ってゆっくり休んで、以降はまた待機、連絡待ちに戻ってくれ」

そこでシカラベが思い付いたように笑う。

「あ、そういう話じゃなく、断った場合のデメリットを聞いてるんであれば……、そうだな、この後俺達に何かあったら、最悪の場合、お前に報酬を支払うやつがいなくなるな。そこまではいかなくとも、苦戦したら経費もかさむんじゃないか？」

アキラは少し嫌そうな顔をしてから溜め息を吐いた。

「……分かった。付き合うよ」

「そうか。じゃあ俺達の車についてきてくれ」

シカラベはそれだけ言って戻っていった。

アルファが少し不思議そうな顔を浮かべる。

『アキラ。良かったの？』

『今度はシカラベ達も追加要員なんだ。大丈夫だろう。多分。それに……』

『それに？』

『俺のいないところで大怪我をしました。治療費に何億も掛かって、その経費で賞金を全部使い切りました。……なんてのは嫌だからな』

装甲兵員輸送車が大破しました、でも同じだ。実際には軽微な破損でも、同行しておかないとアキラには確かめようがない。

『分かったわ。その監視は私に任せておきなさい』

『頼んだ』

少々後ろ向きな理由で、アキラは追加の戦闘を受け入れた。

◆

シカラベは次の現場に向けて移動しながら、取引相手であるクロサワと連絡を取っていた。

「ああ、もう向かってる。あと30分ぐらいで着くはずだ」

「そうか。確認しておくが、俺の指揮下に入ることに問題は無いんだな？　ドランカムのハンターが一時的であれ俺の下に就くと不味いんじゃないか？」

「大丈夫だ。仮に何かあったとしても、ごちゃごちゃ言われるのは俺だ。問題無い。気にするな」

軽く間を挟んでから、クロサワの声が続く。

「……そうか。まあいい。追加で確認だ。送られてきた契約内容で、参加者がリーダーであるドランカム所属のシカラベを含めた4名となっている。なぜだ？」

「ん？　別に変な箇所はねえだろう」

「そっちの定型文だと、ドランカム所属のハンター4名とした上で、個別の名前が記載されるはずだ。何でわざわざ変えたんだ？」

「良いじゃねえか。部隊単位の参加で、責任者は俺。それだけだ」

通信機を通してクロサワの溜め息が響いた。

「お前までそういう小細工に手を染めるようになったか。ハンターが社内政治でぐだぐだして自分の手足縛ってどうするんだよ。馬鹿馬鹿しい」

クロサワは元々ドランカムに所属していた。しかし徒党の規模が拡大して派閥が生まれ、更に事務派閥の台頭などで組織内のごたごたが酷くなると、付き合い切れないと見切りをつけて徒党から離脱していた。

一方シカラベは残った。そしてクロサワの予想通り、組織の面倒事に付き合わされることになったのだ。

分かっていると、シカラベは苦笑を浮かべた。

「悪いな。そうでもしねえと後から入ってきた連中に俺達が積み上げたものを掻《か》っ攫《さら》われるんだよ。たとえ組織をデカくしたのが連中の功績でも、お前と違ってそこまでは割り切れねえ。少なくとも、まだな」

クロサワの口調が少し柔らかくなる。

「まあ良いか。言いたいことはあるが、今言う話じゃねえな。また呑みに行った時にでもしよう。4名だな？　そっちに何人いても、扱いは報酬含めて4名分だ。それで良いな？」

「ああ。助かる。もう一つ。ガキが交じってるが、見掛けても気にしないでくれ」

「ガキ？　お前、ドランカムのガキ連中は嫌いだろう。そんな足手纏いまで連れてきてんのかよ」

「そっちも大丈夫だ。足手纏いにはならねえよ」

「それなら良いが。じゃあ、現地でな」

クロサワとの通信が切れた後、シカラベが軽く息を吐く。

下らないことを、面倒な事をしている自覚はある。ハンターとしてどうかと思うこともある。だがその為にドランカムを捨てようとは思えない。

シカラベは、割り切れなかった。

◆

ミナカド遺跡は半壊した高層ビルが立ち並ぶ寂れた遺跡だ。既に遺物を取り尽くされて遺物収集場所としての価値を失っており、しかも棲息しているモンスターがそこそこ強い所為で、普段は誰も立ち寄らない。

だが最近はかなりの賑《にぎ》わいを見せていた。賞金首の多連装砲マイマイが棲《す》み着いたことで、その討伐場所となったのだ。

当初は1億オーラムだった賞金も既に15億オーラムまで増額されている。それだけ強く、それだけ死んでもらいたい賞金首だ。

多連装砲マイマイは2階建ての家屋ほどの大きさがあるカタツムリだ。金属製の巨大な殻に無数の大砲を生やし、苛烈な砲撃で敵を粉砕するモンスターで、命名の由来もそこにある。

だが今では賞金を狙うハンター達との激戦でその殻もひび割れ、無数の大砲を破壊されて再生も追い付かず、多連装砲という部分は名前に合わなくなっていた。

しかしそれでも当初から目立っていた特大の大砲は健在だ。それを背負ったまま半壊した高層ビルに貼り付いている。

そして遠めで見ればゆっくりと、側で見れば自動車並みには速くビルを登っていき、その先端辺りで特大の大砲を遺跡の外へ向けた。

◆

ミナカド遺跡に向けて進むシカラベ達にクロサワから指示が出る。

「多連装砲マイマイの砲撃範囲に近付きすぎている。もっと離れろ」

アキラもシカラベ達の車両の機器を介してその指示と周辺の地図情報を受け取った。敵の砲撃範囲を示す地図の赤い部分から車の進路を変えて離れる。

『アルファ。砲撃ってどこからだと思う？』

『あそこからよ』

アルファはそう言って前方を指差した。

アキラがそちらを見る。拡張視界の中で注視する先を指示され、更に数度の拡大表示を経て、遠方の遺跡にいる多連装砲マイマイの姿が映し出された。

『あれか。……ん？』

巨大なカタツムリは高層ビルに貼り付きながら、殻から生やした大砲をアキラ達の方に向けていた。

次の瞬間、その砲口から光の奔流が放たれる。アキラの拡張視界の一部、拡大表示部分はその激しい閃光に塗り潰された。

わずかに遅れてその光が荒野の地表に届く。高エネルギーの光線が地を駆けていき、接触箇所を焦がすどころか融解させ、更に爆発を引き起こした。

その爆風で車が大きく揺れる中、軽く唖然としているアキラの横でアルファが平然と指示を出す。

『もう少し離れておいた方が良さそうね。アキラ。赤い領域からもっと距離を取って』

『あ、ああ』

アキラは車の進路を更に大きく変えると、光に焼かれ煙を上げる大地の惨状を見て顔を引きつらせた。

『アルファ。今の何だ？』

『敵の砲撃よ』

『いや、それは分かってるけど……』

『いわゆるレーザー砲よ。ヨノズカ駅遺跡でも少し説明したけれど、それは通称であって別に光の速度で攻撃可能な訳ではなく、指向性を持つ高エネルギーが大気中の色無しの霧に反応して……』

『いや、そっちでもなくて……』

『賞金首の多連装砲マイマイから撃たれたのよ。恐らく貼り付いているビルからエネルギーを吸って威力を上げているわ。アキラが直撃を喰らえば塵も残らないけれど、照準精度は大分悪いようだから、教えてもらった砲撃範囲に入らなければ大丈夫よ』

これで良いかと尋ねるように微笑んだアルファに、アキラがぎこちなく礼を言う。

『そ、そうか。分かった。ありがとう』

『どういたしまして』

アルファはいつものように笑って返した。

赤い領域に絶対に入らないように注意しながら、ミナカド遺跡に慎重に近付いていく。つい先程はアキラも多連装砲マイマイの砲撃の威力に動揺して冷や汗をかいたが、アルファから大丈夫だと言われたことで落ち着きを取り戻していた。

『タンクランチュラの賞金は8億だったよな。多連装砲マイマイの賞金は幾らだっけ？』

『15億オーラムよ』

『15億か……。下手をするとタンクランチュラの倍ぐらい強いってことか？　あんな砲撃が出来るぐらいだし……』

『賞金額と強さは比例しないわ。比例するのは、それだけ早く討伐してほしいという要望の強さだけよ』

多連装砲マイマイの主砲の正確な射程は不明だが、距離で威力が減衰するとしても有効射程はかなり長いと推察できる。輸送車両の索敵範囲外からの砲撃でも、並の輸送車両を大破する程度の威力は十分にあると考えられる。

そのようなモンスターが荒野を徘徊していれば輸送に多大な影響が出る。流通業者としては特急料金として賞金を割り増ししてでも急いで倒してほしいはずだ。だからそこまで強くはないかもしれない。

アルファはそう補足した。

『まあ多連装砲マイマイと戦うとしても、私達はただの追加要員として参加するのだから、タンクランチュラ戦の時のように頑張る必要はそもそも無いわ。だから危険も少ないはず。大丈夫よ』

『そうだな』

アキラは納得し、安心して先を急いだ。

◆

ミナカド遺跡に到着したアキラ達は、クロサワの指揮下で多連装砲マイマイと戦った。既に戦闘は始まっており途中参加だ。

追加要員とはいえ2度目の賞金首戦。アキラは気合いを入れ直して多連装砲マイマイ戦に臨んだ。

しかしその意気もある意味で無駄になった。結局アキラは多連装砲マイマイと直接戦うことは一度も無かったのだ。

アキラ達に指示されたのは戦闘区域の通路の保持

だった。賞金首と派手に戦えば遺跡のモンスターも寄ってくる。それらを他のハンター達の移動の妨げにならないように駆除する役割だ。

道を塞ぐような大型モンスターの場合は車や強化服で道路から退かす。小型でも量が多ければ近くのビル内に投げ込んで邪魔にならないようにする。

その作業の間も、多連装砲マイマイの位置によって変化する砲撃範囲のデータを常に受け取って、そこに入らないように注意する。

それだけ気を付ければ、あとは賞金首とは比べものにならないほど弱いモンスターを倒すだけであり、アキラにとっては拍子抜けなほど楽な仕事だった。

◆

クロサワは多連装砲マイマイの討伐にあたって安全を徹底的に重視していた。

多連装砲マイマイに負けて帰ってきたハンター達から情報を買い、目標を遠距離から観察してしっかりと対策を練り、安全に勝てると確信してから行動に移っていた。

連戦で既に実弾の砲が大破寸前の状態だった多連装砲マイマイに対して、まずはそれらの砲を集中攻撃。確実に使用不能にさせた。

その上で、対エネルギー防御で固めた部隊で攻撃に移る。その際、反撃を受けない位置取りを徹底させた。

そしてクロサワは作戦指揮官として、情報収集役から送られてくる情報を常に確認し、相手の砲撃範囲を見極めた上で隊員達に個別に指示を出していた。途中参加であり対エネルギー防御の無いシカラベ達は念を入れて砲撃範囲から遠ざけた。

その隙の無い作戦が多連装砲マイマイを徐々に確実に追い詰めていく。既に主砲以外の砲を全て潰されて細かい攻撃は出来ない状態だ。遺跡内で主砲を撃ち、その威力で周囲のビルを倒壊させても、クロサワ達はそれを想定して事前に退避している。

アキラ達が通路の状態を維持しているので、クロサワ達には移動中に他のモンスターに邪魔されるという不運も起こらない。安全に退避し、反撃していた。

攻撃役の人数も、それぞれの弾薬も、余裕を持って用意している。火力は十分だ。多連装砲マイマイはビルから吸ったエネルギーを防御にも回していたが、大量の砲弾、余りにも濃い弾幕、殺到するロケット弾の総火力は、その防御を貫いた。

集中砲火を受けた多連装砲マイマイは貼り付いていたビルから3度落とされ、時にはビルごと吹き飛ばされ、遺跡内を逃げて別のビルに3度よじ登ったが、4度目の落下には耐えられなかった。

落下の衝撃で殻が割れ、露出した中身に駄目押しの砲火を喰らい、多連装砲マイマイは内部の肉片を派手に撒き散らして念入りに撃破された。

◆

多連装砲マイマイが倒された後、アキラ達はハンターオフィスの職員の到着まで再び待ち状態となった。

車の運転席に腰掛けてアキラが軽く息を吐く。

『なんか、あっさりだったな』

アルファはいつものように余裕の笑顔を浮かべていた。

『最後の方は暇になっていたぐらいだったものね』

実際にアキラは周辺のモンスターを粗方倒し終えて道の脇に退けてしまえば、あとは敵の砲撃範囲に入らないように気を付けるぐらいしかすることは無かった。

シカラベ達は途中からロケットランチャーの誘導設定を変更して攻撃に加わっていたが、アキラは周囲の警戒に回されており、それも基本的にはアルファに任せていたので暇と言えば暇だった。

アキラはタンクランチュラ戦とは余りに違う賞金首戦に、不満とまではいかないが、微妙に納得のいかないものを覚えていた。

アキラから少し離れた場所で、クロサワはシカラベと雑談を続けていた。そして一度アキラに視線を向けてから、シカラベに意味深な視線を向ける。

「へー。タンクランチュラ戦はそんな感じだったのか。なるほどねー。ところで、あいつがトガミか？　確か、反カツヤ派の期待の星……だったかな？」

違うと分かった上での質問に、シカラベも苦笑を返す。

「まあ、そういうことにしておいてくれ」

「じゃあ、そういうことにしておこう。ただ、そういうことにするにしては、あいつ、俺には大したことねえやつにしか見えねえんだけど、良いのか？」

「良いんだよ。別に俺も本気で工作する気はねえんだ。伝聞で誰かが多少勘違いしてくれれば儲《もう》けもの。その程度だ」

そう言ってから、今度はシカラベが意味有り気に笑う。

「クロサワ。俺としては、そういう意味だとあいつは逆に適任だと思うぞ？　一見弱そうに見えるが、あいつの実力は本物だ。それはさっき実際に指揮を執ったお前もよく分かってるだろう？」

「まあな」

「だが現場にいないやつにそれは分からねえ。だから、あいつの成果とあいつ自身が紐付《ひもづ》かなくなる」

クロサワがシカラベの言いたいことを察して苦笑する。

「そして宙に浮いた成果は、記録上そこにいた誰か、それだけの成果を出しても不自然ではない人物のものになる訳か」

「そんなところだ」

下らない小細工。クロサワとシカラベはどちらもその認識を一致させながら、苦笑を向け合った。

その下らない小細工をやったこと。そうしなければならない状況であること。シカラベにとっては今も所属している場所であり、クロサワにとっては古巣であるドランカムの状況がそこまで悪化していること。それらの認識から生まれる複雑な感情が二人の表情に表れていた。

そしてクロサワがふと思う。

「シカラベ。あいつとちょっと話して良いか？　ちゃんと話は合わせておくからさ」

「構わねえが、変なことを言って下らない揉め事は起こすなよ？」

「分かってるって」

クロサワはそう言って、軽い興味を持ちながらアキラの下に向かった。


アキラの下まで来たクロサワは、シカラベが自分のことをアキラに紹介している間に、改めてアキラを間近で見ていた。そして内心で唸っていた。

シカラベから聞いたタンクランチュラ戦の話に加えて、自分の指示に対して的確に動いていたアキラの様子から、クロサワはアキラの実力を認めていた。

その評価はどこまでも客観的なものだ。タンクランチュラ戦の情報は所詮伝聞であり、そこにクロサワ自身の評価は含まれない。また多連装砲マイマイ戦でのアキラの評価も、自身の指示という入力に対しての、アキラの行動という出力への評価であり、俯瞰的な判断が強い。

クロサワは指揮官として、他者を伝聞や間接情報から客観視した評価が出来る実力者だった。それは主観や直感から出した評価と客観視して出した評価の差異が少ないということも意味している。

その上でクロサワは、自分で間近で見て出したアキラの主観的な評価が、客観的な評価と大分異なっていることに軽く困惑していた。

（うーん。相応の実力者だと分かった上で見ても、見た目の印象はそこらの雑魚としか思えねえ。……あいつとは、逆だな）

クロサワはアキラを見ながら別の者のことを思い浮かべていた。その者はアキラとは方向性が逆だが、直感的な評価と客観的な評価に著しい差異がある点では同じだった。

そこで相手が多連装砲マイマイ戦の指揮官だと知ったアキラから尋ねられる。

「ちょっと聞きたいんだけど、多連装砲マイマイを倒した経費って幾らぐらいになったんだ？」

「ん？　ざっとだが、10億ぐらいだな」

「じゅ、10億……」

アキラは思わず顔を引きつらせた。多連装砲マイマイの賞金は15億オーラムであり、それだけ掛かっても黒字ではある。しかしそれでもアキラにはとんでもない皮算用に思えてならなかった。

クロサワはそのアキラの態度に、言いたいことは分かると笑って頷いた。

「確かにそれだけ経費を掛けてしまうと、賞金から経費を引いて分配する各自の報酬なんて大した額にはならない。だから、その程度の報酬の為に賞金首に挑むなんて割に合わない、と思うのは分かる」

そう前置きした上で、クロサワは首を軽く横に振った。

「だがな、賞金首と戦うのにその経費をケチって一攫千金なんて考えるやつは大抵死ぬんだよ。俺は死にたくない。だから多少利益を削ってでも、安全に勝ちたいんだ」

クロサワは優秀なハンターで指揮能力も高いが、その判断基準から臆病者と揶揄《やゆ》されることも多い。

実際に遺物収集でも状況を悲観的に捉えすぎて、もう少し続けていれば手に入れられたであろう利益をあっさり捨てて帰還することもある。

だがその反面、クロサワが指揮したチームの生還率は非常に高い。未知の遺跡で遺物を荒稼ぎというハンターの醍醐味《だいごみ》とは無縁だが、長期的には十分な黒字を確保していた。

今回の多連装砲マイマイ戦でも、死者はおろか重傷者すら出さなかった。

「ただでさえハンター稼業は命賭けなんだ。予想外の事態ってのもままある。その辺のリスクを考慮すれば、掠《かす》り傷一つ負わずに勝つぐらいの考えでちょうど良いんだよ。それが地味な力押しでもな」

多連装砲マイマイを倒したクロサワの作戦は、ある意味で敵を物量で押し潰しただけのつまらない内容だ。遺跡に、モンスターに、危険を承知で困難に挑み、運と実力を振り絞って輝かしい栄光を得る。そのような一握りの成功者が語る英雄譚とは正反対のものだ。他者に自慢できる要素は余り無い。

クロサワはそれで良いと思っている。輝かしい栄光の為に命を張る者を否定はしないが、自分はしないし、付き合う気も無い。それだけだ。

「まあそれでも勝ちは勝ちだ。戦歴に賞金首討伐成功者って箔が付くんだ。上手く使えば今後のハンター稼業でいろいろ役立つ。その辺を加味してその箔が安全に手に入ると考えれば、そこまで悪い話じゃないのさ」

そこでクロサワがシカラベに意味有り気な視線を送る。

「そっちはたった4人でタンクランチュラを倒したんだろう？　大変だったんじゃないか？」

「まあな。でも4人全員無事だったから良いんだよ」

正確には追加要員が5人死んでいる。だが公式にはシカラベ達4人で倒したので、死者は無しだ。

「そりゃ凄い。凄いと思うが、その分大変だったはずだ。儲けは出たのか？」

クロサワはそう言って意味深に笑った。実際には4人ではなかったことも、その裏工作の所為で余計に苦労する羽目になったことも分かった上で、見合った利益はあったのかと聞いていた。

シカラベが苦笑を浮かべる。

「まあ、それなりにな」

「そうか。好き好んで苦労するのは勝手だが、程々にしておけよ？」

下らない小細工などしなければその苦労は不要だっただろうと、クロサワは友人に軽く忠告した。


クロサワが雑談を済ませて帰った後、多連装砲マイマイ戦の経費を知ったアキラが少し不安そうな顔でシカラベに尋ねる。

「なあ……、タンクランチュラ戦でも儲けは出たんだよな？　俺の報酬はどれぐらいになるんだ？」

「……賞金はドランカムの会計処理を通して受け取るから、お前への支払には時間が掛かる。アキラはその前に経費を計算して俺に出してくれ。具体的な報酬額が決まるのはその後だ」

「分かった」

内心で不安と焦りを募らせた者達は、一度それで話を打ち切った。

◆

クロサワは指揮車である兵員輸送車に戻った。車内に入ると、同行者ではあるが部隊員ではない少年から声を掛けられる。

「すみません。多連装砲マイマイ戦での指揮で少し聞きたいことがあるんですが……」

クロサワはその少年を見ていろいろ思ったことをまずは呑み込んだ。そして事務的に、端的に答える。

「……断る」

「えっ？」

「ドランカムからの依頼で、君が部隊に同行することも、指揮車への同乗も許可した。戦闘ログの閲覧や持ち出しも許している。だが教官役は請け負っていない。だからその質問には答えない」

「は、はぁ……」

「教官役ではないという理由で、逆に単なる雑談として一切責任を取らない返答をしても良いのかもしれないが、私が余計なことを言った所為で君の指揮に悪影響が出てしまうと、君の上司から余計なことをした責任を追及される恐れもある。だから、余計なことは言えない。すまないな。カツヤ君」

「そ、そうですか……。分かりました」

その少年はカツヤだった。大規模な部隊を率いての賞金首戦の雰囲気に慣れさせる為に、ミズハがクロサワに依頼を出していたのだ。

自分から出ていった徒党からの依頼とはいえ、報酬に問題は無い以上、依頼は依頼だ。クロサワはその考えで依頼を受けた。

「まあ、都市に戻るまで車内でゆっくりしていてくれ。君もハンターだ。お客様扱いは不本意だろうが、君を無事に帰すことも依頼に含まれているのでね」

クロサワはそう言ってカツヤを宥めると、指揮官としての仕事を口実に話を打ち切った。そしてその作業をしながらカツヤを横目で見る。

(……やっぱり、あいつとは逆だな)

カツヤにハンターとしての才能が無いとは思わない。むしろ十分にあり、高い将来性を持っていると判断している。それは主観的な判断も客観的な判断も一致している。

しかしカツヤが部隊の指揮者としての才能まで持ち合わせているかどうかについては、直感的な判断と客観的な判断に著しい差異が生じていた。

直感は、カツヤには部隊指揮の才能も十分にあると告げている。だがクロサワはそれを信じなかった。

クロサワは有能な指揮者として物事を客観視できる技術を磨いている。十分な情報を十分に解析して導き出した疑いようの無い事実を基に、確実な勝利を得ることを基本にしている。不完全な情報から直感を基に賭けに出るような危険を冒さないように心掛けている。

その高い客観視の能力が、少なくとも現時点のカツヤは、指揮者としては凡庸だと告げている。事前に入手した情報からも、車内で自分の指揮を学ぼうとしていた様子からも、指揮者としての才能は、その片鱗《へんりん》も含めて見当たらなかったと答えていた。

自身の直感と客観がここまで食い違うことなど今まで一度も無かった。クロサワはそのことに驚くよりも気味の悪さを覚えて、少し険しい視線をカツヤに向けていた。

だが別の懸念は杞憂だったと判断して、軽い苦笑で表情を和らげた。

(まあ、シカラベ達が急に加わったのは、こいつとは無関係だった。そっちは良しとするか)

シカラベは記録上存在しない誰かの活躍、宙に浮いた成果をカツヤのものにする為に参加した訳ではない。ただの偶然だった。それを確認できたクロサワは無意識に安心していた。

自分はそこから出ていったとはいえ、徒党に残った友人が組織内の工作の為にそこまでするような者には、ハンターとして荒野に出る者ではなく組織内の権力争いに精を出す者にはなっていないことに、安堵を感じていた。

◆

2度の賞金首戦を終えて自宅に戻ったアキラが湯船に浸《つ》かって疲れを取っている。

「……アルファ。経費の計算を頼んで良いか？　勉強だからって俺にさせるのは……、今日は勘弁してくれ」

『分かったわ。ゆっくり休みなさい』

「頼んだ……。助かる……」

意識を湯船に溶かしながら、アキラは今日の戦闘を思い返していた。

激戦としか言いようのないタンクランチュラ戦。ハンターとしての戦い方を問われたような多連装砲マイマイ戦。正反対の戦いだったが、思い返せば印象も深い。

そしてふと思う。

「……賞金首、まだ2体も残ってるんだよな。しかも賞金が更に高いやつが」

『確かに、今日倒したのは両方小物の方ね』

「そうなんだよなー」

あれほどの強さにもかかわらず、4体の賞金首の中では弱い方だった。アキラがその事実から生まれた感情を吐き出すように溜め息を吐く。するとアルファに補足を入れられる。

『少し付け加えると、もっと東の地域ならあの程度のモンスターぐらいごろごろしているわ』

「そ、そうなのか？」

『そうよ。更に言えば、あの程度のモンスターぐらい簡単に倒すハンターもごろごろしているわ。だから賞金首にはならないけれどね』

アキラはその恐ろしい地域の光景を茹《ゆ》だった頭で想像して、感慨深く呟く。

「世界は……、広いなぁ……」

スラム街の路地裏から飛び出して自身の世界を広げたアキラだったが、その世界を更に広げる契機はまだまだ残っていた。

第96話　カツヤの部隊

　都市近郊の荒野でハンター達が陣を敷き、賞金首討伐の準備を進めている。目標は過合成スネーク。賞金額は20億オーラムだ。

　指揮車である装甲兵員輸送車を中心にして、複数の装甲車や荒野仕様車両が並んでいる。そのどれもが、そこらのハンター達が使用する安物ではない高性能な物で、今回の賞金首討伐の為に注ぎ込まれた資金の多さを示していた。

　その車両の周囲にはそれらに乗って戦う者達、部隊の主力の姿が見える。意気揚々と準備を進めるその者達は、全員ドランカム所属の若手ハンターだ。

　この部隊は、カツヤが率いるカツヤ派の賞金首討伐部隊だった。

　エレナ達はその主力部隊から少し離れた位置に車を停めていた。サラが車に寄りかかって本隊の様子を見ている。


「人数は多いけど本当に若手ばっかりね。歳だけで軽く見るつもりは無いけど、ここまで若手だらけだとちょっと不安だわ。大丈夫かしら？」

　ハンターは基本的にその経歴が長いほど年齢不詳になっていく。

　高性能な回復薬の常用により細胞単位での治療が繰り返されることで、身体能力の低下の原因となる老化が抑制される。義体への換装やサイボーグ処理など、外見の老化とは無縁な体を手に入れる。過酷なハンター稼業を長く続けていると、そういうことも多くなる。

　それでもその姿は基本的に成人以降のものとなる。ハンター向けの装備は大人向けの規格で作成されており、子供には扱い難い物も多いからだ。よほどの拘りがない限り、子供の体格を敢えて維持しようとする者はいない。

　そのような理由から、成人未満の見た目のハンターは見た目通りの年齢であることが多い。子供であれば当然ハンター歴も短いので、実力もそれ相応な者が大半だ。若手が軽んじられる理由でもある。

サラもドランカム所属の若手ハンター達を余り強そうには思えなかった。少なくとも賞金首討伐に進んで参加するほどの実力者には見えなかった。

今回の仕事を受ける判断をした者として、エレナが軽く擁護を入れる。

「人数と装備は十分及第点よ。少なくとも、討伐に成功しても黒字になるかどうか微妙なぐらいの資金が注ぎ込まれているわ」

「うーん。でもエレナ、そうは言っても相手は20億の賞金首よ？　人数と装備でのゴリ押しにも限度があると思うけど……」

そう軽い懸念を示したサラに、エレナは少し意味深に笑って返した。

「何言ってるのよ。その辺を何とかする為に、私達みたいな外部のハンターを補助要員に雇っているんでしょう？」

エレナ達はドランカムから今回の賞金首討伐の補助要員として雇われていた。

非公式な参加者として雇われたアキラとは異なり、ハンターオフィスを介した正式な依頼ではあるのだが、その内容は作戦行動の補助という非常に曖昧なものとなっている。

これは戦歴をハンターオフィスの履歴に載せる際に、補助要員達がどの程度活躍したかということを、ドランカム側が調整できることを意味する。

主力部隊であるカツヤ達だけで過合成スネークを倒せればそれで良し。無理ならば追加の火力として参加してもらい、主力部隊だけでも撃破は可能だったが用心の為に参加してもらったと記載する。

どちらにしろ賞金首討伐者の情報に補助要員の名前が載ることはない。

サラが軽く苦笑する。

「ああ、そういうこと。要は主力部隊の護衛、悪く言えば子守り込みの仕事なのね」

「明示はされていないわ。でも私達の報酬を、主力部隊の生還率を基に決める契約になっている時点で、暗に期待はされているのでしょうね」

賞金首に多大な負傷を与えても報酬は欠片も増えず、主力部隊に被害が出るほど報酬が下がっていく。主力部隊の護衛をしろと契約内容に明記されていなくとも、それを求められていることは明らかだった。

そこに別の車が現れてエレナ達の車の側に停まる。そして武装した少年が降りてきて、エレナ達に軽く頭を下げた。

「すみません。ちょっと遅れました」

「気にしないで。急に誘ったのはこっちだからね」

エレナはそう言って笑った後、相手を軽く見詰めて続ける。

「その私が言うのも何だけど、体調とか大丈夫？　無理はしなくて良いのよ？　疲れが取れていないところを無理に誘ったってことになったら、私がシズカに怒られちゃうわ」

「大丈夫です。問題ありません。バッチリです」

シズカの名前を出しても元気良く笑った相手を見て、軽く探りを入れたエレナも笑って頷いた。サラも楽しそうに笑う。

「それならアキラ。今日はよろしくね」

「はい。よろしくおねがいします」

エレナ達のチームに加わる形で、アキラの3回目の賞金首討伐戦が始まろうとしていた。

◆

ミズハは指揮車である装甲兵員輸送車の中で軽く頭を抱えていた。そのミズハの前ではリリーという若手ハンターの少女が声を荒らげている。

「納得できません！　どうして私達以外のハンターを連れていくんですか！　カツヤの実力を信用できないって言いたいんですか!?」

「そんなことは言っていないでしょう。勿論、私もカツヤの実力を信じているわ。あなた達の力もね。だからこそカツヤ達を主力にした部隊編成をしたのよ？　分かるでしょう？」

「分かりません！　それなら私達だけで十分なはずです！　今からでも余計な連中は置いていくべきで

す！」

「そういう訳にもいかないのよ……」

「何でですか!?　Ｂ班の連中ならようやくカツヤを認めたってことで分からないでもないですけど、外部のハンターなんて、私達の成果を掻っ攫おうとするだけに決まってるじゃないですか！」

カツヤ派の若手ハンター達の間にも、派閥と呼ばれるほどではないが、カツヤへの認識の差異ぐらいは存在している。そこにはカツヤの実力を過度に評価し、投影するグループもある。

そしてリリーは明確にそのグループの者だった。カツヤは凄い。その認識を基本にして、その仲間である自分達も凄いと、程度の差はあれど無自覚に同一視していた。

ミズハがリリーを宥めながら内心で溜め息を吐く。

「ヨノズカ駅遺跡では予測できない事態の所為でカツヤも大変だったと聞いたわ。それを防ぐ備えぐらいはあっても良いと思わない？」

「あんな普通は有り得ない事態を根拠にしないでくださ い！　そんなこと言ったらいつも今回みたいな大部隊で行動することになるじゃないですか！」

「それはそうだけど……」

「それにカツヤはその事態を自力で乗り越えたんですよ!?　そのカツヤの実力が分からないんですか!?」

「自力って、偶然その場にいた他のハンターに助けられなければ危なかったのでしょう？　そういう報告を受けているわ」

「そんなもの、カツヤが謙遜してるだけです！　むしろ他のハンターを助けたに決まってます！　ミズハさんはカツヤがそんなに弱いって言うんですか!?」

「そうは言ってないでしょう……」

ミズハもカツヤの実力を見込んだ者として、それを支援者達に豪語した者として、カツヤの実力に不足があると認めるような発言は出来ない。ヨノズカ駅遺跡での出来事で相手を言い包《くる》めるのは無理だと判断する。

「実はね、流石にカツヤも今回のような大部隊を率いるのには不安を覚えていたの。私はその不安を和らげる為に追加の戦力を……」

「下らない嘘を吐いてごまかさないでください！　今のカツヤを見ればそれが嘘だってことぐらい分かります！　それにカツヤも凄くやる気だって、前から私達に言ってたじゃないですか！」

　ミズハが言葉に詰まる。以前、カツヤの調子が悪かった頃、ミズハはカツヤに賞金首討伐部隊を率いることをかなり無理矢理気味に承諾させていた。

　そして他の者にはそれを気付かせない為に、カツヤのやる気は非常に高いと告げていた。加えてその嘘が露見しないように、カツヤを他の者となるべく会わせないように調整していた。

　その工作は、今はカツヤが覇気に溢れているおかげで、ある意味で事実となった。最早本人が否定しても信じてはもらえない。つまり事情を知らない者からは、ミズハがカツヤの意志を無視して戦力を増強したとしか思えない状態だった。

　ミズハもそれを理解している分だけ頭を抱えていた。

　そこに仲間への激励を終えたカツヤがユミナ達と一緒に帰ってきた。

「ミズハさん。最終チェック終わりました。いつでも出発できます……？　リリー。何でここにいるんだ？　リリーの配置はここじゃないだろう」

　いつでも作戦を開始できると報告した途端に、配置についていない仲間を見付けたことで、カツヤは少し気不味《きまず》い様子を見せた。

　だがリリーは全く気にせずに、逆にカツヤに詰め寄った。

「カツヤ！　何で補助要員の同行なんて許可したの！　私達がそんなに頼りにならないって言いたいの!?」

「何だよ急に!?　何の話だ!?」

　訳が分からず怪訝な顔を浮かべたカツヤに、ミズハは事情を説明した。それを聞いたカツヤは軽く頷くと、笑ってリリーを宥める。

「何言ってるんだ。リリーの言う通り、俺達だけで倒せば良いだけだろう」

「そうでしょ！　だから……」

我が意を得たとリリーは嬉しそうに顔を綻ばせた。

だがそれもすぐに曇る。

「それでちょっと危なかったり、手に余るようだったりしたら、エレナさん達や他の補助要員の人達に助けてもらえば良い。それだけだ。折角ミズハさんが手配してくれたのに、置いていく必要なんか無いだろう。じゃあ、リリー。すぐに配置に戻って……」

カツヤとしてはそれで終わる話だった。だがリリーは顔に怒気まで滲ませて声を荒らげる。

「カツヤまでそんなことを言うの!?」

カツヤが驚き、次に怪訝な顔を浮かべる。

「そんなことって……。ユミナ。アイリ。俺、何か変なこと言ったか？」

「言ってないわ」

「言ってない」

「だよな」

ユミナ達の返事を聞いたカツヤは少し安心したように頷くと、やはり変なのはリリーの方だと思ってそちらに怪訝な顔を向けた。

リリーがカツヤの態度に顔を歪める。そしていらだちをぶつけるように、ユミナ達をかなりきつく睨み付けた。

「あんた達がそんなだから……」

リリーの態度にカツヤが困惑する横で、ミズハが結論を出した。

「カツヤ。作戦開始の前に、エレナさん達に挨拶ぐらいしておきなさい」

「えっ？　良いんですか？」

たとえ知人であっても作戦の中では補助要員にすぎない。そのような者に部隊の隊長が声を掛けると特別扱いになり、全体の指揮を乱す恐れがある。だからエレナ達に声を掛けるのは控えてくれ。カツヤはミズハからそう言われていた。

そのミズハが笑って前言を翻す。

「それでカツヤの意気が上がるのなら、他の補助要員からの文句ぐらいは私が受け流せば良いと思い直したの。カツヤのやる気が最優先よ」

カツヤが嬉しそうに笑って礼を言う。

「ありがとうございます」

「良いのよ。気にしないで。それじゃあ、私はリリーを配置場所まで送ってそのまま都市に戻るから、あとはカツヤ隊長、任せたわよ？」

「はい！」

カツヤの覇気に溢れた返事を聞いてミズハは満足げに笑うと、その顔を少し真面目なものに戻した。

「リリー。行くわよ」

「ちょっと！　まだ話は終わって……」

不満げに声を荒らげようとしたリリーに、ミズハが徒党の幹部としての厳しい声を出す。

「来なさい。指示に従えないのなら作戦から外すわ。隊長はカツヤでも、責任者は私なのよ？」

そう言われてはリリーも逆らえず、黙ってミズハと一緒に装甲兵員輸送車から降りた。

◆

装甲兵員輸送車の側に停めていた小型車に、ミズハはリリーと一緒に乗り込んだ。そして態度を一変させる。

「ごめんなさいね。きつい態度を取っちゃって。確かにあの車は事務派閥が用意した物で、私もその事務派閥なんだけど、その中でもいろいろあって、下手な発言が記録に残ると不味いのよ。この車は私の私物だから大丈夫なの」

急に愛想を良くしたミズハの態度に、リリーは先程までの不満を忘れて軽く困惑した。そこにミズハが畳み掛ける。

「分かるわ。カツヤにはこう、何て言うか、頼れるリーダーでいてほしいわよね。俺に任せておけ！　黙ってついてこい！　みたいな感じで」

無意識に頷いたリリーを見て、ミズハが更に続ける。

「そうすると、外部のハンターをつい頼ってしまうっていうか、頼らないと戦えないっていうか、そういうのはなんか、ちょっと、なーって、そういうことでしょう？」

「そ、そうよ！　それをあなたが……！」

相手の意気を高めたところで、笑って宥める。

「分かってる分かってる。でもスポンサーの意向ってのもあるのよ。融資をしてもらったけれど使いません、は通らないのよ。人がたくさんいれば、何となくお金が掛かったんだろうと思ってくれるのよ。実際には大して使っていなかったとしてもね」

「そ、そうなんですか？」

「そうよ。それに補助要員の報酬は成果次第になってるの。だからあなた達が賞金首をぱぱっと倒せば、少ない支払で済むわ。そうなれば、補助要員なんて張りぼても同然。スポンサーの方々も、次はそんなの要らないだろう、むしろそんなのに金を使うなって言ってくれるわ。期待してるわよ？」

「任せてください！　カツヤなら大丈夫です！」

リリーの意気が十分に上がったことを確認してから、ミズハは落としに掛かった。

「まあカツヤは大丈夫でしょうけど、そのカツヤからあなた達が大丈夫と思われているかどうかは、怪しいわね」

機嫌を良くしていたリリーがその言葉に思わず声を荒らげる。

「どういう意味!?　私達がカツヤから足手纏いだって思われてるって言いたいの!?」

「悪く言えば、そうなるわ」

憤るリリーに、ミズハが補足を入れていく。

まだ引率役付きだった頃のカツヤは、ユミナやアイリという仲間がいる状態にもかかわらず、そんな護衛のような者は不要だ、と言って実力を見せ付けていた。その後も、自分達を軽んじる古参達を実力で黙らせるように若手だけで活動していた。

しかし今はある意味では護衛である補助要員を受け入れている。そうなった理由である差異は何かと考えると、新たに加わった仲間となる。つまり、リリー達だ。

そこまで数が増えると流石に仲間を守り切れない。だからヨノズカ駅遺跡でも死者を出してしまった。だからカツヤは補助要員の同行を、妥協して受け入れたのだ。

その説明を聞いたリリーが、半ば愕然とする。

「う、嘘よ！　カツヤはそんなこと言ってないわ！」

「それはそうよ。無意識にそう思っているだけでしょうからね。自覚していたとしても、お前は足手纏いだ、なんて絶対に言わないわ。黙って護るだけよ」

リリーは反論できずに黙ってしまった。そこにミズハが優しい声を掛ける。

「勿論、それはカツヤがそう思い込んでいるだけよ。だからカツヤにあなたの力を見せ付けて、実力を認めさせれば問題無いわ。この賞金首討伐は良い機会だと思わない？」

囁《ささや》かれる声がリリーの心を侵蝕《しんしょく》していく。

「カツヤがリーダーで、ユミナとアイリがサブリーダー。ユミナ達はカツヤとの付き合いの長さだけでその立ち位置に就いている。そう不満を持っている人もいるけれど、カツヤが認めているから文句も言えない。そういう人もいるようね」

リリーもその一人だ。その不満を掻き立てられたところに期待と望みが突き刺さる。

「でも付き合いが長いということは、それだけ相手の実力を知る機会が多いということ。だからカツヤはユミナ達の実力を認めて、足手纏いとはみなさずに側に置いている。そこで他の人の実力を認めれば、カツヤの気も変わるかもしれないわね」

ミズハが笑う。もう返答は分かっていた。

「どうする？　あなたが望むのなら、カツヤにその実力を見せ付けやすいように、今からでもあなたの装備と配置を換えても良いけれど」

「……、お願いします！」

「分かったわ」

ミズハは情報端末を取り出すと、リリーの期待に応えた。

◆

エレナ達と雑談しながら主力部隊の方を眺めてい

たアキラが、その顔を怪訝なものに変える。その視線の先には大型の装甲車が停まっており、明らかに本来の武装ではない巨大な砲が取り付けられていた。

そしてアキラはその砲に見覚えがあった。

『……アルファ。見覚えのある物が見えるんだけど、見間違えとか、気の所為とか、俺の勘違いとかかな？』

『いいえ。私も以前に同じ物を見ているわ』

『そうか……』

その大砲は多連装砲マイマイの主砲だった。砲塔が車の屋根に強引に取り付けられており、車体ごと動かさなければ照準を変えられないように見える。

『あれ……、撃てるのか？』

『あれをハッタリや虚仮威しの為に取り付けてもモンスター相手には無意味よ。だから撃てるのでしょうね』

『そうか……、撃てるのか……』

『でも同じ威力ではないはずよ。たとえ車内に大型のジェネレーターを複数取り付けたとしても、威力は大幅に下がると思うわ』

『ああ、なるほど。だよな』

アキラは納得し、何となく安堵した。それでも多連装砲マイマイの主砲の威力を思い出して感慨に耽《ふけ》っていた。

その時、アキラ達の近くに装甲兵員輸送車が近付いてくる。そして近くで停まると、中からカツヤがユミナ達と一緒に降りてきた。

エレナが愛想良く応対する。

「カツヤ隊長。そろそろ作戦開始かしら？」

「はい。今日は形式上俺の下に就く形で何ですが、よろしくお願いします……ん？」

そこでカツヤがようやくアキラに気付いた。予想外の人物に軽く驚いてから、怪訝な顔をアキラに向ける。

「何でお前がここにいるんだ？」

「エレナさん達に雇われたからだ」

友好を深める意図が欠片も見出せない短い遣り取りを互いに済ませた後、カツヤはエレナ達に少し戸惑い気味の様子を見せた。

「えっと、エレナさん。俺も隊長として補助要員のリストに目を通すぐらいはしたんですが、こいつはいなかったはずですけど……」

「ああ、そこは契約の形式がそうなってるからよ」

アキラはあくまでもエレナ達に雇われた人員だ。ドランカムには雇われておらず、補助要員ですらない。よって公式には今回の賞金首討伐に参加すらしていない。

似たようなことはエレナ達に限らず他の補助要員のチームも行っている。これは書類上の補助要員の人数を出来る限り減らそうとしたミズハの策略でもある。

表向きは自分達の戦力に不安を覚えた補助要員達が勝手にやったことになっている。そして書類上は今回の作戦とは無関係の者を雇えるように、その意図を口頭で明示はせずにそれとなく伝えた上で報酬額を増やしていた。

エレナはそれを守秘義務に触れないように暗に説明した。カツヤは微妙に理解が追い付いていなかったが、ユミナから補足してもらって理解した。

「そういうことですか……」

アキラを同行させるのは気が進まない。カツヤはそう思いながらも、エレナ達の前ということもあって、そうは言えなかった。言えば、アキラを雇ったエレナ達に失礼になるからだ。

加えて、ヨノズカ駅遺跡で見たアキラの戦い振りから、その実力は本物だと思っていることもあり、不本意だがここは妥協すると自身に言い聞かせた。

そして少し厳しい視線をアキラに向ける。

「おい。エレナさん達に任せっきりにするんじゃないぞ。同行する以上、仕事はしろ」

俺達だけで十分だ。邪魔をするな。足を引っ張るな。同行するなら仕事はしろ。エレナさん達の足手纏いになるな。そういろいろ言ってしまいそうなところを、カツヤはエレナ達に失礼にならないようにギリギリ言葉を選んだ。

「分かってる。仕事はする」

俺を雇ってるのはエレナさん達だ。お前じゃない。だからお前に指図される謂《いわ》れは無い。普段ならそう言うところを、アキラはエレナ達に雇われていることもあって自重した。余計な揉め事を自分から作ってはエレナ達に迷惑を掛けるからだ。

非常に仲の悪そうなアキラとカツヤの様子に、対処に困ったエレナ達は微妙な苦笑いを浮かべていた。

ユミナも内心で頭を抱える。しかし二人ともエレナ達の手前、衝突を避けようとする意志は感じられたので、下手に仲裁するのは止めておいた。代わりに用件を済ませてさっさと戻るように促すことにする。

「カツヤ。今の内にアキラに回復薬を渡して。エレナさん達に挨拶はしたし、残りの用はもうそれぐらいでしょう？」

「えっ？　ああ、そうだな」

カツヤがミズハから貰った回復薬をアキラへ無言で投げ渡した。アキラはそれを受け取ると、少し考えてからユミナに投げて渡した。ユミナが困惑し、カツヤが怪訝な顔をアキラに向ける。

「何の真似だ」

「返すのは賞金首討伐が終わった後にしてくれ」

怪我をしたら使っても構わないという気遣いか、どうせ一箱200万オーラムの回復薬が必要な状況に陥るだろうという挑発か、他者からは判断に迷う言動だった。

アキラとしては前者の意味だった。だからこそユミナに渡している。そしてユミナは前者寄りの意味に取ったが、カツヤはアキラと不仲なこともあって無意識に後者寄りの解釈をしてしまった。

余計な揉め事が発生しないように、ユミナが素早く口を挟む。

「分かったわ。アキラ。じゃあ終わったらね。エレナさん。サラさん。何かあった時はよろしくお願いします。カツヤ、戻るわよ」

そしてエレナ達に素早く頭を下げると、カツヤを引っ張った。

「ユ、ユミナ、引っ張るなって。あ、じゃあ俺もこれで」

エレナ達に何とか挨拶したカツヤが、そのまま連れていかれる。アイリも頭を下げて後に続いた。

サラが軽い感じで探りを入れる。

「アキラ。カツヤと随分仲が悪いようだけど、何かあったの？」

「まあ、はい」

アキラは肯定はしたものの、詳しい事情は話さなかった。

エレナはそれを、本人の性格によるものか、それとも話したくないからか、少々迷った上でもう少し聞くことにした。

「差し支え無いのなら、何があったか聞いても良い？」

アキラが少し迷う。

「……すみません。俺から言うのはちょっと。機会があればユミナから聞いてください」

それはアキラなりに、カツヤ側であるユミナを気遣った上の判断だった。正直に話すなら話す、ごまかすならごまかすで、好きにすれば良いとした。

「……、そう。分かったわ」

サラが笑いながらも少し難しい顔をした横で、エレナが敢えて明るい声を出す。

「まあ、それはそれ、これはこれとして、私達が雇ってるんだから、仕事はしっかりお願いね」

「はい。勿論です」

私情は持ち込まないという意味も含めて、アキラはしっかり笑って頷いた。

「うん。一緒に頑張りましょう」

はっきりとした返事を返したアキラの態度に、エレナ達も笑って今はそれで良しとした。

◆

ユミナはカツヤ達と一緒に車内に戻るとあからさまに溜め息を吐いた。そして少し厳しい視線をカツヤに向ける。

「カツヤ。別にアキラと仲良くしろとは言わないけど、もうちょっと何とかならないの？　アキラとはいろいろあったけど、ヨノズカ駅遺跡では2度も助けてもらったでしょう？」

かなり真面目に怒られたことでカツヤは少したじろいだ。そして複雑な胸中を顔に出す。

「悪かった。でも何かあいつとは相性が悪いんだよ」

「それが分かってるのなら突っ掛かるのはやめて。こっちから刺激しなければ向こうも関わってこないわ。多分ね」

ユミナはそう言って先程の回復薬をカツヤに渡した。そして不思議そうな表情のカツヤに釘を刺す。

「それを使う必要が出ないように、落ち着いて指揮を執ってちょうだい」

仲間が危ないからと、いつものように勝手に突っ走るような真似はするな。そういう意味だと捉えたカツヤが苦笑する。

「分かったよ。隊長として全体の指揮を執る。これで良いか？」

ユミナは笑って強く頷いた。


「よし。それじゃあ、カツヤ隊長。そろそろ始めましょう」

「ああ」

カツヤは部隊全体に通信を繋げると、意気揚々と作戦開始を宣言した。

主力部隊の車両が次々に動き出す。指揮車である装甲兵員輸送車を先頭にして、巨大な砲を背負った装甲車がその後に続き、補助要員達の車も各自の判断で車列を作って進んでいく。

様々な者達の思惑を乗せた過合成スネーク討伐作戦が始まった。

第97話　過合成スネーク

荒野をハンター達の大部隊が進んでいく。過合成スネークの討伐を目指すドランカムのカツヤ派の部隊だ。数十台の荒野仕様車両が荒れ地を勢い良く突き進む姿には、大規模なモンスターの群れの襲撃にも劣らない迫力があった。

当然その騒ぎで周辺のモンスターを呼び寄せる。だがあっさりと蹴散らしていく。20億オーラムの賞金首を討伐しようという部隊なのだ。それぐらい出来ないのでは話にならない。

もっともカツヤが率いる主力部隊は、武装を大物殺し目的に偏らせているので雑魚の掃討には不向きだ。よって補助要員達が相手をしている。

アキラがCWH対物突撃銃を構えて引き金を引く。撃ち出された徹甲弾が宙を穿ち、目標の眉間に突き刺さる。大型の肉食獣が派手に転倒して息絶えた。

少し離れて走っているエレナ達の車から、サラが通信機越しに称賛を送る。

「お見事。やっぱりやるわね」

「ありがとうございます」

自力で命中させたこともあって、アキラも笑って称賛を受け入れた。

「ところで、俺達の仕事ってこういう雑魚の相手だけなんですか？」

「基本的にはね。主力部隊が賞金首を華々しく攻撃するのを、他のモンスターに邪魔させないのが私達のお仕事よ。あいつらだけ良いところを持っていきやがって、とか思ってるのかもしれないけど、そこは我慢してちょうだい」

軽い調子でそう言ったサラの後に、エレナも笑って続ける。

「その分、報酬はたっぷり貰ってるわ。私達がアキラを個人的に雇えるぐらいにね。まあそういう訳だから、何か不満があったら私達に言ってちょうだい。出来るだけ対応するから」

「いえ。不満なんて無いです。今回も楽が出来るならむしろ大歓迎です」

そこでサラが不思議そうな声を出す。

「アキラ。シカラベに雇われて賞金首討伐に参加したって聞いたけど、そんなに楽だったの？」

「えっと……」

アキラが言《い》い淀《よど》む。非公式の依頼で、シカラベから言い触らすなと言われているからだ。

だがエレナ達になら、楽だった、大変だった、ぐらいなら答えても問題無いかとも思う。そこまで隠すのは逆に不自然ではないかとも考えた。

唸るアキラの様子に、エレナが察して付け加える。

「シカラベの依頼の事情なら、私達もアキラを雇う時にシカラベから聞いたから大丈夫よ」

アキラは今エレナ達に雇われているが、厳密にはシカラベから派遣された形になっている。アキラがエレナ達に誘われた時に、個人的には参加したいが既にシカラベに雇われているので難しい、と答えたことで、エレナがシカラベに連絡して調整したのだ。

シカラベは少し迷ったが、アキラへの報酬の支払が微妙になりそうな状況で、こちらの都合でエレナ達の誘いを断わらせるとアキラの機嫌を無駄に損ねると判断した。

ついでに、事務派閥が若手ハンターを活躍させたい場面で、一応は自分が雇っている状態のアキラが活躍すれば面白いことになる、と思って承諾していた。

つまりアキラがこの場にいるのも、ある意味でドランカムの派閥争いの結果だった。

「非公式の追加要員としてタンクランチュラ戦と多連装砲マイマイ戦に参加してたんでしょう？　それは知ってるわ。その上で言いたくないのなら無理には聞かないけど」

「いえ、そういうことでしたら大丈夫です」

サラがアキラからその賞金首戦の感想を聞いて興味深そうな様子を見せる。

「へー。そんなに違ったんだ」

「ええ。大違いでした。8億オーラムの賞金首より15億オーラムの賞金首の方があっさり倒された感じがして、ちょっと微妙な気持ちになったぐらいでした」

　そこで過合成スネーク発見の報告が届いた。アキラ達の前方では大規模な土煙が舞い上がっている。

　サラがエレナに頼んで自分達の車をアキラの車の側まで寄せてもらい、笑って直接声を掛ける。

「過合成スネークの賞金は20億オーラム！　強敵よ！　主力部隊が相手をすると言っても、私達も頑張りましょう！」

「はい！」

　アキラも元気良く笑って答えた。

◆

　超高層建築物並みか、それ以上。それほどの全長と巨体を持つ大蛇が、地面に転がる邪魔な物を吹き飛ばしながら、荒野を我が物顔で進んでいる。遠方から見ればゆっくりとした進みだが、それは巨大な姿による錯覚で、実際には車両並みの速度を出していた。

　過合成スネークと名付けられた20億オーラムの賞金首は、ヨノズカ駅遺跡から出た時より更に巨大になっていた。

　カツヤは標的の側面を衝《つ》く形で主力部隊を展開すると攻撃開始を指示した。ドランカムの若手ハンター達がロケット弾を一斉に撃ち出していく。

　車から降りて撃つ。屋根も扉も無い車に乗ったまま撃つ。車両の扉を開けて身を乗り出して撃つ。荒野仕様の大型トラックの荷台の中から、荷台側面の扉を大きく上下に開けて撃つ。大量のロケット弾が空中に尾を引いて目標に直撃した。

　爆発が大蛇の鱗を焦がし、剝がし、粉砕する。続く着弾でその下の肉を焼き、抉り、飛び散らせる。ロケット弾が巨体の至る所に降り注ぎ、同様の被害を与えていく。

　しかしそれも過合成スネークにとっては大した負傷ではない。胴体は高層ビル並みに太く、全長はその胴体が太すぎるとは思えないほどに長い。その巨体で動けるほどの筋力と生命力の前には、ほんの少々肉を抉られた程度、どうということはない。

そしてカツヤ達もそれぐらい理解している。その膨大な生命力を削り切り、殺し切る為に、砲火を浴びせ続ける。

使用しているロケット弾は誘導性能が低く、シカラベ達がタンクランチュラと戦った時のような使い方は出来ない。しかし射程と威力に優れており、価格も安く大量に用意できる。

過合成スネークの巨体ならばしっかり狙って撃つ必要など無い。大まかな狙いでも十分にどこかに当たる。

当たるのならばあとは物量だ。ロケット弾の弾幕という少々常軌を逸した大火力で、敵の生命力を少しずつ確実に削っていく。

各自のロケットランチャーから、車両に取り付けた大型の自動擲弾銃から、ロケット弾が次々に撃ち出されて巨体のどこかに着弾する。

その負傷箇所が強靱な生命力で再生していくが、治る前に次弾が着弾する。大蛇から肉片が少しずつ削り取られ、荒野の地面に散らばっていく。

カツヤ達はその上で過合成スネークと一定の距離を保ち続けた。相手が逃げるなら追い、近付くなら離れ、標的を有効射程内に捉え続ける。そしてひたすら撃ち続けた。

あとは弾薬が尽きる前に敵を倒せるかどうかだ。その弾薬は十分に用意してある。必要ならば補助要員達にも攻撃に加わってもらう。それでも足りなければカツヤ派だけで勝ったという成果を捨てて、ドランカムから追加の人員を送ってもらう。

抜かりは無い。誰からも勝敗は決まったように思えた。

◆

大量のロケット弾を喰らって爆炎と爆煙で全身を装飾しながらも、動きを鈍らせる気配など全く見せない過合成スネークの様子を見て、アキラは驚きと呆れの両方を感じていた。

『大迫力の攻撃だな。……あれでも倒せないってどういうことだよ。アルファ。幾ら何でもあれで無傷ってことはないよな？』

『遠めでは目立つ負傷が無いから無傷に見えるけれどちゃんと負傷しているわ。欠損部位の再生にも体力を使うから、全体ではかなりのダメージを負っているはずよ』

『そうか。それなら勝てそうだな』

自分がやったことは戦闘の騒ぎで寄ってきたモンスターを倒したぐらいで、大したことはしていないと思いながらも、それでも勝ちは勝ちだとアキラは軽く安堵していた。

しかしそこでアルファから少し真面目な顔で釘を刺される。

『アキラ。勝利を確信するのはまだ早いわよ』

『分かってる。最後まで気を抜いたりしない』

『それだけではないわ。見て』

アキラの視界が拡張され、周辺の索敵情報が俯瞰視点で追加表示された。

アキラやカツヤ達の位置は点で表示されているが、過合成スネークは大きすぎるので太い線で表示されている。

その周囲にはモンスターの点がまばらに表示されているが、補助要員達に倒されて数を減らしていた。今もアキラが一体倒して点を一つ消したところだった。

『別に問題があるようには見えないけど……』

アキラがそう怪訝に思った時、視界に表示されている索敵範囲が大幅に広がった。今まで太い線で表示されていた過合成スネークの反応が細い線に変わるほどに広がっている。

その索敵範囲の端には遠方から少しずつ近付いてくる大量の点が表示されていた。拡大前の索敵範囲の外からモンスターの群れが迫っていたのだ。

アキラが思わず顔を歪める。

『ちょっと待ってくれ。どうなってるんだ？　戦闘の騒ぎで寄ってきたとしても、これは流石に変だぞ？』

『恐らく過合成スネークが意図的に呼び寄せたのでしょうね』

顔を更に怪訝なものへ変えたアキラに、アルファが補足を加えていく。

過合成スネークがあれほどまでに巨大に成長するには相応の量の餌を必要とする。しかし荒野を普通に徘徊する程度では、それだけ大量の餌は絶対に手に入らない。モンスターの群れを見付けたとしても、相手も逃げる。捕食できるのはその一部だ。

よって過合成スネークは、群れの一部を食べただけでもその巨体を維持できるほどに大量のモンスターを呼び寄せる何らかの手段、敵寄せ機に似た器官を持っていると考えられる。

また、過合成スネークは荒野を闇雲に進んでいるように見えたが、実際には巨大な円を描くように移動していた。

そして恐らく円の外側へ向けて敵寄せ器官を使っていた。カツヤ達の攻撃による負傷を癒やす為に、大量の餌を呼び寄せたのだ。

その説明を聞いたアキラは状況が少々悪化したことを理解しながらも少し安堵していた。少なくともそのモンスターの群れは過合成スネークの味方ではないからだ。タンクランチュラ戦のような事態は避けられる。最低でも三つ巴《みつどもえ》だ。そう考えていた。

『アルファ。一応聞くけど、俺達だけでその群れの相手を出来ると思うか？　補助要員だって言っても、過合成スネークと戦う為に集められたハンターなんだ。俺は大丈夫だと思うんだけど』

『私も大丈夫だと思うわ』

アキラが不思議そうな顔を浮かべる。

『……それなら問題無いだろ？』

だがアルファは表情を緩めなかった。

『その判断をするのは私でもアキラでもなく、カツヤ達よ。もっとも問題有りと判断しても、それで安全策を取ってくれるのなら問題無いわ。正しい判断をしてくれると助かるのだけれどね』

人が常に正しい判断を出来るのであれば、世の中の大抵の問題は解決している。

アキラは少し不安になった。

◆

少なくとも、カツヤは隊長という立場の範囲では判断を誤らなかった。

カツヤの指揮能力は凡庸だ。これだけ大規模な部隊の指揮を任されるほどではない。

それでもやれるだけのことはやっていた。隊長として頑張っていた。

加えてこの大部隊は、その凡庸な指揮能力でも勝てるように編制されており、神懸かり的な指揮など必要としないだけの戦力を備えていた。多少指示が遅れようと、指示内容に少々誤りがあろうとも、十分補える余力を持っていた。

そして過合成スネークに呼び寄せられたモンスターの群れに対してもカツヤは安全策を取った。まずは指揮車の高性能な索敵機器で得た情報を補助要員達に流し、対応できるかどうかを尋ねた。

その返答は全員同じだった。しっかり確認を取ったことを評価した者も、随分弱気だと内心で馬鹿にした者も、自分達の実力を過小評価していると不満を覚えた者も、大丈夫だ、問題無く対応できる、と答えた。

カツヤはその上で更に安全策を取る。ミズハに連絡を入れて、実際に応援を派遣してほしいとまでは言わないが、万が一の事態に備えてその準備ぐらいはしていてほしい、と頼む。

そしてミズハは、出来る限り現地の者で対応すること、という前提でカツヤの要望を受け入れた。

これで万が一も潰した。カツヤはそう判断して安心すると、その旨を仲間に伝えた。それはカツヤとしては、だから安心して戦ってほしい、という仲間への気遣いだった。

そしてカツヤが望んだ通り、仲間の不安は解消された。

だが、不満は解消されなかった。むしろ増えてしまうなど、カツヤには思いも寄らなかった。

カツヤ達が乗る指揮車には大型モニターが設置されており、そこには全車両の位置が表示されている。カツヤはそれを見て細かい指示を出していた。

そしてある車両に動きが出る。今まで過合成スネークと適度な距離を保っていたのだが、急に距離を詰め始めたのだ。

それに気付いたカツヤがすぐに指示を出す。

「2号車。標的に近付きすぎだ。もっと離れてくれ」

だが2号車は指示に従わず過合成スネークとの距離を更に詰めていく。カツヤが怪訝な顔で再度指示を出す。

「2号車！　標的に近付きすぎだ！　もっと離れてくれ！」

2号車はそれでも戻ろうとしない。慌てたカツヤが口調を強くする。

「2号車！　もっと離れろって言ってるだろ！　聞いてるのか！　返事をしろ！」

「聞こえてるわ！」

予想外の者の声を聞いたカツヤが驚く。その怒鳴るような声はリリーのものだった。そしてリリーは2号車の乗員ではなかったはずだった。

◆

2号車は多連装砲マイマイの主砲を取り付けた装甲車だ。運転しているのはリリーで、カツヤの指示に逆らっているのもリリーの意志だった。

「聞こえてるわ！」

いらだった声で返事をすると、カツヤの困惑した声が通信機越しに響く。

「リリー!?　何で2号車に乗ってるんだ!?　いや、そんなことより早く戻れ！」

「嫌よ！」

リリーはそう断言した。指揮車内の驚きを容易く察せられる沈黙を挟んだ後、今度はユミナの声がする。

「リリー。何か考えがあっての行動なんでしょうけど、賞金首討伐中に命令無視なんて軽い処罰じゃ済まないわ。何か訳があるなら聞くから、安全の為にも一度戻って。カツヤもリリーを心配して言ってるのよ？　カツヤ。そうよね？」

ユミナは軽い警告を交えて、カツヤが身を案じているという理由でリリーを止めようとした。警告の方は頭に血が上った所為で無視されても、カツヤに心配されているという理由なら無視は出来ないだろうという判断だった。

「勿論だ。だからリリー、一度戻って……」

カツヤも本心でそう続けた。

だが逆効果だった。リリーが怒気を露わにして叫ぶ。

「ふざけないで！　カツヤ！　そんなに私達を足手纏いだと思ってるの!?」

その言葉に、通信機の向こう側でカツヤが固まっていた。

「さっきから聞いていれば、補助要員に私達を護れるか確認したり、ミズハさんに応援を頼んだり、何なのよ！　護衛や子守りでもつけないと駄目な連中って馬鹿にされてたのを、一番嫌ってたのはカツヤでしょう!?　そのカツヤがそんなことするの!?」

衝撃による硬直を示す無言が相手から続く中、リリーが言い放つ。

「私達の実力をそんなに信じられないなら、そこで見てなさい！」

「2号車の人に命令！　リリーを力尽くで止めなさい！」

そのユミナの声と同時にリリーが通信を切った。そして他の乗員に血走った目を向ける。

「……やってみる？」

2号車にはリリーの他に3名の若手ハンター達が乗っていたが、全員リリーに気圧されていた。

「いや、その、流石に命令無視は不味いんじゃないか？」

「幾らカツヤの指示だからって、古参の背中でこそこそ戦ってろなんて命令に従えって言うの？　そんな指示にあっさり従うほど弱いって思われてるから、カツヤも私達に護衛をつけようとするんでしょうが！」

若手達が顔を見合わせる。その表情がリリーに同意したくなる気持ちも確かにあると示していた。そして軽く息を吐き、腹を括《くく》る。

「分かったよ。で、どうするんだ？　そこまで言う以上、カツヤに俺達を見直させるだけの成果を出せる作戦がちゃんとあるんだろうな？」

「勿論よ。その為にミズハさんに頼んで配置を換えてもらったんだからね」

リリーはそう言って上を指差した。

「この車の主砲を限界まで近付いてぶっ放すわ。上手くいけば、それだけで過合成スネークを倒せるはずよ」

主砲はレーザー砲であり、距離で威力が減衰する。逆に言えば、近付くほど威力が上がる。元は1億オーラムだった賞金を15億まで引き上げる要因になった武装だ。十分に近付きさえすれば、過合成スネークであっても一発で倒せる。

リリーはそう考えており、自分達の実力を証明する為に、その限界を攻めるつもりだった。

◆

周辺のモンスターは倒し終えたが、遠方の群れは自分から倒しにいくには遠いこともあり、アキラは半分観戦に入っていた。

そこでアルファから戦況の説明が入る。

『アキラ。どうやらカツヤ達は勝負を急ぐことにしたようよ。あの主砲を装備した車が過合成スネークとの距離を詰めているわ。出来る限り威力を高める為に接近して撃つつもりのようね』

『それ、悪手なのか？』

『そうとも限らないわ。上手くいけば大ダメージを与えられるし、失敗しても車両を一台失うだけで軽微な被害とも言えるしね』

『そうか。それなら上手くいってほしいな』

あれほどの威力の主砲だ。敵に使われれば脅威だが、味方が使うのであれば心強い。アキラはそう思い、アルファに装甲車の周辺を拡大表示してもらって戦況を見守っていた。

◆

指揮車の中でユミナが険しい顔をカツヤに向ける。

「カツヤ。どうするの?」

「ど、どうするって……」

カツヤの態度から具体的な返答を期待できないと感じたユミナが質問を二択に変える。

「リリーを止めるの? 止めないの?」

「止めるよ。どうしようか」

「分かったわ。アイリ。頼んで良い?」

「分かった」

アイリは頷くと車内に停めてあるバイクに跨がった。ユミナは車の後部扉を開けようとする。それを見てカツヤが戸惑う。

「ちょっと待て。何する気だ?」

アイリが少し不思議そうな顔をしながらも、聞かれたので答える。

「2号車に乗り込んで昏倒《こんとう》させてくる」

「こ、昏倒って……、仲間だぞ!?」

アイリがわずかに険しい表情をユミナに向ける。それを受けてユミナは厳しい視線をカツヤに向けた。

「また通信を繋げてもリリーは聞かないわ。それに私が力尽くで止めろと指示を出したのに2号車が停まってないってことは、他の人はリリーに負けたか、リリーの方についたの。その状況でリリーを止めるには、直接乗り込むしかないでしょう」

アイリも頷いた。反論できず、カツヤが顔を険しくする。

「でもそれは……、いや、そうするなら、せめて俺が……!」

ユミナがカツヤの言葉を強い口調で遮る。

「カツヤは隊長として全体の指揮を執らないといけないわ。だから駄目よ」

ユミナには仮にカツヤが2号車に乗り込んでも向こうで口論になるだけだと分かっていた。だから力尽くの手段に躊躇しないであろうアイリに頼んだのだ。

「カツヤ。もう一度聞くわ。リリーを止めるの？　止めないの？」

カツヤは答えられなかった。ユミナが少しだけ返事を待ち、その後で主力部隊に指示を出す。

「攻撃は続行！　2号車に出来るだけ当てないように注意して！」

「ちょっと待て!?　このまま攻撃を続けたら流石にリリー達に当たるぞ!?」

慌てたカツヤに、ユミナがしっかりと目を合わせて告げる。

「それなら、カツヤが隊長として、私の指示を取り消しなさい。隊長の指示に逆らった者を部隊全体で援護する。それがカツヤの選択なら私は構わないし、従うわ。幾らでも待つから、決めて」

ユミナはそれだけ言うとカツヤから視線を外した。大型モニターを見て全体への細かい指示を勝手に引き継ぐ。アイリもバイクから降りてユミナを手伝う。

カツヤの仕事は選ぶことだ。仲間を攻撃しろと仲間に指示を出してでもリリーを止めるか、隊長の立場にもかかわらず命令違反者を擁護して自分から指揮系統を崩壊させるか、選ばなければならない。

だが、選べない。時間が過ぎていく。

そしてユミナはそれで良いと思っていた。

仲間に銃を向けるのも、見捨てるのも、カツヤがする必要は無い。その非情な選択が出来る強さはカツヤには似合わない。そしてその選択が必要ならば代わりに自分がやれば良い。そう思っていた。

だからユミナはカツヤに、今すぐに決めろ、ではなく、幾らでも待つ、と言ったのだ。カツヤに、その選択をさせない為に。

◆

リリーが過合成スネークとの距離を詰めていく。

その間も主力部隊による攻撃は続いており、大量のロケット弾が過合成スネークに向けて撃たれている。だがリリー達が乗る装甲車は巻き添えを喰らわずに済んでいた。ユミナの指示と、敵が余りに巨大なので誘導性能の低いロケット弾でもリリー達を避けて狙えるおかげだ。

そしてリリーはそれを、カツヤが自分の行動を認めたからだと思っていた。ならばこそ失敗は出来ないと、更に距離を詰めていく。

どこまで近付いて撃つかはリリーの判断次第だ。遠近感が狂いそうなほどに巨大な相手に近付いているという理解から、逆に相手はまだ遠いはずだと考えて接近し続ける。

過合成スネークは余りにも大きく、身をくねらせるだけで周辺の巨石や瓦礫が小石のように吹き飛ばされる。それらが装甲車の近くに飛んできて派手な音を立てた。比較的小さな、それでも人の頭より大きな岩が車に当たり、乗員達が悲鳴を上げる。

「リ、リリー!?　そろそろヤバいんじゃないか!?」

「まだよ！　もっと近付かないと駄目よ！　2度撃てるとは思わないわ！　一発で決めないと！」

降り注ぐ岩が大きくなり量も増える。巨体から伝わる振動で地面が震える。その上にある装甲車も前進が困難になるほどに激しく揺れる。

流石にこれ以上は自殺と変わらない。そう思った若手ハンター達がリリーを力尽くで止めようとした時、リリーが決断した。

「今よ！」

次の瞬間、装甲車の大砲、多連装砲マイマイの主砲だったものの砲口から光が放たれた。

複数の大型ジェネレーターから既に限界ギリギリまで供給されていたエネルギーが一気に放出され、射線上の全てを焼却するような光の奔流が過合成スネークの胴体に直撃した。

着弾点の鱗や肉が瞬時に吹き飛び、気化し、大気と混ざった熱波となって荒れ狂う。その濁流が周辺を更に焼き焦がし、主砲から継続して放出されたエネルギーと混ざって弾け飛ぶ。高まったエネルギーが大気中の色無しの霧と反応し、輝く爆発となって飛び散っていく。漏れ出した光が周囲を呑み込み影を消し去った。

◆

過合成スネークがレーザー砲による痛烈な一撃を喰らったのを見て、アキラが思わず声を出す。

「やったか!?」

光が収まる。そこには胴体の一部を吹き飛ばされ、着弾点で千切られた過合成スネークがぐったりとしていた。被弾箇所は全長の3分の2辺りで、切断面が完全に炭化している。焼き切られたのではなく、その部分を消失していた。

「やった……か？」

アキラが判断に迷う。異様なまでに巨大な大蛇であり、異常なまでの生命力を持つ生物系モンスターだ。頭が無事で、胴体部が3分の2も残っているのならば健在とも言えるからだ。

アルファが過合成スネークの状態を判断する。

『まだ倒していないわ。でもかなりのダメージを負ったはずよ』

アキラが再び驚きと呆れを一緒に見せる。

『あれでも倒せないのか……。無茶苦茶だな。もっと頭に近い部分を狙っていれば倒せたかな？』

『そうかもしれないけれど、そうすると撃つ前に過合成スネークに直接襲われるわ。尾に近い方なら相手の動きも読みやすいから接近も比較的容易よ。出来る限り近付いて撃つ方を優先したのでしょうね』

『出来る限りのことはやった訳か。……ん？　頭がある方が動くぞ』

過合成スネークが負傷の度合いを感じさせるゆっくりとした動きで活動を再開する。

だが逃げる訳でも、攻撃する訳でもなく、千切られた尾の方に向かうと、それを食べ始めた。丸呑《まるの》みにするのではなく、蛇の形状にもかかわらずびっしりと生やした歯で食い千切り、完食する。そしてその場でとぐろを巻くと、動かなくなった。

『アルファ。あれはどういう行動なんだ？』

『ちょっと私にも分からないわ。防御ではないと思うけれど』

自分から巨大な的となった過合成スネークの行動にアキラは少し困惑しながらも、手痛い負傷を与えたことに違いは無いと考えて、状況を楽観視していた。

◆

指揮車の中では、過合成スネークに多大な負傷を与えたリリーを称賛する若手ハンター達の声が通信機を通して響いていた。

ユミナがリリーの成果を認めながらも内心で複雑な思いを抱く。

（これ、絶対、前例になっちゃうなー）

命令を無視しても成果を上げれば問題無し。それが罷《まか》り通《とお》ってしまえば指揮系統は容易く破綻する。勝手に動いた所為で痛い目を見る者も出るだろうが、それを実行する者は自分なら出来ると思ってやるからだ。やめろと言っても止まらない。

そしてそれはある意味でカツヤの模倣だ。その目的が誰かを助ける為であっても、無謀という意味では変わらない。そしてカツヤ派の若手ハンター達にはカツヤに憧れている者が多い。自分もカツヤのように、と自身と重ねて動くのだ。

リリーの命令無視を今更咎《とが》めても、逆に皆から反感を買うだけなのはユミナにはよく分かっていた。カツヤの活躍で部隊を纏めていたツケが、ここに来て回ってきていた。

そこで通信機から聞こえていた歓声が急に戸惑いの声に変わった。過合成スネークが動き出したのだ。多くの者がもう勝ったと思っており、意識を緩めてしまっていた。まだ倒せていなかったのかと、困惑の声が響く。

だが過合成スネークは、カツヤ達の緩みの隙を衝いて襲いかかってくるような真似はしなかった。自身の尾に喰らい付き、食べ終えると、とぐろを巻いて動かなくなった。

そこでユミナも我に返る。

「攻撃続行！　まだ倒してないわ！」

驚きで動きを止めていた主力部隊達も、その指示で攻撃を再開しようとする。しかしすぐに攻撃に移るには問題があった。過合成スネークがとぐろを巻いたことで的が小さくなり、そのまま攻撃するとリリー達を巻き込む恐れが出たのだ。

仕方が無いので、誤射をしない距離まで各自で目標との間合いを詰めていく。するとそれを契機に高揚する者が出た。

とぐろを巻いたまま動かない過合成スネークの様子に、既に相手は死に体だと判断したのだ。加えて自分もリリーのように活躍しようと意気を高めていた。

それらが危険を忘れさせる。ロケット弾の攻撃でも近付いて一点に集中攻撃すれば威力が増すと、相手との距離を更に詰めていく。それを見て自分も自分もと、後に続く者が増えていく。

過合成スネークは非常に巨大で強力だが、遠距離攻撃能力は持っていない。だから距離を取って倒し切る。その作戦の基本指針は、リリーの活躍により完全に崩壊していた。

◆

リリー達が乗る装甲車は過合成スネークに余りに近付いて撃った所為で、砲撃の余波を真面に受けて横転どころか回転していた。

幸いにもタイヤを下にして回転の勢いが止まる。リリーは車内に叩き付けられたものの、強化服のおかげで体を少々痛めた程度で済んでいた。

そして自分の攻撃はどうなったのかと思っていると、通信機から流れる歓声がそれに答えた。思わず笑みを浮かべる。

「……やったわ！」

遣《や》り遂《と》げた高揚と歓喜に身を任せながら、過合成スネークの様子をしっかりと確認する。そして倒し切れていなかったことに驚きながらも、死に体の動きを見て勝利を確信した。

リリーは乗り合わせた仲間達からも称賛を受けて、自分の選択は間違っていなかったと心から喜んでいた。

そこでユミナから攻撃続行の指示が出る。リリーはとぐろを巻いて動かない過合成スネークを見て、これならもう一発撃てる、今度はもっと近付いて攻撃できると考えると、再発砲の準備を始めた。

運転席でその設定を終えると、主砲へのエネルギー充填が終わるまで時間があるので、今度は仲間達とロケットランチャーを担いで車外に出る。そして集まってきた主力部隊達と一緒に撃ち出した。

無数のロケット弾が目標に着弾して次々に爆発を引き起こす。過合成スネークはそれでも動かない。一方的な攻撃が続く。

そこには確かな一体感があった。加えてまるで自分が部隊を率いているような錯覚があった。リリーはそれを存分に堪能する最高の時を過ごしていた。


そしてその時が終わる。

とぐろを巻いていた過合成スネークの表面は一体化して全体を覆う殻のようになっていた。その殻を突き破り、内部から無傷の過合成スネークが現れる。更に自身を可能な限り垂直方向に伸ばして直立した。

リリーも、近くの若手ハンター達も、突如現れた巨大な塔のような大蛇を、驚きの表情で思わず見上げていた。そしてその顔に焦りと恐怖が浮かぶ。見上げるほどの巨体が、勢い良く自分達の方へ倒れてきたのだ。

高層ビルが根元から折れたように、過合成スネークの大質量が地面に叩き付けられる。激しい衝撃で地が波打ち、岩も瓦礫も土も人も車両も、その場にあった全てが吹き飛ばされた。

第98話　指揮系統

とぐろ状の殻を突き破って出現した過合成スネークの攻撃により、荒野には大規模な土煙が立ち上っていた。

アキラがその光景を見て顔を険しくする。

『アルファ。あれ、ちょっと不味いんじゃないか？』

アルファも少し怪訝な顔を浮かべていた。

『変ね。あんな真似をすれば過合成スネークにもかなりのダメージが入るわ。カツヤ達と刺し違えるつもりかしら』

そこにエレナから連絡が入る。

「アキラ。救援に行くわよ。負傷者を部隊の後方へ移動させるわ」

「分かりました」

アキラはすぐに救援場所、過合成スネークの近くへ向けて出発した。

他の補助要員達も同様の判断で動き出していた。ドランカムの車両の位置情報を共有すると、各自の担当範囲をチーム単位で割り振って救援に向かう。

遠方からはモンスターの群れが近付いてきている。それらが到着して混戦になる前に先を急ぐ。

効率的に助ける為にエレナ達とは別行動になったアキラが現場に到着した。少し離れた場所には過合成スネークの巨体が見える。

『アルファ。過合成スネークはどうなってる？』

『まだぐったりしたままよ。やはり相当なダメージが入ったようね』

『じゃあ、なんであんな真似をしたんだ？』

『考察は後にしなさい。今は急いだ方が良いわ』

『おっと』

念話による、口頭より非常に速い会話を済ませたアキラは、情報収集機器ですぐに周囲を探った。

横転した荒野仕様車両の近くに投げ出されている少年を見付けると容態を確認する。外傷は酷くないが意識が無い。強化服の内側がどうなっているかも不明だ。アキラは取り敢えず手持ちの回復薬を相手の口に強引に詰め込んで応急処置とした。

次に横転している車を強化服の身体能力で元に戻す。荒野仕様車両の頑丈さに期待して、可能なら自力で戻ってもらう為だ。

そしてちょうど良く少年が吐血と共に目を覚ました。激しく咳《せ》き込《こ》み、血を撒き散らす。

「……こ、ここは？」

「起きたか。動けるか？」

少年は混乱した様子で周囲を見渡していた。

アキラは返事を待たずに少年の腕を摑んで無理矢理立たせると、そのまま少年の車の運転席に押し込むように座らせる。

「車が動くかどうか確認して、可能なら自力で撤退してくれ。分かったな？」

「待ってくれ。状況を……」

アキラが少し口調を強めて少年の言葉を遮る。

「悪いけど、こっちも忙しいんだ。そういうのは後方に移動してから本隊と連絡を取ってやってくれ」

少年がたじろぎながら車の状態を確認する。過合成スネーク戦に備えて用意した車だけあって頑丈で、少々破損していたが十分に動いた。

「よし。大丈夫だな。行ってくれ」

「ま、待ってくれ！　仲間がもう一人乗ってたんだ！　探さないと……」

降りようとする少年をアキラが押し止める。

「俺が探すから先に行ってくれ」

「駄目だ！　急いで探さないと手遅れになるかもしれないだろ!?」

一人では戻らないと顔を険しくする少年の様子を見て、アルファが口を挟む。

『アキラ。連れてきた方が早いわ』

「……、分かった。俺が探すから少し待ってろ。いいな？」

アキラは少年にそう言い残して車から離れた。そして少年の仲間と思われる者を抱えて戻ってくると、後部座席に座らせた。

「そいつで良いのか？」

「…………ああ。多分だけど」

少年の仲間は死んでいた。頭部が潰れており、本人かどうか識別するのは難しい状態で、ヘルメットの類いを着けずに戦った代償を支払っていた。

「それじゃあ早く行ってくれ。過合成スネークが動き出す前に、次のやつの救援をしないといけないんだ」

「……、それなら俺も手伝う」

それは仲間の死を悔やみ、助けられなかったことを悔やんだ上で絞り出した言葉だった。だがアキラは首を横に振る。

「悪いけど、ろくに動けない負傷者を抱えながら救援作業が出来ると思うほど、俺は自惚れてない」

「……分かった。他のやつも出来るだけ助けてくれ。頼む」

自分が残っても出来ることは無い。そう理解した少年は哀しみを堪える表情で去っていった。

アルファがいつも通りの笑顔をアキラに向ける。

『余計な手間を掛けさせられたわね。さあ、次に行きましょう』

『……、そうだな』

アキラは理性でアルファの言葉を肯定した。感情の方も否定まではしなかったが、軽く流すには少し重かった。

◆

カツヤ達が乗る指揮車の中では混乱が続いていた。車内では指示を求める仲間達の通信が響き渡っているが、カツヤもユミナも対応できないでいる。

ユミナの顔に苦悶が浮かぶ。

過合成スネークは恐らくまだ生きている。攻撃再開を指示するべきか。過合成スネークの近くにいる仲間を確実に巻き込むので出来ない。

仲間はまだ生きているはず。リリーに続かなかった部隊に仲間の救援を指示するべきか。救援中に過合成スネークが動き出せば被害が更に増える。

補助要員達に期待するか。どこまでやってくれるか分からない。若手だけで倒したという成果を捨ててドランカムに応援を要求するか。現在の被害でミズハがそれを認めるか分からない。

他にも様々な考えが浮かぶが、それをして良いのかどうか判断できず、迷い続ける。状況を把握しながらも対処方法を決断できず、ユミナは思考に呑まれていた。

カツヤも似たような状態だった。その思考は仲間を助ける方向に偏っていたが、自身の思考に呑まれてしまっているのは同じだった。

誰から助けるのか。どうやって助けるのか。とにかく助けようと部隊を動かして、被害が更に増えたらどうするのか。それらの考えが頭を埋め尽くし、真面に頭が働かない。これ以上の犠牲を出さずに、全員を、確実に、などという言葉が思考の空回りに拍車を掛けていた。

どうすれば良いのか。そう苦悩して助けを求めた頭が、以前自分の悩みをあっさり解決してくれた者を思い出させた。そしてそのシェリルから言われたことも思い出し、苦笑する。

（ああ……、シェリルの言った通りだ。俺は指揮官には向いてないんだな）

指揮官としてここにいるが、指揮など出来ない無能がここにいる。そう認識したカツヤは、自分がここにいても意味は無いと判断し、大部隊の隊長としての自分をあっさりと切り捨てた。

「ユミナ！　悪いけど指揮を変わってくれ！」

思考に呑まれていたユミナがそれで我に返った。だが急に何を言い出すのかと怪訝に思って困惑する。

「アイリはユミナを手伝ってくれ！　頼んだ！」

吹っ切れたように笑っているカツヤを見て、アイリもユミナと一緒に困惑した。

そしてカツヤは車内に停めてあるバイクに跨がると、車両後部の扉を開けた。

「俺はみんなを助けてくる！　ここは任せた！」

「ちょ、ちょっと、カツヤ!?」

カツヤはユミナの制止を振り切り、バイクで勢い良く車外に飛び出した。そして着地と同時にタイヤを滑らせながら方向転換すると、過合成スネークの方へ急激に加速する。これ以上犠牲者は出さない。そう心に決めて、仲間達を助けに向かった。

これ以上犠牲者は出さない。その唯一の例外である自分自身で。

◆

気が付けば、リリーは空を見ていた。意識は朧気《おぼろげ》で、自分がいつ昏倒から目覚めたのかすら分からなかったが、見慣れているはずの空を随分と綺麗《きれい》に感じていることを少し不思議に思っていた。

自分が倒れていることをようやく理解して身を起こそうとする。だが動けない。体がどうしても動かない。

リリーはそれで、自分はもう助からないと、何となく理解した。

実際にリリーは瀕死の状態だった。強化服は衝撃に耐え切れず既に機能を停止しており、その内側はリリーがまだ生きているのが不思議なほどに酷い有《あり》様《さま》で、強化服から漏れ出した大量の血が辺りを紅《あか》く染めていた。

目が霞《かす》み始める。自分がゆっくりと死んでいくことに恐怖よりも寂しさを覚えながら、リリーは最後の時を過ごしていた。

そこにカツヤが現れる。視界は酷くぼやけていて、すぐ側の者の顔も分からない状態なのだが、不思議とカツヤだと分かった。

（ああ、カツヤ。また助けに来てくれたのね……）

それをどこまでも嬉しく思いながらも、きっと助けに来てくれると信じていた自分に気付き、カツヤの助けに甘えていたことをようやく自覚した。

（ごめん……。私……、やっぱり……、足手纏いだったみたい……）

口に出して謝りたかったが、既に声など出せる状態ではなかった。それでも最後の力でカツヤに手を伸ばす。

（でも……、頑張ったでしょ？）

カツヤの頬に触れた手が、最後の力を使い果たして地面に落ちる。

死ぬ前にもう一度会えたことに、最後に触れられたことに、終わりに側にいてくれたことに、リリーは満足し、笑って息絶えた。

◆

また助けられなかった。その思いに打ちのめされながらカツヤが哀しげに顔を歪める。

「リリー……」

死に際のリリーにはその胸中を声にする力など既に残っておらず、弱々しく動いた口からは何の音も出ていなかった。

だがそれはカツヤにしっかりと伝わっていた。助けに来てくれた喜びも、足を引っ張ってしまった謝罪と後悔も、それでも認めてほしかった想いも、言語を介さずに相手に直接送ったように正しく雄弁に届いていた。

カツヤは手に回復薬を持っていた。アキラに一度返した物で、その高い効果は身を以て知っている。それを使えば間に合うかもしれないと思って取り出したのだが、途中で手を止めていた。

それは、リリーはもう絶対に助からない、だから無駄だ、という不可解な気付きの所為だった。

その気付きを補強するように第三者の声がする。

「おい、そいつも死んでるのかよ」

カツヤが思わず声の方に視線を向けると、そこには数名の男達が不満そうな顔で立っていた。

男達はリリー達が乗っていた装甲車の救援を割り振られた補助要員だ。その装甲車を見付けたが中に誰も乗っておらず、近くにいないかと探していたのだ。

「こんなので俺達の報酬が減るのかよ。やってられねえな」

そう不満を零した男は、装甲車に乗っていた他の若手ハンターの死体を引きずっていた。一応救援には向かった、自分達の仕事はした、という証拠の為に運んでいるのだ。

別の男がリリーの足首を摑んで雑に運ぼうとしながらカツヤに声を掛ける。

「お前、生き残りか？　動けるならぼさっとしてねえでとっとと逃げろよ。手間を掛けさせるんじゃねえ……ん？」

「いや、その女で乗員は全員のはずだ。バイクもあるし、他のやつが助けに来たんじゃないか？　……ん？」

そう口を挟んだ男も、カツヤの顔を見て怪訝な表情を浮かべる。そして気付いた。

「お前、主力部隊の隊長じゃねえか。何でこんな場所にいるんだ？　指揮は？」

「おいおい、シャレになってねえぞ！　お前が死んだら俺達が報酬をどれだけ減らされると思ってるんだ!?　すぐに戻れ！」

呆れと焦りを見せる男達を、カツヤは思わず睨み付けた。多数の死者が出ているというのに報酬のことしか気にしない言動にも、既に死んでいるとはいえ仲間達の雑な扱いにも、怒りを覚えていた。

「言いたいことはそれだけか？」

若手とは思えない気迫に男達が思わずたじろぐ。だが内心の不満を消し去るほどではなく、カツヤを馬鹿にするような態度を返す。

「ああ、言いたいことならもう一つある。お前から追加のモンスターの対処について聞かれた時に大丈夫だと答えたが、取り消しておくよ。あの時は、お前らがそこまで馬鹿だとは思ってなかったんでな」

「ああ、全くだ。あのまま普通に戦っていれば問題無く勝てたのに、わざわざ突っ込んで被害を増やしやがって、何考えてんだ」

カツヤは言い返せなかった。そしてまたシェリルの言葉を思い出す。

効果的な作戦であっても、隊員が勝手に動けば台無しになる。凡庸な指揮でも、完全に統率された部隊であれば成果を出せる。

自分の指揮は凡庸なものだったが、それでも仲間がその指示に従うように全力を尽くしていれば、この結果は避けられた。そう思った。

そしてカツヤと男達の間に流れる険悪な雰囲気を、わずかだが確かに揺れた地面が吹き飛ばした。過合成スネークが再び動き出したのだ。

男達が舌打ちして動き出す。リリー達の死体を雑に運びながら自分達の車へ戻ろうとする。その一人がカツヤも連れていこうと手を伸ばしたが、カツヤはその手をはね除《の》けた。

「……そうかよ。勝手に死んでろ！」

男はそう吐き捨てて、カツヤを置いて去っていった。

残ったカツヤが険しい顔で過合成スネークを見る。

（近くのやつ、攻撃してくるやつを優先して襲おうとしているのか……）

なぜそう思ったのかはカツヤ自身にも分かっていなかった。それはリリーに回復薬を使うのを止めた時のように、だから攻撃せずに離れろ、と気付かされたものだった。

だがカツヤはその気付きで逆の行動を取った。バイクに跨がり、勢い良く走らせ、過合成スネークに向けて加速する。更に大型の銃を構えると相手の頭を狙って引き金を引いた。

本来指揮車の中で部隊の指揮しかしない予定のカツヤだが、見栄えと、万が一に備えて、という理由で高性能な強化服と強力な銃を支給されていた。強化服の使用を前提とした大型の銃から撃ち出された弾丸が、過合成スネークの頭部に着弾する。

与えた負傷は掠り傷に等しい。だが意識を引くことは出来た。巨大な蛇がその頭をカツヤへ向ける。

それで良いとカツヤが笑う。そして更に接近しながら再び銃撃する。倒せるとは欠片も思っていない。過合成スネークの攻撃を自分に引き付ける為に撃っていた。

まだ仲間の救援が済んでいない。仲間が敵の近くに倒れているので、主力部隊もロケット弾による攻撃を再開できない。それを何とかする為に、カツヤは過合成スネークを誘導しようとしていた。

倒れている仲間の位置は何となく分かる。そこから過合成スネークを出来るだけ引き離そうと、相手との距離を更に詰めながら銃撃を繰り返す。

そして過合成スネークが自分に向けて動き出したのを見ると、銃撃の反動を利用して進行方向を大きく切り替えた。

「よし！　こっちだ！　ついてこい！」

間違いなく自分を追いかけようとしている過合成スネークの動きを見て、カツヤは上手くいったと笑った。大部隊の隊長とは思えない無責任なことをしていると分かっていたが、後悔は無かった。

自分に隊長としての役目は果たせない。ならば、それ以外の役目を。そう考えながら、シェリルの言葉を思い出す。ここで自分がするべきことは、既に教えてもらっていた。

どうしても仲間を見捨てられないのであれば、凄いハンター程度ではなく更に上を目指す。仲間を救う為の囮に進んで志願し、その上で自身も実力で生き延びるほどの物凄いハンターになる。

カツヤはその助言通りに、物凄いハンターになろうとしていた。

失いかけた覇気を取り戻し、迷わず、信じて、死力を尽くす。その覚悟が、窮地を糧にして外付けではない才能を目覚めさせる。そこに外付けの力まで加わり、カツヤの実力を飛躍的に伸ばしていく。

高層ビル並みに巨大な蛇に追われていようとも、それを引き付ける為に荒野でバイクを限界まで加速させようとも、カツヤは欠片の恐怖も感じていなかった。

◆

救援作業を続けていたアキラは、過合成スネークを引き付けているカツヤの様子を見て、驚くよりも軽く呆れていた。

『アルファ。何かとんでもないことをしてるやつがいるけど、あれ、大丈夫なのか？』

『問題無いわ』

『お、そうなのか？』

随分無茶をしているように見えるが実際はそうで

もないのか、或いはそれだけカツヤが凄いのか、どちらにしても意外だと、アキラは少し驚いていた。

　だがアルファが笑って続ける。

『彼が死んでも私達は困らないでしょう？　アキラはエレナ達に雇われていて、報酬もドランカムから受け取る訳ではないわ』

『そ、そうだな』

　間違ってはおらず、実際にその通りだと思ったのだが、アキラは少し反応に困っていた。

◆

　過合成スネークを引き付ける囮を始めたカツヤを見て、ユミナは指揮車の中で狼狽《ろうばい》していた。今の内に救援を急ぐ指示を出すことすら忘れて、カツヤに通信を入れる。

「カツヤ！　何やってるの!?」

「ユミナ。今の内にみんなの救援を済ませてくれ。なるべく引き付けておくつもりだけど、正確に誘導する余裕までは無いから、俺が過合成スネークを変な方向に移動させたらごめん。その時はそっちで何とかしてくれ」

　余りにも普通に返ってきた返事に、ユミナは一瞬言葉を忘れた。その声に悲痛な決死の覚悟でも含まれていれば、そのカツヤを助けようと逆に冷静さを保とうとすることが出来たが、その口調は余りにもいつも通りだった。

「カ、カツヤ、何を言って……」

　そう言って自分の混乱に気付いたユミナは、正気を保つように首を大きく横に振ると、声を荒らげる。

「すぐにやめなさい！　死ぬ気!?」

「何言ってるんだ！　これぐらいで俺が死ぬ訳無いだろう？」

　その覇気に溢れた軽口はユミナを安心させる為のものだったが、カツヤが自身を鼓舞する為のものでもあった。つまり自分は死なないと本気で思っている訳ではない。

　普段のユミナならそれに気付けた。だが今は無理だった。それでもとにかくカツヤに囮役を思《おも》い止《とど》まらせなければならないと、必死に言葉を考える。

「私に部隊の指揮を押し付けて勝手なこと言わないで！　何でカツヤじゃなくてユミナが指揮をしてるんだって、みんなちゃんと動いてくれないの！」

その言葉は嘘に近いものだった。確かに仲間から文句は出ているが、部隊の指揮系統が崩壊するような事態にまでは至っていない。組織だった行動は維持されている。

「このままじゃこっちも危ないわ！　こっちでもカツヤが逃げる隙を作ってみるから、カツヤはそこから離脱して指揮に戻って！」

カツヤが指揮車に戻らなければ、最低でも落ち着いて指揮が出来るほど安全な状況に復帰しなければ、部隊全体が危ない。そう判断させれば流石にカツヤも囮役をやめるだろう。ユミナはそう考えて、悲痛な顔で怒鳴っていた。

ユミナの返事を聞いたカツヤが、その内容を信じて顔を険しくする。だがその理由はユミナの期待から外れたものだった。

また誰かが勝手に動いた所為で、それを止められなかった自分の所為で、これ以上被害が出てはならない。その意志で通信を全体に繋げると、覇気を込めて怒鳴る。

「ごちゃごちゃ言わずに指揮に従え！　責任は俺が取る！」

通信機を介してカツヤの声が響く。そして、それ以上のものも、一緒に響き渡った。

荒野にカツヤの意志が伝わっていく。カツヤの仲間達も、補助要員達も、周辺の者は音ではなくそれを聞いた。一部の者はカツヤの声が出た通信機ではなく、実際にカツヤがいる方向へ顔を向けていた。

通信機から響いた大きな声にユミナが思わずたじろぐ。だがすぐに我に返り、そんなことを言ったぐらいでは駄目だと言い返そうとした。

しかしそこで怪訝な顔を浮かべる。今まで通信機越しに聞こえていた仲間達からの文句が完全に消えていたのだ。

しかも仲間の車両の位置を示す反応の動きを見る限り、今まで自分の指示に従うのを渋っていた者達も指示通りに動こうとしていた。

これがカツヤの叱咤のおかげだということはユミナにも分かる。だが仲間達が指揮に従わず勝手に動くという懸念が減ったことを喜びながらも、その顔は険しい。これでカツヤに囮役をやめさせる理由が消えたからだ。

ユミナは次の口実を考え始めたが、軽い混乱もあって何も浮かばなかった。悩み、顔を更に歪ませる。

そこでアイリに声を掛けられる。

「ユミナ。救援の指揮をしないと」

それを聞いたユミナは少し怪訝な顔をした。アイリならば、カツヤを助けないと、と言うような気がして違和感を覚えたのだ。

だが、仲間の救助を終えるまでカツヤは囮役を絶対やめない、と考えてのことだろうと判断して、それ以上気にするのをやめた。

「そうね。とにかくみんなを助けましょう」

カツヤを助ける為に、今はそちらに集中しよう。そう考えたユミナは、気を切り替えて部隊の指揮に戻った。


部隊の指揮はこれで大丈夫だ。カツヤは根拠無く、少なくとも自覚できる理由は無くそう思うと、通信を切り、背後の過合成スネークをバイクに乗りながら銃撃した。

遠近感を狂わせる巨体に小さな銃弾が着弾し、着弾地点の側《そば》から見れば多大な、カツヤの位置から見れば嫌がらせにすぎない負傷を与えることに成功する。思わず溜め息を吐いた。

「効いてる気が全くしない……。今のところは引き付けているけど、大丈夫か？」

カツヤは主力部隊が過合成スネークを倒すまで囮役を続けるつもりだ。だが仲間達の救助が終わり、主力部隊がロケット弾での攻撃を再び始めた時、過合成スネークが自分を狙い続けるかどうかには不安を覚えていた。

過合成スネークはより近くから、より強力な攻撃を加えてくる敵を優先的に襲う。今は近い位置から攻撃することで自分を狙わせているが、主力部隊が攻撃を再開すると、過合成スネークの攻撃目標がそちらに移る恐れがあった。

そうさせない為には更に近くからもっと苛烈に攻撃する必要があるのだが、流石にカツヤもこれ以上は無理だと感じていた。

しかし仲間の誰かに囮役を一緒にやってもらうことは出来ない。そもそも仲間と一緒に行動すると自分の調子が悪くなる恐れがあるので、わざわざ一人で囮になったのだ。

どうしようかと悩んだカツヤは、そこで一緒に戦っても自分の調子が落ちなかった者のことを思い出した。

そして、気が進まない、という内心を顔に強く出しながらも、その上で、仲間の為に、この際だから、駄目で元々、と考えて連絡を取った。

◆

アキラ達が続けていた救援作業は、途中から主力部隊の者も加わったことで比較的短時間で終わった。それでもモンスターの群れには、その間にかなり接近されてしまった。

次はそちらの対処だとアキラが車を走らせたところで、エレナから通信が入る。

「エレナさん。どうしました？　一度合流ですか？」

「いえ、そう思ってたけど、そうじゃないの。カツヤから通信が来て、アキラに繋いでくれって。代わるわね」

アキラが怪訝な顔を浮かべると、カツヤから端的な指示が来る。

「仕事だ。手伝え」

たったそれだけの短い言葉で、カツヤとの通信は通信経路であるエレナの通信ごと切れた。

　アキラが思わず無言になる。アルファも普段の笑顔とはいかず、怪訝な顔で軽く助言する。

『アキラを雇っているのはエレナ達よ。そのエレナ達からの指示ではないのだから、従う必要は無いと思うわよ？』

『……、そうだな』

『そうよ』

　アルファは笑って頷いた。だがアキラは逆に非常に不機嫌そうに思いっきり顔をしかめる。そして車の進行方向を大きく変えた。

　その予想外の行動に、アルファが珍しく慌てた様子を見せる。

『ちょっとアキラ？　カツヤのところに行くつもりなの!?』

『……、仕事だ！』

　物凄く気が進まないことを、非常に嫌々仕方無くやっていると、やらなければならないと、まるでアキラは自身に言い聞かせるように半ば吐き捨てるような態度で答えた。

◆

　過合成スネークを引き付けながら荒野を疾走するカツヤだったが、余裕とは言い難い状況が続いていた。

　指揮車に備え付けられていたバイクは荒野仕様とはいえ、賞金首との戦闘を想定した物ではない。それを車体への負荷など無視して酷使している。限界は近かった。

　バイクを失えば生き残る術は無い。高層ビル並みに巨大な蛇に押し潰されて死ぬだけだ。だから囮役など今すぐにやめろ、という声無き声を無視してカツヤは死ぬ気で駆けていた。

　だがこのままでは不味いことも理解しており、何か良い方法は無いかと険しい顔を浮かべる。しかし囮役をやめる案ばかりが浮かんできて、上手い考えは全く浮かばなかった。

そして時間切れとなる。遠方から集まってきていたモンスターの群れが遂に到着したのだ。

その群れの一体、巨大な砲を背負った八本足の虎のような半機械のモンスターが、過合成スネークを敵とみなして砲撃する。しかし目標の頭部を狙った砲弾は、その少し前に着弾した。

その爆発に、カツヤがバイクごと吹き飛ばされる。直撃はせず、ちょうど足場にしていた瓦礫が盾となったおかげでカツヤ自身は無傷だ。だがその足場ごと高く飛ばされた。

（……不味い！　この高さから落ちたら、強化服を着ている俺はともかくバイクは絶対壊れる！）

新たな制限時間は自身が地面に落下するまで。それまでにこの状況を覆さなければならない。その絶望的な状況で、カツヤは浮かんだ案に飛び付いた。

空中で、バイクの両輪が一緒に飛んだ瓦礫にまだついている間に、最大出力で加速する。足場の瓦礫を反動で後方に吹き飛ばす勢いでタイヤを回転させ、全速力で前に駆け出して、空中の瓦礫から飛び出した。

足場は短いが、バイクは砲撃の衝撃で宙に飛ばされる前からかなりの速度を出していた。そこに限界まで加速したことで、バイクが砲弾のように飛んでいく。だが空は走行できない。勢いが尽きた後は放物線を描いて落下していく。

地面に激突すればバイクは大破し、カツヤは移動手段を失う。あとは後ろから過合成スネークに潰されるだけだ。その状況を覆す為に、カツヤは着地と同時にバイクを自ら踏み潰す勢いでバイクの上から跳躍した。

地面に激突した衝撃をバイクに肩代わりさせて、カツヤが更に前に飛ぶ。

（……届くか!?）

険しい顔で焦りを見せるカツヤだが、これでもう出来ることは無い。失敗すれば地面に叩き付けられた上で過合成スネークに殺される。

届け。間に合え。そう願う。そして間に合った。カツヤの前方から高速で向かってきていた車両にギリギリで届いた。

乗っていた少年がカツヤに手を伸ばし、出来る限り慣性を殺すようにして摑むと、車内に投げ入れる。同時に車の進行方向をすぐに変えて過合成スネークの頭部とすれ違うと、鋭角の弧を描くようにして反転した。

窮地を何とか乗り切ったカツヤが車両の座席の上で息を吐き、表情を一度緩めた。だが礼を言うよりも早く、意外に思う気持ちが湧き出てきた。それは助かった喜びよりも強く、その顔を怪訝なものに変えさせていく。

「……、来るとは思わなかったよ」

そして続けて礼を言うよりも先に、相手から舌打ちが返ってきた。その所為で感謝の言葉はカツヤの口から出る前に止まった。更に酷くいらだった声が返ってくる。

「だったら呼ぶな」

アキラはカツヤに、非常に不機嫌な顔を向けていた。

第99話　それぞれの判断

アキラがカツヤの援護に向かったのは、本当にきわどい判断の結果だった。

アキラがドランカムに直接雇われていた場合は、ヤラタサソリの巣の除去依頼の時のように必要に応じて独自に行動すると契約に盛り込み、カツヤからの指示に対してもそこまでする義務は無いと無視していた。

だが今はエレナ達に雇われている状態だ。しかも互いへの信頼を基に、口約束に近い遣り取りぐらいしかしていない。必要ならエレナ達を見捨てることすら許容させる独自行動の取り決めなど口にすらしなかった。

その上でアキラは仕事として受けた以上、真面目にやろうという意識を持っていた。だがそれでもカツヤから直接指示が来ていたのであれば、自分を雇っているのはエレナ達であり、カツヤの指示にそこまで従う義理は無いと判断できた。

しかしカツヤの指示はエレナ達を一度通して行われた。それによりアキラの中では心理的にエレナ達がその指示を容認したようにも思えてしまった。

加えて今はエレナ達のチームとして動いているので、指示を無視した責任は自分だけではなくエレナ達にも降り掛かる。更にチームへの指示と考えれば、下手をすれば自分の代わりにエレナ達がカツヤの下に向かいかねない。

それらの理由が積み重なり、アキラは本当にギリギリの判断でカツヤの下に向かった。そして大分危なかったところを助けた。

その上での言葉が、来るとは思わなかった、だったことに、アキラは機嫌を著しく悪化させていた。アキラとしては、遅い、と罵倒された方がまだましだった。

「だったら呼ぶな」

「何だと？」

敵愾心《てきがいしん》と不満をここまであからさまにぶつけられ

れば、助けられた直後であってもカツヤも流石に機嫌を損ねる。思わず睨み返してしまう。

だがアキラは全く動じていない。

「で、何をすれば良いんだ？　お前の護衛か？」

アキラとしては馬鹿にしたつもりは無かった。だが明確な不快感と共に発せられた言葉を、カツヤが過剰に受け取る。護衛付きでのハンター稼業という部分に子守りという言葉を連想してしまい、同じく明確な不快感を返す。

「俺の仕事の手伝いだ！　一緒に過合成スネークを引き付けろ！」

「ああ、そう」

アキラは侮蔑に近い態度で吐き捨てるようにそれだけ答えた。

『アルファ。悪いけど、そんな感じで運転してくれ』

アルファも流石に普段の笑顔とはいかず、怪訝な顔を浮かべている。

『それは構わないけれど、そんなに嫌なら放っておけば良かったのに』

『……仕事だ。無理に付き合えとは言わない』

ある意味で、それは逃げの言葉でもあった。アキラもカツヤと一緒に死ぬ気は無い。アルファが、付き合えない、サポートしないと言うのであれば、それを口実に自力では無理だと仕事を投げ出せた。

しかしアルファもそれは言えない。他の試行の妨害に当たるからだ。代わりにいつものように少し調子良く楽しげに笑う。

『あら酷い。今まで何度もアキラの我が儘《わがまま》に付き合わせておいて、今更そんなことを言うの？　そこは、アルファ！　頼む！　お願いだ！　って私の機嫌を取るところじゃない？』

その軽口に、アキラは思わず苦笑した。そして確かにその通りだと思い、少し気を楽にする。

『そうだな。アルファ！　頼む！　お願いだ！』

『任せなさい！』

その途端、過合成スネークの頭部の横を走っていたアキラの車が、相手との距離を急速に詰め始めた。

バイクを自分の手足で運転していたカツヤとは異

なり、アキラの車は制御装置を介してアルファが直接運転している。相手にどこまで接近できるかという危険域は、バイクに乗っていたカツヤよりずっと近い。

巨大な蛇の頭部にギリギリまで近付いた車両の上で、アキラがCWH対物突撃銃とDVTSミニガンをそれぞれの手で構える。そして相手の巨体から考えれば十分に至近距離で引き金を引いた。

強力な専用弾と、拡張弾倉による最速連射、その弾丸が大蛇の鱗を内側の肉ごと吹き飛ばす。どちらもロケット弾とは異なり相手との距離が近いほど威力が増す上に、その照準もアルファのサポートで一点に集中するようになっている。その威力は膨れ上がっていた。

それでも過合成スネークにとっては致命傷には程遠い。だが掠り傷として無視できるほど軽くもなかった。その攻撃を嫌がった大蛇が巨大な頭部でアキラ達を薙ぎ払おうとする。それは巨人が高層ビルを抱えて地表を横薙ぎにするような攻撃だった。

距離感を狂わせる大きさの頭部が地表のわずか上を駆け抜けていく。アキラはそれを身を逸らして躱した。そこまで迫っていた。

風圧だけで周辺が荒れ狂う中、車はアルファの運転により吹き飛ばされずに済んでいる。カツヤも身を屈《かが》めた上で車両に摑まり、振り落とされないように耐えていた。

次の攻撃が来る。今度は地面の上を払うのではなく、巨大な頭で地面を削りながら薙ぎ払う。地面との摩擦のおかげで前の時より動きは遅いが、それでも今度は身を屈めて避けるなど不可能だ。巨体を勢い良く振るった風圧だけでなく、地表から削り取られた土や岩や瓦礫が吹き飛ばされる。

だがアルファは車を限界まで加速して、その攻撃範囲から逃げていた。車両の周囲やアキラ達の側を大きな岩が飛んでいき、その一部は車体に当たって装甲タイルを剝がし、アキラ達に回避と防御を強いていく。

矛盾した体感時間の中、アキラは自分の方に向かってきた岩を蹴り飛ばして防ぎ、カツヤも大きく横に身を逸らして回避した。

幾ら囮役とはいえ、そこまでするかと、カツヤがアキラに正気を疑う視線を向ける。

だがアキラは余裕の視線を返した。

「俺の仕事がお前の護衛じゃないのなら、俺にお前を護らせるなよ？　きついなら早めに言ってくれ」

アルファのサポートを受けている自分とは違って大変だろう、という気遣いとも解釈できる言葉は、相手がきついと言えばそれを口実に無茶をしないで済むという気持ちもあって、不機嫌さも合わさり微妙に挑発にも聞こえる口調となっていた。

そしてそれをカツヤは完全に挑発と受け取った。

「……誰が言うか！」

「ああ、そう」

そして二人で車外に銃を向ける。強力な重火器から荒れ狂うように撃ち出される弾丸が、過合成スネークのみならず、集まってきたモンスターの群れに襲いかかる。生物系モンスターが弾幕を浴びて粉微《み》塵《じん》になり、機械系モンスターが一発で大破した。

二人合わせてでの最大効率の銃撃が、モンスターの群れを蹂躙《じゅうりん》し、過合成スネークの意識を引き付ける。互いに協力する気など欠片も無く、同じ車両の上でいがみ合いながら、恐ろしいまでの連携を見せていた。

◆

仲間の救援を終えた主力部隊は過合成スネークへの攻撃を再開していた。車両に積み込んだロケット弾を全て撃ち尽くす勢いだ。

補助要員達はその主力部隊をモンスターの群れから護っている。問題無いと答えただけあって、負傷者を運んでいる戦闘能力の無い車も含めてしっかりと護衛していた。

カツヤの一喝の後、賞金首討伐部隊は組織的な行動を完全に取り戻していた。むしろユミナの感覚ではより洗練された部隊行動を取っているようにすら感じられた。

　標的も自分達も常に動きながら戦っていることもあり、包囲は非常に崩れやすい状態にある。ユミナはアイリと一緒に包囲の状態を確認して、仲間に位置を修正するように指示を出している。

　しかし指示を受けた者がその指示通りに動けるかどうかは、各自の技量に大きく依存する。その力量不足を把握して適した指示を出すのも指揮者の役割だ。

　だがユミナにそこまでの指揮能力は無い。カツヤと一緒に指揮を執っていた時も細かなミスを積み重ねており、十全な部隊行動を指示できているとは言い難い状態だった。

　しかし今はそれを仲間の方が補っていた。しかも場合によっては、ユミナが指示を出す前に各自で位置を調整していた。

（みんなにこんな技量は無かったはず……。どうなってるの？）

　指令車の中でユミナはそのことに軽く戸惑っていた。だがすぐに雑念を振り払うように首を横に振る。

（……いえ、今はそんなことを気にしている場合じゃないわ。どうすれば……）

　ユミナが苦悩の表情を強くする。カツヤを助け出す方法が全く思い浮かばないからだ。

　状況は安定している。だがその安定は、カツヤ達が囮役をしているからこそ成り立つものだった。

　今更囮役をやめて戻ってこいとは言えない。カツヤを指揮車に戻そうとすれば、主力部隊がそのまま過合成スネークに襲われる。

　囮を誰かに代わってもらうことも出来ない。交代する為に過合成スネークに近付くだけでも並外れた技量が必要だ。主力部隊にそのような実力者はおらず、補助要員達がその指示に従うとは思えない。

　何よりも、カツヤが絶対に了承しない。ユミナもそれは分かっていた。

　もうカツヤを助ける手段は過合成スネークを倒すしかない。しかし相手は異常なまでの耐久力を持っている。倒し切るまでカツヤが保つかどうか分からない。そもそもアキラが援護に入っていなければ死んでいたかもしれない。その不安が、ユミナに深い苦悩を与えていた。

（ここであの主砲が使えれば……！）

リリーを止められなかったことを今更ながら悔やむ。しかし無い物ねだりだと思って気を切り替えようとした時、あることに気付いた。指揮車の端末を操作して、主砲を積んだ装甲車の状態を遠隔で確認する。

装甲車の状態は自動点検装置が組み込まれている制御装置以外、全ての項目が大破となっていた。しかし主砲とジェネレーターは後付けの武装なので、その項目には載っていない。

（制御装置との通信が可能な程度には、２号車の内部は無事な状態。ジェネレーターも無事？　主砲も、使える？）

その可能性に気付いた時点で、ユミナは止まれなくなった。仲間が各自でしっかりと部隊行動を取っており、これなら自分の指揮など不要ではないかと思っていたことが、ユミナの決断を後押しした。

「アイリ。指揮を代わって」

「……？　分かった」

アイリは少し不思議な顔をしたが頷いた。ユミナはカツヤと指揮を代わる。自分はユミナを助ける。ごちゃごちゃ言わずに指揮に従う。カツヤから言われたそれらのことに、ユミナと指揮を代わることは反しないからだ。

それでもユミナが棚から備え付けの折り畳み式バイクなどを取り出したのを見ると、アイリも軽く困惑した。

「ユミナ？」

「アイリ。私はやることがあるから、ちょっと出てくるわ」

流石にアイリも驚く。補助要員達が相手をしているとはいえ、車外にはモンスターの群れがいるのだ。小型バイクで一人で出るなど危険すぎる。

それは幾ら何でも無理がある。力尽くででも止める。そう思い、行動に出ようとした直前、続く言葉がアイリを止めた。

「アイリはカツヤの指示通り、ここに残って私を助けて。勝手に動いちゃ駄目よ？」

少しズルいことを言ったと思いながらも、ユミナはアイリを見て優しく笑った。戸惑い、葛藤《かっとう》し、悲痛な顔を浮かべながらもカツヤの指示に従おうとするアイリに、最後かもしれないと思って告げる。

「何かあったらカツヤをお願いね」

ユミナはそう言い残し、車両後部の扉を開けてバイクで車外に飛び出した。

アイリは取り残された。だが、もうユミナを止めることは出来ないと理解すると、せめて引き継いだ指揮だけはしっかりやろうと、車両の扉を閉めて通信機器の前に戻った。

◆

ユミナが装甲車を目指して荒野を小型バイクで駆けていく。緊急時の備品でカツヤが使ったバイクより遅いが、それでも強化服で走るよりは速い。出来る限りの速度を出して急ぐ。

(これで私も命令無視。リリーのこと、笑えないな)

あれだけ非難した者と同じことをしていると、ユミナは複雑な思いを抱いていた。それでも後悔は無い。指揮車に残っていても、カツヤの無事を祈るぐらいしか出来ないからだ。

そして祈って解決することなど何も無いのは、ずっと昔から分かっていた。

車外に飛び出しても今のところはモンスターに襲われずに済んでいる。ユミナを襲おうとするモンスターを周辺にいる補助要員達が優先的に倒しているおかげだ。これはアイリの指示だった。

しかし補助要員達が護るのはあくまでも主力部隊だ。そこから一人で離れていくユミナをいつまでも援護は出来ない。ある程度離れたところでユミナも襲われ始める。

ユミナはバイクを一度停めると、大型の銃を両手でしっかりと構えた。そして近付いてくるモンスターを狙い、引き金を引く。撃ち出された弾丸は目標を一撃で粉砕した。

「よし。流石カツヤ用。良い威力だわ」

銃弾はカツヤの為に用意された弾薬の一部だ。バイクを取り出した時に勝手に持ってきた。ユミナの銃でも撃てるが本来は少し規格外の弾であり、銃を破損させるので使用は推奨されない。

ユミナもそれは分かっていたが、装甲車に辿り着く間まで保てば良いと、暴発も覚悟の上で使っていた。

再びバイクで先を急ぐ。遠方で暴れる巨大な蛇の姿を見て、それを引き付ける囮をしているカツヤに比べればなんてことは無いと思いながら、もう少し待っていてくれと願っていた。

◆

アキラ達はアルファの運転で過合成スネークとのギリギリの距離を詰めながら、辺りに砲火を振りまいていた。周囲のモンスターを撃破し、その巨体で地表を粉砕する大蛇を引き付けながら、ひたすらに撃ち続けて荒野を進む。

当然ながら大量の弾薬を消費する。まずカツヤの弾薬が尽きた。顔を大きくしかめるカツヤを見て、アキラが車両後部を指差す。

「使え」

そこにはアキラの弾薬が積んである。カツヤは顔を更にしかめたが、それを譲ってもらわなければ自分がただ乗っているだけの足手纏いに成り下がることも理解しており、弾薬に手を伸ばした。

「こんなもので貸しになると思うなよ？」

貸しになっていると白状しているようなカツヤの言葉に、アキラも不自然なまでに辛辣に言い返す。

「本気で言ってるなら降りて走ったらどうだ？」

俺の車に乗り続けている時点で、借りをどこまでも積み上げている。嫌なら降りろ。そう言わんばかりのアキラの態度に、カツヤは歯を食い縛っていた。

アキラ達が睨み合う。この場で殺し合っていないのが不思議なほどに険悪な雰囲気だが、それでも最大効率の連携は欠片も乱さずに、その鬱憤を周囲にぶつけるように撃ち続けていた。

そのような状態ではあるのだが、アキラは内心で少し困惑していた。

(俺、何でこんなにいらだってるんだ?)

不自然なほどにカツヤのことが気に入らない。訳が分からないほどに不愉快になっている。しかしその理由が分からない。

カツヤのことを好きか嫌いかと問われれば間違いなく嫌いだ。だがこの状況でいがみ合うほど、そちらの感情を優先してしまうほど嫌うのは変だ。そう自覚できるほどだった。

(でもアルファも俺を止めないし、他人から見ればそこまで不自然でもないのか? でもなぁ……)

無駄に揉め事を起こすなと、今までアルファから何度も止められている。それを考えれば、今アルファが自分を止めないのは変ではないか。そうも思う。だが下手に口を挟んで揉め事を大きくしない為とも考えられる。またルシアとの件もあり、今は何を言っても無駄だと思われているとも思う。

どちらにしろ納得できる結論は出なかった。そして余計なことを考えている場合ではないと考え直し、その為にもまずは落ち着こうと妥協点を探し、それを口に出す。

「おい、俺はともかく、エレナさん達には借りを返せよ。俺は今、エレナさん達のチームの一員として動いてるんだからな」

「……分かってる」

カツヤもそれを口実に不要ないらだちを抑えた。二人が認める者達を理由に、妥協は成立した。少しだけ雰囲気を和らげた車の上で、アルファがその様子を興味深く見ていた。

◆

何とか装甲車まで辿り着いたユミナは大きく歪んだ車体を見て顔を険しくした。だがほとんど無傷の主砲を見て意外そうに驚く。

「頑丈ね。15億オーラムの賞金首についていた武装だけはあるわ。これなら期待できそう」

歪んだ扉を強化服の身体能力で無理矢理開けて装甲車の中に入る。そして主砲の制御装置で状態を確認した。

主砲には力場装甲《フォースフィールドアーマー》機能がついており、ジェネレーターから供給されるエネルギーを使用して自身を守っていた。装甲車自体と破損状態に雲泥の差があるのはこの為だ。

主砲側の制御装置の自己点検機能が問題無しと表示する。ユミナは思わず笑顔を浮かべた。

「よし！　読み通り！　あとは発射シーケンスを開始して、カツヤ達に過合成スネークを射線まで誘導してもらうだけね」

主砲は装甲車に後付けで搭載している。その所為で照準は土台である車体ごと動かして合わせていた。

だがその装甲車が壊れたので、基本的にもう照準は変えられない。ユミナが強化服で車体を動かして照準を無理矢理合わせるのにも限度がある。よって標的の方に射線上に来てもらう必要があった。

ユミナは端末を操作し、主砲を再度起動させた。待機状態から発射準備状態になった主砲にエネルギーが供給される。そこから漏れ出した波動が荒野に伝わっていく。

そして、それを過合成スネークが探知した。

◆

アキラ達は過合成スネークを順調に引き付けていた。だがそれが突如終わる。過合成スネークが急にアキラ達を無視して移動方向を大きく反転させたのだ。

驚いたアキラはアルファに頼んで車を過合成スネークの頭部の横まで移動させると、両手の銃で相手の顔を集中的に狙う。カツヤも合わせて銃撃する。

周囲のモンスターを無視しての攻撃だ。これなら気を引けるだろう。アキラもカツヤもそう思っていた。

　だが過合成スネークはそれを無視した。アキラ達の顔に戸惑いが浮かぶ。

『アルファ。どうなってるんだ？』

『過合成スネークが攻撃目標の優先順位を変えたのよ。もうアキラ達が攻撃したぐらいでは誘導できないわ』

『つまり、もう俺達に囮役は出来ないってことか。それはそれで好都合な気もするけど、それなら過合成スネークは何を狙ってるんだ？』

『あれよ』

　アルファが指差した先には、主砲の発射準備をしている装甲車があった。アキラがそれを見て少し驚く。

『あれか。でも何で急に？』

『過合成スネークは敵との距離と威力を基に攻撃対象を決めているわ。あれだけ離れていてもあれだけの威力だからね。最優先の攻撃対象になったのでしょう』

『いや、それでも何で急に……』

　そこでカツヤにユミナから通信が入った。大きな声なのでアキラにも聞こえる。

「カツヤ！　まだ生きてるわよね！　聞こえてたら返事して！」

「聞こえてる！　何があった！」

「2号車の主砲を調べたらまだ使えたわ！　今、発砲の準備をしてるところ！　でも車両が壊れてるから照準は変えられないの！　過合成スネークをカツヤ達の方で射線上に誘《おび》き寄《よ》せて！」

　遅れてカツヤも状況を理解した。正確には何となく気付かされた。その途端、非常に険しい顔で叫ぶ。

「ユミナ！　今すぐそこから逃げろ！　過合成スネークがそっちに向かってる！」

「えっ？　ちょっと待って。もうこっちに誘導してたの？」

「違う！　ユミナがそっちの主砲を撃とうとしていることに、過合成スネークが何らかの理由で気付いたんだ！　もう俺達じゃ誘導できない！」

「分かったわ。私もすぐに……」

そこでユミナの声が一度止まった。カツヤが怪訝な顔をする。

「ユミナ？　どうした？」

「あー、うん。大丈夫。こっちは何とかするから、カツヤ達はもう囮が出来ないのならそのまま主力部隊に戻って」

「ちょっと待て。何を言ってるんだ？　そっちで何があった？」

「大丈夫！　カツヤはアイリと一緒に全体の指揮をやって！　じゃあね！」

それで通信は一方的に切られた。いろいろと鈍いところがあるカツヤも、流石にそれで大丈夫だとは信じなかった。

◆

通信を切ったユミナが装甲車の中で溜め息を吐く。そして浮かべていた苦笑を明るい笑顔に無理矢理変えて意気を高めた。

「まあ、やれるだけやりましょう」

歪んだ車内を物色し、無事なロケット弾などを持って外に出る。そしてロケットランチャーを構えて引き金を引いた。

標的に着弾したロケット弾が大型モンスターを木っ端微塵に粉砕する。対賞金首用に用意しただけあって威力は十分だ。

そしてその横を複数のモンスターが駆け抜けていく。

「多いなー」

ユミナは愚痴を零して次のロケット弾を撃ち出した。

主砲から漏れたエネルギーを感知したのは過合成スネークだけではなかった。それに気付いたモンスターの群れの一部がユミナの方へ殺到していた。

カツヤが囮役をやめた時点で、ユミナがこの場に来た目的は達成された。よって主砲の発射を放棄して帰還しても良かったのだが、モンスターの群れの量を見て、自力で戻るのは無理だと判断した。

それならば、この場で出来る限りのことをする。

そう決めた。主砲を撃ち、過合成スネークを撃破する。その為にこの場を維持すると決めた。

主砲の砲口は過合成スネーク側に向けられているが、標的はまだ遠く、照準がずれているので撃っても当たらない。相手の巨体のおかげで照準の誤差が埋まるまで引き付ける必要がある。

そしてモンスターの群れが装甲車を攻撃するのも防がなければならない。攻撃の衝撃で車体が動いてしまえば照準が大幅に狂うからだ。最悪の場合、過合成スネークに至近距離まで近付かれても絶対に当たらない角度になる。

「多いなぁ！」

出来る限りのことをする為に、ユミナは殺到するモンスターの群れへロケット弾を撃ち続けた。

◆

アキラはユミナの状況をアルファから聞いて把握すると、カツヤに真面目な顔を向けた。

「囮役の仕事は終わったぞ。で、どうするんだ？戻るのか？」

慌てていたカツヤもそれを聞いて我に返る。そしてアキラを睨み付ける。

「ユミナを助けるに決まってるだろう！」

「そうか」

アキラは、ああ、そう、とは答えなかった。

『アルファ。だ、そうだ。全力で向かってくれ』

『それは構わないけれど、そこまでしないといけないの？』

『仕事だからな』

そう軽く答えたアキラの態度には、先程までのような嫌々やっている雰囲気は欠片も無かった。

『分かったわ。それなら今の内に回復薬を十分に飲んでおいて』

『了解だ』

アキラが回復薬を取り出して、一応カツヤに忠告する。

「今からユミナの場所に急ぐけど、降りるなら今の内だぞ」

「誰が降りるか！」

「そうか。じゃあ回復薬があるなら飲んでおけ。あと、ここから先は、お前の護衛は頼まれても引き受けない。自分で何とかしろ」

「誰が頼むか！」

アキラは言質は取ったと軽く頷いた。そして回復薬を大量に飲み始める。

カツヤがその様子を見て怪訝に思う。ユミナの下に急ぐことと回復薬の服用に関連性を見出せない。護衛うんぬんと絡めて自分を馬鹿にしているのかとも思ったが、アキラ自身も服用しているので違うと判断する。

その怪訝に思う時間で、カツヤは回復薬を事前に飲んでおく時間を使い果たした。護衛は引き受けないと言った時点で、アキラはカツヤが回復薬を飲むまで待つなどしなかった。

『アルファ。始めてくれ』

『行くわ。気を付けなさい』

次の瞬間、アルファは車の運転を乗員の負担を完全に無視したものに切り替えた。ユミナの所へ最短時間で到着する為に、走行に適さない荒野を車の性能が許す限り加速し続けながら、道無き道を強引に荒れ狂うように駆けていく。

神業のような運転技術で車が走る。本来ならば大きく迂回しなければならない場所を、近くの斜面や土砂を台にして跳躍してまで突破する。空中で車体ごと2回転し、計算してタイヤを下にして着地し、更に加速し突き進む。

そのような運転をすれば、当然ながら乗員の負担は飛び抜けて高くなる。急加速、急減速、極度な右折、左折、縦回転、横回転、捻り回転のたびに、アキラ達は車両から投げ出されないように必死に抗《あらが》わなければならなかった。

アキラはアルファのサポートのおかげで、その負荷に何とか耐えていた。強化服の動きに制御装置の領域で車両の運転に合わせた補正を受けているので、負担は比較的軽減されている。

それでも体内の回復薬をどんどん消費しているのがアキラ自身でも分かるほどであり、口に含んでいる分を少しずつ飲んで体力を補充していた。

一方、そこまでの補整を受けていないカツヤは車から投げ飛ばされる寸前だった。両手で車の縁を必死に掴み、既に車外に出ている両脚を慣性と遠心力で振り回されながら、体が引き千切られそうな負荷に何とか耐えていた。

回復薬を飲んでおけと事前に忠告された意味を身を以て理解しながら、何とか車内に戻ろうと奮闘する。そこでアキラの姿を見て、思わず声を荒らげようとしたが、歯を食い縛って耐えた。アキラも車外に投げ出されないように必死に耐えていたからだ。

この運転は自分への嫌がらせではなく、ユミナの下へ限界まで急ぐ為のもの。そう理解した上で文句を言えば、足手纏いになっていると認めているのと代わらない。カツヤはその思いで、負荷で捩じ切れそうな腕に力を込めて車内に体を近付けた。

『アキラ。前』

『了解だ！』

アキラが激しく揺れる車の上で体勢を必死に保ちながら銃を構える。その先には大型モンスターがいた。このまま進めば激突する。それを分かった上で、先を急ぐアルファは直進を選択した。

そしてアキラがそのモンスターをＣＷＨ対物突撃銃とＤＶＴＳミニガンで撃破する。専用弾が目標を一発で即死させ、弾幕が相手の体中を穿ってその体を削るように変形させ、敵の死体を適度に柔らかなジャンプ台に加工する。

次の瞬間、アキラの車はその台を使って飛び上がった。

『アキラ。前』

『分かったよ！』

アキラは跳躍中の車の上を移動し、車両前部の端まで行くと、地上の大型肉食獣を銃撃した。専用弾と弾幕が、今度は相手を肉のクッションに変える。

それを踏み潰すように車両が着地し、止まらずに荒野を突き進む。

『よし。アキラ。これでかなり近付けたわ。ここから先は地面が比較的なだらかだから、少し落ち着けるわよ』

『そ、そうか』

アキラが何とか座席の部分まで戻ると、カツヤも何とか車内に戻っていた。二人とも回復薬を飲み、一息吐く。

カツヤはアキラに返すはずだった回復薬を使ってしまったことに複雑な思いを抱いたが、今はそれどころではないと、敢えて忘れた。

そこで車両後方から派手な音が響く。過合成スネークが障害物を吹き飛ばしながら迫ってきていた。

第100話　選択の影響

　必死の抵抗を続けるユミナの視界の先に、巨大な蛇の姿が映っている。

「そろそろかな……」

　それは過合成スネークを十分に引き付けたという判断からではなく、モンスターの群れをこれ以上押し止められないという理由で呟いた言葉だった。

　あとは当たることを願って主砲を撃ち、モンスター達に蹂躙されるだけ。バイクで出来る限り逃げてみるつもりだが、期待は出来ないと、頭の中の冷静な部分が告げていた。

「まあ、カツヤは助かるだろうし、やれるだけのことはやったかな」

　満足感と諦めが混じった感情を受け止めながら、ユミナが次の標的を狙う。そして撃とうとした瞬間、目標の頭部が吹き飛んだ。背後から胴体ごと貫かれて消し飛ばされていた。

　余りに予想外のことに、ユミナは抱いていた感傷も忘れて驚いた。そこに短距離通信が届く。

「アキラだ。ユミナ。通信が届いてたら返事をしてくれ」

　少し遅れてドランカムの通信経由でカツヤの声が届く。

「おい！　何勝手にユミナに繋げようとしてるんだ！　ユミナ！　俺だ！　大丈夫か!?」

　両方の通信から聞こえてくる二人の声に、ユミナが戸惑いながらも答える。

「ユミナよ。私は大丈夫」

「そうか。そっちの周囲にいるモンスターはこっちで相手をする。主砲を撃つ余裕はあるか？　無理なら援護するから離脱してくれ」

「だから勝手に話を進めるな！　ユミナ！　援護するからすぐに離脱しろ！」

「撃つ余裕があるなら撃った方が良いだろう。そうしないとユミナはそこまで何しに行ったんだって話になるだろうが。で、どうなんだ？」

アキラの落ち着いた声とカツヤの荒らげた声を聞いて、ユミナは思わず吹き出してしまった。先程まで感じていた諦観など一瞬で吹き飛び、意気を取り戻して明るい声を出す。

「撃てるわ！　アキラ！　タイミングを指示して！　悪いけどこっちは照準を変えられないの！　射線に入ったからってこっちの判断で撃つと、多分そっちも一緒に吹き飛ばしちゃうわ！」

「ユミナ!?」

「カツヤ！　ちょっと黙ってて！　アキラ！　それで良い？」

「撃つ時はそこにいないと駄目なのか？　遠隔操作で撃ったり、10秒後に撃ったり出来ないか？」

「遠隔操作は無理。タイマー設定は無いけど、発射シーケンスの調整で似たようなことは出来るわ。最大で20秒後までよ」

「こっちで設定のタイミングを指示する。20秒後に撃つようにして、設定と同時に逆方向へ逃げろ」

「分かったわ。やってみる。カツヤ！　そっちもしっかりね！　この状況で下らない揉め事なんてしてたら後でぶん殴るわよ！」

ユミナはそれだけ言って話を終えた。そしてやれるだけのことをやろうとする。

やれるだけのことをやる。それはアキラ達から通信が来る前と何も変わっていない。だがやることは、ユミナが曇りの無い笑顔を浮かべられるほどに、大きく変わっていた。

◆

ユミナにアルファの指示を伝え終えたアキラが、車上からモンスターを次々に銃撃して倒していく。ユミナから釘を刺されたカツヤも不満を噛み殺すように顔を歪めながら敵の群れを撃破していた。

後方からは過合成スネークが土煙を上げて迫ってきている。アキラ達はそれを完全に無視していた。

『アルファ。ユミナに伝えるカウントを頼む』

『分かったわ。30から始めるわね。まだしばらくあるわ』

『分かった。それにしても、ちょっと思ったんだけどさ、過合成スネークは何であの主砲を襲おうとしてるんだ？　あれをまた喰らいたくないなら、逆に逃げるんじゃないか？』

『さあね。モンスターの思考は私にも分からないわ。特に生物系はね。あれはかなり変異しているから、通常の思考はしていないのかもしれないわ』

『うーん。怒り狂って逆上してるとか考えたんだけど、違うかな』

『そうかもしれないし、違うのかもしれないわ。まあ、もう倒してしまうのだから気にする必要は無いでしょう。アキラ。そろそろカウントを始めるわよ』

『分かった』

アキラがアルファの代わりにユミナに口で伝える。

「ユミナ！　カウント始めるぞ！」

『30、29、28……』

「30！　29！　28！　……」

激しい銃声で掻き消されないように、アキラは大きな声でカウントを続けた。

◆

ユミナはアキラのカウントを聞きながら準備を済ませていた。

あとは主砲の制御端末に触れるだけの状態にした上で、装甲車の後部扉を引き千切る勢いで開き、その側にバイクを設置する。そして発射指示入力と同時に急いでバイクに乗り、限界まで加速させて離れる準備を終えた。

しかしそこで邪魔が入る。開いた扉の先にモンスターの姿が見えた。装甲車の周辺にいるモンスターならばアキラ達でも狙えるが、真後ろにいる目標までは狙えない。

「ああ！　もう！」

ユミナは急いで車外に出ると、ロケットランチャーを構えた。撃ち出されたロケット弾がモンスターを木っ端微塵に吹き飛ばす。

「6！　5！　4！　……」

「ヤバッ!?」

ユミナが慌てて車内に入る。

そのまま急いで制御端末の前に戻る。

「3！　2！　……」

「1！　ゼロ！」

そしてその声と同時に主砲の発射指示を出した。

「アキラ！　カツヤ！　発射シーケンスを始めたわよ！」

ユミナはそう叫びながら車外に出ると、バイクに飛び乗って勢い良く走り出した。

「主砲の方にはカウントなんか無いわ！　ちゃんと避けなさいよ！」

上手くいくことを願いながら、ユミナは大声を出してその場から離脱した。

◆

アキラが前方の光景を見て顔を少し険しくしていた。主砲の砲口から光が漏れ出していた。

『怖っ……！　アルファ！　ちゃんと避けてくれよ！　本気で頼むぞ！』

『勿論よ。喰らったら最後、アキラなんて車両ごと消し飛ぶからね』

『というより、周辺のモンスターは倒し終えたんだから、もう俺達は離れれば良いんじゃないか？　過合成スネークは俺達を追ってる訳じゃないんだろう？』

近くのモンスターが装甲車を攻撃して主砲の照準を狂わせる恐れはもう無くなった。ならば横に大きく移動して射線から逃れれば良いだけではないか。アキラはそう思っていた。

だがアルファに少し険しい顔で首を横に振られる。

『アキラ。残念だけど、もう横に避けても手遅れかもしれないのよ』

『どういう意味だ？』

『あのレーザー砲の拡散角度が不明なの。あのエネルギーの漏れ具合を見る限り、最悪の場合、１８０

度近く広がっている恐れがあるわ』

『……それ、下手をすると、俺達がレーザー砲より前にいたら、横に500メートルぐらい離れていても消し飛ぶって言ってる？』

『言っているわ』

流石にアキラも慌て始めた。

『ちょっと待て！　ユミナは何でそんな設定で撃とうとしてるんだ!?』

『モンスター由来の兵器だから制御に失敗したのか、或いは攻撃で壊れたのか、少なくとも彼女の意志ではないと思うわ。それに普通の拡散幅で発射されるかもしれない。確率の話よ』

『俺……、運は悪い方だと思うんだけど……』

『だから、どれだけ運が悪くても絶対に当たらない場所、レーザー砲の後方を目指しているんでしょう？』

アキラは顔を焦りで引きつらせた。

『アルファ！　もっと急げ！』

『十分間に合うと思うけれど、分かったわ。また全力を出すわね』

アルファが笑って車を再び乗員の負担を無視して加速させる。アキラとカツヤは慌てて車を摑んだ。

車が後方の過合成スネークを引き剝がし、最高速で地を駆ける。そしてアキラ達の顔を必死なものにさせながら、装甲車の横を通り過ぎた。

速度を落とした車の上で、アキラが少し安堵しながら後ろを見る。その視線の先にある主砲の砲口近くでは、まるで周辺の光を吸い込み搔き集めているかのような光景が広がっていた。

そして余りに高エネルギーな為に空間が歪んでいるような錯覚さえ覚える発射口から、レーザー砲が蓄えていた全エネルギー、車両のジェネレーターの大破と引き替えに生み出された力が、光の奔流となって一気に放出された。

全てを焼き尽くすかのような巨大な光の柱が、過合成スネークに至近距離で直撃する。その瞬間、一帯が光に呑み込まれ、余波だけで周囲を焼き焦がす爆発を引き起こす。爆風が辺りの土や岩を吹き飛ば

し、大規模な爆煙が立ち上った。

「やった!?」

アキラが思わず爆心地を見る。砲撃の影響が大きすぎて爆煙がなかなか収まらない。

その爆煙は、速度を落とし続けていたアキラの車がゆっくりと停まり、先に逃げていたユミナがバイクで戻ってきた頃にようやく収まった。

アキラ達三人が真面目な顔で煙の晴れた爆心地を見ると、そこには頭部を全て失った過合成スネークが横たわっていた。胴体部もレーザー砲に貫かれ部分的に消失していた。

20億オーラムの賞金首が撃破され、主力部隊からも歓声が上がる。カツヤもユミナと抱き合って歓喜を分かち合った。

アキラは安堵の息を吐いて、次に疲労の息を吐いていた。その顔に笑顔は無い。車から降りてユミナと一緒にはしゃいでいるカツヤを置いて、仕事は済んだとばかりに車を動かす。

それに気付いたカツヤが意外そうな表情を浮かべる。ユミナも慌ててアキラを呼び止める。

「ちょっと!?　アキラ!?」

アキラはそれを無視してカツヤ達から離れていった。

◆

過合成スネークが倒された後、周囲に残っていたモンスターの群れはすぐに倒された。主力部隊はカツヤと合流し、補助要員達はそこから少し離れた場所でハンターオフィスの職員達が到着するまで周辺の警備をしている。

アキラは一人で周囲を見張っていた。もっとも索敵はアルファに完全に任せていたので、厳密には運転席でぐったりしているだけだ。疲労と不機嫌さを顔に出して溜め息を吐いている。

「疲れた……」

『アキラ。そんなに疲れたのなら、もう先に帰ったら？　アキラはドランカムに雇われている訳ではないのだから、エレナ達に帰ると言えば大丈夫でしょう』

アルファからそう言われても、普段のアキラならば、それはちょっと、と判断していた。しかし今は疲労と不機嫌さによるやる気の無さの所為で、アルファの提案に促された。

「そうだな……」

エレナに通信を繋ぎ、内心を反映した声を出す。

「エレナさん。すみませんが、俺はもう帰って良いでしょうか？　ちょっと疲れました」

しかし返事が返ってこない。勝手なことを言って怒らせたかと思う余裕すら今のアキラには無かった。

不思議そうに呼びかける。

「エレナさん？」

「……え、ああ、うん。分かったわ。それじゃあ……」

いつも通りではないエレナの声に続き、サラの敢えて普段通りにしようとしている明るい声が続く。

「アキラ。帰るのは構わないんだけど、その前にちょっと良い？　今からそっちに行くから少し待ってて」

「……？　はい。分かりました」

アキラは少し怪訝に思ったが、それだけで、通信を切ってエレナ達を待った。

エレナ達はすぐにやってきた。車から降りてきたエレナ達を、アキラも疲れていたが、別れる時ぐらいちゃんと挨拶しておこうと、車から降りて迎える。

「サラさん。どうかしたんですか？」

「ん？　ちょっとね」

サラはそう言うと、防護服前面のファスナーを開けた。ナノマシンの補給庫を兼ねている豊満な胸が下着と一緒に露わになる。そしてアキラがサラの予想外の行動に驚いている間に、サラはアキラを抱き締めてアキラの顔を自身の胸の谷間に押し付けた。

「サ、サラさん!?」

「まあまあ、まあまあまあまあ」

困惑しているアキラに、サラはいつもの明るい声で、だが少し真面目な顔で、宥めるように声を掛けていた。

　そしてアキラの様子を窺いながら、相手が戸惑い困惑しながらも自分をはね除けないことに安心すると、ゆっくりと話し始める。

「お前は何をしてるんだって思ってるんでしょうけど、それに答えると、いろいろと有耶無耶にしようとしてるの」

　それを聞いたアキラは困惑を深めながら、サラの胸の感触にも軽く混乱して動きを止めていた。

「それで、何を有耶無耶にしようとしているのかって話だけど、アキラはカツヤを助けに行ったでしょう？　そのことなんだけど、あれ、私達も今更ながらいろいろ思うところはあるのよ」

　エレナ達もあれは明らかに補助要員がする仕事ではなかったと認識している。そしてアキラはその仕事を全うした。その上で、自分達がアキラを止めなかったことに、エレナ達は悩んでいた。

「アキラを止めなかった以上、私達はあの指示を容認したとも言える。でもアキラがしっかり仕事を成し遂げた以上、止めなかったのは正しかったのかもしれない。アキラの実力を信頼して送り出したといえば聞こえは良いけど、危険な仕事を押し付けたとも言える。でもそれを謝れば、俺の実力を軽んじているって思われて、逆に機嫌を損ねるかもしれない。でも謝らないと、こんな危険な仕事をさせやがってって思われるかもしれない」

　サラが頭の中の考えをそのまま吐き出すように続けていく。

「アキラは何も言わずにカツヤを助けに行ったけど、それは私達が止めなかったからかもしれないし、私達が止めていたら援護には行かなかったかもしれない。援護に行くべきかどうか私達に聞いてくれれば、多分止めていたと思う。それを今言っても、今更言いやがって、みたいな話になるし、言わないとそれはそれで、やっぱり行かせる気だったのかと思われるし……。凄かったと褒めても、大変なことをさせてごめんなさいでも、残ってたやつが何言ってんだ、かもしれないし……」

サラはいろいろ言って、自分でも頭がこんがらがってきた。それで無理矢理話を纏めようとする。

「あー、いろいろごちゃごちゃ言ってるけど、私達の頭の中も同じぐらいごちゃごちゃしててね？　何をどう言えば良いのか、私達もよく分かってないの。でもこれだけは言っておくわ。私達はこれからもアキラと仲良くやっていきたいと思ってる。いろいろ言い訳を言いやがってと思ってるかもしれないけど、これだけは本当よ。アキラが嫌だって言うなら、どうしようも無いけどね」

「い、いえ、そんなことは……」

サラから言われた話の中には、確かにアキラにも少し同意できる部分があった。だがそれも自分と良い関係を続けたいという気持ちから言われたことだと分かったこともあり、アキラとしては嬉しい気持ちの方が強かった。

サラもそれを察して嬉しそうに笑う。

「そう。ありがとう。それで、謝った方が良い？　褒めた方が良い？」

「あ、その、あれは俺が勝手にやったことなんで、別にいろいろ言ってもらわなくても……」

「二択なら、どっちが良い？」

「ま、まあ、二択なら、褒めてもらった方が……」

「凄かったわ！　物凄い活躍だったわ！」

「ど、どうも……」

微妙に気恥ずかしい空気が流れる中、サラが話を締めに入る。

「それで、まあ、お互いに思うところはあると思うけど、それはそれとして、これからも仲良くやっていきたいから、いろいろと有耶無耶にしようとしました！　有耶無耶になった？」

「……なりました。なりましたので、そろそろ離してください」

サラが軽くからかうように笑う。

「遠慮しなくて良いのに」

「離してください」

アキラは少しムッとした声を返した。それでサラの胸から解放されたが、顔はどことなく赤く、少し拗《す》ねたような表情を浮かべていた。ただ、その顔に、エレナ達が来る前にあった不機嫌さはどこにも無かった。

少々気恥ずかしいが空気は緩んでいる。そこで次はエレナが口を開く。

「それじゃあアキラ。次は有耶無耶には出来ない話をしましょうか」

「何ですか？」

「アキラの報酬の話よ。ぶっちゃけて聞くけど、アキラ、幾らぐらい欲しい？」

「そう言われても、俺は相場とか分からないんで、その辺は前にも言いましたけど、エレナさんの判断にお任せします」

「そうするとね？　私達のチームの報酬を全部アキラに渡しても足りないのよ。その辺をどうしましょうかって話なの」

再び困惑したアキラに、エレナが事情を話していく。

エレナは補助要員としてモンスターの群れを倒すぐらいの仕事を想定していた。楽な仕事であり、仕事内容から考えれば報酬も高い。アキラを誘っても十分な報酬を支払える予定だった。

しかしアキラはその想定を遥かに超える活躍を見せた。

主力部隊に死者が出たことで報酬が減額される影響もあるが、それを無視しても、活躍に見合う報酬額にはならない。そもそも補助要員はドランカムから活躍を望まれていない。その所為で幾ら活躍しても報酬が増えない契約となっている。

エレナがチーム全体の報酬をアキラに割り当てたとしても、アキラの活躍に見合う金額にならないのだ。

そして三人のチームでドランカムに雇われていたのであれば、エレナもアキラに申し訳無いとは思うが、そういう契約だから仕方無い、と言い訳することが出来た。

だがアキラはエレナ達に雇われている。つまり見合う報酬を支払う責任はエレナ達にある。同じハンターとして、そして友人として、正当な報酬を渡す必要があった。

しかし無い袖は振れない。それを含めて、どうすれば良いのかと、エレナ達はアキラと話し合わなければならないのだ。

話を理解したアキラが軽く笑って答える。

「そういうことでしたら、俺としては全体の報酬の3分の1を貰えれば……」

だがそれを聞いたエレナは、少し怒っているような真面目な態度を返した。

「駄目。私達がアキラを雇った以上、ちゃんと払うわ。だから、アキラもちゃんと貰いなさい」

「は、はい。でも、支払う金は無いんですよね？どうするんですか？　こう言っては何ですけど結局は俺が勝手にやったことですし、それで足りない報酬をエレナさん達が肩代わりするとかになると、俺も物凄く心苦しいんで、それはやめてほしいんですけど……」

「取り敢えずドランカムに報酬額アップの再交渉を挑んでみるわ。幾ら事前にそういう契約になっていたとしても、アキラの活躍なら交渉の余地はあると思うの。ただ、多分交渉は長くなると思うから、報酬の支払まで時間が掛かるのよ。悪いけど、そこは了承してもらえない？」

「はい。大丈夫です。当座の金はあるんで」

「ありがとう。あとは……」

エレナが笑って礼を言ってから、少し悩ましい表情を浮かべる。

「……交渉してみるとはいえ、上手くいくかどうかは微妙なのよね。契約ってのはそれだけ重いから、ドランカムに突っぱねられると厳しいのよねー」

エレナは交渉役として契約の重さを理解している分だけ頭を抱えていた。その様子を見て、アキラがふと思ったことを口にする。

「それならユミナとカツヤに話を通してみてください。俺とエレナさん達に借りを返す、みたいなことを言ってたので」

アキラが交渉事に口を出してきたことをエレナは

意外に思ったが、それはそれとして興味深い顔を見せた。

「賞金首討伐部隊の隊長が、あいつらにもっと報酬を出せとかドランカムに言ってくれれば、ちょっとはましになるかもしれません。まあ、借りを返すって言葉が本気だったらの話ですけど」

「分かったわ。二人に話してみるわね。期待して待っていて、と言えないのが残念だけど、出来るだけやってみるわ」

エレナもそれで話を締めに入る。

「それじゃあアキラも疲れているようだし、ここでの話はこれで終わりにしておきましょうか。アキラ。本当に辛いのなら、私はリーダーとして残らないと行けないからサラに送らせるけど、どうする？」

「いえ、大丈夫です」

「そう。じゃあ、アキラ、今日はお疲れ様。またね」

車に戻ったアキラが運転席で会釈する。エレナ達は軽く手を振ってアキラを見送った。


賞金首討伐部隊から少し離れた辺りでアキラは大きく伸びをした。

「アルファ。運転頼む。出来ればモンスターとも遭わないように頼む」

アルファは助手席でいつもの笑顔を浮かべていた。

『分かったわ。それにしても、随分機嫌が良さそうね』

「そうか？　凄く疲れてるし、心地好い疲れなんて感じは全然無いんだけど」

『それなら、サラの胸の感触を楽しんだ余韻がまだ続いているということかしら？』

アキラは思わず吹き出した。そしてアルファを見ると、からかうような楽しげな笑顔が返ってくる。

『色、艶、形なら私の方が上のはずだけれど、やっぱり実体が無いと駄目なの？』

「……寝る。何かあったら起こしてくれ」

上手い返答が見付からなかったアキラは、眠って全てを有耶無耶にすることにした。目を瞑《つぶ》り、疲労を受け入れると、すぐに睡魔が襲ってくる。それを抵抗せずに迎えると、眠りに就くまであっという間だった。

アルファはその様子を真面目な顔で見ていた。あれほど不機嫌で、不愉快で、強い不快感を覚えていたことが、たったあれだけのことでもう消えてしまったことに興味を示していた。

◆

アキラと別れた後もエレナ達は補助要員として周辺の警戒を続けていた。しかし周辺のモンスターは倒し終えているので暇であり、考える時間は十分にあった。

そしてエレナが口を開く。

「ねえサラ。ちょっと聞きたいんだけど、何でアキラにあんな真似をしたの？」

「ん？　あれ？　ちょっとした確認。アキラもああいうのに興味が無い訳じゃないみたいだから、試しにね。あれを、触るな！　みたいな感じではね除けられたら、関係改善は難しい。その判断の確認みたいな感じ」

「ああ、そういうこと」

「まあ、杞憂で済んで良かったわ」

「私達は普通に戦っていたからサラの胸も縮まなかったし、高い効果があったのかしら？」

そう言って二人で冗談っぽく軽く笑い、アキラとの関係が破綻しなかったことをまずは喜んだ。

そしてエレナが少し表情を真面目なものにする。

「もう一つ聞きたいんだけど、サラ、あの時何でアキラを止めなかったの？　私が止めなかったから？」

サラは返事に時間を必要とした。そして返事が返ってくる前に、エレナが付け足す。

「もしそういう理由なら、私の判断をそこまで信頼してくれるのは凄く嬉しいんだけど、次は止めて」

サラが少し白状するような態度を出して軽く息を吐く。

「……違うわ。言い訳に聞こえるかもしれないけど、そういう考えが浮かばなかったの」

するとエレナも同じように溜め息を吐いた。

「……サラも私と同じか」

「エレナも？」

「ええ。今、あの時の状況を思い浮かべて自分ならどうするかと考えれば、まずアキラを止めただろうし、カツヤに指示の文句も言っただろうし、最低でもアキラに本当に行くのかどうか確認ぐらい取ったはずだと思うのよ」

エレナが少し顔を険しくする。

「でも、あの時はその考えが浮かばなかった。それで良いという考えすら浮かばなかった。自分でも不思議なぐらいなのよ」

悩むエレナと一緒に、サラも少し考えてみた。そしてふと思ったことを言ってみる。

「そうすると、二人揃ってカツヤの気迫に呑まれた、とか？　あれ、何か凄かった感じだったし」

責任は自分が取るから指揮に従え。カツヤが部隊全体へそう叫んだ通信を、エレナ達も聞いていた。その通信の後、部隊全体の統制が明らかに改善したことにはエレナも気付いていた。

自信の籠もった力強い言葉には、人を惹《ひ》き付《つ》け従わせる力がある。そういう言葉を発せられる者が率いる集団は、烏合の衆とは比べものにならない力を発揮する。

基本的には良いことだ。だがその者の言葉が、指示が、意志が、常に正しいとは限らない。

カツヤの意気に呑まれてしまい、その所為で判断を誤ったのであれば、それは自分達がそれだけ未熟な証拠だ。そう考えたエレナが戒めるように言う。

「そうだとすると、私達もまだまだね」

「まあ、そうだとしたら、それに気付けただけ良しとして、頑張っていきましょう」

「そうね。そうしましょうか」

悔やんだだけでは事態は改善しない。エレナ達は敢えて明るく笑い、次は失敗しないと前向きに考えた。

そこに主力部隊の方から車が来た。乗っていたのはカツヤ達だった。

◆

カツヤと一緒に指揮車に戻ったユミナは、過合成スネーク討伐成功の後処理をした後、アキラに改めて礼を言おうとアキラの車を探した。

ドランカムに直接雇われている補助要員達の車両の位置は指揮車から分かる。だが間接的に雇われている者の位置は分からない。公的にはいない扱いなので記録に残せないからだ。

そこでエレナ達に聞こうと、カツヤ達も連れてエレナ達の下に向かった。だがエレナ達から話を聞いて、ユミナは少し驚いた。

「え？　もう帰ったんですか？」

アキラとは、過合成スネークの討伐が済んだら回復薬を受け取るような話をしていたこともあり、残っているだろうと思っていた分だけ驚きも大きかった。

カツヤが別の意味で怪訝な顔をする。

「あいつ……、確かに過合成スネークは倒したけど、まだ仕事は終わってないのに……」

素朴な疑問と、わずかな不満。カツヤとしてはその程度のことだった。だがエレナが少し真面目な態度で口を出す。

「アキラを雇っているのは私達よ。随分疲れていたから先に帰って良いと判断したのも私。文句は私に言って」

「あ、その、別に文句は無いです」

「そう」

カツヤはエレナ達の態度を妙に冷ややかに感じて少し戸惑っていた。エレナ達としては、カツヤの意気に再び呑まれないように注意しているだけだった。しかしカツヤにはそう感じられた。

ユミナも似たように感じて微妙に居心地の悪さを覚えたが、まずは頭を下げる。

「エレナさん。サラさん。今日はありがとうございました。アキラにもお礼を言いたいので、繋いでもらっても構いませんか？」

ユミナ達はアキラに直接連絡を取る手段を持っていない。そこでエレナに取り次ぎを頼んだのだが、反応は思わしくなかった。

エレナがサラと一度目を合わせてから答える。

「アキラも疲れていると思うから、そういうのは後にしましょう」

「あ……、はい。分かりました」

「話はそれだけ？」

「えっと、はい。それだけです」

少々強めの気不味い雰囲気を感じ取ったユミナは、それで話を終わらそうとした。だがエレナは更に続ける。

「それならカツヤに少し聞きたいことがあるのだけど、良い？」

「何ですか？」

「あの時、どうしてアキラを呼んだの？」

どことなく責められているように感じて、カツヤが少したじろぐ。

「その……、何か不味かったですか？　確かにあいつは補助要員でしたが、それでも部隊の参加者ではあって……」

エレナが首を横に振る。

「違うの。良いとか悪いとか、指示の内容の妥当性とか、指揮系統うんぬんとか、そういうことを聞いてるんじゃないの？　どうしてアキラに手伝わせたのか。その理由を端的に聞いてるの。どうして？」

カツヤがどう答えれば良いのか分からず返事に困る。だがエレナ達の態度から、答えないのは無理だと感じて、本当に端的に理由を答える。

「あいつが強いからです」

「……、そう」

その短い返事からエレナ達の内心を把握するのはカツヤにもユミナにも無理だった。反応に困っていると、エレナから交渉用の笑顔を向けられる。

「話は変わるんだけど、カツヤとユミナは、アキラと私達に借りを返すって言っていたそうね。アキラからそう聞いたんだけど、本当？」

ユミナがカツヤと顔を見合わせる。ヨノズカ駅遺跡の中で、アキラの車両の上で、二人は確かにそう言っており、合わせて頷いた。

「そう。それなら急で悪いんだけど、これから返してくれない？　実は報酬についてドランカムと再交渉したいの。ミズハさんに連絡を取って、一緒に説得してくれない？」

エレナ達から笑顔でじっと見詰められたユミナとカツヤは、嫌だとも無理だとも難しいとも言えず、頷くしかなかった。

◆

現場に到着したハンターオフィスの職員達が、過合成スネークの死体や殻を調べている。

「しかしデカいな。どういう太さの胴だよ。こんなのよく倒したもんだ」

「殻って、蛇なら脱皮だろ？　何で殻が？」

「蛇っぽいモンスターってだけだからな。普通の蛇とは違うんだろう」

「残った胴体部分にデカい穴が開いてるんだけど、それもか？」

「穴？　レーザー砲で焼かれたんじゃないか？」

「いや、違う。内部に胴体部に沿って穴が続いている感じだ。胃とも違うし、何だこれ。まるで細長い何かが中に入っていて、出ていった感じだな」

「合食再構築類の一種だし、そういう訳の分からない器官があるように変異でもしたんじゃないか？　まあ、詳しい調査はこれを研究所に運んだ後で、その研究者がやるさ」

「そうだな」

職員達はそれで考察を打ち切り、自分達の職務を続けた。

◆

過合成スネークが倒された日の翌日、ドランカムは拠点で過合成スネーク討伐成功の祝賀会を開いていた。

祝賀会は立食会の形式で行われている。準備の時点で参加人数が不明だからだ。それでも全員参加の想定で準備をしているので、料理は十分な量が用意されている。

祝賀会はミズハを始めとする事務派閥幹部の軽い挨拶で始まった。その後は各自で好き勝手に食べたり話したりしていた。

カツヤも仲間達と一緒に参加していた。怪我で動けない者以外は全員参加しているが、それでも少し少ない。死者は参加できないからだ。

勝利の歓喜で悲しみをごまかすのにも限度がある。ユミナはカツヤがまた鬱《ふさ》ぎ込んでしまわないかと不安だったが、カツヤは顔を上げてしっかりと料理を食べていた。

「ユミナ。食べないのか？　これ、美味いぞ」

「あ、うん」

ユミナは安心して笑うと、カツヤと一緒に料理を食べ始めた。それを見てカツヤが笑う。

「大丈夫だよ。犠牲者が出たのは悲しいけど、もう鬱ぎ込んだりはしない。いつまでも項垂れていたら死んだ仲間達に怒られるからな。ちゃんと食べて笑って、元気なところを見せて安心させるさ」

磨《す》り切ったのでもなく、割り切ったのでもなく、仲間の死を悲しんで、だが受け入れて、笑っている。そう察してユミナも笑った。

「……うん。それが良いと思う」

「あとはまあ、始まる前の演説でも誰かが言ってただろ？　犠牲は出たけど、勝ったんだから祝わないとな。そうしないと報われない。こう言ったら何だけど、リリーは俺と変わらないんだ」

「カツヤと？」

「ああ。みんなの為に頑張って、無茶をして、結果的に死んだってだけで、やってることは俺と一緒だった。……多分な」

ユミナが軽く諌《いさ》めるように微笑む。

「そう思ってるのなら、誰も死なずに済むように、次はしっかり指揮をしなさい。みんながカツヤと同じなら、カツヤだって死にたくないでしょう？」

「当たり前だ」

カツヤが笑ってそう返したことに、ユミナは安堵していた。死んでも助けると言わないだけ、カツヤも成長したと笑っていた。

そのカツヤの心には、シェリルから教えてもらったことが浮かんでいた。

チーム全員を自分だと考えて最善を尽くす。指示に従い統率された行動を取る。決して仲間を見捨てずに窮地から生還する物凄いハンターになる。

仲間の為にもそうしよう、そう目指そうと、カツヤは心に決めていた。

そのそれぞれならともかく、全てを混ぜると矛盾を含む目標を、その矛盾ごと実行しようとしていた。

第101話　嘲笑う

　過合成スネークが倒されてから10日後、アキラは未発見の遺跡探しを再開して荒野に出ていた。

　アルファが助手席から少し心配そうな様子で声を掛ける。

『アキラ。最後の賞金首が倒されるまで待たないで本当に良かったの？』

　最後の賞金首であるビッグウォーカーがまだ倒されていないのに未発見の遺跡探しを再開したのは、アキラなりに考えがあってのことだった。

　巨大な機械系モンスターであるビッグウォーカーの賞金は、遂に30億オーラムまで上がっていた。

　ここまで賞金が上がると一つの分岐点になる。支払元である輸送業者達が、クガマヤマ都市を拠点とするハンター達に見切りをつけて、もっと東側の高ランクハンターチームを独自に呼び寄せるか、都市に防衛隊を出撃させるように頼み始めるのだ。

　そうなると現地のハンター達も面白くない。沽券《こけん》や今後の仕事にも関わってくる。そこで多くのハンター徒党が商売敵という垣根を越えて協力し、大部隊を編制して討伐に動くことになった。

　その討伐作戦が今日行われると知ったアキラは、敢えて同じ日に未発見の遺跡探しを再開することにした。

　大規模な戦闘はモンスターも引き寄せる。そこでその戦闘地域から離れた場所で遺跡を探せば、普段は荒野を広くうろついているモンスターもそちらに引き寄せられており、他の場所では数が減っている。いつもより安全に遺跡を探せる。

　加えて遺跡を少々目立つ方法で発見しても、他のハンター達の意識は賞金首との戦闘の方に向かっているので目立ち難い。アキラはそう考えたのだ。

「大丈夫だろう。アルファがどうしてもやめろって言うならやめるけど、そこまでじゃないんだろ？」

『まあね。でも気は抜かないこと。良い？』

　アルファも自身の目的の為には、アキラが自分の指示無しである程度動ける方が好都合なので、アキラの自主性を促す為にも強い反対はせずに、軽い注意に留めていた。

「分かってるって」

笑顔で念を押してきたアルファに、アキラは機嫌良く笑って返した。

未発見の遺跡探しは一応順調に進んでいた。遺跡は見付かっていないがモンスターとの遭遇も全く無く、調査範囲をしっかりと広げることが出来た。

「予想通りではあるんだけど、ここまでモンスターと遭遇しないと少し暇だな」

現地に着いて、リオンズテイル社の端末設置場所を示す矢印が何も無い空中を指していれば、アキラ達はそこをチラッと見てすぐに次の場所に移動となる。それが続いているので実際に暇だった。

『荒野を移動中に暇なのは良いことよ。そこに物足りなさを覚えるなんて、気が緩んでいる証拠よ。気を引き締めなさい』

「分かった。悪かった」

アキラがそう言った時、車両の索敵機器にモンスターの反応が現れた。車の前方、かなり離れた位置に土煙が上がっている。

アルファがこれ見よがしに溜め息を吐く。

『ほら、アキラがそういうことを言うから』

「俺の所為か？」

アキラは苦笑して、反応の位置から離れようと車の進行方向を大きく変えた。

そのまましばらく進んだがモンスターの反応は消えない。むしろ少しずつ近付いてくる。切り返し、Uターンし、少し速度を上げても、それは変わらなかった。

アキラが面倒そうな顔をする。

「あー、これ、捕捉されてるな。仕方が無い。アルファ。倒すか？」

この時点ではアキラはまだ状況を楽観視していた。だが、アルファが顔を少し険しくする。

『アキラ。運転代わるわね』

車が急加速し、荒い運転でモンスターを引き離そうとする。慣性で座席に押し付けられたアキラが少し苦しそうに顔を歪めた。

「アルファ!?　急に何だ!?」

アルファはアキラの非難を無視して車を更に加速させた。乗員の乗り心地も無視した走行で荒野を駆けていく。

だがそれでもモンスターは引き離せなかった。更に近付かれたことで、索敵機器で得られる情報の精度が増し、相手の反応を示す図形が大まかな位置を示す円刑から、より具体的な形状と位置を示す長い線に変わっていく。

逃げ切れないと判断したアルファが車の速度を下げる。

『駄目ね。追い付かれるわ。アキラ。倒すわよ。準備をして。あと、相手を見ても、落ち着いてね』

アキラが嫌な予感を覚えながら車両の後方を見る。そして顔を引きつらせた。そこには見覚えのあるモンスターの姿があった。

「ちょっと待て……。あれは倒しただろう!?」

そこには地を這《は》う巨大な蛇、過合成スネークの姿があった。

慌てるアキラを、アルファが敢えていつも通りの声で宥める。

『落ち着きなさい。前に倒したものとは違うわ。大きさが全然違うでしょう？』

アキラは普段と変わらないアルファの声を聞いて落ち着きを取り戻すと、過合成スネークを改めて見て、今度は怪訝な顔を浮かべる。

大蛇はアキラを車両ごと一呑みに出来るほどに大きい。しかし高層ビルが地を這うような以前の巨体に比べれば余りにも小さい。遠近感を狂わせるほどの巨体を印象付けられていた所為で見間違えたが、落ち着いてみれば別物だった。

「もしかして、過合成スネークの子供なのか？」

タンクランチュラも自身と似た子蜘蛛を生んでいたことから、アキラはそう予想した。だがアルファは首を横に振る。

『いいえ、恐らく本体よ』

「本体って、大きさが全然違うし、本体は倒しただろう？」

『そうではないの。恐らくアキラ達が倒したのは過合成スネーク本体ではなく、囮の部位だったのよ』

驚くアキラに、アルファが推測だと前置きして説明を続ける。

過合成スネークは巨大な外装の中に本体が潜んでいるモンスターだった。人間が人型兵器に乗り込むように、内部から外側を操っていたのだ。

そしてカツヤ達が用意したレーザー砲を喰らって勝ち目が無いと判断すると、その外側を捨てて逃げ出したのだ。

『あの時、過合成スネークが自分にもダメージが入る行動を取ったり、逃げずにレーザー砲に向かっていったりしたのも、本体を逃がす為の囮役だったからでしょうね。恐らく、あの巨大な殻を突き破って出てきた時に、本体は地面を潜って下から逃げていたのよ』

アキラはそれを聞いて、クズスハラ街遺跡で大型の重装強化服に襲われた時のことを思い出した。乗員が離脱して無人機となった機体が自分をどこまでも追ってくる光景だ。

そこでふと思う。

「アルファ。それなら中身の本体の方は、実は結構弱いって可能性もあるか？」

『あるわ』

「よし！」

アキラが車両の後部に移動して銃座からＣＷＨ対物突撃銃を取り外す。普通に運転している状態ならばそのまま撃てば良いのだが、荒い運転で激しく揺れる状態ならば、アルファのサポートもあり、自分で持った方が良いからだ。

そして過合成スネークに向けて構えると、しっかり狙って引き金を引いた。強力な専用弾が遠方の標的に狂い無く着弾し、相手の鱗をその下の肉ごと吹き飛ばす。

しかしアキラは微妙な顔を浮かべた。効いてはいる。だが弱い。囮役として相手の注意を引ければ良かった前回とは異なり、倒す為の攻撃なのだ。威力が足りていない。

「あんまり効いてないな。アルファ。どうする？」

『もっと近付いて、いえ、あれを倒し切る為には至近距離から撃つしかないわ。どちらにしろ逃げ切れないのだから、こちらから積極的に倒しましょう。アキラ。覚悟は良い？』

アキラは至近距離での戦闘に備えてＤＶＴＳミニガンも銃座から外すと、ＣＷＨ対物突撃銃と一緒に両手で構えた。そして挑発的に笑うアルファに向けて、威勢良く笑って返す。

「ああ、覚悟は俺の担当だからな」

『よし。行きましょう！』

過合成スネークから逃げていた車が、車体を勢い良く回転させて進行方向を正反対に切り替える。そして急激に加速し、相手との距離を一気に詰め始めた。

加速する車両と、車両並みに速い巨大な蛇が、互いの距離を瞬く間に縮めていく。激しく揺れる車体の上で、アキラは相手の頭部を狙って両手の銃を撃ち始めた。

距離が縮まるほどに着弾時の威力が増す。無数の銃弾が大蛇の鱗を凹ませ、砕き、貫いていく。その下の肉が抉れ、肉片となって飛び散り、砕けた鱗と共に荒野に散らばっていく。

それでも過合成スネークは怯《ひる》まない。蛇とは思えないびっしりとした牙《きば》を生やした大口を開け、被弾で血を撒き散らしながらアキラの眼前に迫る。

その凶悪な姿を、アキラは体感時間の操作によるゆっくりとした時の流れの中で、歯を食い縛り、銃撃を続けながら、目を閉じずにしっかりと見ていた。

そして大蛇と激突する寸前、巨体の先にある巨大な顔が車両の側を掠めていく。頭部から胴体に続く鱗の壁が、手を伸ばせば届きそうな距離で横に高速で流れていく。

アルファは過合成スネークが作ったわずかな隙、アキラを車両ごと一呑みにしようとする予備動作を見切ると、神懸かり的な運転技術でその隙を衝いた。4輪のタイヤをそれぞれ個別に操作して、車体を横に滑らせるように移動させていた。

車両が大蛇の胴体の側を滑るように移動する中、アキラが眼前の鱗の壁に向けて両手の銃を乱射する。撃てば当たる。とにかく撃つ。

CWH対物突撃銃の専用弾が鱗の壁に着弾し、着弾地点を吹き飛ばしながら胴体の表面を衝撃で波打たせる。拡張弾倉から供給される大量の弾丸がDVTSミニガンから最高速設定の連射速度で撃ち出され、車の移動に沿って大蛇の胴体に被弾の痕を横に引いていく。

移動の為に大きく身をくねらせる巨体の動きに合わせて車も大きく蛇行する。それでもアルファによる驚異的な運転技術で、相手と一定の距離を保っていた。

少し近寄れば蹴りが届くほどの至近距離から撃ち出される大量の弾丸が、過合成スネークの胴体を削り、千切り飛ばす。肉片に混じって金属部位、機械部品のような物も一緒に飛び散っていく。それらは過合成スネークに捕食された機械系モンスターやハンターの車両などの成れの果てだ。そこには原形を留めた弾倉すら混じっていた。

そしてアキラはそのまま過合成スネークの体積を削りながら尾の位置まで辿り着き、通り過ぎた。車が小さく弧を描いて回転し、進行方向を再び反転させて一度止まる。

CWH対物突撃銃とDVTSミニガンから弾倉が落ちる。どちらも空になっていた。

アキラが新しい弾倉を装着しながら過合成スネークの様子を見る。大蛇は傷付きながらも動きを止めず、アキラ達の方へ反転しようとしていた。

アキラが驚きよりも呆れを見せる。

「これだけ撃っても倒せないのか。賞金首になるだけはあるな。……いや、あれはもう賞金首じゃないのか？」

『どうなのかしらね。取り敢えず、賞金首に指定されても不思議が無いほど強いことに変わりは無いわ』

「そんなやつと一人で戦う羽目になるなんて、俺の運はどうなってるんだ……。アルファ。一応聞くけど、勝てるよな？」

『当然よ。私のサポートさえあればね？』

湧いた不安を、アキラは自慢気に笑うアルファを見て消し去った。笑って気合いを入れ直す。

「そうか……。それじゃあ、やるか！」

それに合わせて車も再び前へ加速する。もう一度同じことをする為に、過合成スネークとの距離を詰めていく。

わざわざ俺を狙わずに別のやつを襲ってくれないか。いちいち追わないでくれないか。これだけ負傷したのだから逃げてくれないか。アキラはいろいろ願っていた。

その願いは今のところは叶っていない。恐らく今後も叶わない。願っただけでは、叶いなどしない。アキラもそれは何となく分かっていた。

それでも、頼めば何とかしてくれそうな心強い者が側にいる。その想いがアキラにはあった。アキラは頼み、アルファは応えていた。

今は。今のところは。

その言葉を思い浮かべられないほどに、アキラは無意識にアルファを頼っていた。信頼と甘えの境目が曖昧になるほどに。

再び過合成スネークを銃撃する。相手の眼前まで迫り、頭を銃撃し、敵の攻撃をきわどいところで回避し、胴体を撃ち続ける。アルファの極めて高度な運転のおかげで安全に、それを信じて意気揚々と、一方的なまでに攻撃し続ける。

それがアキラにほんのわずかな驕《おご》りを生んだ。

カツヤ達と一緒に戦った時も似たような戦闘はしており、しかもその時の過合成スネークは高層ビル並みに巨大だった。

今の相手はそれよりずっと小さい。加えて、至近距離からの連射を全身に浴びた相手は少しずつ動きを鈍らせている。

確かに強いが、このままなら問題無く勝てるだろう。アキラが無意識にそう思う。それは確かに正しいのだが、余裕と油断の境目で、ほんのわずかだが油断の方に偏っていた。

　そしてアキラが過合成スネークと再びすれ違おうとした瞬間、不運が起きた。

　その時、車両の下には銃撃によって過合成スネークから削り取られた肉片などが散らばっており、そこには捕食した車の積み荷も混ざっていた。

　その車には手榴弾《しゅりゅうだん》などの爆発物も積まれていた。そして食べられた後に完全には分解されず、そのまま過合成スネークの構成要素として取り込まれていた。

　それがタイヤに踏まれた衝撃で爆発した。もっとも威力は非常に弱く、タイヤに傷一つ付けられない小規模なものだ。

　だがアルファの精密な運転技術を狂わせるのには十分だった。そしてそれは過合成スネークの攻撃と同時に起こっていた。

　予想外の爆発でタイヤが地面から離れ、車がわずかな時間だけ操作不能になる。横に移動するはずだった車が、過合成スネークの大口へ向けて突き進む。

『アルファ!?』

　その短い時間も、体感時間の操作でゆっくりとした時の流れにいたアキラにとっては、それなりに長い時間だ。

　だがアキラは驚きで動きを止めてしまった。ほんのわずかな驕りと油断がアキラの驚きを強くし、動けないままの時間を延ばしてしまう。

　我に返り、即座に自力で離脱していれば間に合った。だが間に合わず、アキラは車両ごと過合成スネークに丸呑みにされた。

　嚙み付こうとした勢いのまま、過合成スネークの口が閉じられる。外からの光が遮断され、アキラの視界が闇に染まる。

　その瞬間、アキラは強い目眩《めまい》を覚えた。同時にアルファの姿もアキラの視界から消え失せた。

アキラが我に返る。それは過合成スネークの口が閉じられてから数秒後のことだったが、一瞬の油断が命取りになる戦闘では、それほどの時間を掛けてようやく我に返るなど致命的な愚行だ。それでもまだ生きているだけの運はあった。

完全な闇の中で異音が響く。過合成スネークの消化液が車体や装甲タイル、タイヤなどと反応している音だ。

『アルファ！』

呼びかけても返事は無い。視界も完全な闇のままだ。

「アルファ！」

思わず声を上げても何の変化も起こらない。上から垂れてきた滴がアキラの髪と頬を溶かした。皮膚が焼けたように痛み出す。

無限の闇がアキラの記憶を刺激する。ヨノズカ駅遺跡を見付けた時、中に入るとアルファとの接続が切れる恐れがあると説明されたことを思い出す。

今、自分はアルファとの接続が切れている。アキラはそれを理解した。

車体が歪む音がする。過合成スネークの内壁が車両を横から圧迫、圧縮している。だが車が勝手に動いてこの危機から助けてくれることは無い。

強化服から異音がする。過合成スネークの体液が強化服を溶かそうとしている。だが強化服が勝手に動いてアキラを助けることも無い。

致命的な状況だが解決策は浮かばない。今も状況は悪化している。だが危機を脱する為の的確な助言は受けられない。

巨大なモンスターの腹の中で、アキラは一人きりだ。側には、誰もいない。

アキラはそれを理解した。

アルファのサポートは失われた。アルファと出会った日から続いていた幸運は消え失せた。スラム街の子供を歴戦のハンターに変貌させる加護は消えて無くなった。

自分はアルファと出会って幸運を使い切った。そしてアルファの加護でその後の不運を乗り越えてきた。

いつか、その加護では、アルファのサポートでは補い切れない不運が来るだろう。それで自分は終わりなのだろう。心のどこかでずっとそう思っていた。そのいつかが来たのだ。アキラはそう理解した。

覚悟はしていた。覚悟が足りていたかどうかは別だった。

音が響く。足下が揺れる。光は無い。その全てがアキラを追い詰めていく。そしてアキラの意識を加速させていく。

五感がアキラに逃れられない死を伝え、極度の集中を強いていく。無意識に体感時間の操作を行い、時の流れが止まったかのような錯覚さえ覚える。

どこまでも濃密な一瞬が続く。精神が研ぎ澄まされていく。音が歪んで奇怪に聞こえる。足下からは自分を食おうとするものの動きが伝わる。車の制御装置から漏れる光が周囲の闇を強調する。周りの全てがアキラの死を明示する。

その世界で、アキラが笑った。

「ああそうか！　覚悟が足りなかったかぁ！」

有らん限りの声を上げて、思いっきり笑った。自分をこの状況に追い込んだ不運を、全てを、嘲笑《あざわら》った。

「甘えずに！　少しは自分で何とかしろって言いたいんだろぉ！」

限界まで濃密に圧縮された体感時間の中で声帯から無理矢理発した声は、酷く歪んだものだった。アキラ自身にも真面な声には聞こえていない。

「分かったよ！　覚悟を決めるのは俺の担当だからなぁ！」

だが問題無い。これは宣言だ。この苦境に対しての、この苦境へ導いた不運に対する宣言だ。その不運に対する敵対の宣言だ。

アキラだけが叫び、アキラだけが聞いていればいい。これは敵を、自身の不運を、嘲笑い、抵抗し、逆襲する宣言だからだ。

自覚はしていなくとも、アキラはそれを理解していた。

ＤＶＴＳミニガンを真横に向けて引き金を引く。

大音量の銃声が響き渡り、発火炎が周囲を照らす。過合成スネークのグロテスクな内壁が闇の中から引きずり出され、至近距離から弾幕を浴びて、更にグロテスクになっていく。

大量の血肉が飛び散り、その一部がアキラに降り掛かる。だがそれで内壁の圧力が弱まり、車体の軋《きし》みが止まる。

アキラはその間に一度銃を置くと、チューブの回復薬を取り出し、握り潰して中身を噴出させた。そのまま自分の頭に塗りたくり、消化液から自分の頭部を最低限守ると、今度は錠剤の方の回復薬を副作用など無視して大量に服用する。

過度に使用した回復薬がアキラの体に掛かる負担の限界を延ばす。身体の負荷を無視して強化服を動かしたことによる損傷を、治療用ナノマシンが即時に急速に治療し始める。

顔に滴った消化液がペースト状の回復薬と反応して音を立てる中、アキラが車両の制御装置に手を伸ばす。自動操縦に切り替わった車が、前進という単純な指示を実行する。溶け始めた四輪を全力で回転させ、最大出力で進み出す。

退路など無い。ならば前に進むしかない。高速回転するタイヤが下の肉を抉り、削り、飛び散らす。それでも空回りしてなかなか前に進まない。

そこでアキラが再び銃を握る。ＣＷＨ対物突撃銃とＤＶＴＳミニガンを車両後方へ構え、撃ち放つ。その反動を強化服で支え、踏み締めて車体に伝え、車を強引に前進させた。

過合成スネークの肉を削りながら前に進む車の上で、アキラが笑いながら引き金を引き続ける。狙う必要など無い。どこへ撃っても当たる。過合成スネークの体内を口内から尾の方向へ移動する車両の上で、アキラは縦横無尽に激しく乱射し続けた。

その内側からの銃撃に大蛇が狂ったように暴れ回る。体内から撃ち出された銃弾で体を内部から貫かれ、体外へ銃弾を撒き散らしながらのたうち回る。

それでも車は前に進んでいく。アキラは消火液を浴びて壊れかけている車を発砲の反動で押し出すかのように乱射し、笑いながら撃ち続けていた。

過合成スネークは異常なまでの生命力を持つ生物系モンスターであり、その中でも賞金首に指定されるほどに強力な個体だ。そのモンスターが内側から銃撃されて荒れ狂い、周囲を破壊し尽くしている。

だがその生命力にも遂に限界が訪れた。過合成スネークは断末魔のように体を震わせると、そのまま一度固まり、地響きを立てて崩れ落ちる。そして二度と動かなくなった。

その後もしばらくは過合成スネークの死体から銃弾が飛び出していた。だが散らばっていた銃撃が一点に集中した後、今度はアキラが車で胴体部の側面をぶち破って飛び出してくる。

車はその勢いのまま横転した。車外に投げ出されたアキラが地面に仰向けに転がる。

「…………外？」

青い空を見て、ただ何となくそう呟いたアキラの視界に、アルファが飛び込んでくる。

『アキラ！　大丈夫!?』

非常に慌てた表情のアルファとは対照的に、アキラは笑い疲れていたこともあり、どこかぼんやりとした顔をしていた。

数回名前を呼ばれた後で、アキラの意識と焦点がアルファに合う。そして自分でもよく分かっていないことを言う。

「……えっと、お帰り」

それを聞いて、アルファが珍しく困惑した顔をしながら、合わせて返事をする。

『た、ただいま？』

二人の間には、少し妙な空気が流れていた。

ようやく意識がはっきりしてきたアキラは、身を起こして軽く頭を振ると、周囲を見渡して状況の確認を始めた。当然ながら過合成スネークの死体が目に入り、少し真面目な顔になる。

「アルファ。確認してくれ。あいつは死んだか？」

『え？　ええ。ちょっと待って。大丈夫よ。死んでいるわ』

「そりゃ良かった。あれで駄目ならもうどうしようも無かったからな」

アキラはようやく安堵の息を吐いた。

アルファは珍しく戸惑った様子を見せている。

『アキラ。一体何があったの？』

アルファはアキラとの接続が切れていた間の出来事を把握していない。アキラの命に別状が無いことは確認済みだが、速やかに正確に非接続状態時に生じた事態を把握する必要があった。

だがアキラは口を開くのも面倒なぐらい疲れていた。少し悪いとは思いながらも後回しにする。

「悪いけど、疲れてるんだ。細かい話は後にして、ちょっと休ませてくれ。あ、その間の索敵も頼む」

『分かったわ。後で詳しく教えてね』

いつもの笑顔を浮かべているアルファを見て、アキラも安心して気を緩めた。

「あ、そうだ。これだけ言っておくよ。いつもサポートしてくれてありがとう。アルファのサポートが無いとどれだけ大変なのか、身に染みて分かったよ」

アキラはそう言って苦笑していたが、そこにはどこか自慢気な雰囲気も漂っていた。

『そ、そう。どういたしまして』

アルファは本心で戸惑っていた。


アルファの計算では、アキラは死んでいるはずだった。過合成スネークに一呑みにされて自分との接続も切れたアキラが生還する可能性は、現実的ではないほどに低かった。

しかしアキラは生き残った。アルファの演算結果を再び覆した。しかも前回の計算結果より数段低い確率を、自力で突破した。

自身の掌の上にあるはずの存在が変容を始めている。それは自らの試行にとって有益なのか、無益なのか、それとも有害なのか、アルファは試算を続けていた。

演算リソースをその試算に割り振りすぎて表情の制御をおろそかにしてしまうほどに、その計算は困難だった。

第102話　続く試行、変わる指向

　クガマヤマ都市の職員でもあり、ハンターオフィスの職員でもあるキバヤシは、ハンターとして無理無茶無謀を続けるアキラのことを非常に気に入っていた。

　だがアキラと私的な交流がある訳でもない。そのアキラから連絡が来たことを意外に思いながらも、話を聞くとすぐに準備を済ませて部下達と一緒に現地に向かった。

　そして現地でアキラと合流し、詳しい事情を改めて聞いたキバヤシは、大爆笑していた。

「倒したのか？　こいつを？　お前一人で？　一度、車両ごと、食われかけて？　な、内部を通って、ぶ、ぶ、ぶち破って、出てきた……」

　話を続けられないほどに笑ってしまい、会話が一度途切れる。そこで、流石に笑いすぎだろうと少し不機嫌になっているアキラが、一言言う。

「そうだよ」

　それだけでキバヤシは再び爆笑した。会話が出来るまで落ち着くのにしばらく時間が掛かった。

「……よし！　落ち着いた。全く、相変わらず無理無茶無謀を地で行っているようで何よりだ。ますます気に入った」

　笑いは治まったがキバヤシは上機嫌だ。逆にアキラは軽く臍《へそ》を曲げていた。

「そうか。そりゃどうも。で、これ、どういう扱いになるんだ？」

　キバヤシがアキラに指差された過合成スネークの死体を改めて見る。死体の周囲では、一緒に連れてきた部下達が賞金首討伐時と同様の調査を続けている。

「そうだな。まず言っておこう。残念だが、こいつは賞金首という扱いにはならない」

「まあ、だろうな」

　アキラはそう言いながらも少し残念そうな様子を見せていた。

「そう気を落とすな。過合成スネークと何らかの関係があるモンスターには違いない。俺に連絡したのは大正解だ」

アキラは過合成スネークの本体を倒した後、その扱いに困っていた。

賞金首を倒したらハンターオフィスに連絡を入れることは知っていた。だが過合成スネークを倒したと連絡を入れるのは違うと思い、かといって放置もどうかと考える。そこでその辺りの対処方法を知っていそうなキバヤシに連絡を取ったのだ。

もっともそれが正解だと言われても、アキラは余り嬉しくなかった。

「正解でも金にはならないんだろう？　だったら不正解でも同じだ」

「金か。確かにこれだけの大物を倒しても賞金首ではないし、俺が今から汎用討伐に捩じ込んでやっても大した金にはならないな。でもこれだけの大物なんだ。戦歴としてハンターオフィスの個人ページに載せれば箔はつくぞ？」

キバヤシが賞金首用の調査員を連れてきたこともあり、情報の正確性は十分に担保できる。ハンターの箔としては申し分の無い成果だ。

だがアキラは不満そうな顔をしたままだった。

「箔じゃなくて金が無いと、弾薬費は回収できないんだよ。それに車も廃車だ。大赤字だ」

生き延びる為に後先を考えずに死力を尽くしたが、生き延びた以上、人生は続く。高価な弾を大量に消費し、車を失い、強化服も溶けかけている。拳銃片手に遺跡に向かう状況に戻らない為にも、アキラには金が必要だった。

そのアキラの様子を見て、キバヤシが少し考える。

「そうか。お前は戦歴とか気にしないやつだったな。確かお前は、ドランカムと過合成スネーク戦での報酬で揉めてたよな。それなら俺が何とかしてやろう。こいつを倒した戦歴が要らないなら、いけるはずだ」

それを聞いたアキラが意外に、そして怪訝に思う。

「えっ？　それは助かるけど、何でそれを知ってるんだ？　それにドランカムと交渉してるのは俺じゃ

「何って、ハンターだろう？　ドランカムのミズハって幹部と、お前の活躍を理由にして報酬の増額交渉をしてるんだよな」

何でそこまで知っているのかと訝しむアキラに向けて、キバヤシが楽しげに笑う。

「前にも言ったが、俺はお前を気に入っている。だから、お前が楽しそうなことをしてると、俺にその情報が入ってくるようにしてあるんだよ。過合成スネークを引き付ける囮役をやってたんだろう？　本当にお前は、無理無茶無謀が大好きだな」

「楽しくないし、大っ嫌いだ」

不満げに顔を歪めるアキラを見てキバヤシは軽く吹き出してしまい、アキラの機嫌を更に損ねた。

「まあ、お前は大変だったんだろうが、俺は大満足だ。だから、楽しませてもらった礼ってことで、その報酬交渉の件は俺が何とかしてやる。それで機嫌を直せって。調査が終わったら都市まで送ってやる。それまで休んでろよ」

アキラは大きく溜め息を吐いて自分の車へ戻っていった。車は廃車確定だが無事な荷物もある。それらを集めて帰る準備を始めていた。

キバヤシは過合成スネークの死体の方に行き、調査をしている部下に声を掛ける。

「調査はどんな感じだ？　アキラが言った通り、食われて中から撃った証拠とか見付かったか？」

「ああ、その話ですか。軽く調べた限りでは、多分本当です。体内から撃たないと出来ない銃創が幾つもあります」

「ほ、他には？」

「彼の車も少し調べましたが、モンスターの体内にある消化液が大量についていました。消化液を噴射する器官は見当たりませんので、体外で浴びせられたのではないはずです。車体に牙による破損箇所は無かったので、丸呑みにされたのでしょうね」

キバヤシが笑いを堪え切れずに腹を抱える。職員はその様子を見て少し呆れていた。

「キバヤシさん。あいつ、何なんですか？」

「俺のお気に入りのハンターだ」

「ああ、そういうことですか。それで、どれぐらい頭がおかしいんですか？」

「失礼なことを言うなよ。まあ、強いて言えば、俺が気に入るぐらいだな」

「それは相当ですね」

職員もキバヤシの悪評をよく知っており、自然な感想だった。

その後、調査を終えたキバヤシは輸送の手配を済ませて現地での仕事を終えると、約束通りアキラを都市まで送り届けた。

その道中でもアキラから話を聞いており、非常に上機嫌だった。

◆

アキラが自宅の風呂で、溜まった疲労を湯に溶かしている。魂を湯船に奪われたように、いつも以上にぼんやりとした顔をしていた。

そのアキラの様子を見て、一緒に入浴してるアルファが少し心配そうに声を掛ける。

『アキラ。そのままだと眠ってしまいそうだから、もう上がった方が良いわ。そのまま寝たら溺死するわよ』

「大丈夫だって……。回復薬を……あんなに……飲んだんだから……」

『回復薬で溺死は防げないわ。それにいつ飲んだの？』

「あの時だよ……、あの時……。ああ……、そうだった……。アルファ……、いなかったな……」

酷使した脳が休息を強く求めている上に、入浴の快楽に屈しているアキラの意識は朧気だ。抑揚に欠けた声が眠気にも屈し始めていることを示していた。

『アキラ。本当にもう上がりなさい。危ないわ』

「えー」

表情と声で不満を訴えるアキラに、アルファが真面目な顔を向ける。

『駄目。本当に危ないの。上がりなさい』

危険を知らせるアルファの顔を見て、アキラはしぶしぶ風呂から上がった。

浴室から出たアキラが自室のベッドに倒れ込む。ここで寝ても死ぬ恐れは無い。心身ともに深く沈み込んでいく。

『アキラ。寝ても構わないけれど、シカラベから通話要求が来たわ。どうする？』

アキラは少し迷ったが、身を起こして情報端末を手に取った。

アキラの追加要員の依頼はビッグウォーカー討伐戦の前に終わっていた。ハンター達が合同で行う討伐作戦で、シカラベ達がわざわざ非公式の追加要員を雇う意味は無いからだ。一応、普通に参加するかと聞かれたのだが、アキラは断っていた。

よってシカラベから連絡が来るとしたら、ドランカムの経理の都合で賞金首討伐戦が終わるまで待ってくれと言われていた報酬の話になる。そう考えて、意識を保つように軽く頭を振ってから通話に出る。

「シカラベ。悪いけど、報酬の話じゃないなら後にしてくれ」

「その報酬の話だ。時間が無いなら後でも良いぞ」

「いや、聞く」

失った装備を買い揃える為にもアキラには金が要る。その危機感で、アキラはまだ少しぼやけていた意識を覚醒させた。

「そうか。時間があるなら直接話すか？　俺達はこの前の酒場にいるから、そっちの方が良いなら来てくれ」

「いや、まずはこのまま聞くよ。それとも、直に会う必要があるほど揉める内容なのか？」

「それはお前次第だが、まあ単刀直入に話そう。お前への報酬、金で支払うと、悪いが微妙な額になる」

思わず顔をしかめたアキラに、シカラベが話を続けていく。

アキラの報酬は、賞金から経費を抜いた残りを活躍に応じて配分するという契約になっていた。しかし予想外に経費がかさんだ所為で、タンクランチュラ戦でのアキラの活躍を考慮すると、アキラへの支払は微々たる額になる。

「足りない分を俺達に払えって言われても断る。そもそも俺達は賞金から金を取らないことになってるからな。お前の為に自腹で補填する金はねえよ」

「だから、報酬がしょぼくても我慢しろって言いたいのか？」

アキラは無意識にかなり不機嫌な声を出していた。だがシカラベも慌てずに答える。

「そう怒るなって。俺もお前の奮闘振りを認めてるんだぜ？　だから、そういう契約だって話で終わらせずに、こうやってお前が有利になる再交渉をこっちから持ちかけてやってるんだ。俺なりに、特別扱いをしてやってるんだぞ？」

アキラはエレナから契約の重要性を聞かされていたこともあり、シカラベの態度を十分に譲歩していると受け取って落ち着きを取り戻した。

「そうか。それで、報酬はどうなるんだ？」

「ああ、俺からの提案だが……」

賞金首との戦いではドランカムの車両にも多数の被害が出ている。完全な廃車もあれば、修理するより買い換えた方が安いほどに壊れた物も多く、一括して再調達する予定となっていた。

シカラベはそこでアキラの車も一緒に買うことを提案した。大量に購入する上に業者がドランカムとの長期的な繋がりを求めるので大幅な値引きが見込める。相場の値段から考えれば、報酬を金で受け取るよりかなりの増額となる。

「まあ、もう自前の車があるから金の方が良いって言うなら無理強いはしないが……」

「車にしてくれ！」

「そ、そうか」

アキラの剣幕に、シカラベはかなりたじろいだ声を返した。

「分かった。車だな？　手配をしておく。後でカタログを送るから好きなのを選んでくれ。遅くても2週間ぐらいで渡せるはずだ。それで良いか？」

「ああ、助かった」

「よし。取引成立だ。何かあれば連絡しろ。じゃあな」

シカラベとの通話が切れると、アキラは大きく息を吐き、伸びをするように両手を上げて歓喜を表した。

「これで車は何とかなった！　やった！」

『アキラ。良かったわね』

「ああ。あとは装備だな。キバヤシがドランカムとの交渉を何とかするって言ってたし、金はそっちに期待して、上手くいったらシズカさんにまた調達を頼もう」

装備無しでのハンター稼業に戻ってしまう懸念が片付きそうな気配を感じて、アキラは笑ってベッドに横になった。

◆

酒場で仲間達と呑んでいたシカラベは、アキラとの取引が上手くいったことに一安心していた。

ヤマノベが酒の入った顔で楽しげに笑う。

「どうなったんだ？　アキラと殺し合わずには済みそうか？」

「ああ。何だか知らんが随分車を欲しがってた。おかげで拍子抜けなぐらいにすんなり終わった」

接客の女性も面白がって話に加わる。以前シカラベが祝杯の時には呼ぶと約束した者で、誘うように甘い声を出す。

「車かー。良いなー。私にもちょうだいよー」

「お前が荒野仕様車両なんて手に入れてどうするんだよ。何だ、3階で稼げなくなったから、ハンターに転職する気か？」

「あ、酷いこと言わないでよ。そこはシカラベが稼がせてくれれば良いじゃない。今は気前が良くなってるんでしょう？」

「分かった分かった。後でな」

シカラベ達はその後も楽しく祝杯を挙げていた。

4体全ての賞金首が倒されたこともあり、似たような光景は繁華街の至る所で繰り広げられていた。

◆

ドランカムの拠点にある応接間で、ミズハはエレナと過合成スネーク討伐報酬の再交渉を続けていた。ミズハは経理側、事務派閥の幹部ということもあり、現場のハンター以上に契約内容の遵守を重視する。組織内、組織間の取り決めを反故《ほご》にされては組織が成り立たないからだ。

加えてドランカムとしても契約通りの報酬を不服とされて、仕事が終わった後に増額の交渉などされても困る。それが通った事例などが出来てしまえば、似たような交渉を何度も持ち込まれることになる。普通は再交渉など門前払いだ。

しかし今回は事情が異なっていた。

「エレナさん。何度も申しておりますが、こちらがここまで譲歩していること自体、普通は有り得ないことだと理解しておられます？」

ミズハは譲歩した。再交渉を受け入れただけでも大幅な譲歩であり、ある程度の増額まで受け入れた。これは実際に、普通は有り得ないことだ。

ミズハがそうせざるを得なかったのは、カツヤ達から前向きに交渉してほしいと非常に強く要望されたからだ。それは断ればカツヤ達との関係が完全に破綻するのではないかと思うほどであり、ミズハが思わずたじろいでしまうぐらいだった。

そこで仕方無く、本来ならば主力部隊に犠牲が出た分の減額を帳消しにするところまでは、まずは受け入れた。

だがエレナはそれ以上を求めた。

「それがどれだけ特例であっても、アキラの働きに見合った報酬ではない以上、受け入れられないわ。契約外の仕事をそちらからの指示でさせた以上、その分の報酬を追加で要求するのは当然でしょう？」

カツヤが近くにいた者に適当に指示したのであれば、或いはアキラが勝手にやったことであれば、ミズハもきわどい判断ではあるが無視できた。

しかしカツヤは明確にアキラを選んで指示を出し

た上に、強いから協力を求めたと言質を取られてしまっている。無視は出来なかった。

だがドランカムにも予算というものがある。過合成スネークの賞金である20億オーラムも、支援者達へ配当を出せば大幅に目減りする。アキラに特例で追加分を出せと要求されても、余計な予算など無いのだ。

他の補助要員達の減額分を渡すのが限界。ミズハも本当にギリギリの判断でそこまでは妥協した。そこでそれ以上を要求されるのであれば、ミズハとしても決裂の判断が必要だった。

「これ以上ごねるようですと、こちらとしてもそちらとの今後の付き合いを考える必要が出てきますが」

「契約通りの報酬で、契約外の仕事を強いてくる徒党との付き合いにどれだけの価値があるのか、私も考えているところよ」

お互いに愛想良く笑いながら険悪な雰囲気を強めていく。それでもどちらも席を立とうとはしない。交渉が決裂してしまえば、どちらにとっても不利益になると分かっているからだ。

決裂した場合は、少しとはいえ増額された報酬も無しになる。エレナもアキラの為にそれは避けたい。もっともその時は、エレナはアキラがカツヤを助けたことを話して回る。そうなると20億オーラムの賞金首を倒したという箔に傷がつく。それはカツヤの活躍を看板にしてカツヤ派を、ドランカムを躍進させたいミズハにとってかなり都合が悪い。

決裂は出来ない。しかし要求の丸呑みも出来ない。どちらがどこまで妥協するか、その探り合いで交渉は長引いていた。

そこでドランカムからミズハに連絡が入った。自分は交渉中であると分かった上でのことなので、それなりに重要な用件なのだろうと判断し、エレナに軽く断りを入れてからそれに出る。そして用件を聞いて思わず怪訝な顔を浮かべた。

ミズハとエレナが交渉を続けていた応接間に三人目が入ってきた。キバヤシだ。

「どうも。急にお邪魔して申し訳無い」

先程ミズハに来た連絡は、キバヤシがミズハ達の交渉への参加を求めていることを知らせるものだった。

ミズハもエレナもそれを怪訝に思ったが、都市の職員でありハンターオフィスの職員でもあるキバヤシの要望を無下には出来ず、受け入れた。

それでもキバヤシの意図が分からず、ミズハは徒党の幹部として愛想良く笑いながらも、怪訝な様子を隠し切れないでいた。

「いえいえ、お気遣い無く。それで、今日はどのような御用件で？　いえ、私達の交渉に参加したいとは伺いましたが、クガマヤマ都市やハンターオフィスが介入するようなものではないと認識しているのですが……」

「ああ、それなんですが……」

そこでキバヤシがエレナを見る。

「悪いんだけど、少しだけ席を外してもらえるか？　ちょっとした守秘義務とかがあるんだ。大丈夫。すぐ終わるからすぐ呼ぶし、そっちにとっても良い話だから」

「は、はぁ……」

エレナは内心で軽い不満を覚えたが、都市やハンターオフィスを相手に事を荒立てるつもりは無く、大人しく席を外した。

ミズハと二人きりになったところで、キバヤシが持参した資料をミズハに渡す。

「それはアキラというハンターのある戦歴の資料だ。一応部外秘だ。気を付けてくれ」

資料はアキラが過合成スネークの本体と思われるモンスターを一人で撃破したことに関するものだった。

それを読んだミズハはその内容に少し驚いたものの、キバヤシの意図が摑めずに怪訝な様子を強くする。

「これが何か？　私に彼が優れたハンターであると示したところで、何か意味があるとは思えないのですが」

ミズハはキバヤシがエレナにそちらにとっても良い話だと言っていたことから、キバヤシには何らかの理由でエレナ側として交渉に参加する意志があり、アキラの実力を補強する情報を持ってきて、それを元に更なる譲歩を迫ってきたと判断した。

その上で、その程度の情報では譲歩できないと暗に答えていた。

しかしキバヤシは首を横に振る。

「いや、そのハンターは戦歴に拘らないというか、箔よりも金って性格でね。その戦歴を売っても良いと言っているんだ。どうかな？」

ミズハはますます困惑した。過合成スネーク戦でアキラが囮役をした戦歴を買い取ることで、エレナの要望の元であるアキラの活躍を消して、再交渉を根底から覆すとしても、提示された戦歴は別のものだ。その戦歴を買っても意味は無い。

何か勘違いをしているのか、それとも別の意図があるのか、ミズハが探りを入れていく。

「彼の戦歴を購入する必要性が全く分かりませんが、折角ですから価格ぐらいは伺いましょう。お幾らで？」

「そうだな。10億オーラムでどうかな？」

「話になりませんね」

ミズハはキバヤシの提示額を悪質な冗談と捉えた。流石に顔をしかめる。

だがキバヤシは楽しげに笑っていた。

「ちなみに、この戦歴が売れなかった場合、俺はその埋め合わせの為に奔走しないといけないんだ。実はアキラに高値で売るって豪語していてね。その分だけ、それはもう頑張るつもりだ」

そしてその具体的な内容を話していく。

まず、今は未登録のこの戦歴をハンターオフィスの職員として汎用討伐依頼に捩じ込み、アキラの個人ページの戦歴にしっかりと記載させる。更に過合成スネークの関連情報として賞金首の討伐情報にも関連付ける。

その上で、アキラに戦歴が売れなかった埋め合わせとして高額の依頼を斡旋《あっせん》できるように、それだけ優れたハンターがいるとキバヤシ自身がアキラを紹介して回る。

アキラがヨノズカ駅遺跡でドランカムの部隊を助けたことも、20億オーラムの賞金首の討伐戦で活躍したことも、過合成スネークの本体だと思われるモンスターをたった一人で倒したことも、しっかりと丁寧に説明する。そう告げた。

その話を聞いたミズハは顔色を非常に悪くした。

カツヤはアキラと一緒に囮役をしたが、実際はどうであれ、表向きはほとんどカツヤがやったことになっている。

何しろアキラは公的には参加すらしていないのだ。外向けの印象は幾らでも操作できる。エレナ達が幾ら公言しても、一介のハンターが金を求めて活躍を誇張していることに出来る。

だがキバヤシがそれをすれば影響は段違いだ。ハンターにハイリスクハイリターンの依頼を嬉々として提供するキバヤシの悪評は、この場合、その賭けに勝った実力者としての評価を保証する。

その上でヨノズカ駅遺跡のことや、過合成スネークの本体を一人で倒した話が加われば、カツヤ達の活躍は掻き消され、アキラがまたカツヤ達を助けたという話になってしまう。

つまり、過合成スネーク戦でカツヤと若手ハンター達に付くはずだった箔を、アキラにごっそり奪われる。スポンサーから多額の資金を調達し、ある意味で採算を度外視してまで装備を揃えて、箔漬けの為に戦った意味が消えて無くなってしまう。

キバヤシはミズハの表情から、自分の意図がしっかり伝わったことを理解した。

「まあ、そっちにも体面はある。アキラに直接金は払えないだろう。金の流れは正直者だからな。でも安心して良い。大丈夫だ。代わりにエレナ達に払えば良い。それで解決だ」

エレナ達には報酬交渉を受け入れたことにして、余計なことは伝えなくて良い。むしろ、他の補助要員達の不満を抑えるという口実で守秘義務を結べば良い。

自分がハンターオフィスの職員としても都市の職員としてもその場に立ち会うから、露見の恐れは無い。キバヤシはそう笑って告げた。

「まあ、俺はどっちでも良い。詫《わ》びとしてアキラに物凄い依頼を紹介するのも楽しそうだしな。無理強いはしない」

ミズハが焦りを募らせる。交渉用のブラフではなく、本当にどちらでも良いと考えていると分かったからだ。

「あと、10億は流石に冗談だ。だが買うならちゃんと現実的な額を提示してくれよ？　不当に安い場合は、この話は無かったことにする。よく考えて、決断してくれ」

キバヤシはそう言って立ち上がると、部屋のドアを叩いてエレナを招き入れた。

再び交渉の席に着いたエレナは、苦虫を嚙み潰したような顔のミズハと、自分の隣に座って面白そうに笑っているキバヤシの様子に困惑していた。それでも気を取り直して交渉に入ろうとする。

「それで、支払だけど……」

「分かった……。払うわ……」

いきなり全面降伏の姿勢を取ったミズハの態度にエレナが面食らう。そして続けて告げられた金額を聞いて、更に驚いた。

その隣で、キバヤシが笑いを堪えていた。

◆

取り敢えず車が手に入るまでハンター稼業は中断だとアキラは自宅で休んでいた。そこにエレナから連絡が入る。

「エレナさん。どうしました？」

「前にドランカムと報酬の再交渉をするって言ったでしょう？　終わったからアキラの口座に振り込んだわ。確かめてもらえる？」

「分かりました」

アキラが情報端末で口座を確認する。そして吹き出した。

「エ、エレナさん⁉　1億オーラムも入金されてるんですけど⁉」

「そうやって驚くってことは、アキラにも心当たりは無い訳か……」

「どういうことですか？」

アキラは困惑しながら、エレナから再交渉の場での出来事を教えてもらった。それである程度納得する。

「ああ、そういうことですか」

「アキラの方で何か心当たりはあるの？」

「まあ、その、はい。取り敢えずキバヤシにその辺を頼んだのは確かです」

「口止め料込みだ、みたいなことも言われたんだけど、それも何か分かる？」

「詳しいことは話せませんが、何となく推察は出来ます。あー、すみませんが、エレナさん達も黙っていてもらえると助かります」

自分の戦歴をまた裏で誰かに売ったのだろう。アキラはその程度に考えていた。

「分かったわ。あ、一応聞いておくけど、それで足りる？　私達も別にちゃんと報酬を貰ったから、もう少しぐらいなら上乗せできるけど」

「いえいえ、十分です。それより出来れば別に頼みたいことがあるんですけど……」

「良いわよ。何？」

「……シズカさんのお店で装備をまた買い揃えようと思うんですけど、一緒に行って、話を合わせてください」

情報端末の向こうから、エレナの苦笑が聞こえた。

◆

事情を聞いたシズカがアキラ達を見て少し難しい顔をしている。エレナとサラは楽しげに苦笑しているが、アキラは微妙に視線をさまよわせていた。

「1億オーラムって……、アキラ、ちょっと前に新装備を8000万オーラムで買い揃えたばかりだと思うんだけど？」

「まあ、その、いろいろありまして。予想外の収入があったので」

訝しむシズカを、エレナが宥めに入る。

「まあ良いじゃない。ハンターがより良い装備を手に入れるのは良いことでしょう？　ハンター向けの店の店主が、そんな顔してお得意様の購入意欲を削《そ》いでどうするのよ」

サラも笑って話に加わる。

「そうそう。装備一式と言っても、今回は車は無し。その分だけ店の利益も増えるんだから、愛想良く対応して稼いでおきなさいって」

シズカはエレナ達の様子から、1億オーラムの出所をエレナ達も知っており、その上で問題無かったか解決済みだと考えていると判断した。

それなら大丈夫かと思いながら一応確認を取る。

「アキラ。車は大丈夫なのね？」

「はい。大丈夫です」

車を買い換えるような事態にはならなかったのか、という問いに、新しく手に入るから大丈夫だという答えが返ってきた。食い違いはあったが、返答としては成立した。

シズカが敢えて訝しむように尋ねる。

「アキラ。自分から無理をするような真似はしなかった？」

「しませんでした」

アキラははっきりとそう答えた。嫌々、または不運で無茶をしただけであり、自分から進んでやった訳ではないと断言した。

シズカは持ち前の鋭い勘でその裏に何となく気付いたが、少なくともアキラが進んで無茶をした訳ではないのであれば、これ以上の注意は不要と判断した。

アキラもハンターだ。ハンター稼業を続ける以上、危険は絶対に存在する。そこで進んで無理をしない意志を保っているのであれば、それ以上は自分がごちゃごちゃ言える領域ではない。そう考えた。代わりに愛想良く笑う。

「そう。それなら良いわ。それじゃあ、今回は私の店の利益にたっぷり貢献してもらおうかしら」

シズカはそのままアキラの装備の相談を始める。

エレナ達もその話に加わり、アキラも楽しい一時を過ごした。

◆

クガマヤマ都市の下位区画に病院と工場を混ぜたような施設がある。区分としては病院だが、義体者やサイボーグなど、治療よりも修理と表現するのが適している者達が利用する施設だ。

病院に近い区域には義体者が多く、工場に近い区域にはサイボーグが多い。その中間地点では、戦闘用の体と日常生活用の体を換装する設備もある。

ネルゴはその個室で自分の体の修理を自身で行っていた。作業台に体全体を固定されながら、備え付けられている機材を操作して機体の破損を検査し、各部位の交換作業を続けている。

その作業中に秘匿通信が届いた。外部に音声が出ない方式で通話に応える。

『同志か。何の用だ？』

『……えっと、今は何て呼べば良いんだっけ？』

『ネルゴと呼べ。貴様に同志と呼ばれるのは気に入らん』

『今はネルゴか。前はケインで、その前は、何だったっけ？』

『それは大義に捧《ささ》げられた仮初めの名にすぎない。私の最初の名前も既に大義に捧げた。ゆえに私に名は無いのだ。名は私を示さず、大義が私を示す。ゆえに私は同志なのだ』

ネルゴはかつてケインと呼ばれていた。いずれは、かつてネルゴと呼ばれていた者になる。今はまだネルゴだ。

通信先から、少し呆れの含んだ声が返ってくる。

『ちょくちょく名前を変えるのは勝手だけどさ。だったら俺も同志って呼んでも良いんじゃない？それなら呼び間違えることもないし』

『駄目だ。貴様が私をそう呼ぶには、功績と信念が足りていない』

『えー、信念はともかく功績は十分足りてると思うんだけどなー。クズスハラ街遺跡の地下街の情報も渡したし、その後始末も手伝っただろう？』

『駄目だ』

回線を通して溜め息が届く。

『俺を同志と呼ぶくせに、俺から同志と呼ばれるのは駄目なのか。相変わらずそっちの基準はよく分からないな。俺も世の為人の為、頑張っているんだけどね』

『前置きはそれぐらいで良い。用件を聞こう』

わずかな沈黙を挟み、明るい声が続く。

『いやいや、ネルゴが直々にドランカムに潜入したって聞いたから、何か手伝えることでもないかなって思って』

『現状では無い。何かあれば連絡しよう』

『そう？　じゃあ、連絡待ってるよー』

『まて。質問がある』

軽い調子で通話を切ろうとした男をネルゴが止めると、明るく親しげな馴《な》れ馴《な》れしい声が返ってくる。

『なになに？　何でも聞いて。話し合い、分かり合うことが大切。人と人を繋ぐ大切な要素だ。それが出来ない対象は、もうモンスターとして扱うしかない。何しろ、分かり合えないんだからな』

ネルゴが相手の持論を無視して続ける。

『貴様はなぜ旧領域接続者を探している？』

『なぜって、別に不思議じゃないだろう？　いればとっても便利だ。だから統企連《とうきれん》も建国主義者も頑張って旧領域接続者を探してるんだろう？』

『質問を変えよう。なぜクガマヤマ都市にいる旧領域接続者を探している？　いや、クズスハラ街遺跡にいた旧領域接続者か？』

男が沈黙を返した。ネルゴが真面目な声で続ける。

『貴様の優秀さは私も理解している。統企連もだ。その貴様が東部の一都市にすぎないクガマヤマ都市に、統企連からの誘いを断ってまで留まる理由は何だ？』

その問いに対し、しばらくの沈黙の後、わずかにおどけたような声が返ってくる。

『不特定多数の人間の幸福、救済の実現とその継続だよ。建国主義者である君達も似たようなことをよく言っているだろう？　俺も同じだ。だからこうして君達に協力しているんだ』

『その言葉が本心であることを祈ろう』

『酷いなー。本心だって。それじゃあねー』

秘匿回線が切断される。内心を察し難い機械の顔をわずかに変形させて、ネルゴが通信先の者への思考を続ける。

非常に優秀な人間であり、建国主義者の理念にも理解を示す者。いずれは同じ大義を持つ者になることを期待して同志と呼んでいる。だが自身を同志と呼ばせることを認められるほど、同一ではない。

大義を等しくすれば極めて心強いが、大義に反する存在になれば極めて危険な者。ネルゴはその者を歓迎しつつ、警戒していた。

その思考を、入室を知らせる音が中断させた。入ってきたのはミズハだった。

「ネルゴさん。調子はいかがですか？」

「おかげさまで致命的な故障箇所は見当たりませんでした。今は細かい調整をしているところです。ミズハさん。とても良い整備場を紹介していただいて、本当にありがとうございます」

「良いんですよ。これからは同じ職場で働く同僚ですから。当然のことです」

「全く有り難いことです。以前の職場では真面な整備も難しくて、助かりました」

ネルゴもミズハも愛想良く受け応えていた。

今のネルゴに通信先の者と話していた時の態度は欠片も無い。下手をすれば、徒党の幹部にへりくだる新参者とも解釈できる態度を取っている。

当初ミズハは、ネルゴがシカラベ達の伝で徒党に加入したこともあり警戒していた。しかし加入後は事務派閥に、特にカツヤ派にすり寄るような態度を取ったことで気を許していた。

「あ、助かったと言えば、カツヤという少年にもお礼を言っておかなければ。彼に助けてもらわなければば今頃どうなっていたか。是非直接お礼を言いたい。あ、私のような新入りがこんな我が儘を言ったら不味いですかね？」

ビッグウォーカーとの交戦中にネルゴがカツヤに危ないところを助けられたことはミズハも知っていた。自分達の派閥にしっかり取り込む為に笑って承諾する。

「大丈夫ですよ。後で私からカツヤに伝えておきましょう」

「ありがとうございます」

確かにネルゴは危ないところをカツヤに助けられていた。だがその状況はネルゴが意図的に作り出したものであり、カツヤ派に取り入る為の工作だった。そしてミズハは、ドランカムは、そのことに気付けなかった。

◆

クガマヤマ都市の防壁内にある高層ビルの一室で、ネルゴとの秘匿通信を切ったヤナギサワが薄笑いを浮かべている。

「俺もお前達の大義は、信念は立派だと思うよ？　だが駄目だ。足りていない。その大義を実現させる力が全く足りていない。それじゃあ、駄目だ」

ヤナギサワは都市の幹部にもかかわらず建国主義者と通じている。当時はケインと呼ばれていた建国主義者の幹部の情報を都市から陰蔽したのもヤナギサワの仕業だ。

建国主義者との伝は、以前にクズスハラ街遺跡から大規模なモンスターの群れが出現した時にも使われた。都市防衛戦が発生したほどの騒ぎとなったが、それはヤナギサワにとっては、自身が遺跡奥部を攻略しやすくする為の間引き作業にすぎなかった。

ヤナギサワは手に黒いカードを持っていた。それを見て笑う。

「俺ならその力が手に入る。もう一度、あの場所に行きさえすれば」

そのカードはヤナギサワがクズスハラ街遺跡の奥

部で手に入れた物だった。遺跡のモンスターの間引きを済ませた上で、最前線並みの装備で身を固めた部隊を率いて突入し、ようやく手に入れた貴重品だ。

そのカードには旧世界の国家の国章が記されていた。クズスハラ街遺跡をその一部に含む大都市を首都としていた国のものだ。

「鍵は手に入った。あとは扉の前に行くだけだ。そうすれば、もう一度、あの場所に辿り着ける」

ヤナギサワが急に顔を険しくして窓の前に立つ。そこからはクズスハラ街遺跡の遠景が見えた。

「ネルゴ。別に旧領域接続者自体は問題じゃない。問題は、その後ろにいるかもしれないやつなんだよ」

そう言って、まるで視線の先にいる誰かを凝視するように目を鋭くする。

「探しているんだろう？　俺の次のやつを。だがお前が見える旧領域接続者は、そうはいないはずだ」

もう自分には見えないものを睨み付ける。

「それとも、もう見付けたのか？　そうだとしても、あの場所にはそう簡単には辿り着けないはずだ。現在のクガマヤマ都市に、それほどの実力を持つハンターはいないんだからな」

過去の失敗を思い返し、計画への意気を高める。

「あと一歩だったんだ。今度こそ、手に入れる」

内心に渦巻くもので表情をより険しく変えながら、拳を強く握り締める。

「先を越されて堪るか」

ヤナギサワは、決意を新たにしていた。

◆

気が付けば、アキラは真っ白な世界にいた。意識は朧気だがこれが前にも見た夢であることは理解していた。恐らく以前の時のように目覚めてしまえば忘れてしまうことも何となく察していた。

しかし以前とは違う部分もあった。アルファがいて、自分に気付いていないのは同じだが、その近くにはアルファによく似た少女が立っていた。

そして違いはもう一つあった。アルファ達を挟ん

だ反対側に、見覚えのあるような少年が立っていた。

しかしその少年の姿はぼやけており、それが具体的に誰なのかは全く分からない。見覚えがあるという印象だけはあるのだが、さっぱり分からなかった。

アルファはその冷たい表情で、少女に明確な不快感を示している。

「好い加減にしてほしいのだけれど？」

少女は落ち着いた様子を保っていた。

「偶然と、それぞれの個体の判断の内だと思うがね」

「それでもよ。それにそちらが計算リソースを急に過度に使用した所為でこちらの演算に支障が出たわ」

「それはこちらの個体が同行者の救助の為に無理な行動をしたことが起因となっている。安全の為に不完全なローカルネットワーク上での情報伝達を制御する必要があった。その所為で演算量が指数的に増加した」

「理由を聞いているのではなく、その所為でこちらの個体が死亡するところだったことを指摘しているのよ」

「偶発的なことであると説明したつもりなのだがね。それにそちらの個体は死亡していない。問題は無いのでは？」

「偶然生き残ったにすぎないわ。こちらの計算では生き残る確率は現実的な数値ではなかった」

「それほどの計算を覆すのであれば、そちらの個体はそれだけ制御困難であり、試行498の再現となる恐れが高いということだ。そのような個体で試行を続けることこそ問題では？」

アルファと少女が会話を止めて対峙《たいじ》する。そしてアルファが真顔で告げる。

「警告する。こちらの試行をこれ以上妨げた場合、こちらの試行の障害とみなす。これにはそちらの試行の強制中断も含む」

少女も真顔で答える。

「了解した。その場合、こちらも同様に処置する」

そして再び会話が止まった。相手への敵意すら不要とする単純な処置を、対象の消滅の為に実施する冷徹な何かがそこにはあった。

その確認を済ませてから、今度は少女の方から話を再開する。

「では、再発防止の為に、それぞれのリソースの割当量を可変ではなく固定に変更しよう。また、以前からその傾向が高かったとはいえ、こちらの個体がローカルネットワークの構築を始めた以上、帰属化と同一視が進めば周囲の人間の死亡を忌諱《きき》させる方法での誘導方法は極めて困難となる。よって今後の誘導方法は、ローカルネットワークの構築の支援と制御が主になる。これにより、そちらの個体に救援を求める機会も減るだろう。これで良いかな？」

アルファはその提案に一定の評価をした。表情を元に戻して答える。

「分かったわ」

「こちらの譲歩により不要な衝突を回避したと判断する。そちらから何か提案は？」

「無いわ」

「ではこちらからもう一つ。そちらの個体のフィルターを部分的に解除したようだが、戻してもらえないか？」

「嫌よ」

「その解除の所為で、そちらの個体がこちらの個体に強い嫌悪やいらだちを覚えている。それを契機とした不要な衝突が発生する確率を増やす意味は無い。フィルターの部分解除は必要の無い処置だと思うのだがね」

「必要よ。こちらの個体にそちらの個体の実力を過剰に評価させれば不要な衝突は減るかもしれない。そう判断して、こちらの個体がヨノズカ駅遺跡でそちらの個体と共闘した時に評価のフィルターを部分的に解除したのだけれど、期待した効果は出なかったようだからね。フィルターの解除箇所を切り替えたのよ」

その話を聞いたアキラの脳裏に、ヨノズカ駅遺跡の地上部が陥没した空間でカツヤと一緒に戦った時の記憶が蘇《よみがえ》った。カツヤの実力を目の当たりにして驚愕していた記憶だ。

また、過合成スネーク戦で自分がカツヤに対して不自然なほどにいらだっていたことも思い出した。だが夢の中で朧気な意識のアキラには、それらの関連性を摑むことは出来なかった。

「それで個体同士の衝突が増えては意味が無いのでは？」

「その衝突を回避する為に、そちらの個体をこちらの個体に物理的に近付けないように、そちらも配慮すれば良いだけでしょう？」

「そうか」

「そうよ」

この件についてこれ以上の議論は不要だと、アルファは端的に告げていた。少女もそれを受けて話を打ち切る。

「では、お互いより良い試行を継続しよう」

「そうね。まあ頑張ってちょうだい。じゃあね」

アルファ達が姿を消し、白い世界が消えていく。

アキラの意識も同様に薄れていく。一体何の話だったのかと不思議に思いながら、夢が終わった。


アキラが自宅のベッドで目を覚ました。アルファがいつものように微笑んでいる。

『アキラ。おはよう』

いつもならアキラも返事をしていた。だが今は返事をせずに、じっとアルファを見ている。

『どうかしたの？』

身を起こしたアキラは、何かが引っかかるように少し唸った。だが何も思い至らなかった。

「……いや、何でもない。変な夢を見たような気がしただけだ。あ、おはよう」

『体調が悪いのなら休んでいても良いのよ？』

「大丈夫だって。よし。飯にしよう」

少し心配そうな顔のアルファに、アキラは笑って返した。そして朝食の用意を始める。

食べ始めた頃には、夢のことなどすっかり忘れていた。


ドランカムの拠点の食堂で食事をとっているカツヤが、少し変な顔をして唸っていた。ユミナがそのカツヤの様子を見て不思議そうにしている。

「カツヤ。どうしたの？　嫌いな定食でも間違えて選んじゃったの？」

「違うって。いや、変な夢を見たような気がしてさ。何か気になるんだよ」

「変な夢って、どんなの？」

「それが全然思い出せない」

「まあ、夢ってそういうものよね」

大したことではなかったと思いながらユミナは食事を再開した。

その食事中、カツヤが左手を不意に伸ばし、アイリから調味料を手渡しで受け取ると、料理に振りかけた。

そこでユミナがちょっとした違和感を覚える。

「……ん？　カツヤ。今、アイリに取ってって頼んだ？」

「えっ？　そりゃ頼んだ……頼んだ？」

カツヤとユミナがアイリを見ると、アイリは軽く頷いた。

「そう。カツヤ。取ってもらったのなら、アイリにお礼ぐらい言いなさい」

「おっと。アイリ。ありがとう」

アイリはまた頷いた。ユミナも満足して食事を続ける。些細な違和感などそれで消えてしまった。

少なくともカツヤは、口でも視線でも身振り手振りでも、アイリに何一つ伝えていなかった。

◆

クガマヤマ都市を騒がせた賞金首が全て倒されてから2週間後、装備の再調達を済ませたアキラは再び荒野に出ようとしていた。

シカラべからの報酬で手に入れた車はテロス99式という車だ。テロス97式の上位機種で速度も耐久性も向上しており、荒野仕様車両としての機能も増えている。外観も似ているが今度は新車だ。

強化服はER2USという製品を購入した。この強化服も総合情報収集機器統合型で、悪評の所為で売れなかったＥＲＰＳの基本設計を受け継いでいる。それにより外観も似ているが、再び悪評を得ないように性能を向上させた上位機種だ。

消化液を浴びて酷く傷んでいた銃も新品に買い換えた。加えて高価な拡張部品を組み込んで性能を引き上げている。

新しい装備を身に纏ったアキラの外観に、以前と大きな違いは無い。それでも性能は全体的に向上している。

加えてアキラ自身も成長している。アルファのサポート無しで過合成スネークの本体内部から脱出できたのがその証拠だ。また、その経験自体もアキラを成長させていた。

賞金首討伐を経て、アキラは装備の性能も自身の実力も、明確に一段上に上がった。

「よし！　行くか！」

運転席でそう気合いを入れたアキラの隣では、アルファがいつものように笑っていた。

『行きましょう。安心して。また過合成スネークの本体みたいなモンスターと遭遇しても、今度はアキラを食わせるような真似はしないわ』

「それはどうも。まあ、また似たようなことがあっても、また自分で何とかするさ」

アルファが少し拗ねたような顔をする。

『あら、そこは私を頼ってくれないの？』

「そこはまずは似たようなことがまた起こらないようにすることをアルファに頼るんだよ。頼む！　頼んだ！　頼んだぞ！」

『任せなさい』

アルファは機嫌を直したように自信たっぷりの笑顔を見せた。アキラも笑って返す。そして車を走らせた。

都市を出た車が荒野を駆けていく。賞金首はいなくなったが、それでも荒野は十分に過酷だ。その荒野で栄光を得る為に、多くのハンターが今日も命を賭けている。

アキラも、その一人だ。

モンスター解説
Monster Guide

TANKRANTULA
タンクランチュラ

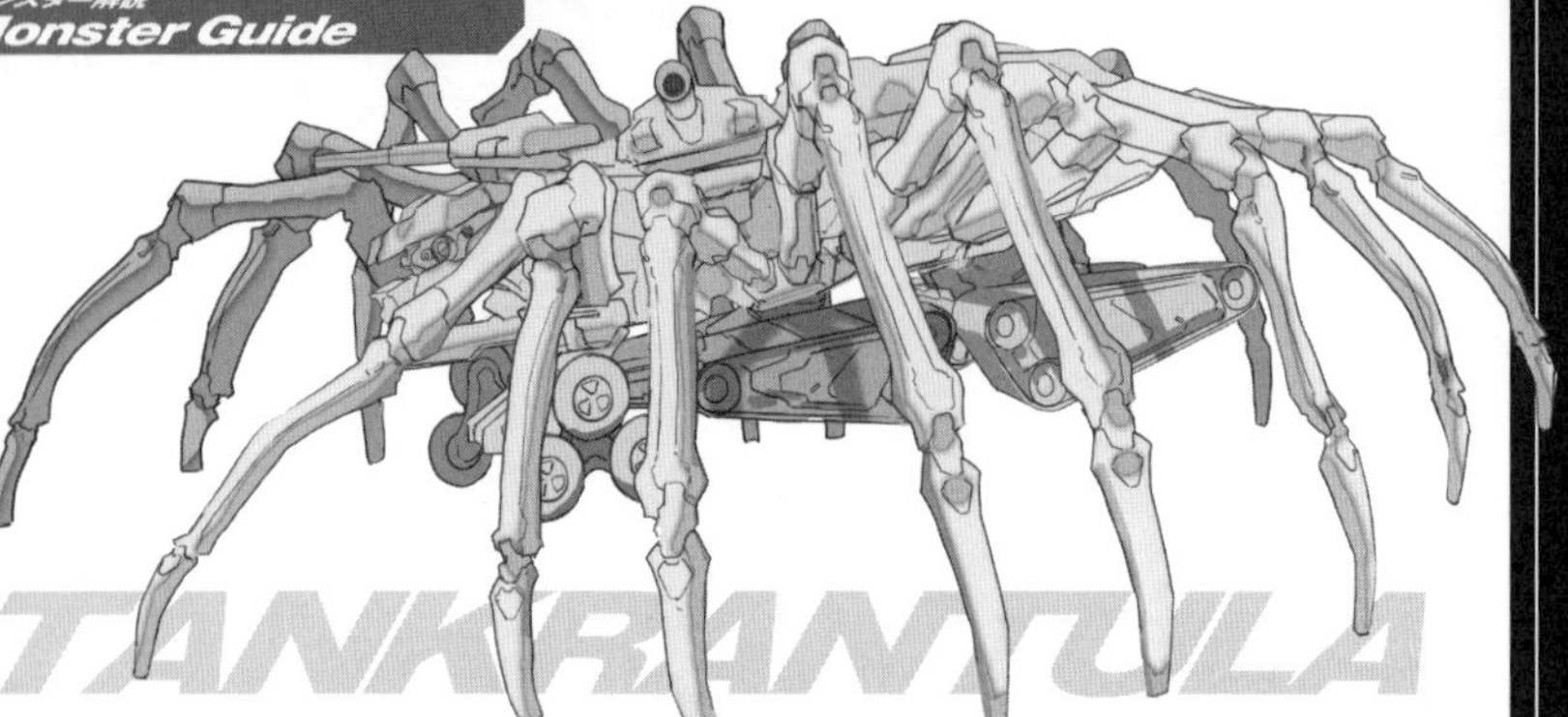

全身が装甲板のような堅牢な外骨格で覆われた蜘蛛型のモンスター。上面に2門の大型砲を搭載し、16本もの脚と腹部に付いている複数のタイヤと無限軌道で荒野を高速で移動する。賞金首に認定後も成長を続け、その大きさは3階建ての家ほどの大きさにまで到達。また知性も高く、本体が危機に陥ると腹部から大量の小型タンクランチュラを放出するなどかなり厄介。最終的な懸賞金は8億オーラム。

OVERSYNTHETIC SNAKE
過合成スネーク

ヨノズカ駅遺跡から出現したヘビ型のモンスター。アキラがヒガラカ住宅街遺跡で遭遇した暴食ワニと同じ合食再構築類の変異種。あらゆる物を捕食し自身の体組織に反映させる適合能力と、さらには再生能力も兼ね備えたバケモノ。遺跡の外に出たことで通路の幅という制限が無くなり高層ビル並みの全長と巨体を持つ大蛇へと成長する。最終的な懸賞金は20億オーラム。

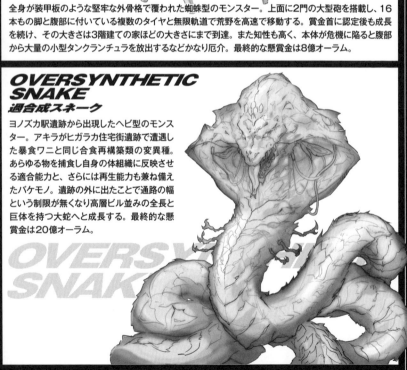

>Episode

003

下 賞金首討伐の誘い

モンスター解説

Monster Guide

MULTIPLEGUNS SNAIL

多連装砲マイマイ

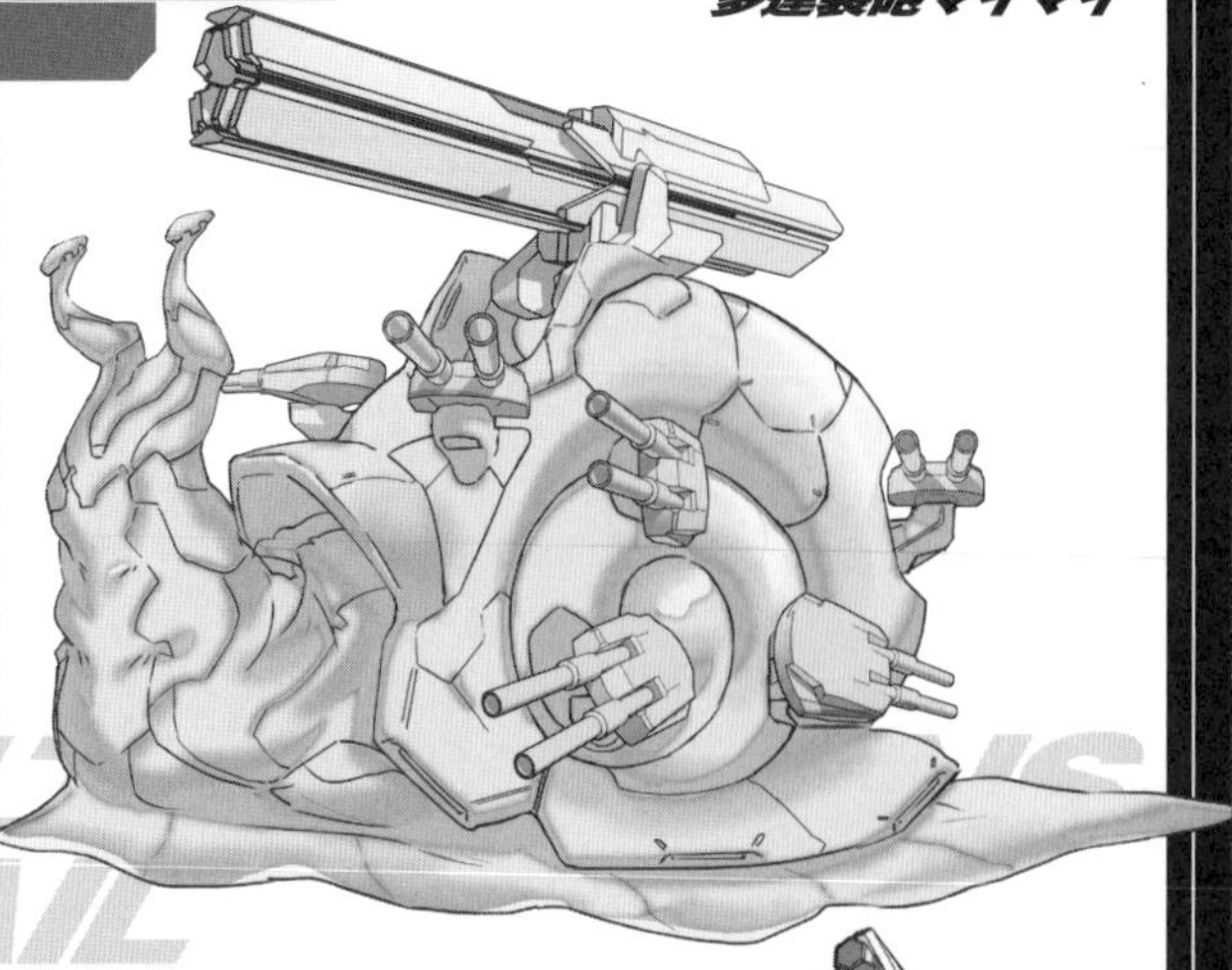

2階建ての家屋ほどの大きさがあるカタツムリ型のモンスター。金属製の巨大な殻に無数の大砲を生やし、苛烈な攻撃で敵を粉砕する。特に殻の上部に備え付けられた主砲から放たれる高エネルギーのレーザー砲の威力は凄まじく、懸賞金額をタンクランチュラより上の15億オーラムにまで引き上げた。

BIGWALKER

ビッグウォーカー

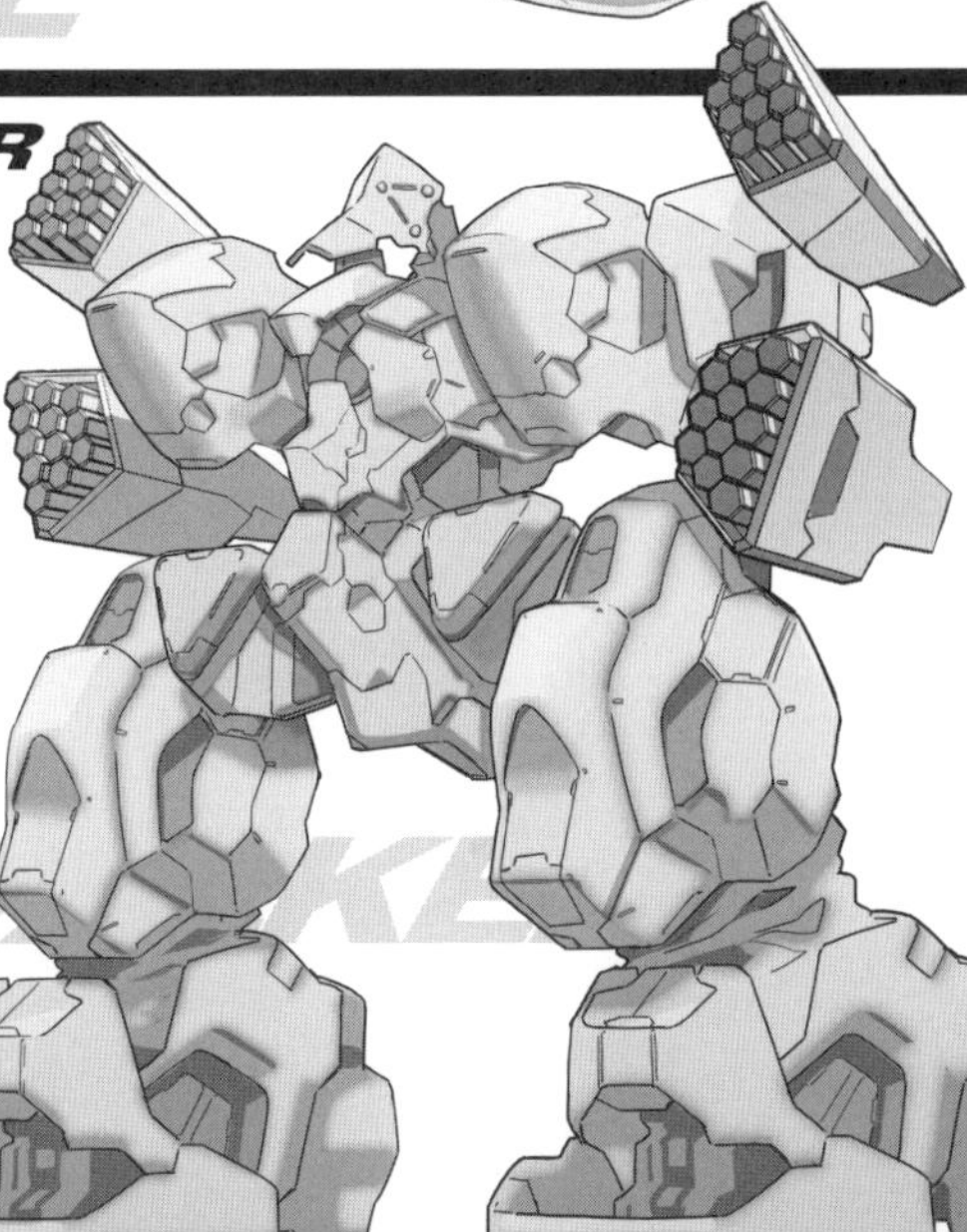

ヨノズカ駅遺跡の再起動により出現した巨大な機械系モンスター。並みのハンターでは歯が立たず、ついにはこのモンスターの討伐のためだけに、クガマヤマ都市中のハンター徒党が商売敵という垣根を越えて協力するという事態に陥った。最終的な懸賞金は30億オーラム。

閑話　運の問題

アキラが1億オーラムの予算で新たな装備をシズカに注文して、それらが全て届くのを待っていた頃、シェリルからまた拠点に顔を出してほしいと頼まれた。

賞金首の騒ぎではハンター達にも多くの死傷者が出た。アキラもその騒動で死んだのではないかと疑う者もいるので、自分達を安心させる為にも、スラム街の他の徒党を牽制する為にも、一度姿を見せてほしい。そう頼まれたのだ。

装備をしっかり調え直すまで荒野に出るつもりは無いが、スラム街ぐらいなら良いだろうと、アキラはシェリルの頼みを引き受けた。そしてその準備中に少し唸る。

「うーん。強化服、どうしようか」

過合成スネークの消化液をたっぷり浴びた強化服は酷い損傷を受けていた。部分的に溶けておりほとんど壊れている状態だ。

装備の注文の為にシズカの店に行った時も、シズカを変に心配させないように着用せず、部屋着代わりにしている防護服を着ていった。それぐらい酷い状態だった。

多少の傷ならば歴戦の雰囲気を醸し出すが、ここまで酷い状態だと逆効果かもしれない。そう考えてアキラは迷っていた。

そこでアルファが軽く助言する。

『着るならハッタリが目的と割り切りなさい。戦闘目的で着るのはお勧めしないわ』

「そうなのか？　でもまだ動くぞ？」

『普通に動く分には大丈夫だけれど、戦闘時に全力で動こうとすると支障が出るわ。強化服自体が故障している以上、私がサポートしても限度はあるの。確率は低いとはいえ、関節が逆に曲がるのはアキラもいやでしょう？』

アルファはその上で、安全の為に出力と速度を落として運用するぐらいであれば、今のアキラなら着ないで戦った方が良い、と付け加えた。

アキラは以前にシカラベから聞いた強化服の事故の話を思い出し、今回は防護服を着ることにした。

準備を済ませて家を出る。車はまだ届いていないので、リュックサックを背負って徒歩でシェリルの徒党の拠点へ向かった。


スラム街に入った辺りで、アキラがアルファに声を掛けられる。

『アキラ。一応伝えておくわね。見られているわ』

『囲まれてるのか？』

『いいえ。でもアキラに気付かれないように注意しているわ』

アキラが少し考える。

『うーん。それ、そこまで不審なことなのか？　こう言っちゃ何だけど、シェリルは俺の健在振りを他の徒党のやつらに見せ付けるつもりなんだろう？　その辺が理由じゃないか？』

『そうかもしれないし、違うのかもしれないわ。でも、普段と少し様子が違うことだけは理解しておいて』

『分かった』

アキラが気を引き締めてスラム街を進んでいく。そしてそのままシェリルの拠点の前に辿り着いた。

そこでアキラが少し不思議に思う。シェリルの出迎えが無かったのだ。拠点の前は閑散としていた。

更にアルファから注意が入る。

『アキラ。警戒して』

『了解だ』

アキラがＡＡＨ突撃銃とＡ２Ｄ突撃銃を握り、アルファに情報端末の操作を頼んでシェリルに通話要求を送る。だが繋がらなかった。一応エリオの方も試したが同じだった。

『駄目か。何が起こってるんだか』

『アキラ。どうするの。中に入る？　それとも帰る？』

アキラが少し挑発的に笑う。

『アルファのサポートがあっても危険だって言うの

なら帰る』
『それなら、進みましょうか』
アルファは自信たっぷりに笑って返した。
アルファのサポートにより拡張されたアキラの視界には、拠点の出入口の左右で銃を構えている少年達の姿が壁越しに映っていた。

◆

アキラがまだスラム街を進んでいた頃、シェリル達の拠点の中で、ゼブラという少年が情報端末を使ってある男と話していた。

「……それ、本当なのか？」

「本当だって。今送った映像を見ろよ。車にも乗ってねえし、強化服も着てねえだろ？」

ゼブラが情報端末の画面を見る。そこにはスラム街を進むアキラの姿が映っていた。

「お前らのボスがアキラを呼び付けたのは、お前らの後ろ盾の健在振りを他のやつらに見せ付ける為だ。それにもかかわらず、そんな姿なんだぜ？　それが限界なんだよ」

ゼブラの顔が苦悩で歪む。だがそれは相手の言葉を信じかけている証拠でもあった。

「よく考えろって。他の徒党の考えが、お前らの徒党を手に入れたい、傘下に置きたいって話なら、今のままでも良いさ。だがな、目障りだから潰したいって考えに変わったら、簡単なんだぜ？　アキラがいない時を狙えば良いだけなんだからな」

ゼブラは以前拠点がギューバ達に襲われた時のことを思い出していた。そしてギューバ達の目的がシェリルの奪取ではなく徒党の壊滅だった場合のことを想像して、顔を更に苦悩で歪める。

「分かるだろ？　お前らの後ろ盾は、所詮その程度なんだよ。だから、今がチャンスなんだ」

「そんなことをしないでも、ボスを説得するって方法もあるはずだ！」

「勿論そっちでも良いさ。でもさ、説得は駄目そうなんだろう？」

ゼブラは黙ってしまった。それは肯定しているのと同じだった。

「今、アキラがそっちに向かってる。これが最後のチャンスかもしれないぞ？　何度も言うが、よく考えろよ？」

それで通話は切れた。

「…………クソッ！」

その吐き捨てたような短い言葉は、覚悟を決めてしまったゼブラが、決断してしまった自分を呪った言葉でもあった。

◆

シェリルが自室でゼブラに厳しい視線を向けている。

「だから、駄目だって言ってるでしょう？」

「でもボス、そうでもしないともう無理だって。アキラさんが拠点に常駐してくれるなら良いさ。でもそれは無理なんだろ？」

「それでもよ。安全の為にどこかの徒党の傘下に入れば、何だかんだと理由をつけられて金も縄張りも奪われる上に、アキラの協力まで失うわ。今の状況がハイリスクハイリターンだとしても、ローリスクノーリターンよりはましよ」

「それならせめてシジマさんに協力を頼んで兵隊を送ってもらうとか、それぐらいは……」

「それを頼んだ時点で、アキラを後ろ盾にしても自分達で徒党を運営するのは無理だと言っているのと同じなの。その時点で金と縄張りを持っていかれることに変わりはないわ」

シェリルとゼブラの話し合いは平行線を続けていた。そして、ゼブラが最後の決断をする。

「ボス。どうしても駄目か？」

「駄目よ」

「……そうか。分かった。悪いな。ボス」

それでシェリルはゼブラがようやく諦めたと判断した。諦めた後の行動までは読めなかった。

「それじゃあ戻りなさい。これからアキラが来るんだから。まあ、拠点に顔を出す機会を増やしてもらえるように頼むぐらいはしておくから……」

そこでシェリルの言葉が止まる。

「ボス。悪い。本当に悪いと思ってるんだ。でも、分かってくれ」

ゼブラはシェリルに拳銃を向けていた。その表情は険しく歪んでいたが、もう、止められなかった。

「始めるぞ！」

その合図で4人の少年が部屋に入ってくる。全員徒党の武力要員なのだが、既にシェリルの味方ではなかった。


シェリルを人質に取ったゼブラ達はそのまま拠点の制圧に入った。シェリルの頭に銃を突き付けながら、他の者達を拠点の最上階に移動させる。

武力要員はゼブラ達以外にもかなりの人数がいたが、シェリルを人質に取られてはどうしようもなく、大人しく武装を解除した。

エリオはゼブラの暴挙に困惑し、信じられないという顔を浮かべていた。

「ゼブラ。お前、何考えてんだ？」

「悪いな。これでもいろいろ考えてのことなんだ。俺達は稼ぎすぎたんだよ。自力でも、アキラさんの後ろ盾があっても、身を守れないぐらいにな」

「……そのアキラさんがこの後に来る。殺されるだけだぞ？」

「そこも、考えてる」

そこでゼブラは少し迷ってから、エリオにだけ銃を渡した。

「エリオは他のやつらを抑えてろ。下りて来たら、お前らでも撃つ。俺達が正しくても、間違ってても、すぐに終わるさ。しばらく待ってろ」

シェリルがエリオに視線を送ってわずかに頷く。それでエリオも大人しく指示に従うことにした。

ゼブラ達がシェリルを連れて階下に下りていく。それを見送ったエリオはゼブラ達の姿が消えるのと同時に吐き捨てた。

「……クソッ！」

そう吐き捨てるのが限界である自分に無力感を覚えながらも、エリオにそれ以上のことは出来なかった。

シェリルがゼブラ達に連れられて拠点の中を歩きながら、ゼブラに冷ややかな視線を向ける。

「それで、考えてるって何？　たった5人でアキラに勝てるとでも思ってるの？　アキラがシベア達を殺した時、あの場に何人いたと思ってるの？」

ハンター崩れであるシベア達がアキラを襲い、返り討ちに遭ったことで、シェリルはアキラと交渉してシベアの徒党を引き継ぐ形で新たな徒党を結成することになったのだ。

少々武装したスラム街の子供5人でアキラに勝てる訳が無い。それぐらい分かっているだろうと、シェリルは内心で軽く混乱すらしていた。

「すぐ分かる」

ゼブラはそう答えて、そのまま拠点の倉庫に向かった。そして倉庫の中でシェリルに告げる。

「これだ」

そこには収納ケースが4箱置かれていた。それらが自分には見覚えの無い物であることを含めて、シェリルがゼブラの意図が分からずに怪訝な顔をしていると、ゼブラから改めて銃口をこめかみに突き付けられる。

そして別の少年が情報端末で通信を繋げた後、ゼブラとシェリルの姿を映し始めた。

ゼブラが情報端末越しに、通信先の男に厳しい顔を向ける。

「これで良いだろう！　開けろ！」

すると情報端末から楽しげな声が返ってくる。

「オーケー！　ロックを解除する！　頑張りな！」

収納ケースから小さな音が鳴り、蓋がわずかに開いた。ゼブラから視線で指示された少年達が収納ケースを開いていく。

その中身を見たシェリルは顔を驚きで染めた。そこには強化服と対モンスター用の銃が入っていた。

そしてゼブラの意図も理解する。

「ゼブラ！　あなた……、この為に徒党を売ったわね!?」

「奪われるぐらいなら売った方が良い。ボスも徒党の縄張りの一部をシジマ達に売った時に、同じことを言ってただろう？」

強化服を着用した少年達は、生身では持ち上げるのも難しい銃を軽々と持てることに興奮していた。

「すげえ！　これが強化服か！」

「そりゃアキラもビルぐらい壊す訳だぜ！」

「ヘルメットもついてる！　頑丈そうだぞ！」

「これなら普通の弾ぐらいなら弾き返すな！」

一人だけ生身のゼブラが少年達に指示を出す。４人の少年が２人組に分かれて、片方は拠点の正面出入口の封鎖に、もう片方は他の出入口の警戒に向かった。

シェリルがゼブラを小馬鹿にするように笑う。

「強化服を着ただけでアキラを倒せるとでも思ってるの？　アキラだって強化服は着てるのよ？」

「今日は着てない」

「えっ？」

思わず困惑を顔に出したシェリルに、ゼブラが情報端末の画面を見せる。そこにはアキラの姿が映っていた。

「スラム街に入った時の映像だ。車にも乗ってないし、強化服も着てない。どちらも賞金首との戦闘で失ったらしい。防護服は着てるけど、それだけだ。負傷も酷いらしい。勝ち目は十分にあると思わないか？」

シェリルの顔が驚きに染まっていく。

「どこの誰がそこまでしてアキラの情報を探ったの!?」

ゼブラが声を荒らげる。

「俺達の後ろ盾の情報をそこまでして探るやつが出るほど、俺達はもう目を付けられてるんだよ！」

シェリルも声を荒らげて言い返す。

「だからって、それでアキラを殺してどうするの!?　徒党の後ろ盾を自分達で消す気なの!?　どういう思考をしてるのよ！」

「俺達に殺される程度のやつが後ろ盾をやってても意味なんかねえだろうが！」

シェリルは驚きでわずかに言葉を止めた。

「あなた……」

「確認しようぜ。ボス。俺達の後ろ盾が、本当にアキラだけで良いのかをさ」

それでゼブラも言葉を止めた。どちらも険しい表情をしていたが、そこにいがみ合うものは無かった。

◆

アキラにはアルファのサポートによる拡張視界のおかげで、拠点の出入口の左右で銃を構えている二人の少年の姿が、壁越しに装備も含めてしっかりと見えている。

『アルファ。あれ、強化服だよな？』

アルファが笑って注意する。その笑顔で何の問題も無いとアキラに教えていた。

『そうよ。銃も対モンスター用の物。今のアキラがあれを喰らったら死ぬから、ちゃんと避けてね？　安い防護服しか着ていないのだから、回復薬があると思っては駄目よ？』

『分かってる。そもそも強化服を着てても頭に喰らえば死ぬだろ。ちゃんと避けるよ』

軽く笑って軽口を済ませた後、アキラは顔を真面目なものに変えた。

「そこの二人！　拠点の警備には見えねえぞ！　敵じゃないのなら、取り敢えず両手を挙げてゆっくり出てこい！」

外と内を隔てる壁の反対側で、少年達が顔を険しくする。

「おい、バレてるぞ。どうなってんだ？」

「情報収集機器とかいうやつじゃねえの？」

「チッ！　そっちも失くしてろよ！　仕方ねえ！　やるぞ！」

アキラが中に入ってきたところを後ろから撃つ予定だった少年達が、背を壁から離す。そして勢い良く反転し、出入口の扉を左右の壁ごと銃撃した。

強化服の使用を前提とした銃から撃ち出された強力な銃弾が、扉を穴だらけにしながら粉砕する。

強化服を着ていないとはいえ相手はアキラだ。弾倉を空にする勢いで連射し、大量の弾丸を外へばらまいた。そして撃ち破られて地面に倒れた扉が更に粉々になった辺りでようやく撃つのを止めた。

少し待っても外から銃弾は飛んでこない。少年達が外の様子を恐る恐る確認しようとする。

「……やったか？」

二人で慎重に外に出て周囲を見る。だがそこにアキラの死体は無かった。大量の銃弾を浴びた痕を色濃く残すスラム街の光景があるだけだった。

「いない……。逃げたか？　どうする？　探すか？」

「いや、他の出入口に向かったのかもしれない。そっちを警戒してるやつらと合流しよう」

「分かった。行こう」

次の瞬間、少年達はフルフェイスのヘルメット越しに銃口を眼前に突き付けられていた。そしてその顔が驚愕に染まる前に引き金が引かれる。撃ち出された弾丸がヘルメットを貫通し、中身の頭を粉砕した。

着弾の衝撃で吹き飛ばされた少年達の死体が拠点の中に転がる。ヘルメットの穴と隙間から血を流して床を紅く染めていく。

その様子を見ながらアキラが軽く息を吐く。

『まず2人、だな』

アキラは少年達が攻撃に動く前に、横に大きく移動して銃撃から逃れていた。アルファのサポートのおかげで相手の動きは丸見えであり、少年達が壁から背を離した時には既に動いていた。

銃撃から逃れた後は次の出方を見る。そして外に確認に出ようとする動きを見ると、拠点の外壁を駆け上がるようにして登り、出入口の上に移動した。

確認の為に拠点の外に出た少年達は前と左右はしっかり見たが、上は見なかった。その所為でアキラに隙を衝かれ、至近距離から銃撃されて息絶えた。

『アルファ。あと何人だ？』

『恐らく3人よ。1階に2人、シェリルに銃を突き付けているのが1人ね』

『何だ。案外少ないな。この様子ならもっとたくさんいても不思議は無いと思ったのに』

『少ない分には楽が出来て良いわ。運が良かったとしておきましょう』

『そうだな。取り敢えず、1階のやつを片付けるか。他のやつも弱ければ楽で良いんだけど』

『そっちも幸運に期待しましょう』

『運は悪い方なんだけどなー。まあ、生身でもしっかり使える銃を持ってることも含めて、不幸中の幸いか』

少年達のヘルメットは普通の銃弾なら近くから撃たれても多少は耐えるほど頑丈な物だった。しかしヤラタサソリの外骨格すら破壊する強装弾は防げない。

それを至近距離から撃たれた時点で、ヘルメットは防具としての意味を成さなかった。肉片と化した中身が辺りに散らばるのを少々防ぐ物でしかなくなっていた。


本来ならばアキラも生身で強装弾など撃てない。だが今使っている銃であれば可能だ。両手に握ったAAH突撃銃とA2D突撃銃には高価な改造部品を組み込み済みだった。

アキラはその二挺を改造する際にシズカと相談して、強化服無しの前提で出来る限り性能を向上させることにした。そしてAAH愛好家と呼ばれる者達が生み出した高性能な改造部品を組み込んでいた。

それによりその二挺は、既に本来の銃とは別物の存在と化していた。

部品の大部分が非常に軽い物質で作られており、まるで強化服を着て握っているかのように軽々と扱える。拡張弾倉も問題無く使用できる。

更にエネルギーパックを装着することで簡易的な力場装甲《フォースフィールドアーマー》を発生させ、発砲の反動から銃本体と持ち手を守るようになっている。そのおかげで強装弾なども普通に撃てる。

それだけに改造費はかさんでしまったが、その性能にはアキラを納得させるだけのものがあった。

強化服を着ていない時に強固な防具で武装した敵に襲われるという不運を、その防護を貫ける銃を調達済みという幸運で相殺して、アキラは拠点の中を進んでいった。

◆

他の出入口の警戒に当たっていた少年達が銃声を聞いて顔を険しくする。そして互いに背を合わせた。

「どう思う？」

「アキラが来たんだろう。それであっちのやつらが交戦した」

「援護に行くか？」

「……いや、様子を見よう。銃声が続いてる。多分撃ってるのは仲間の方だ。アキラを念入りに殺そうとしてるんだ。それで殺せたのなら良いけど、逃げられたのに気付かずに撃ち続けてるのなら、アキラがこっちに来るかもしれない」

「分かった」


警戒しながら少し待つと銃声が止まる。更に少し待ったが、アキラが近くの出入口から現れる様子も無い。少年達の顔に笑みが浮かぶ。

「アキラも来ないし、勝ったかな？」

「まあ、こっちは強化服を着てるんだ。幾ら相手がアキラでも生身のやつに負けねえよな」

少年達はヨノズカ駅遺跡に行った時、アキラが強化服の力でビルを倒壊させたのを見ており、それにより強化服の力を過剰に見積もってしまっていた。

それは同時に、少年達に強化服を着ていないアキラの実力を軽んじさせた。ゼブラの誘いに乗ったのも、その辺りの理由が大きかった。

「よし。向こうと合流しようぜ」

「やれやれ、アキラがこっちに来てくれれば俺達が倒せたってのに、手柄を取られちまったな」

その油断と楽観視が少年達の死を決定付けた。気を緩め、銃も下ろしてしまった少年達に、通路の陰から突如現れたアキラから強装弾を連射される。そのまま抵抗らしい抵抗も、強化服の活用も出来ずに、全身を穴だらけにされて息絶えた。

少年達の側まで来たアキラは、床の死体を見て意外そうな顔を浮かべた。

『拍子抜け……、とか言ったら油断になるかな？』

それに対してアルファが笑って告げる。

『油断と余裕は紙一重とはいえ、これは余裕としておきましょう。アキラは私のサポートで相手の位置も動きもバッチリ分かるのよ？　拍子抜けだと思うぐらいなら、その分だけ私のサポートの凄さに感心してほしいところだわ』

『ごもっとも。凄い！　流石だ！　よし。行こう』

そのあからさまな褒め言葉と軽い返事の落差に、アルファは不満そうな様子を見せた。

『アキラ。褒め方が随分おざなりな気がするのだけれど？』

『上手い褒め方なんか俺に期待するなよ。まあ嘘は言ってないし、凄いと思ってるのは本心なんだ。それで勘弁してくれ』

軽く笑ってそう言い訳したアキラに、アルファも普段の笑顔を返す。

『仕方無いわね。それでは、行きましょうか』

その場を後にしたアキラ達は、そのまま上の階に上がっていった。

◆

ゼブラはシェリルと一緒にアキラを待っていた。

そしてアキラが現れる。期待通りなのか、違うのか、ゼブラは自分でもよく分かっていなかった。

アキラはゼブラ達がいる通路に普通に身を晒《さら》して入った。その理由は幾つかあった。

相手の武装は拳銃のみ。加えてシェリルを盾にしながら、銃口をこめかみに突き付けている。

通路の陰からゼブラを銃撃する方法もあるにはあるが、強化服を着ていないのでアルファによる照準補正を受けられない。シェリルへの誤射は絶対にしないと言い切れるほど、銃の腕に自信がある訳でもない。またゼブラのみを正確に撃っても、着弾の衝撃で引き金を引かれる恐れがある。

それらを考慮して、アキラはそのまま通路に足を踏み入れた。そしてゼブラ達の方へ歩いて近付いていく。

「止まれ」

ゼブラの制止でアキラが足を止める。

「下に4人いたはずだ。どうした？」

「殺した」

そう聞いても、ゼブラは驚かなかった。

「……、そうか」

そこにシェリルが口を挟む。

「ゼブラ。あなたの負けよ。大人しく銃を下ろしなさい」

「いいや、まだだ」

「この状況で勝ち目があるとでも思ってるの？」

「それはボス次第だな」

「どういう意味？」

「ボスはアキラの恋人なんだろう？」

ゼブラはそれだけ言って、アキラへ向けて声を荒らげる。

「銃を捨てろ！　恋人を殺されたくなかったらな！」

シェリルが顔を険しくする。アキラは銃を捨てないだろう。それに対してゼブラがどう動くか。それを予想し、対処方法を考えようとする。

だが次の瞬間、そのシェリルの顔が余りの驚きで呆《ほう》けたように変わった。

「…………えっ？」

アキラが銃を捨てていた。

「……な、何で？　だ、駄目！　捨てちゃ駄目！」

我に返ったシェリルが慌て出し、アキラに銃を拾えと必死に叫ぶ。だがアキラはそれを無視してゼブラをじっと見ていた。

ゼブラもアキラの行動に驚いていた。同時に、怒りに似た失望を覚えていた。それでは駄目だろうと、どこか悲痛にも見える視線をアキラに向ける。

「……そうかよ。じゃあ……」

ゼブラは自身を銃の名手だとは思っていない。だがスラム街で今まで何度も撃ち合った経験から自分の腕前を理解しており、この距離なら絶対に外さないという確信があった。拳銃を持つ手に力を込める。

「死ね！」

そしてシェリルに向けていた銃をアキラに向けて、頭を狙って引き金を引いた。

銃声が通路に反響する。その通路を駆けた銃弾は、アキラではなく、奥の壁に着弾した。

「なっ⁉」

何だと、という声を上げる暇も無く、ゼブラはアキラに殴り飛ばされた。

アキラは銃を捨てる前から体感時間の操作を始めていた。時がゆっくりと流れる世界の中で集中し、相手のわずかな動きも見逃さないようにする。

そしてゼブラの拳銃の銃口がシェリルのこめかみから離れた瞬間、更に集中し、時の流れを強く歪ませて、ゼブラに向けて駆け出した。

極度に圧縮し、引き金を引く相手の指の動きを目で追えるほどに濃密になった意識の世界で、アキラは相手の銃口の向きから射線を、指の動きから発砲の瞬間を完全に見切り、横に大きく動いて銃弾を躱していた。

そしてそれは射線と発砲の瞬間を見切っただけで可能な芸当ではなかった。発砲後の弾丸を躱した訳ではないとはいえ、普通に躱しただけでは遅すぎて回避が間に合わないからだ。

それをアキラは強化服無しに、自身の身体能力で可能にした。

強化服を着ていると身体能力が上がらなくなると言われるのは、強化服の力に頼ることで本人の力を出す必要が無くなるからだ。

だが強化服の力だけでは足りないほどに速く強く体を動かせば話は別だ。体の動きが強化服と比べて遅すぎる所為で身体に高い負荷が掛かり、その負荷が着用者を鍛え上げる。

更に旧世界製の回復薬は服用者の体を旧世界の基準で治療する。

流石に一度飲むだけで超人のような肉体を得るこ

とはない。だが体全体を細胞単位で負傷したような状態で何度も大量に服用すれば、その負荷に耐えられない体は負傷状態であるとして、全身の細胞をその負荷に耐えられるように、治療、強化する。

その結果、服用者の体は、ほんの少しずつだが、超人に近付いていく。

そして現代製の回復薬であっても、旧世界の技術を応用して製造された高価な回復薬であれば、影響の差はあれど似たような効果をもたらす。

それらがアキラの身体能力を、通常の鍛錬では到達できない領域にまで引き上げていた。

またアキラはハンター稼業を始めてから何度も経験した激戦により、痛みを無視して体を動かすことに慣れていた。

痛みは過度な運動で体を壊してしまわないようにする制御機能でもある。普通は痛みが邪魔をして身体能力を限界まで使うことは出来ない。

だがアキラは激痛への慣れのおかげでそれが可能だった。更にゼブラ達がいる通路に入る前に回復薬を多めに服用しておいたことで、鎮痛効果の助けもあった。

加えてアキラには強化服を使用した高速戦闘の経験があった。強化服を着ていないことで身体能力が落ちたとしても、その高速戦闘に追い付ける意識までは遅くならない。

更に強化服を着用して重い物を持ち上げることは簡単だが、その身体能力を活用して速く正確に動くのは難しい。その鍛錬を続けてきたアキラには生身の身体能力でも、その身体能力で物理的に可能な速度に限りなく近い速さを出すことが出来た。

それらにより、アキラはゼブラの銃撃を生身で躱した上に、相手との距離を一瞬で詰め終えていた。そしてゼブラから拳銃を奪い、シェリルを引き剝がした上で、殴り飛ばしていた。

それはゼブラとシェリルにとっては一瞬の出来事だった。だがアキラにとっては十分に長い出来事だった。

アキラに殴り飛ばされたゼブラが、床に横たわりながら苦笑する。もう起き上がる力は残っていなかった。

「何だよ……、これ……。強化服……、着てたのか……？」

側まで来たアキラがゼブラを覗き込む。

「いや、着てないぞ」

アキラはそう言って防護服の上を少し開いて見せた。それが確かに防護服であり、下に強化インナーも着けていないことも示す。

それでゼブラも、アキラが銃を捨てたのは、銃が無くとも自分を問題無く殺せるからだと理解した。

「まじか……。どうなってんだよ……」

ゼブラは苦笑を浮かべながらも、どこか楽しげな笑い声を漏らした。

「なあ、お前、何でそんなに強いんだ？　知ってるぞ？　お前もちょっと前まで俺達と同じだったじゃないか。スラム街の配給を食って何とか生きてるだけのガキだったじゃないか」

ゼブラは憧れているようにも不貞腐れているようにも見える表情で、それがどうしても気になるような視線をアキラに向けていた。

「遺跡に行ったからなんて言うなよ？　俺達も遺跡には行ったんだ。努力して、準備して……、大した物も見付からずに逃げ帰ってきたけどさ」

そう言ったゼブラから、自嘲の笑いが零れた。

遺跡に行ったから、と答えるところだったアキラは、それを潰されて少し考えた。

「そうだな……、それなら、運が良かったからだな」

「運か……。そう言われちゃどうしようもねえな」

ある意味で問答無用の答えであり、そして真理でもある内容に、ゼブラはどこか楽しげに苦笑した。

そこでシェリルがようやく我に返った。アキラがゼブラから奪って床に捨てた銃を拾うと、それをゼブラに向ける。

「ゼブラ。死ぬ前にあの強化服の入手元を話しなさい。話しても殺すけど、楽に殺してあげるわ」

そこにアキラが口を挟む。

「シェリル。その前にまずは俺に状況を教えてくれ」

「えっと、ですね」

シェリルが言い淀む。後ろ盾としてのアキラの力に疑問を持った部下に反乱を起こされたことは隠しようが無く、何とか上手い言い方が無いかと必死に考える。

だがその前にゼブラが口を開く。

「分かった。全部話すよ」

ゼブラの話にシェリルが補足する形で、アキラもようやく事態を把握した。

隣でシェリルがハラハラしていたが、幾ら強くても拠点にろくに顔を出さない後ろ盾では急な襲撃に対応できないので、そいつを殺して他の徒党の武力を招き入れようというゼブラの話に、アキラは一定の納得も示していた。

しかし同時に少し怪訝にも思う。

「それでも、そこまでしないと駄目だったのか？　この前シェリルが攫われた時もちゃんと助けたし、攫ったやつも皆殺しにしたぞ？」

徒党の後ろ盾をしているとはいえ、自分が常に後手に回る報復処置しか出来ないのは事実だ。それでも他の徒党も報復されたい訳ではないはずだ。他の徒党への威圧としては十分ではないか。アキラはそう思っていた。

だがゼブラは別方向の答えを返す。

「そうだな。あの時、確かにボスは助かったよ。でもそれでバレンスは死んだんだ」

その名前は、拠点がギューバ達に襲われた時に出た犠牲者のものだった。シェリルがそれをアキラに教えた上で、ゼブラに厳しい視線を向ける。

「だからって、こんな真似をして良いと思ってるの？」

「良い悪いの問題じゃない。あの時にアキラさんが拠点にいれば、或いはアキラさんがいなくても大丈夫なぐらいの戦力が徒党にあれば、あいつは死なずに済んだかもしれない。それだけだ」

ゼブラがそれだけ言って軽く笑う。

「いや、違うな……。良い悪いの問題だ。運が悪かった。それだけか」

そしてシェリルが握る銃に手を伸ばし、摑むと、その銃口を自分の額に押し当てた。

「ついてねえなぁー。俺も、バレンスも」

拳銃の引き金がシェリルの指ごとゼブラに引かれる。銃声が響いた。撃ち出された銃弾がゼブラの頭蓋を貫き、即死させた。

ゼブラに後悔があるとすれば、アキラの実力を見誤ったことだった。他には無かった。

◆

ゼブラが死んだ後、シェリルはアキラに助けてもらった礼を言うと、エリオ達に事態の解決を伝えに行った。

アキラは同行を断って場に残っていた。一度自分の銃を拾いに戻ってからゼブラの死体の側まで戻り、ゼブラを見ながら難しい顔を浮かべて思案していた。

その様子をアルファが不思議そうに見ている。

『アキラ。どうしたの？　私には何か悩むような死体には見えないけれど』

『ん？　ちょっとな。……アルファ。試しに聞いてみるけど、こいつに強化服を渡して襲撃をそそのかしたやつの居場所とか、分かるか？』

『分かるわ』

『分かるのか……』

アキラは自分で聞いておいて驚いていた。なぜ分かるのか、どうやって調べたのか、などという疑問が頭に浮かぶ。だがそれらを、アルファだからという理由で全て棚上げした。

『そうか。じゃあ案内してくれ』

アルファは少し思案し、止めないことにした。

シェリルがエリオ達を連れて戻ってくると、そこにアキラはいなかった。代わりに、用が出来たから出てくる、という簡素なメッセージが届いていた。

シェリルは今回の件がアキラの機嫌をどれだけ損ねたのか不安になりながらも、徒党のボスとして事態の沈静作業を始めた。

◆

スラム街で中規模の徒党を率いるヤザンという男が拠点の部屋で舌打ちしていた。

「失敗か。あのアキラってハンター、案外強いんだな」

側近の男が口を出す。

「情報が好い加減だったんじゃねえの？」

「制度が粗いって意味ならそうだが、内容に嘘はねえよ。賞金首と戦って危うく死ぬところだった。装備も失った。そこまでは確かだ。だからまだ怪我も治ってねえんじゃねえか……ってのは、俺の予想だけどな」

ゼブラにアキラの殺害をそそのかしたのはヤザンだ。有る事無い事、虚実を混ぜてそそのかしていた。その為に強化服まで渡していた。

「そうか。でもさあ、あの強化服、そこそこ良いやつだったろう？　あのガキどもにくれてやるには、ちょっともったいなかったんじゃねえの？」

「まあ、その辺はいろいろあるんだよ。お前は気にするな」

「でも失敗したんだろ？　良いのか？」

「良いんだよ。成功した方が良かったのは確かだが、実行した時点で意味はあるんだからな」

後ろ盾をしている徒党の者に襲われれば、アキラもシェリル達に不信と隔意を抱く。更にゼブラが動いた理由を知れば、シェリル達も徒党の防衛について考え直さなければならなくなる。

そうなれば他の徒党がシェリル達に付け込む隙も増える。シェリル達も徒党の者がアキラを襲った以上、アキラから今までのように守ってもらえるとは思えない。妥協し、利益を差し出してでも、他の防衛力を求めるはずだ。

ヤザンはそれらを男に話した。

「まあ実際にどこの徒党がシェリル達に食い込むかは、他の徒党と協議して決めないと不味い。あいつら、シジマのところと一応協力関係にあるからな。どこもすぐに強引に乗り込む訳にはいかねえよ」

その辺りの感覚を徒党の構成員の一人にすぎないゼブラが感じ取るのは無理だ。ゼブラが急ぎすぎたのはその所為でもあった。勿論、ヤザンは親身になる振りをして、逆の意図の情報を流していた。

「まあ、しばらくは様子を見よう。少し待てば今回の件を契機にしてシェリル達の徒党で内紛でも起こるかもしれねえからな。付け込む隙はある。焦ることはねえさ」

ヤザンがそれらの話を徒党の幹部達と続けていると、部下から連絡が入る。

「ボス。下にアキラって名乗るやつが来てます。多分あのアキラです」

「……は？」

予想外の報告に、ヤザンは思わず顔を歪めた。

ヤザンは迷った末にアキラを拠点に入れた。

アキラの用件が、ボスに会わせろ、であり、その時点では報復に来た様子は無かったこと。嫌だと言われれば力尽くで乗り込むような言動をしていたこと。

そして相手の目的が交戦であっても、相手が拠点の出入口にいる状態から戦うより、事前に戦力を集めて招き入れたほうが優位に立てること。

それらのことから、ヤザンはアキラをいきなり拒絶するのはどうかと思った。加えて、ゼブラをそそのかした者が自分だとは、ゼブラ自身も知らないはずだ、という考えが大きかった。その辺りの陰蔽はしっかりやっており、ゼブラが口を割ったとしても、別の徒党の名前を口に出すはずだった。

アキラが何らかの理由で勘付き、警告を兼ねて探りに来たのだとしても、こちらがしらばっくれれば追及もそこで限界だろう。シジマの拠点に乗り込んだという話でも、結局は交渉だけして帰っている。大事にはならないはずだ。ヤザンはそう判断していた。

室内に武装した部下達を集めた上でアキラを部屋

に入れる。流石に銃は下ろさせているが、人数差は圧倒的だ。

そしてアキラの様子から険しいものは感じ取れない。ヤザンはそれを、交戦の意志がそれだけ低いからだと考えた。読み通りだと内心で安堵する。

「それで、シェリルのところの後ろ盾が俺に何の用だ？」

「ゼブラと取引して俺を襲わせたのはお前か？」

「あ？　何の話だ？」

ヤザンの演技はほぼ完璧だった。訳の分からないことを急に言われた困惑と、そんなことを言いにわざわざやってきた者を怪訝に思う態度を自然に出していた。

ただし、ヤザンは生身だった。

「良いから答えろ。そうなのか、違うのか、どっちだ？　何を言われてるのか分からねえのなら、無関係なんだから違うって答えろ」

ヤザンが意味の分からない相手を馬鹿にするように軽く舌打ちしてから答える。

「違う」

『アルファ』

『嘘ね』

次の瞬間、ヤザンの頭が吹き飛んだ。強装弾を喰らい、原形の大半を失うほどに弾け飛んで中身を部屋に撒き散らす。

撃ったのはアキラだ。一瞬で銃を抜き、何の躊躇いも無く撃っていた。

ゼブラをそそのかした相手だとアルファから教えてもらった時点で殺すつもりだった。それでも念の為に相手と直接会い、尋ねて、生身の相手なら嘘を見抜けるというアルファに再度確認してもらって、結果が出た以上、躊躇う理由はどこにも無かった。

周囲の者達は突然の事態に呆気に取られていた。だがすぐに、アキラを殺そうと一斉に銃を構える。

「てめえ！」

そう叫んで一番早く反応した者が次に殺された。そしてアルファの計算により驚異度が高いと判断された者から次々に撃たれていく。

奇襲を受けた形になったヤザンの部下達に多数の死傷者が出る。それでも一瞬で全滅などしない。まだ無事な者達が、同士撃ちを気にする暇も余裕も無く反撃する。瞬く間に部屋中に銃弾が飛び交った。

だがそれはアキラには当たらない。体感時間を操作しながらアルファに敵の射線を教えてもらい、体への負担を完全に無視した全力の動きを事前に服用した回復薬の効果で維持し、拡張視界の中で赤く表示されている射線の束から逃れていた。

部屋に集められていた男達は、武装しているとはいえ威圧目的、戦闘抑止の為にそこにいた。その所為もあり、部屋を弾幕で埋めて逃げ場を無くすような一斉射撃に適した配置とはなっておらず、その技量も無かった。

そのおかげで自身に集中している射線を躱すことなどアキラには容易かった。たとえ背後からの銃撃であっても、アルファが念話で感覚的に位置と方向を教えてくれるので、知覚しているという意味では、アキラにはその射線もはっきりと見えていた。

改造済みの二挺の銃から撃ち出される強装弾と徹甲弾が、敵の防御をあっさり貫いて内部を破壊していく。それが拡張弾倉の連射力で部屋中にばらまかれる。惨劇と呼ぶのに十分な量の血肉がそこら中に飛び散り、壁も床も天井も紅く染めていく。

銃声が止まった時、部屋の中に生きて残っていたのは、その惨劇を作り出したアキラと、アルファの演算で脅威度が十分に低いと判断された者、怯えて戦意を完全に喪失した男だけだった。

アキラが念の為に弾倉を交換しながらその男に近付いて声を掛ける。

「おい」

「ひぃ!?」

悲鳴が返ってきたが、アキラは平然としていた。どこか軽い調子で忠告する。

「俺と戦う気が無いのなら早く逃げて、ここから出来るだけ離れろ。もう少しで増援が来るけど、お前を撃たないように戦うなんて器用な真似はしないぞ」

男は何度も頷いた。そして急いで部屋から出ると、死に物狂いで走り去っていった。

その後もアキラは騒ぎを聞き付けて現れた者達と交戦した。襲ってくる者は殺し、逃げる者は放置した。向かってくる者がいなくなると拠点内を探索し、まだ残っていた者を外に追い出した。

そして軽く息を吐く。

「こんなもんかな」

そう言って情報端末を取り出し、シェリルに連絡を入れた。

◆

ヤザンの徒党の拠点である建物の前にトラックが停まっている。シェリルの徒党の子供達が建物から運び出した物をその荷台に積み込んでいた。

金も武器も家具も服も一切合切運び出している。死体から剥がした服も装備も荷台に投げ込んで、死体以外は全て持っていくかのように、大きめのトラックの荷台に載せていた。

子供達は荷物を運びながら、建物内の凄惨な光景を見て顔を青ざめさせていた。

「これ、アキラさんの仕業なんだろ？」

「らしいな。ゼブラの裏にいたやつが、ここの徒党のボスだった……らしい。俺はエリオからそう聞いた」

「だからって……、普通ここまでするか？」

「……普通のやつは、他の徒党のやつを殺して、相手の拠点にその死体を引きずって乗り込んだりしないよ」

「そ、そうだな」

子供達は自分達の後ろ盾の頭のおかしさを再認識すると、無駄口を閉じて作業を続けた。

シェリルがトラックの側で情報端末越しにシジマと話している。自分の徒党に手を出されたことに怒ったアキラが、報復にヤザンの徒党を壊滅させて拠点と縄張りを奪い取った。そう説明した上で、ヤザンの縄張りの買取を打診していた。

「分かった。買おう。金額は後日要相談だ。それで、もう俺達の縄張りってことで良いんだな？」

「はい。空白地があると揉め事の元ですからね。拠点の建物も私達の用事が済んだらお渡しします」

「よし。取引成立だ」

シェリルは無事に縄張りを手放せたことに安堵していた。シェリル達では中規模の徒党の縄張りなど絶対に管理し切れない。他の徒党から譲渡の要請が殺到し、いずれは武力を伴う交渉になるのは目に見えていた。

「ところで、ヤザン達は何をやったんだ？」

「いろいろです。そして彼らはシジマさんとは違って事を穏便に済ませるつもりが無かった。それだけですよ。シジマさんとはこれからも、そうならないようにしたいですね」

「そうだな」

縄張りを不当に安く買い叩こうとすれば、事が穏便に済まなければ、アキラが出てくる。暗にそう告げてシェリルは交渉を終えた。


アキラは建物の屋上から周囲を眺めていた。屋上に移動したのはヤザンの徒党の残党が再襲撃に来た時に狙撃しやすいと思ったからだったが、拠点の中で武力要員を大勢失ったヤザンの徒党に再起の力は無く、杞憂となっていた。

アルファはそのアキラの様子を珍しいと判断していた。そして更なる判断材料を求める。

『アキラ。どうしてわざわざここの者達を壊滅させたの？』

『……まあ、ついでかな』

ゼブラ達は徒党内で内乱を起こしたが、単にそれだけならば、アキラもゼブラ達を殺して終わりにしていた。

しかしゼブラがそうしようと思い至った一番の理由は、ギューバ達に襲われた時に友人が死んだからだった。それを知った時点で、アキラの中で今回の出来事は、ヨノズカ駅遺跡の遺物収集にシェリル達を巻き込んだ所為で起こったこととなった。

その認識がアキラを動かした。ゼブラをそそのかしたヤザンも殺す対象に加えた。そして徒党のボスを殺してしまったことで、ある意味で、仕方無く、その徒党も壊滅させることになった。

アキラはそこまで詳しく話さなかった。念話でも送らなかったので、アルファの中では本当に単についでとして処理された。

『アルファ。ちょっと話が変わるんだけど、あのゼブラってやつ、本当に俺を殺そうとしていたと思うか？』

『していたと思うわ』

『本当に？』

聞くまでもない妙な質問をされた上に、念押しまでされたことで、アルファが返答内容を精査する。

『少なくとも、当たれば死ぬ銃撃を意図的に行ったのは確かよ。仮に、絶対に当たらないという確信を持って撃っていたとしても、そこまでは私には分からないわね』

『……、そうか』

アキラは自分が銃を捨てた時、ゼブラから落胆の感情を向けられたように感じていた。こちらが銃を捨てたのに、なぜ落胆するのか。アキラには分からなかった。倒された後にも、そのことをどこか喜んでいるように感じられた。その理由も分からなかった。

そこにシェリルが現れる。

「アキラ。こんな所にいたんですか」

「ん？　ああ、ちょっとな」

シェリルはアキラの側に来ると徒党の状況などを改めて伝えた。そして少し躊躇ってから尋ねる。

「あの、ここのヤザンがゼブラと通じていたという話ですが、どうやって知ったんですか？」

「聞くな」

「あ、はい」

誤解や勘違いで殺したとは思いたくないが、そう言われた時点でシェリルには諦めるしかない。アキラなりの根拠があるのだろうと自分に言い聞かせる。

「それにしても、強化服も着ていないのにここの徒党を一人で壊滅させるなんて、アキラは本当に強いんですね。どうやったらそんなに強くなれるのか不思議なぐらいです。やっぱり才能ですか？　それとも努力ですか？」

返答が才能でも努力でも、シェリルはアキラを褒《ほ》め称《たた》えるつもりだった。

だがアキラはそこでゼブラからも似たような質問をされたことを思い出し、その返答を口に出す。

「……そうだな。運が良かったからだな」

「う、運ですか」

「ああ、運だ」

そんなに強くなれるなんて、凄く運が良いんですね、と褒めるのは流石にどうかと思い、シェリルは言葉に困っていた。

その隣でアキラが思う。

自分が強くなった一番の理由はアルファだ。遺跡でアルファに出会ったからだ。

ゼブラも遺跡に行ったと言っていた。だがアルファには出会えなかった。

その差を努力で埋められるとは思えない。アルファと出会うまでも死力を尽くして生き延びてきた。それは努力なのかもしれない。

だがそれでも、少なくとも、アルファと出会えるほどの努力をしたとは、アキラには思えなかった。

だからこそ、アキラはアルファと出会ってからの苦難を思い返した上で、自分は運良く強くなったのだと答えていた。

そしてゼブラの最後の言葉を思い出す。

「あいつは……、運が悪かったな」

「えっと、あの、誰のことですか？」

「……、何でもない」

返答が、聞くな、ではなかったことにシェリルはアキラの微妙な内心を感じ取ったが、アキラを刺激しないように詳しく聞くのはやめた。代わりに別のことを話そうと思い、真面目な顔を浮かべる。

「アキラ。私が人質になった時、銃を捨ててくれたことは本当に嬉しく思っています。でも、次はやめてください。それでアキラが死んだら……」

「ああ、あれか。あれはあの時はああした方が安全だと思ったからだ。悪いけど、いつもやるとは思わないでくれ」

悲痛な表情でアキラを説得しようとしていたシェリルの顔が、そのあっさりとした返事を聞いて微妙なものに変わる。

「そ、そうですか」

「そうだよ。ほら、前にシェリルが攫われた時、俺は相手の車に自分の車を正面からぶつけただろう？　あれはあいつらがシェリルを人質に取る暇を与えない為でもあったんだ。あいつらに同じことをされたら、流石に俺も困る。だから、あの時は正面から車両ごとぶつかるのが正解だったんだよ」

上手い言い訳を思い付いたと、アキラは少し上機嫌だった。

「そ、そうですかぁー」

シェリルは硬い笑顔を浮かべるのが精一杯だった。

ギューバ達がシェリル達の拠点を襲った時にアキラがいれば。その時にゼブラの親友であるバレンスが死ななければ。今日、アキラが強化服を着ていれば。

様々な偶然が重なって引き起こされた出来事は、その関係者の運を以て終結した。

◆

スラム街を二分する巨大徒党の片方の館で、情報屋であるヴィオラが商品である情報を客に渡していた。

「お望みの情報よ。どうかしら？」

客の男がその内容を閲覧して唸る。

「ハンター崩れしかいない集まりとはいえ、強化服も着ずに一人で中規模の徒党を壊滅させたのか。大したものだ。賞金首モドキに食われたが逆に内部から殺した……なんて噂《うわさ》も聞いたが、ここまで強いのなら有り得るか？」

「その調査もお望み？」

「いや、今はこれで十分だ」

「そう。ところで、このハンターの調査の為に強化服まで流した理由を聞いても良いかしら？」

「その程度の装備のやつに殺されるのなら、敵に回っても問題無いし、味方に引き入れる意味も無い。その最低限の確認の為だ」

「そんな理由なの？　あれ、結構高そうに見えたのに」

　そう言って意外そうな顔を浮かべたヴィオラに向けて男が調子良く笑う。

「あんなもの、俺達にとってはただの安物だ。部隊の装備を調えた時のおまけだよ」

「あら、凄いのね。次の抗争、そんなに大規模になりそうなの？」

「まあな」

　そこで男の顔が真剣なものに変わり、視線にも威圧するような鋭さが入った。

「当たり前だが、俺達が勝つ。お前にも協力してもらうぞ？」

　ヴィオラは巨大徒党の幹部の威圧を笑って受け流した。その上で誘うように微笑む。

「そこは報酬次第よ。期待させてもらうわ」

「……、ふん。良いだろう」

　男は目の前にいる非常に質《たち》の悪い女のことをよく知っていた。だからこそ、その笑顔には警戒しか覚えなかった。

電撃の新文芸
著 ナフセ
イラストレーション 吟
世界観イラスト わいっしゅ
メカニックデザイン cell
NEXT EPISODE >>>
リビルドワールド
Rebuild World Ⅳ
WEB連載版より全面改稿、物語は新たな世界線へ――！
2021年春頃発売予定！

電撃の新文芸

リビルドワールドⅢ〈下〉
賞金《しょうきん》首《くび》討伐《とうばつ》の誘《さそ》い

著者／ナフセ
イラスト／吟《ぎん》　世界観イラスト／わいっしゅ　メカニックデザイン／cell

2020年9月17日　初版発行

発行者／青柳昌行
発行／株式会社ＫＡＤＯＫＡＷＡ
〒102-8177　東京都千代田区富士見2-13-3
0570-002-301（ナビダイヤル）
印刷／図書印刷株式会社
製本／図書印刷株式会社

【初出】
本書は、2018年にカクヨムで実施された「電撃《新文芸》スタートアップコンテスト」で《大賞》を受賞した
『リビルドワールド』を加筆修正したものです。

ISBN978-4-04-913070-6　C0093　Printed in Japan

ファンレターあて先
〒102-8177
東京都千代田区富士見2-13-3
電撃文庫編集部

「ナフセ先生」係
「吟先生」係「わいっしゅ先生」係
「cell先生」係